W0461825

BASTEI
LÜBBE

Pat Murphy

Die Stadt, nicht lange danach

Science Fiction Roman

Ins Deutsche übertragen
von Jürgen Martin

BASTEI
LÜBBE

BASTEI-LÜBBE-TASCHENBUCH
Science Fiction Special

Band 24 143

Erste Auflage: Mai 1991

© Copyright 1989 by Pat Murphy.
First published by Doubleday, New York
All rights reserved
Deutsche Lizenzausgabe 1991
Bastei-Verlag Gustav H. Lübbe GmbH & Co., Bergisch Gladbach
Originaltitel: The City, not long after
Lektorat: Reinhard Rohn
Titelillustration: Mark Harrison
Umschlaggestaltung: Quadro Grafik, Bensberg
Satz: Fotosatz Schell, Bad Iburg
Druck und Verarbeitung:
Brodard & Taupin, La Flèche, Frankreich
Printed in France
ISBN 3-404-24 143-6

Der Preis dieses Bandes versteht sich einschließlich
der gesetzlichen Mehrwertsteuer.

Für Ned,
der Dannyboy sicher besser verstehen wird,
als ich es kann,

und

für Richard;
das beste wäre, du würdest dich daran gewöhnen –
letzten Endes sind sie alle für dich.

Prolog

Der leichte Wind des frühen Morgens strich über den Gemüsegarten auf dem Union Square, daß die Blätter der Bohnenpflanzen und die feinen Triebe der Karotten erzitterten und hin- und herschwankten. San Francisco schlief. Die Stadt träumte.

Im Hotel Saint Francis, am einen Ende des Platzes, träumte Dannyboy. Er träumte von der Farbe Blau. Mit einer Rolle an einem langen, langen Stiel malte er den Himmel an. Viele Stunden arbeitete er schon, und vielleicht die Hälfte des unendlichen Gewölbes über ihm strahlte in frischer Farbe. Man sah alle denkbaren Spielarten von Blau: Königsblau, Marine, Türkis, Hellblau, Stahlblau, zartes Blau mit einem Stich ins Grüne wie bei manchen Vogeleiern, das bedrohlich bleierne Blau des Meeres in der Dämmerung. Zum Horizont hin, wo Dannyboy noch nicht gestrichen hatte, ging das Blau in ein nebliges Grau über. Doch über ihm leuchtete der Himmel, und die blauen Schwaden waren in Bewegung wie das Wasser eines Flusses und formten einen einzigen großen Wirbel.

Im Zentrum dieses Wirbels erkannte er nun zwei graublaue Flecke. Wie große, durchdringende Augen blickten sie aus der Mitte des Himmels auf Dannyboy herunter. Aus dunkelblauen Linien formte sich der Umriß eines Gesichts, schließlich ein weiblicher Körper. Während Dannyboy hinaufstarrte, trat aus dem Himmelsgewölbe eine junge Frau hervor. Auf ihrem Gesicht war der Ausdruck großer Verwirrung zu lesen.

Die Stadt schlief, und ihre Träume woben sich in die Träume ihrer Bewohner und gaben ihnen neuen Sinn. So nahm sie Einfluß auf ihre Gedanken.

Einer, der sich *Maschine* nannte, schlief unruhig auf dem schmalen Feldbett in einer Ecke seiner Werkstatt. Er träumte von einem Engel, den er aus Teilen zusammenbaute, die er in der Stadt gefunden hatte. Als Knochen nahm er Leitungsrohre aus einem alten viktorianischen Haus, das Fleisch des Engels formte er aus Bündeln von Kupferkabeln, die er aus den Leitungen unter dem Straßenasphalt herausgerissen hatte. Die gewaltigen Flügel des Engels waren mit Tausenden sorgfältig polierter Kronenkorken verkleidet, die sich überlappten, so daß man an das Schuppenkleid eines Fisches denken mußte.

Maschine schweißte den letzten Kronkorken an den Flügel und trat zurück, um sein Werk zu betrachten. Als er aufblickte, um die Riesengestalt sehen zu können, erkannte er, daß sein Werk noch nicht vollendet war. Die Brust des Engels war leer: Das Herz fehlte.

Er hörte Schritte hinter sich und wandte den Kopf. Da kam eine Frau auf ihn zu; sie brachte etwas, das sie in ihren Händen verborgen hielt. Man konnte nicht sehen, was sie trug, aber man hörte deutlich den gleichmäßigen Schlag eines Herzens. Es schlug im Takt ihrer Schritte.

Die Dämmerung brach über der Stadt an. Graues Licht lag auf dem grauen Stein der Häuser um die Civic Center Plaza. Die Statuen an der Fassade der städtischen Bibliothek sahen vernachlässigt aus. Einige Jahre schon verzierten die Tauben die steinernen Häupter mit immer neuen weißen Streifen. Um die Füße der Statuen herum häuften sich Federbüschel und Überreste alter Nester.

Auf einem Baum der Plaza schlief ein graubärtiger Affe, einer der ältesten jener Horde, die in der Stadt lebte. Er träumte vom Himalaja. Er träumte von Eiszapfen am Rand eines Tempeldachs, die in der Morgensonne zu schmelzen begannen. Tropfen fielen auf eine Glocke und brachten sie zum Tönen, ein harmonischer Klang. Die Tropfen fielen weiter und bahnten sich, knisternd und knackend, einen Weg durch die Schneedecke. Der Affe schreckte auf aus seinem Schlaf. Etwas zog herauf; es roch nach Veränderung.

Die Sonne stand gerade auf, als Mrs. Migsdale aus ihrem Haus in der Kirkham Street trat und sich auf den Weg zum Strand machte, am Westende der Straße. Sie trug Turnschuhe, Wollstrümpfe, einen Tweedrock und ein Herrenhemd. Darüber hatte sie einen Regenmantel gezogen, der auch dem schlimmsten Unwetter standgehalten hätte. Mrs. Migsdale schätzte Kleidungsstücke, die für die Ewigkeit gemacht waren.

Völlig unpassend wirkte die Schmuckuhr an ihrem Handgelenk – ein zartes Etwas aus Gold, mit funkelnden Diamanten, die ein winziges Zifferblatt umrahmten. Mrs. Migsdale hatte die Uhr im Rinnstein gefunden, nicht weit von einem Juweliergeschäft, wo Plünderer sie auf der Flucht verloren hatten. Sie würde niemals etwas von dem Glitzerzeug anrühren, das nun in den Schaufenstern verstaubte – doch diese Uhr im Rinnstein hatte sie aufgehoben. Sie rechtfertigte sich damit, daß sie die Uhr gefunden und nicht irgendwem weggenommen hatte. Das Glück des Finders …

Mrs. Migsdale hatte allein gelebt vor der Seuche. Sie war Bibliothekarin an einer Grundschule nicht weit von ihrer Wohnung gewesen. Nach der Seuche lebte sie weiter in dem kleinen Haus und widmete sich ganz ihrer Aufgabe: Sie gab eine Zeitung heraus: DIE NEUE STADT. Viel Zeit verbrachte sie auch damit, Botschaften in die übrige Welt hinauszuschicken – sie vertraute sie als Flaschenpost dem Meer an.

Jeden Tag ging sie bei Ebbe den Strand entlang, an der Hand eine große Einkaufstasche. Darin lagen ein Dutzend Flaschen aus grünem Glas, in denen einmal Wein gewesen war. Jetzt enthielt jede ein kleines Blatt aus weißem Papier, das Mrs. Migsdale sorgfältig mit der Schreibmaschine beschriftet hatte.

Jede Flasche enthielt eine andere Botschaft. Manchmal schrieb sie ein Sprichwort auf das Blatt oder ein Zitat: ›Mit den Meinungen ist es wie mit den Nasen – jeder hat seine eigene.‹ Oder sie faßte etwas, von dem sie zutiefst überzeugt war, in einen kurzen Satz: ›Ich glaube nicht an Gott, deshalb sollte ich logischerweise annehmen, daß er auch nicht an mich glaubt.‹ In andere Flaschen steckte sie einen Zettel mit einem Gedicht.

In der Einkaufstasche klapperten und klangen die Flaschen, als sie die Betontreppe zum Strand hinaufstieg. Seemöwen flogen auf, als sie näher kam. Sie kreischten, während der Wind sie erfaßte und wie schmutzige Papierfetzen davonblies. Auf dem Sand lagen Klumpen von Tang und angeschwemmtes Treibholz. Bevor sie nach Hause ging, würde sie ihre Tasche mit Holz füllen, ein Vorrat für den Herd zu Hause.

Als Mrs. Migsdale den Saum des Wassers erreichte, setzte sie die Tasche ab und fing an, den rechten Arm in weiten Schwüngen kreisen zu lassen, um die Muskeln zu lockern. Dann suchte sie eine Flasche aus und wartete, bis eine neue Welle sich am Ufer gebrochen hatte und sich ins Meer zurückzuziehen begann. Sie nahm kurz Anlauf über den noch überspülten Sandstreifen und schleuderte die Flasche mit gestrecktem Arm in die Luft. Es wirkte geschickt und elegant, schließlich hatte sie ihren Stil über Jahre hinweg vervollkommnet. Die Flasche stieg steil auf, sie überschlug sich, und fiel platschend ins Wasser. Mrs. Migsdale trat einen Schritt zurück, um ihre Schuhe vor der nächsten Welle in Sicherheit zu bringen, und blickte der Flasche nach, wie sie auf den Wellen tanzend davongetragen wurde.

Mrs. Migsdale liebte diese Stunden des Tages. Sie war wach, während die ganze Stadt noch schlief. Manchmal konnte sie etwas sehen, das den Träumen der Stadt entsprungen war: eine Meerjungfrau einmal, mit langem schwarzen Haar; sie sang, in einer fremden, Mrs. Migsdale ganz unbekannten Sprache. Einmal auch traf sie einen Wolf, der über den sandigen Strand trabte. Er trug ein rotes Halstuch und lächelte ihr im Vorbeigehen zu. Es schien ihr wie ein beiläufiger Gruß unter Nachbarn.

Mrs. Migsdale nahm ihre Tasche wieder auf und schlenderte am Wasser entlang. Ein Schwarm kleiner brauner Strandvögel rannte mit aufgeregtem Piepsen vor ihr her, ruckartig bewegten sie sich, wie Spielzeugtiere zum Aufziehen. Der Schwarm zweigte sich kurz auf, um einem Büschel Seetang auszuweichen, und schloß sich danach wieder zusammen.

Mrs. Migsdale blieb vor dem Häufchen verschlungener Tangfäden stehen. Etwas glitzerte dazwischen. Manchmal fand sie ihre eigenen Flaschen wieder, die das Meer zurückgetragen hatte. Mit der Fußspitze schob sie den Tang beiseite und erkannte eine bernsteinfarbene Flasche. Es war eine Whiskyflasche, Scotch, sie kannte diese Marke. Diese Flasche war nicht von ihr. Sie zog sie aus dem Tangbündel. Durch das braune Glas konnte sie einen Fetzen Papier erkennen.

Ihre Hände zitterten, als sie die Plastikkappe aufdrehte. Seit fünfzehn Jahren gab sie dem Meer ihre Botschaften mit auf den Weg, doch nie hatte sie selbst eine Flaschenpost gefunden. Sie versuchte, das Stück Papier herauszuschütteln, doch es blieb im Flaschenhals hängen und rührte sich nicht. So ging es nicht. Sie riß ihre Tasche an sich und hastete zum Uferwall, wo die Winterstürme Steinbrocken aller Größen abgelagert hatten.

Mit dem kräftigeren rechten Arm schwang sie die Flasche gegen einen großen Stein, daß sie zerbarst und die Splitter in alle Richtungen flogen. Jetzt ließ sich das Papier aus dem Hals herausziehen. Sie entfaltete es.

Der Zettel war aus einer Zeitung herausgerissen worden, die aus der Zeit vor der Seuche stammte. Da war zu lesen: »Eine fremde Person bringt wichtige Neuigkeiten. Tun Sie sich mit Gleichgesinnten zusammen, verhindern Sie, daß man sich in Ihre Angelegenheiten einmischt. Beweisen Sie Weitblick!«

Mrs. Migsdale kannte den Stil, sie kannte auch diese Schrifttype. Das stammte aus der Horoskopspalte einer

Tageszeitung, die damals in der Stadt gedruckt wurde. Sie las es von neuem, dann schob sie den Zettel in die Manteltasche. Ohne ihr übliches Ritual warf sie die übrigen Flaschen hastig ins Meer und machte sich auf den Heimweg.

›Tun Sie sich mit Gleichgesinnten zusammen …‹ hatte da gestanden. Sie war gespannt, was ihr Freund Edgar Brown dazu sagen würde.

Edgar Brown, der von den meisten Leuten *Buch* genannt wurde, glättete das Stück Zeitungspapier über seinem Knie und starrte es an. Mrs. Migsdale wartete ungeduldig. Sie mochte Edgar, doch konnte er einem manchmal schrecklich auf die Nerven gehen. Fragte man ihn, wie man Eier kochte, dann war es nicht ausgeschlossen, daß er mit erstaunter Miene den Kopf schüttelte und eine Woche später mit einem vollständigen Verzeichnis der Literatur über Eier aus der Bibliothek erschien, in der jeder Aspekt des Problems berücksichtigt war – von der Denaturierung des Eiweißes bei hohen Temperaturen bis zur Bedeutung des Eis in der chinesischen Literatur. Vor der Seuche war er wissenschaftlicher Bibliothekar an der Universität von San Francisco gewesen. Es gab kein Problem, das er nicht mit derselben Sorgfalt anpackte, die er auch auf eine bedeutende theologische Streitfrage verwendet haben würde.

»Ich würde sagen, man hat es aus einer Zeitung herausgerissen«, meinte er schließlich, »vielleicht aus dem *Examiner.* Ich werde den Schrifttyp vergleichen, dann …«

»Das weiß ich doch schon«, unterbrach ihn Mrs. Migsdale. »Aber was meinst du, bedeutet es?« Sie gab ihm keine Gelegenheit zu einer Antwort. »Es soll heißen, daß wir unruhigen Zeiten entgegensehen. Ganz sicher heißt es das.«

»Das scheint mir ein etwas voreiliger Schluß zu sein, Elvira«, sagte Buch.

»Es ist vielleicht etwas voreilig, das heißt aber noch

nicht, daß es ein falscher Schluß ist.« Sie lehnte sich zurück und schaute über die Civic Center Plaza. Sie saßen auf der Treppe zur städtischen Bibliothek, wo Buch wohnte. Auf der Plaza waren Dannyboy und Gambit damit beschäftigt, aus Drähten und glänzenden Aluminiumreflektoren eine merkwürdige Konstruktion zu errichten.

»Gambit baut eine Äolsharfe«, sagte Buch. »Er will die Drähte vom Dach des Rathauses auf die Plaza herunterziehen. Die Scheinwerferreflektoren verstärken das Geräusch, wenn der Wind durch die Drähte bläst.«

Mrs. Migsdale schaute ihn an. »Es hat keinen Sinn, jetzt einfach das Thema zu wechseln.«

Er runzelte die Stirn. »Nun gut, dann nehmen wir einmal an, du hättest recht, und wir müssen mit Schwierigkeiten rechnen. Erinnerst du dich, was passierte, als die Black Dragons versuchten, ihr Territorium bis in die Innenstadt auszudehnen? Die Stadt hat sich recht schnell der Sache angenommen.«

»Geister«, sagte Mrs. Migsdale, »die Stadt hat sie mit Geistern in die Flucht geschlagen. Aber was, wenn wir es mit jemandem zu tun haben, den man nicht so leicht erschrekken kann?«

»Ich verstehe nicht, weshalb du dir solche Sorgen machst«, knurrte Buch. »Laß uns abwarten, was passiert – und wenn es soweit ist, nehmen wir uns der Sache an.«

Sie zuckte die Achseln und blickte über die Plaza hinüber zu Dannyboy und Gambit. Tommy, Rubys Sohn, half ihnen, vielleicht war er auch nur im Weg. Das Aluminiumblech glänzte in der Sonne, und mit einemmal verspürte Mrs. Migsdale lähmende Traurigkeit – als würde sie auf dieses Bild aus einer Zukunft zurückblicken, die mit solch unbeschwerten Tagen nichts mehr gemein hatte.

»Ich habe noch immer nichts von Leon gehört«, sagte sie und gab nun den wahren Grund ihrer Beunruhigung zu erkennen. Leon war einer der Händler, die sie regelmäßig mit Neuigkeiten aus dem übrigen Kalifornien versorgten.

»Ich habe ihn schon vor ein paar Wochen erwartet, aber man hört nichts von ihm.«

»Er ist eben etwas später dran als sonst«, meinte Buch. »Das wird es sein.«

»Vielleicht.« Sie fühlte plötzlich ein Frösteln und erschauerte. »Nachts, wenn ich dem Rauschen der Brandung zuhöre, dann kommt es mir vor, als wollte man mir eine Warnung zuflüstern.«

Buch rieb sich nervös die Hände.

»Und dir geht es nicht anders.«

»Ganz sicher bin ich mir nicht«, gestand er zögernd. Er legte ihr den Arm um die Schultern. Es machte sie sehr froh. Dieser störrische, schwerfällige Mann – aber was für ein großartiger Freund. Zusammen konnten sie überstehen, was immer die Zukunft bringen würde.

Erster Teil

Die Stadt der Träume

1

Es war sechzehn Jahre, bevor Mrs. Migsdale die Flaschenpost fand, daß Mary Laurenson eine Tochter zur Welt brachte. Sie lag auf dem Doppelbett im Schlafzimmer eines verlassenen Farmhauses und krallte die Hände in das Messinggestänge des Betts. Bei jeder Wehe stöhnte sie auf vor Schmerz und Angst, doch gab es niemanden, der sie hören konnte.

Es schien ihr, daß dieses Stöhnen von irgendwoher kam und höchstens zufällig mit ihrem Körper zu tun hatte. Sie fühlte zwar, wie die Schmerzenslaute ihre Kehle vibrieren ließen, doch ließ sich nichts dagegen tun. Sie konnte sie ebensowenig unterdrücken, wie sie die Wehen unterdrükken konnte, die sie quälten.

Sie war allein. Als sie aus San Francisco floh, da wollte sie allein sein. Sie wollte sich verkriechen und für niemanden auffindbar sein. Aber sie hatte nicht gewußt, daß es so schwer sein würde.

Die ersten Wehen kamen am frühen Abend. Um Mitternacht war die Fruchtblase geplatzt. Jetzt schien draußen wieder die Sonne. In den Mandelbäumen vor dem Fenster sangen die Amseln und huschten von Ast zu Ast. In den kostbaren Augenblicken zwischen zwei Wehen, wenn die Muskeln sich etwas entspannten, hörte sie den Gesang. Doch wenn die nächste Wehe kam, dann nahm sie nichts anderes mehr wahr als das eigene Stöhnen und das schwere Schlagen ihres Herzens.

Das war nicht mehr ihr Körper. Viele Stunden hatte sie

gekämpft, um mit ihrem Willen das Geschehen zu beeinflussen, hatte sich vergeblich bemüht, so zu atmen, wie man es sie gelehrt hatte, und sich zwischen den Krämpfen zu entspannen. Nun hatte sie es aufgegeben. Sie ließ diesem fremden Körper seinen Willen. Sie lockerte den Griff um das Bettgestell und legte die Hände zu beiden Seiten auf das Bett; irgendwie mußte sie doch eine Position finden können, in der die Schmerzen nachließen. Wieder eine Wehe, und die Finger krallten sich in den schweißgetränkten Bettüberwurf, auf dem sie lag, und zerrissen den Stoff.

Ihr Geist verhielt sich nicht weniger eigenmächtig als ihr Körper. Ihre Gedanken schweiften unkontrolliert umher. Sie halluzinierte und sah ihren verstorbenen Mann auf der Bettkante sitzen, hörte, wie er ihr zuredete, doch so zu atmen, wie sie es im Kurs für werdende Mütter gelernt hatte. Was er verlangte, war unmöglich: Ihr Körper tat, was er wollte – sie hatte lange schon nichts mehr zu sagen.

»Hilf mir«, schluchzte sie, streckte ihre Hand nach der Erscheinung aus. Sie griff ins Leere. »Hilf mir, verdammt noch mal!« Ihr Mann verschwand, verblaßte einfach im goldenen Sonnenlicht, das nun das Zimmer erhellte.

Das war nicht die Sonne, erkannte sie mit einemmal. Das goldene Leuchten kam von einer geflügelten Gestalt neben dem Bett. Wieder streckte sie die Hand aus und spürte, welche Wärme von diesem Licht ausging.

»Ich werde dir helfen«, sagte der Engel. Seine Stimme schien aus ihrem Körper zu kommen, sie spürte sie nicht anders als das Zittern in ihren Beinen und die Kontraktionen in ihrem Leib. »Überlaß es mir, dem Kind einen Namen zu geben, und ich werde dir helfen.«

Sie keuchte, bäumte sich auf, als die nächste Wehe herankam. »Ja!« schrie sie. »Ja, hilf mir, bitte hilf ...« Das wärmende Licht hüllte ihr Gesicht ein und ließ sie die Augen schließen.

Die Wehen kamen nun in kürzeren Abständen, nur noch eine einzige, andauernde Welle von Schmerz spürte sie. Sie hielt die Augen geschlossen und konzentrierte sich aufs Pressen. Sie spürte, wie der Kopf des Kindes die Öffnung dehnte. Sie preßte wieder, ihre einzige Hoffnung auf Erlösung von den Schmerzen, die ihren Körper zu zerreißen drohten.

Die Erlösung kam recht schnell, als das Kind aus ihrem Körper glitt. Einen Augenblick lang lag sie ganz still, dann kamen die Krämpfe wieder, als sie versuchte, die Plazenta auszustoßen. Sie spürte, wie eine kleine Hand ihren Schenkel berührte, und griff nach dem Kind. Mit einem Zipfel der Bettkante wischte sie Blut und Schleim von dem winzigen Gesicht. Ein Mädchen; es schnappte nach Luft, begann zu wimmern, öffnete die Augen und richtete sie schielend auf seine Mutter. Und nicht lange darauf schlief Mary ein, das Kind an der Brust. Nur einmal, als die abendliche Brise durch das offene Fenster wehte, wachte sie kurz auf.

Mary hatte dem Kind nie einen Namen gegeben. ›Baby‹ oder ›Kind‹ nannte sie die Kleine, manchmal auch ›Tochter‹. Sie wußte nicht, ob der Engel je zurückkehren würde mit einem Namen für das Kind, aber es schien ihr das klügste, abzuwarten. Mary hatte ihren Mann und alle Freunde durch die Seuche verloren, das hatte sie vorsichtig gemacht. Ein Name konnte vielleicht eine Gefahr darstellen – konnte er nicht die Aufmerksamkeit des Schicksals Universum erregen? Dann war es sicherer, namenlos zu sein.

Wenn sie ernsthaft darüber nachdachte, dann kam es ihr unsinnig vor, dem Kind keinen Namen zu geben. Aber nach Sinn und Unsinn hatte Mary nie viel gefragt. Und wozu brauchte ihr Mädchen denn einen Namen. Es wußte immer, wer gemeint war, wenn die Mutter rief. Denn sonst war da niemand, den sie hätte rufen können.

Das Mädchen wuchs auf und wurde immer unbändiger. Ein Mädchen, das auf Bäume kletterte. Es zog los, um Feld und Wiese um das Farmhaus herum zu erforschen, jagte die verwilderten Rinder auf den überwucherten Weiden. Sie schien sich vor nichts zu fürchten. Aber hieß das nicht auch, daß sie zu nichts und niemandem Vertrauen hatte? Irgendwie gehörte beides zusammen, dachte Mary.

Spät am Abend, wenn das Mädchen schon fest schlief, schlich sich Mary in ihr Zimmer. Das Kind lag auf der Seite, zusammengerollt wie ein Fuchs im Bau, und sein Atem ging langsam und gleichmäßig. Unbewußt glich Mary ihren Atemrhythmus dem der Tochter an. Vorsichtig streichelte sie ihre Hand. Es tat so gut, dieses warme Leben zu spüren.

In solchen Nächten wartete Mary auf etwas, das sie niemals ausgesprochen, nicht einmal sich selbst eingestanden hätte. Sie wartete auf den strahlenden Engel, daß er kam und den Namen für ihre Tochter brachte, um sie dann mit sich fortzunehmen. Mary wachte bei ihrer Tochter, bis sie im Stuhl neben dem Bett der Schlaf übermannte.

Meist erwachte sie dann neben einem leeren Bett. Beim ersten Morgengrauen war ihre Tochter hinausgeschlüpft, nur ein Bündel leerer Laken lag noch da. Sie war schon unterwegs, auf der Suche nach Vogelnestern, legte Schlingen für Kaninchen aus, fing Krebse im Bach oder suchte in den verlassenen Farmhäusern der Umgebung nach Dingen, die man auf dem Markt tauschen konnte.

Als das Mädchen neun Jahre alt war, fand sie in einem Haus ganz in der Nähe die Glaskugel. Sie lag auf einem Wandbrett zusammen mit allerlei Krimskrams, fast versteckt hinter einem Empire State Building aus Blech und einer Mickymaus aus Porzellan. Mit den Fingern wischte sie die dicke, pelzige Staubschicht von der Kugel. Obwohl es ein trüber Nachmittag war, und nur wenig Licht durch die schmutzigen Fenster bis hin zum Wandbrett gelangte, fühlte sich die Kugel in ihren Händen warm an.

Das Mädchen starrte angestrengt durch das schmutzige

Glas und konnte undeutlich rechteckige Schemen wahrnehmen. Wenn sie die Kugel hin und her bewegte, dann war da ein Flimmern hinter dem Glas.

Sie trat unter das Vordach des Hauses, wo es heller war, rieb die Kugel mit dem Ärmel ihrer Bluse blank und starrte ins Innere. Häuser wie Türme standen da mit quadratischen Fenstern eines neben dem anderen. Das größte davon war aber nicht rechteckig, sondern lief nach oben spitz zu, eine Art Pyramide. Sie schüttelte die Kugel, und goldene Flocken wirbelten und regneten über die Häuser.

Noch nie hatte sie etwas so Schönes gesehen. Die goldenen Flocken blitzten im Sonnenlicht auf, als sprühten Funken. Wenn sie nur genau genug hinsah, dachte sie, würde sie die Menschen in den winzigen Autos erkennen, die bewegungslos auf der Straße standen. Sie konnte endlos diese Kugel in ihren Händen drehen, es war ein schönes Gefühl. Unten auf der schwarzen Standfläche war in goldenen Lettern eingeprägt: ›Andenken an San Francisco‹.

Die Mutter hatte ihr schon von San Francisco erzählt. Gutenachtgeschichten begannen regelmäßig: »Damals in San Francisco, vor der Seuche …« Die Geschichten waren seltsam und oft unzusammenhängend, beliebige Episoden aus dem Leben ihrer Mutter. Begeistert erzählte sie vom chinesischen Neujahrsumzug, daß man fast den Geruch vom Schießpulver der zahllosen Knallkörper riechen konnte. Oder es waren Erinnerungen an Nachbarn, an die alte Frau mit ihren neunundzwanzig Katzen, an den jungen Mann, der auf dem Dach seine Tai-Chi-Übungen zu machen pflegte.

Aus den Erinnerungen ihrer Mutter hatte sich das Mädchen ein eigenes Bild von San Francisco gemacht: Es war ein Ort, nicht weniger fremd als das Land Oz, wo über unglaublich steile Hügel Straßenbahnen an Seilen gezogen wurden. Einmal hatte sie ihre Mutter gefragt, ob sie nicht dorthin zurückgehen konnten. Die Mutter hatte den Kopf geschüttelt: »Es sind zu viele Geister dort in der Stadt. Ich kann nicht zurück.«

Das Mädchen nahm die Kugel mit nach Hause, zusammen mit den anderen Kleinigkeiten, die sie diesmal erbeutet hatte: ein Klappmesser, dessen Griff mit falschen Perlen verziert war, ein Kartenspiel mit Fotos nackter Frauen, ein Satz Scheren, die dem Umriß eines Storches nachgebildet waren. Zu Hause angekommen, legte sie Messer und Kartenspiel zu den anderen Sachen, die sie auf den Markt bringen wollte. Die Schmuckscheren gab sie ihrer Mutter. Die Glaskugel aber behielt sie für sich. Am Abend, bevor sie schlafen ging, schüttelte sie noch einmal die Kugel und schaute zu, wie die goldenen Flocken über die Hochhäuser der Stadt fielen.

Schon als sie noch recht klein war, hatte das Mädchen sich selbst beigebracht, wie man jagte. Nicht weit von ihrem Haus türmte sich ein Trümmerhaufen aus Betonbrocken, Überreste einer Autobahnbrücke, die bei einem Erdbeben eingestürzt war. Hier gab es unzählige Höhlen und Gänge, ein ganzes Labyrinth, das nur darauf wartete, von einem Kaninchenvolk besiedelt zu werden. Anfangs fing sie die Kaninchen in geschickt erdachten Schlingen. Später machte sie sich eine Schleuder aus einem Stück Fahrradrahmen und dem Gummi, das sie aus dem Schlauch herausgeschnitten hatte. Mit der Schleuder in der Hand wartete sie, während sie bequem auf einem sonnenwarmen Betonblock lag, daß die Kaninchen im weichen Purpurlicht der Abenddämmerung zum Fressen herauskamen. Auch im Dämmerlicht traf sie selten daneben.

Auf einer Farm, nicht weit von zu Hause, fand sie ein großes illustriertes Lexikon. Zwar hatte ihr die Mutter das Lesen beigebracht, doch gefiel ihr das Lexikon hauptsächlich wegen der Abbildungen. Sie trug es nach Hause, immer mehrere Bände auf einmal. Nach fünf Gängen hatte sie das Alphabet beisammen. An den Winterabenden lag sie am Feuer und vertiefte sich in die Bilder von fremden

Ländern und seltsamen Gerätschaften. Im Band mit dem Buchstaben ›W‹ fand sie die Abbildungen verschiedener Waffen. Das brachte sie auf die Idee, sich eine Armbrust zu bauen. Sie sägte im Garten einige junge Mandelbäume ab, bis sie einen fand, der die richtige Spannkraft für einen Armbrustbügel hatte; den Schaft schnitzte sie aus einem Stück Holz, das sie in der Scheune fand. An den langen Sommertagen übte sie im Garten das Schießen. Bald schoß sie hervorragend.

Die Sommer im Tal waren sehr heiß. Der Winter brachte Regen. In jedem Frühling blühten die Mandelbäume am Haus von neuem, und jeden Herbst sammelte sie mit der Mutter die Mandeln auf. Sie schälten sie und brachten sie zum Markt. Jeden Abend, bevor sie schlafen ging, schüttelte das Mädchen die Glaskugel. Manchmal träumte sie von San Francisco.

2

Als Dannyboy acht Jahre alt war, machte er die unvergeßliche Erfahrung, daß man durch Kunst die Welt verändern konnte. Und er machte diese Erfahrung in einer kleinen Gasse an der Mission Street, in San Francisco. Dannyboy hatte sich hinter einen großen Müllcontainer verkrochen und beobachtete einen Mann, der eine Wand bemalte.

Der Mann tanzte, seine bloßen Füße stampften den Rhythmus auf den Asphalt. Er trug ein rotes Halstuch und zerlumpte Jeans, die über den Knien abgeschnitten waren. In jeder Hand hielt er eine Sprühdose mit Farbe. Er schwenkte die Arme hin und her, mit weit ausholenden Gesten, die an der roten Backsteinmauer farbige Spuren hinterließen. Und während er so malte, sang er mit kehliger Stimme. Dannyboy verstand nicht, was er da sang – er war nicht einmal sicher, ob es Wörter waren und nicht nur Grunzlaute und unsinnige Silben.

Um sich herum hatte er im Kreise eine Reihe Schälchen aufgestellt, es waren Gehäuse von Seeohren. In jedem der flachen Schneckengehäuse glimmte ein Häufchen Kräuter, von denen stechender Rauch aufstieg, der in einer wirbelnden Wolke durch die Gasse zog.

Doch konnte Dannyboy durch den Qualm noch erkennen, was für Bilder auf der Wand entstanden. Eine Herde dickbäuchiger Pferde, mit Mähnen, kurz und steif aufgerichtet wie die Borsten einer Zahnbürste, gallopierte in Richtung Mission Street. Ein Hirsch reckte stolz sein prächtiges Geweih gegen den qualmüberzogenen Himmel. Eine schwungvoll gebogene Linie aus rotbrauner Farbe stellte den buckligen Rücken eines Büffels dar. Während Dannyboy zusah, kam noch ein roter Schlitz hinzu, das Auge des Tiers.

Ohne lange nachzudenken bückte sich der Mann, um eine Sprühdose abzusetzen und eine andere aufzunehmen; er machte daraus eine Bewegung seines Tanzes. Nun reckte er die Arme in die Höhe, und oben auf der Mauer erschienen Vögel – geschwungene Linienpaare, die an Vögel denken ließen. Für Dannyboy waren es Gänse, die in V-Formation dahinflogen.

Das alles schlug Dannyboy in seinen Bann. Bereit, jederzeit in sein Versteck zu flüchten, schob er sich näher. Seine Füße hatten wohl ein Geräusch auf dem Asphalt gemacht, denn der tanzende Mann warf einen kurzen Blick in seine Richtung, zeigte ein kurzes Lächeln – mehr ein Aufblitzen der weißen Zähne in seinem dunklen Bart – und deutete auf ein Bündel Kräuter, die an der Wand lagen.

Zuerst, ganz vorsichtig, nahm Dannyboy davon, es war Salbei und *Yerba buena*, und streute es in die Schneckengehäuse. Der dicke Qualm drang in seine Lunge und ließ ihn ein wenig schwindeln. Dann versuchte er die Tanzbewegungen des Mannes nachzuahmen, indem er außerhalb des

Kreises hin und her hüpfte. Mit einem Büschel Salbei versuchte er den Qualm zu vertreiben.

Der Mann malte eine blaue Wellenlinie, das Meer. Darin ließ er einen Schwarm Fische und einen riesigen Wal schwimmen. Sein Gesang veränderte sich, wurde höher und schneller. Er malte ein Rudel Hirsche, dann eine Rinderherde. Sein Tanz wurde wilder und wilder, Schweiß glänzte auf seinem nackten Rücken. Er schnappte sich eine Dose mit grauer Farbe, und schon war ein Wolf in der rechten Ecke der Wand entstanden. Ganz unerwartet ließ er die Sprühdose fallen, machte einen Satz weg von der Wand und landete neben Dannyboy.

Dannyboys Ohren klangen in der plötzlichen Stille. Er starrte den Mann an, merkwürdigerweise fühlte er nicht die geringste Furcht vor ihm. Lockiges, braunes Haar bedeckte Arme, Brust und Rücken des Mannes. Unter den Haaren schimmerte rötlichbraune Haut durch, es war die Farbe frisch geschnittenen Redwoodholzes. Etwas an der Art, wie er dastand – entspannt, doch aufmerksam und jederzeit fluchtbereit –, erinnerte Dannyboy an die verwilderten Hunde, die in den Straßen der Stadt herumstreunten.

»Ich heiße Dannyboy.«

Der Mann sah ihn an. »Sag einfach Randall zu mir.«

Dannyboy schaute neugierig zu, wie Randall sich neben eines der Schneckengehäuse hockte und mit einem farbverschmierten Finger in den schwelenden Kräuterresten herumstocherte. Dann nahm er die Schale, kippte die Asche in seine große Hand und verrieb sie über Gesicht und Körper. Zu Dannyboy gewandt sagte er: »Nimm davon. Das ist gut, es reinigt.«

Dannyboy zog sein T-Shirt aus und rieb sich mit spitzen Fingern ein wenig davon auf Brust und Arme.

»Komm mit«, sagte Randall.

Dannyboy folgte ihm zu dem Flüßchen, das entlang der Eighth Avenue verlief. Mit den Jahren hatte das Wasser die

Asphaltdecke abgetragen und den Unterbau der Straße aus Kies und Schotter freigelegt. Zwischen den Steinplatten hatten Gräser Wurzeln geschlagen und säumten nun üppig grün das Ufer. Als Randall herantrat, hüpfte ein Ochsenfrosch vom Randstein ins rettende Wasser und schwamm davon.

Randall übergoß sich mit Händen voll kalten Wassers, dann schrubbte er Gesicht und Brust mit einem Büschel Gras. Dannyboy tat es ihm nach; er zitterte, als er das kalte Wasser spürte. Als die Asche abgewaschen war, trocknete er sich mit seinem Hemd ab und legte sich dann auf den Gehweg. Es tat gut, den von der Sonne warmen Beton am Rücken zu spüren. Randall setzte sich neben ihn. Dannyboy sah ihn nachdenklich an.

»Warum hast du diese Bilder auf die Wand gemalt, Randall?« fragte er schließlich.

Randall stützte sich mit seiner großen Hand auf den Beton des Gehwegs und wandte sich Dannyboy zu. Er schaute ihn prüfend an. »Wir brauchen mehr Wild in der Gegend hier, Büffel, Rotwild, Fische. Wir brauchen mehr Wild zum Jagen.«

Dannyboy hob erstaunt die Augenbrauen. »Was hat das mit deinem Gemälde zu tun?«

Randall brach sich einen Grashalm und kaute daran. Er schwieg so lange, daß Dannyboy schon dachte, er wollte ihm nicht antworten; aber dann sagte er: »Wenn ich es richtig angefangen habe, dann werden die Zeichnungen das Wild herbeirufen.«

»Was?« Dannyboy überlegte eine Weile. »Das ist so eine Idee von dir, nicht wahr?«

Randall warf den Grashalm beiseite. »Das ist so eine Idee von mir.« Er hob die Schultern. »Schließlich bin ich nur zu einem Sechzehntel Cherokee. Und ich habe die Schulen des Weißen Mannes besucht. Alles, was ich über diese Dinge weiß, kommt von hier.« Er schlug sich mit der Hand auf den Bauch. »Vielleicht habe ich etwas falsch gemacht, kann sein. Aber eigentlich habe ich das Gefühl, daß es richtig war.«

Dannyboy runzelte die Stirn. »Wenn du aber diese Tiere gemalt hast, um sie hierherzubringen, warum hast du dann auch einen Wolf gemalt? Wer möchte denn schon Wölfe in der Stadt?«

Randall lächelte jetzt und zeigte die weißen Zähne. »Das gehört zu meinen Bildern, eine Art Signatur«, sagte er. »Außerdem wären ein paar Wölfe mehr hier gar nicht schlecht.« Er grinste Dannyboy zu, und Dannyboy grinste zurück, obwohl er nicht ganz verstand, was daran so komisch war.

Dannyboy war in San Francisco aufgewachsen. Er war einige Jahre vor der Seuche geboren, doch konnte er sich nur verschwommen an seine früheste Kindheit erinnern. Es hatte da ein Kaninchen aus Plüsch gegeben, sein liebstes Spielzeug; er konnte sich auch an die Hände seiner Mutter erinnern, die ihn aufhoben, wenn er beim Spielen wieder einmal gefallen war und sich die Knie aufgeschlagen hatte. Doch davon abgesehen, waren seine ersten Jahre wie ein weißer Fleck auf der Landkarte.

Nach der Seuche hatte ihn eine ältere Frau namens Emerald gefunden, wie er durch die Straßen irrte. Sie nahm ihn auf wie ein eigenes Kind. Sein Name stammte aus einem Lied, das Emerald gerne sang.

Was Emerald von der wirklichen Welt um sich herum wahrnahm, war recht wenig. Manchmal hielt sie Dannyboy für ihr eigenes Kind; manchmal glaubte sie auch, die heilige Jungfrau zu sein, und verkündete, daß er der neue Messias sei. Doch manchmal erinnerte sie sich auch, wer sie wirklich war und wo sie war, und dann erzählte sie Dannyboy allerlei aus jener Welt vor der Seuche.

Als Kind erforschte Dannyboy die Wolkenkratzer an der Market Street. Er wanderte durch eichengetäfelte Konferenzsäle und durch Büros, die nach Staub rochen. Manchmal las er in den Zeitungen, die überall herumlagen – Buch, der alte Mann, der in der Stadtbibliothek lebte, hatte ihm das Lesen beigebracht. Aber meistens waren die Zeitungen sterbenslangweilig – kurze Notizen über Firmenzusammenschlüsse oder Geschäftsberichte von Gesellschaften, die schon lange nicht mehr existierten.

Büros im Erdgeschoß waren in der Regel ausgeplündert und verwüstet – die Fenster eingeschlagen, die Schreibtische umgestürzt und die Akten überall verstreut. Dannyboy ließ solche Büros links liegen, hier gab es nichts zu lernen. Er suchte jene Räume, die unberührt geblieben waren. Wo sich Staub auf den Papieren abgesetzt hatte, die nun unbeachtet und unbehütet auf den Schreibtischen lagen; wo Mäuse ihren Kot in Schubladen und zwischen den Tasten der Schreibmaschinen hinterlassen hatten. In ausgetrockneten Blumentöpfen hatten nur künstliche Pflanzen aus Plastik überdauert; sie waren noch immer grün, und sogar dieses unvergängliche Grün war durch den allgegenwärtigen Staub blasser geworden.

Dannyboy hatte das Gefühl, daß diese Büros irgendwie noch mit Leben erfüllt waren. Würde man nur den Staub abwischen, die Plastikpflanzen abspülen, dann mußten – glaubte er – die Telefone wieder läuten und die elektrischen Schreibmaschinen wieder summen. Menschen würden hereinstürzen, die Akten zur Hand nehmen und da mit ihren Arbeiten fortfahren, wo sie damals aufgehört hatten. So streifte Dannyboy durch die Büros, immerzu fasziniert und zugleich geängstigt von dem Gedanken, daß die alten Zeiten wiederkehren konnten.

Auf seinem Weg durch eines der Gebäude sah er einmal einen roten Schalter mit dem Hinweisschild: ›Notstromaggregat‹. Ohne lange nachzudenken, legte er den Schalter um.

Es war, als erwachte das Gebäude zum Leben. Von irgendwoher aus der Tiefe kam ein Rumpeln, wurde zu einem gleichmäßigen Summen. Ein leichtes, aber unwiderstehliches Vibrieren breitete sich aus und übertrug sich auch auf seinen Körper. Über seinem Kopf flackerten Neonröhren, glühten dann auf in einem unnatürlichen blauweißen Licht. Ein klickendes Geräusch erklang. Kalte, muffig riechende Luft wurde aus einem Ventilator geblasen. Der Luftstrom zeichnete Muster in die Staubschichten, die seit mehr als einem Jahrzehnt unberührt geblieben waren.

Er wartete ab. Die kalte Luft machte ihn frösteln, doch geschah nichts weiter. Vorsichtig schlich er sich in fensterlose Räume in der Tiefe des Gebäudes, von denen er früher nichts hatte sehen können. Bei jedem ungewohnten Geräusch zuckte er zusammen, beim Summen einer Kopiermaschine, dem Flüstern der Klimaanlage, dem zarten Klick-Klick-Klick, mit dem der Sekundenzeiger einer elektrischen Uhr seine Runde machte und die Sekunden eines vergangenen Zeitalters verstreichen ließ. Er blickte hinter sich, doch sah er auf dem staubigen Boden keine anderen als seine eigenen Fußabdrücke. Auf einem Eckschreibtisch leuchtete ein rotes Lämpchen. Da stand ein Diktiergerät. Er ließ die Finger über die schwarzen Tasten spielen, wischte den Staub ab. Zögernd drückte er eine Taste, auf der stand: PLAY.

Dannyboy sah, wie sich die Spulen drehten, kaum zu sehen hinter dem staubigen Plexiglasdeckel. Eine blecherne Stimme meldete sich aus dem Kopfhörer, der auf dem Schreibtisch lag. Er nahm ihn, hielt ihn an sein Ohr. Es war ein Mann, der da sprach: »... Verzögerungen in der Auslieferung durch Krankheitsfälle. Folgende Niederlassungen haben Fehlbestände gemeldet ...«

Dannyboy ließ den Kopfhörer fallen und rannte davon, getrieben von einer instinktiven Angst. Es war nicht die Stimme in diesem Kästchen, die er fürchtete, es war die Atmosphäre dieses Raumes, die so bedrückend war und ihm suggerierte, daß die Vergangenheit wiederkehren würde, um die Stadt wie ehedem in Besitz zu nehmen.

Emerald hatte ihm von den Menschen in Anzügen und Kostümen erzählt, die in diesen Hochhäusern gearbeitet hatten. Mit einemmal hatte er Angst, daß die grauen, gesichtslosen Menschen, die an diesen Schreibtischen zu sitzen pflegten, ihn ertappten, wie er mit ihren Sachen spielte. Es würde ihnen gar nicht gefallen, und sie würden ihn nicht wieder aus ihren Klauen lassen. Er floh aus dem Gebäude und betrat es nie wieder.

Als Dannyboy acht Jahre alt war, fiel Emerald aus dem Fenster eines Hauses. Sie fiel fünf Stockwerke tief und war auf der Stelle tot. Dannyboy war sich nicht sicher, was die Ursache ihres Sturzes war, aber er glaubte, daß es geschah, als sie versuchte, nach dem Vollmond zu greifen, der ganz niedrig am Himmel hing.

3

Als *Maschine* fünfzehn Jahre alt war, verliebte er sich in seine Biologielehrerin. Das war natürlich vor der Seuche und bevor er wußte, daß er eine Maschine war. Sein Vater nannte ihn Jonathan, und so hielt er sich für einen Menschen, obwohl er doch ganz eindeutig anders war als alle Kinder seines Alters.

Er besuchte eine private Oberschule für besonders begabte Kinder. Er war nicht gerade angetan von dieser Schule – was sie da lernten, war einfach zu simpel, und seine Mitschüler waren Idioten. Er wußte seit damals, als er über ein Datennetz in den Zentralcomputer der Schule eingedrungen war und seine Akte gelesen hatte, daß die Lehrer ihn für einen krankhaften Sonderling hielten. Dieser Meinung war auch Dr. Ward, der Psychiater, zu dem er einmal die Woche ging. Er beteiligte sich nicht am mündlichen Unterricht, er haßte Sport, er versuchte sich zu drücken, wenn in Gruppen gearbeitet werden sollte. Während des Unterrichts beschäftigte er sich die meiste Zeit mit dem Entwerfen und Berechnen komplizierter Apparate: ein Kugelgelenk für eine Maschine, die gehen konnte, ein Spiralbohrer für eine Erdaushubmaschine, die Rotorblätter eines Hubschraubers.

Sein Vater war Ingenieur und arbeitete in der Roboterforschung. Ein Mann mit spärlichem Haar, einem leicht fliehenden Kinn und strahlend blauen Augen. Auch seine Mutter war wohl Ingenieurin irgendeiner Fachrichtung gewesen. Sie hatte den Vater verlassen, als Maschine gerade sechs Jahre alt war. Manchmal, meist an irgendwelchen Feiertagen, kam sie von Tokio geflogen, wo sie bei einem internationalen Konzern arbeitete. Bei diesen seltenen Besuchen behandelte der Vater sie mit etwas bemühtem Respekt und fragte wohl aus Höflichkeit nach ihrem neuesten Projekt.

Die Mutter von Maschine schien sich in Gegenwart des Kindes unbehaglich zu fühlen. Sie war für ihn eine süßlich duftende Fremde, die ihn regelmäßig mit dem neuesten japanischen Spielzeug zum Aufziehen versorgte. Sobald sie abgereist war, zerlegte er die hübschen Apparate in seiner Kellerwerkstatt in ihre Einzelteile, bestaunte den komplizierten Mechanismus und baute sie mit kleinen Verbesserungen wieder zusammen.

Miss Bruner, seine Biologielehrerin, war schlank und dunkelhaarig wie seine Mutter. Maschine verliebte sich in dem Augenblick in sie, als er sie zum ersten Mal sah. In ihrer ersten Unterrichtsstunde hatte sie ihn angelächelt und ihn aufgefordert, sich doch in die erste Reihe zu setzen. Das genügte schon. Wenn *sie* unterrichtete, hörte er zu. Wenn sie sich auf den Rand des Pults setzte und über nichts weiter als Mitochondrien redete, dann ging sein Atem schneller. Zwar meldete er sich noch immer nicht zu Wort, aber er lächelte sie an, und wenn sie zurücklächelte, hatte er das Gefühl, daß es ein ganz besonderes Lächeln war, das sich von ihrem Lächeln für die anderen unterschied.

Kurz nach Beginn des Schuljahrs fing er an, eine künstliche Hand zu konstruieren, die er als praktische Arbeit in den naturwissenschaftlichen Fächern beim Schulwettbewerb präsentieren wollte. Ursprünglich hatte er eine Maschine mit sechs Beinen geplant und monatelang zusammengetragen, was er an Kenntnissen in Robotik dazu benötigte. Doch seit seine Gedanken um Miss Bruner kreisten, verlor er das Interesse daran: Er überlegte, ob sie nicht am meisten eine Verknüpfung von Mensch und Maschine zu schätzen wüßte.

Wochenlang brütete er über künstliche Gelenke und Gliedmaßen; er las wissenschaftliche Artikel, die er von zu Hause aus über den Computer seines Vaters auf den Bildschirm zaubern konnte. Er benutzte die für seinen Vater reservierten Codeworte und schaltete sich so in ein Schwarzes Brett für Robotiker ein, wo er eine lebhafte Diskussion über die Möglichkeiten der Verknüpfung von Mensch und Maschine in Gang brachte.

In seiner Kellerwerkstatt arbeitete er viele Stunden an den Einzelheiten der künstlichen Hand. Er hätte sich für Gelenke aus Silikon und Plastik entscheiden können, doch arbeitete er lieber mit Metall. Winzige Teile mußte er mit höchster Präzision einander anpassen. Er liebte Metall, seinen Glanz und seine Kälte, die man beim Anfassen spürte.

Mit der Kreditkarte seines Vaters bestellte er sich die Sensoren, die die elektrischen Signale seiner Muskeln erfassen konnten, um sie dann auf die künstliche Hand zu übertragen. Der Schulwettbewerb kam und ging, aber sein Projekt war zu keinem Ende gekommen. Doch gab er nicht auf, denn er brauchte nur daran zu denken, was Miss Bruner für Augen machen würde, wenn sie eines Tages die künstliche Hand sehen würde.

Dann war es soweit. Was er geschaffen hatte, war wirklich ein Wunderwerk: eine dritte Hand, die man einfach am

Unterarm befestigte. Elektrische Signale, die von der Bauchmuskulatur abgenommen wurden, steuerten die Hand. Er hatte einige Yogatechniken erlernt und konnte nun seinen Atem kontrollieren und die Bauchmuskeln so fein betätigen, wie es für die Steuerung nötig war. Die künstliche Hand ließ sich im Handgelenk drehen, Daumen und Zeigefinger konnte man wie eine Zange schließen, und alle Finger zusammen konnten einen Gegenstand greifen und zuverlässig festhalten. Wenn die Finger sich krümmten, hörte man ein feines Klicken; es erinnerte ihn an Spielzeug, das man aufziehen konnte und das seine Mutter ihm geschenkt hatte.

Am letzten Schultag vor den Ferien packte er sein Werk sorgfältig in einen Karton und nahm es mit in die Schule. Er wollte es nicht vor seinen Mitschülern vorführen und hielt es die ganze Zeit in seinem Spind eingeschlossen. Aber so oft er daran dachte, konnte er ein Lächeln nicht verkneifen.

»Du hast so unglaublich gute Laune heute«, sagte Miss Bruner. Er wischte gerade einen der Labortische. »Du hast wohl tolle Pläne für die Ferien?«

»Ich möchte Ihnen etwas zeigen«, sagte er rasch. »Aber bitte nachher, nach der letzten Stunde, ja?«

Sie runzelte ein wenig die Stirn, aber dann nickte sie. »Meinetwegen.«

Den ganzen Nachmittag über fragte er sich, was dieses Stirnrunzeln zu bedeuten hatte. Aber sie würde gar nicht anders können, als sich über die künstliche Hand zu begeistern. Er würde ihr zeigen, wie man damit schreiben konnte oder die Haare kämmen. Sie würde staunen.

Nach der letzten Stunde holte er den Karton aus seinem Fach. Die Korridore waren voll von Schülern, die ihre Schließfächer leerten und lautstark ihre Ferienpläne diskutierten. Dieses eine Mal hatte niemand Zeit, ihn zu ärgern oder herumzuschubsen. Die Schachtel unter dem Arm, durchquerte er die Korridore.

Der Seitenflügel war fast menschenleer. Vor Miss Bruners Tür war niemand zu sehen und zu hören. Er zögerte und genoß den Vorgeschmack seines Triumphs. Von drinnen hörte er ihre Stimme. Sie sprach mit Mr. Pearce, dem Mathematiklehrer. Er zögerte noch immer, unschlüssig, ob er sein Geheimnis außer ihr noch jemand anderem offenbaren sollte.

»Sicher würde ich gern etwas trinken, aber ich habe dem kleinen Monroe versprochen, mir etwas anzusehen, was er mir unbedingt zeigen will. Er wollte nach der letzten Stunde vorbeikommen.«

Eine tiefe Stimme sagte etwas, das war Mr. Pearce. Maschine hatte ihn nie gemocht: Er hatte einige wirklich gute Entwürfe für die Erdaushubmaschine konfisziert und sie vor der ganzen Klasse zerrissen.

»Ja, da hast du recht.« Miss Bruners helle Stimme war sehr gut zu verstehen. »Er ist wirklich verrückt. Und wie er mich anlächelt, wirklich eigenartig. Ich glaube, aus dem wird entweder ein Massenmörder oder ein Genie wie sein Vater.«

Maschine erstarrte. Seine Hände umkrampften den Karton. Mr. Pearce sagte irgend etwas.

»... daß er mich anhimmelt?« Miss Bruners Lachen ließ ihn frieren. »Großer Gott, ich will es nicht hoffen. Das Jahr ist zum Glück um. Nächstes Schuljahr werde ich diese Klasse nicht mehr unterrichten.«

Ein Stuhl kratzte über den Fußboden, Maschine zuckte zusammen.

»Genau«, sagte Miss Bruner, »laß uns gehen. Ich kann nicht bis zum Abend warten.«

Maschine konnte in den nächsten Korridor flüchten, bevor sie aus der Tür kamen. Sein Vater wartete vor der Schule mit dem Auto. Als er fragte, was in dem Karton wäre, schüttelte Maschine den Kopf. »Nichts Besonderes«, sagte er.

Es war der Sommer, in dem die Seuche ausbrach. Bei seinem Vater zeigten sich die ersten Symptome während der Arbeit, und die Kollegen brachten ihn ins Krankenhaus. Maschine telefonierte mit dem Arzt, der ihn behandelte.

Der Arzt sprach langsam, als wäre er sehr müde. »Wir werden tun, was wir können«, sagte er. »Nein, ich glaube nicht, daß du kommen solltest, um ihn zu besuchen. Klingt, als wärst du noch gesund. Dann versuch es zu bleiben!«

Am anderen Tag wollte Maschine in der Klinik anrufen, aber das Telefon war besetzt. Er programmierte die Wählautomatik, es alle fünf Minuten wieder zu versuchen, doch immerzu war besetzt. Er wanderte durch das leere Haus und sah sich die Nachrichtensendungen im Fernsehen an. »Die folgenden Kliniken haben noch freie Betten«, verkündete der Nachrichtensprecher des Lokalsenders. Die Moderatorin neben ihm sah sehr blaß aus.

Am nächsten Tag war die Telefonleitung der Klinik noch immer blockiert. Die Fernsehmoderatorin war nicht mehr da, eine andere Frau saß an ihrem Platz. Maschine probierte einige Telefonnummern aus und hatte bei Dr. Ward Erfolg, wenn sich auch nur der Anrufbeantworter meldete.

»Bitte sprechen Sie nach dem Piepton eine Nachricht auf das Band.«

»Dr. Ward, hier ist Jonathan Monroe.« Dann zögerte er, denn er hatte nicht überlegt, was er sagen wollte. »Mein Vater ist im Krankenhaus, und ich weiß nicht, was ich machen soll. Könnten sie zurückrufen?«

Dr. Ward rief niemals zurück.

Das Fernsehen meldete, daß der Präsident den Notstand verkündet hatte. Danach starb er selbst an der Seuche. Der Vizepräsident übernahm die Amtsgeschäfte und wurde dann ebenfalls krank. »Die Polizei rät, zu Hause zu bleiben«, sagte der Fernsehsprecher. »Bewahren Sie Ruhe.«

Maschine blieb ruhig. Und er blieb zu Hause. Er wanderte durch die leeren Zimmer, die Satellitenantenne brachte Fernsehprogramme aus der ganzen Welt ins Haus.

In den Nachrichten sah man Krawalle in den Straßen. Krawalle in New York, in Washington, Tokio und Paris. Am sechsten Tag war die Telefonnummer der Klinik nicht mehr besetzt. Er ließ es klingeln und klingeln, doch niemand meldete sich.

Einen ganzen Monat lang ging er nicht aus dem Haus. Er lebte von Konserven und dem Vorrat in der Tiefkühltruhe. Nach all den Gewalttätigkeiten, die im Fernsehen zu sehen waren, fürchtete er sich, das Haus zu verlassen. Er wußte ja nicht, was er da draußen vorfinden würde. Er blieb im Haus, wo die Maschinen für ihn sorgten. Er vertraute den Maschinen, verließ sich ganz auf sie. Der Haushaltscomputer weckte ihn am Morgen und erinnerte ihn am Abend, daß es an der Zeit war, zu schlafen. Das Licht auf der Veranda schaltete sich automatisch an und aus. Eine Maschine besorgte den Abwasch, eine andere wusch die Wäsche. Ein Putzroboter, ausgeliehen aus einem Labor der Universität Stanford, zog unablässig durchs Haus und vertilgte alles, was an Papierschnitzeln und Brotkrümeln herumlag. Manchmal streute Maschine Papierfetzen über den Teppichboden und amüsierte sich damit, dem eifrigen Roboter bei der Arbeit zuzusehen. Die meiste Zeit verbrachte er mit Spielen und Lehrprogrammen an seinem Computer.

Als seine Vorräte an Konserven zur Neige gingen, wagte er sich aus dem Haus, überaus vorsichtig. Er drang in ein Nachbarhaus ein. Er war nicht überrascht, daß niemand zu Hause war. Er plünderte die Küchenregale und fand genug Vorräte für einen ganzen Monat. Mit der Zeit arbeitete er sich so von Haus zu Haus. In einigen Häusern fand er verwesende Leichen. Beim erstenmal war ihm schlecht geworden, doch er lernte schnell, den Ekel zu überwinden. So schnell es nur ging, hastete er dann durch die Räume, nahm die Lebensmittel an sich und lief davon.

Der Anblick der Verwesung half ihm, die Wahrheit zu erkennen. Er war überhaupt kein Mensch. Das war auch der Grund, warum er mit seinen Schulkameraden nicht auskommen konnte: Er war etwas anderes als sie. Wenn er gesund und unversehrt geblieben war, wie konnte er da ein Mensch sein! Die Menschen waren tot.

Er dachte darüber nach. Nach langem Grübeln kam er zu dem Schluß, daß sein Vater ihn erbaut haben mußte, wobei die Mutter ihm geholfen hatte. Im nachhinein war es doch allzu offensichtlich. Seine Mutter hatte ihn gemieden, weil er nicht so perfekt gelungen war, wie sie sich das erhofft hatte. Das paßte alles ohne Widerspruch zusammen. Also entschied er, daß ihm der Name Jonathan Monroe nicht zustand und irreführend war. Er nannte sich von da an *Maschine*. Seine Aufgabe war, andere Maschinen zu bauen. Er wunderte sich, daß er so lange gebraucht hatte, um darauf zu kommen.

4

Als Mary Laurensons Tochter sechzehn Jahre alt war, geschah etwas, das ihr Leben grundlegend veränderte. Es begann damit, daß sie mit der Mutter nach Woodland zum Markt ritt.

Sie und die Mutter erwachten, als es draußen noch dunkel war. Nur ein schmaler Streifen Helligkeit am Horizont verriet den anbrechenden Tag. Die Mutter legte der Stute die Satteltaschen über, die gefüllt waren mit Mandeln aus dem Garten, Kaninchenfellen und Flaschen mit selbstgemachtem Aprikosenschnaps. Das Mädchen sammelte die Schätze auf, die sie in den Häusern der Umgebung gefunden hatte: zwei Taschenmesser, einen scharfen Dolch mit Horngriff, einen Satz Schraubenschlüssel, eine Taschenuhr, die noch immer funktionierte, eine Spieluhr, die ›Jingle Bells‹ spielte, und ein ganzes Sortiment Schmuck.

Den Schmuck hatte sie angelegt: Armreifen an einem Handgelenk, ein silbernes Armband mit Amuletten an dem andern, dazu einen goldenen Trauring, einen billigen Ring mit einem blutroten Granat, und einen diamantenbesetzten Verlobungsring, der auch in dem schwachen Morgenlicht schon funkelte. Das Mädchen ritt ohne Sattel auf dem Fohlen der Stute. Es war gerade ein Jahr alt, und sie nannte es ›Junges‹, weil ihr kein besserer Name eingefallen war. Ihren Golden Retriever, den sie ›Hund‹ riefen, ließen sie zurück, damit er das Haus bewachte.

Man brauchte zu Pferd etwa zwei Stunden nach Woodland. Die Straße schlängelte sich durch eine Wiesenlandschaft, denn was einmal bebautes Land gewesen war, war längst überwuchert. Die Stacheldrahtzäune zwischen den Farmen waren dem Rost zum Opfer gefallen. Nur hier und da war ein Zaunpfahl stehen geblieben, schwarze Stümpfe, die noch eben aus dem hohen Gras ragten. Das verwilderte Vieh auf den Wiesen hob die Köpfe und beäugte die vorbeireitenden Frauen.

Sie hatten vielleicht die halbe Strecke nach Woodland hinter sich, als sie im Schatten eines Walnußbaumes ein Dreirad stehen sahen. Zwischen den Hinterrädern war eine breite Ladepritsche, auf der Säcke aus Segeltuch lagen. An der Pritsche war ein Schild, auf dem stand: ›Bücher – Verkauf und Tausch‹.

Eine Stimme meldete sich aus dem Schatten: »Hallo, ihr da drüben! Könnt ihr mir sagen, wie weit es nach Woodland ist? Ich will zum Markt.« Bei dem Baum stand ein junger Mann.

Die Mutter zügelte ihre Stute und hielt an. »Nicht allzu weit. Mit dem Pferd ungefähr eine Stunde.«

Der junge Mann grinste. Er lehnte sich bequem an den Baumstamm und verschränkte die Hände im Nacken. Er war sehr schlank und braungebrannt. »Gibt es größere Steigungen auf dem Weg?«

»Nicht, daß ich wüßte.« Die Mutter sah ein wenig besorgt aus. »Was haben Sie da für Bücher?«

»Von allem etwas«, sagte er gutgelaunt. »Geschichte, Politik, Religion, Philosophie. Dazu ein paar Romane, damit es nicht zu trocken wird. Und praktische Anleitungen für alles mögliche – wie man sich einen Destillierapparat baut oder einen Windgenerator. Außerdem Kochbücher, medizinische Ratgeber und so weiter. Wirklich alles.«

Das Mädchen sah die Mutter die Stirn runzeln. Sie schwieg einige Augenblicke. In den Bäumen entlang der Straße sangen die Vögel, Insekten summten im Gras.

»Sie waren noch nie in dieser Gegend«, sagte die Mutter.

»Noch nie. Das ist meine erste Tour durch das Land. Ich komme aus der Gegend südlich von Seattle und habe die ganze Strecke entlang gute Geschäfte gemacht.«

»Diese politischen Bücher ...« begann die Mutter.

»Sie interessieren sich für Politik?« unterbrach er sie. »Ich habe eine ziemlich große Auswahl, von Marx bis ...«

»Nein«, sagte die Mutter schroff. »In dieser Gegend ist es nicht ratsam, sich für Politik zu interessieren. Ich wollte Sie warnen. Die Leute von General Miles könnten einige Ihrer Bücher vielleicht beanstanden.«

»General Miles? Ist das nicht dieser Typ, der überall ›Vierstern‹ genannt wird?«

Die Mutter schüttelte unwillig den Kopf. »Sie sollten ihn hier General Miles nennen. Diesen anderen Namen hört er überhaupt nicht gern. Man ist hier sehr ...« Sie zögerte, bevor sie weitersprach. »... konservativ, könnte man sagen. Das beste wäre, Sie würden Ihre Bücher über Politik hier verstauen und sie nach dem Markt wieder abholen.«

»Ach, es ist doch wirklich nichts dabei, über das sich jemand aufregen könnte. Man hat mich überall freundlich aufgenommen.«

Die Mutter schüttelte den Kopf. »Sie werden sich vielleicht noch wundern, worüber General Miles' Leute sich aufregen.«

Der junge Mann grinste. »Ich werd's drauf ankommen lassen.«

Die Mutter öffnete den Mund, als wollte sie noch etwas sagen, doch dann zuckte sie die Achseln. »Dann auf Wiedersehen in Woodland. Ich wünsche Ihnen Glück.«

Das Mädchen winkte ihm zu, als sie vorbeiritten. »Auf Wiedersehen in Woodland.«

Mutter und Tochter hatten eben die ersten Häuser der Stadt erreicht, als drei Männer in khakifarbenen Uniformen den Weg versperrten und ihnen befahlen, anzuhalten. Zwei der Männer trugen Gewehre, der dritte hielt eine Kladde in der Hand. »Auf dem Weg zum Markt?« fragte er. Die Mutter nickte. »Nur ein paar Fragen, Madam. Wir brauchen Auskünfte über den Warenverkehr. Gehört zu den Vorkehrungen des Generals, um Versorgungsengpässe zu beseitigen. Bitte steigen Sie ab.«

Das Mädchen sah die Mutter an. Deren Gesicht war wie versteinert, der Ausdruck nicht zu deuten. »Also gut«, sagte sie ruhig und schwang sich vom Pferd. Widerwillig tat es das Mädchen ihr nach. Diese Kontrollen auf dem Weg zum Markt waren ihr verhaßt. Sie stand neben Junges, so nah, daß sie seine Wärme spürte.

Der Mann mit der Kladde sah auf eine Liste und begann eine Reihe von Fragen herunterzuleiern. »Name? Adresse? Womit handeln Sie? Welche Menge dieser Waren haben Sie bei sich? Wie viele Personen leben in Ihrem Haushalt?«

Die Antworten der Mutter kamen schnell und ohne Zögern.

Einer der Männer hatte Junges am Zaum genommen und streichelte seine Nüstern. Das Gesicht des Soldaten war mit Pickeln übersät, die Haare waren so kurz geschnitten, daß man die Kopfhaut sehen konnte. »Wie heißt du?« fragte er verstohlen.

Sie schüttelte den Kopf und schwieg. Sie schätzte diese Kontrollen nicht; diese Männer und ihre Waffen machten ihr Angst.

»Bleibt ihr länger in Woodland? Heute abend ist Tanz – wirst du hingehen?«

Das Mädchen schüttelte wieder den Kopf. Sie versuchte so ruhig und distanziert wie ihre Mutter zu wirken.

»Tanzt du wirklich nicht gern?« fragte der Soldat verlegen.

Sie hatte den Blick an ihm vorbei in die Ferne gerichtet.

»Immer so freundlich?« Aus dem Augenwinkel konnte sie sehen, daß er sie anstarrte.

»Haben Sie Waffen bei sich?« fragte der Mann mit der Kladde. Das Mädchen hielt ihre Armbrust in die Höhe, die Mutter zeigte das alte Gewehr vor. Alles wurde auf dem Fragebogen notiert.

»Wenn Sie noch die Satteltaschen öffnen könnten, das wär's dann.« Der Mann durchsuchte die Taschen. Er wühlte in den Mandeln hin und her, roch am Aprikosenschnaps, klappte das Kästchen mit den Schraubenschlüsseln auf. Er fand auch den Dolch und betrachtete ihn mit Interesse. Er zog ihn aus der ledernen Scheide und prüfte die Klinge. »Ein gutes Stück«, sagte er.

Der Soldat, der Junges noch immer am Zaumzeug hielt, mischte sich ein. »Die Armee ist ziemlich knapp an guten Messern, nicht wahr, Sergeant?«

Der Sergeant nickte, ohne den Blick von der Klinge abzuwenden. »Das stimmt, Gefreiter. Einen solch guten Dolch findet man heutzutage selten ... Aber ich bin sicher, daß wir es mit patriotisch gesinnten Mitbürgern zu tun haben.« Er blickte auf. »Ich bin überzeugt, daß die Damen in diesem Sinne zu einer kleinen, wenn auch sehr nützlichen Schenkung bereit sind.«

Das Mädchen starrte ihn an, doch die Mutter antwortete rasch. »Wenn es so ist, Sergeant, bin ich froh, meinen Beitrag zum Wohl der Allgemeinheit leisten zu können.«

Der Sergeant nickte und ließ den Dolch in die Scheide zurückgleiten. »Das ist sehr gut«, sagte er, »ich danke Ihnen. Hoffentlich haben wir Ihnen keine Umstände gemacht.« Er hielt ihnen die Kladde entgegen. »Wenn Sie hier noch unterschreiben würden.«

Die Mutter unterschrieb, und sie stiegen auf die Pferde. Das Mädchen entriß dem grinsenden Soldaten die Zügel und trieb Junges an. »Tut mir leid«, sagte die Mutter, als sie außer Hörweite waren.

»Ist schon gut«, sagte das Mädchen, aber ihre Stimme klang ein wenig schrill.

Der Markt fand auf dem Parkplatz eines früheren Supermarktes statt. Als Sonnenschutz hatte jeder Händler auf langen Pfählen eine Plane über seinem Stand aufgespannt. Die Planen überlappten sich von Stand zu Stand und bildeten ein einziges großes Zeltdach aus Flicken in allen Farben. Wenn der Wind darüberfuhr, bauschte es sich auf.

Sie banden die Pferde vor dem Zelt an und gingen hinein. Als die Mutter beim Stand eines Petroleumhändlers anhielt, um etwas einzutauschen, ging das Mädchen allein weiter. Sie schlenderte die Gänge auf und ab, beobachtete neugierig die Leute um sie her. Das durch die bunten Planen gefilterte Sonnenlicht tauchte jeden Stand in ein besonderes Licht: da ein roter Klecks unter einem karminfarbenen Satinbettuch, dort ein strahlendes Orange unter einer Plane aus Nylon. Das grobgewebte Muster eines rosafarbenen Bettüberwurfs überzog den Stand eines Werkzeugverkäufers mit Streifen aus Licht.

In der Hitze des späten Vormittags hatte sich ein intensives Aroma entwickelt. Der Duft von Gemüse und reifem Obst vermischte sich mit dem Geruch von Ziegenkot und gebratenem Fleisch. Es wimmelte vor Leben in dem Zelt, Ziegen meckerten aufgeregt, Hühner gackerten zu den Rufen der Händler. »Salz …, Salz …, gutes Meersalz«, oder »Melonen, reife Melonen«, alles überlagert von dem Lamento eines Predigers, der unbeirrt und unaufhörlich, fast ohne Atem zu holen, aus der Bibel las. Und ebenso unaufhörlich mischte sich darunter das Knattern und Rauschen des Zeltdaches im Wind, als schickte es sich an davonzufliegen wie ein überdimensionaler Drachen.

Die Stimmung erinnerte an ein Volksfest, freudige Erwartung, ja Erregung war zu spüren und übertrug sich auf das Mädchen, so daß sie plötzlich den Wunsch verspürte, mit dem Zelt davonzufliegen, hoch über das Tal hinweg. Alles, was man sah – die Leute, die Vielfalt der Waren –, war so ungeheuer lebendig und neu. Sie starrte eine Schwarze an, die ihr Baby auf den Armen trug: Noch nie hatte sie so schwarze und glänzende Haut gesehen. Sie blieb bei dem Prediger stehen, konnte seinen steifen Bart nicht aus den Augen lassen, der beim Sprechen ins Hüpfen geriet. An einem anderen Stand spielte ein Mann Gitarre, während eine Schar dunkelgekleideter Leute um ihn herum fromme Lieder sangen. Das Mädchen betrachtete eine Weile die Szene, ging aber weiter, als einer der Sänger ihr zurief, näher zu kommen.

Schätze waren in den Marktbuden angehäuft. Mit offenem Mund betrachtete sie Regale, vollgestopft mit Eimern, Töpfen und Pfannen aus Blech. Bei einem Stand mit Werkzeug ließ sie ein schönes Jagdmesser über die Finger gleiten. Glitzernden Schmuck und Armbanduhren gab es zu bewundern. Sogar aus Fresno und Modesto waren Leute hierher zum Handeln und Tauschen gekommen.

Sie folgte dem Duft von gebratenem Fleisch und kam zu einem Stand, wo ein rußgeschwärztes Kind mit großen runden Augen ein ganzes Schwein am Spieß über einem Feuer drehte. Die Mutter, eine schwarzhaarige Hispanierin mit einem scharlachroten Tuch über dem Kopf, nahm den Granatring im Tausch gegen eine fleischgefüllte Tortilla.

Vom anderen Ende des Zeltes hörte man scheppernde Musik; über eine batteriebetriebene Lautsprecheranlage wurden Militärmärsche abgespielt. Das Mädchen ging in diese Richtung, vorbei an einem Stand, an dem Whisky und Apfelwein ausgeschenkt wurde. Aus einer Männerrunde drang das laute Reden eines Betrunkenen. »Gottlose Perverse, genau das sind sie«, grölte er. »Wir haben jedes Recht, nach San Francisco zu gehen und uns zu holen, was uns zusteht. Jedes Recht.«

Am Rand des Zelts war ein großes Areal freigehalten worden. Dort hatte man eine Plattform errichtet. Darüber flatterten rote, weiße und blaue Planen. An jeder Ecke der Plattform stand ein junger, kaum erwachsener Soldat in Habachtstellung. Vor der Menschenmenge, die sich darum angesammelt hatte, blieb das Mädchen stehen. Was für eine unglaubliche Menge von Menschen – das mußten mindestens hundert sein, schätzte sie.

»Was ist hier los?« fragte sie den Händler, vor dessen Bude sie stand. Er saß auf einem hohen Hocker vor einem behelfsmäßigen Regal mit Kräutern und Amuletten, mit Hustensaftflaschen und Gläsern voller Tabletten – Aspirin, Vitaminpillen und ähnliches.

»General Miles wird eine Rede halten«, sagte er.

Die Musik brach ab. Sie wartete und sah nun, wie ein großer, sehr ungesund aussehender Mann auf die Plattform stieg und das Mikrofon nahm. Elektrostatisches Rauschen mischte sich in seine Ansage. »Ich habe die Ehre, Ihnen ...« Ein Knattern der Plane übertönte ihn. »... dieses große Land wieder zusammenzuführen, seine Werte bewahren, die Bürger schützen!« Ein Quietschen wie von einem abgestochenen Schwein fuhr dazwischen. »Ich übergebe an General Alexander Miles, den Mann, der ...« Er riß begeistert die Arme hoch und deutete hinüber zum Rand der Plattform. Seine Stimme ging in den Hochrufen der Menschenschar unter.

Ein stämmiger Mann bestieg die Plattform und blickte stumm über die jubelnde Menge. Sein Gesicht war kantig, das graumelierte Haar streichholzkurz geschnitten. Trotz der Hitze an diesem Tag trug er Mütze und Jackett zu seiner khakifarbenen Uniform. An den Ärmeln sah man goldene Sterne, und goldene Borten zogen sich über den steifen Mützenschirm. Das Sonnenlicht, das durch eine rote Plane genau über ihn fiel, gab dem Gesicht einen rötlichen Teint, so daß die Augen ganz unwirklich blau erschienen. Er verschmähte das Mikrofon und schickte den Mann, der es ihm reichen wollte, mit einer herrischen Geste davon.

»Freunde«, sagte er. Die Stimme klang tief und ruhig, die Leute wurden aufmerksam, das Gemurmel verstummte. »Ich freue mich, Sie alle hier zu sehen – Sie, die Sie sich versammelt haben, um diesen Tag zu einem Festtag zu machen. Ich bin glücklich, daß ich gerade heute hier bei Ihnen sein kann.« Das Zeltdach rauschte über den Köpfen, doch die Menge lauschte gebannt jedem Wort des Generals. »Es ist gut, wenn die Menschen solche Gemeinsamkeit noch zu schätzen wissen. Daß sie in diesen Zeiten der Einsamkeit sich versammeln und feiern. Man kann es gar nicht hoch genug schätzen.« Die Menschen hingen an seinen Lippen. »Jeder von uns ist allein schwach. Doch zusammen sind wir stark. Jeder von uns ist allein arm. Doch zusammen sind wir reich. Jeder von uns ist allein verwundbar und schutzlos. Aber zusammen sind wir eine Nation. Zusammen sind wir – Amerika!« Er hatte die Stimme erhoben, sie übertönte das Rauschen und Knattern des Windes, Hundegebell und Ziegengemecker im Hintergrund. »Ich habe einen Traum, den Traum eines wahren Amerika, das wieder *ein* Land ist. Den Traum eines Landes unter Gottes Schutz, einig und einträchtig. Ein stolzes Land, ein starkes Land mit vielen Händen und vielen Stimmen, die alle für ein Ziel sich vereinigen. Der Traum von einem Land, das Sicherheit bietet, unseren Kindern und den Kindern unserer Kinder.«

Das Mädchen wischte sich den Schweiß ab, der ihren Nacken hinabrann. Von Amerika hatte sie schon gehört – ihre Mutter hatte das Wort einmal erwähnt –, aber sie verstand nicht, warum der Mann sich dabei so erregte. Er erinnerte an den Prediger, den sie vorhin gesehen hatte, er sprach von Amerika in demselben ehrfürchtigen Ton wie der Prediger von Jesus. Seine Augen hatten denselben Glanz. Der General blickte über die Menge, als wollte er in die Seele jedes einzelnen dringen. Als er in ihre Richtung sah, spürte sie einen Schauer.

»Nie dürfen wir vergessen, daß wir Amerikaner sind.

Jeder einzelne von uns hat Teil an dem Ruhm, den dieser Name verkörpert. Immer mehr Menschen schließen sich zusammen, sie wollen sich zu einer neuen Union vereinigen. Fresno hat sich uns angeschlossen, Modesto und Stockton sind gefolgt. Sogar bis nach Chico im Norden ist man einig mit uns.« Er hob die Stimme wieder ein wenig und ballte eine Hand zur Faust. »Es gibt aber auch solche, die unser gemeinsames Erbe geringschätzen, die unsere Traditionen nicht achten. Solche, die sich gegen uns stellen und unseren Zusammenschluß untergraben wollen, die Zwietracht und Uneinigkeit säen. Einige wenige wollen aus Eigennutz die Schätze und Güter einer ganzen Stadt, San Francisco, für sich behalten; sie verspotten unser Angebot der Freundschaft und Partnerschaft.« Sein Ausdruck war nun der eines zornigen Vaters, dessen Geduld man über Gebühr strapaziert hatte. »Sie suhlen sich in Gesetzlosigkeit, sie verschwenden das Erbe der Vergangenheit, erfreuen sich an widernatürlichen Handlungen, die die Augen der Menschen und Gottes beleidigen.«

Er fuhr fort, um die Verbrechen aufzuzählen, welche die Einwohner von San Francisco ungestraft begingen. Diese Menschen ohne Recht und Gesetz waren verantwortlich für den ständigen Mangel an Petroleum, an Werkzeug – vielleicht sogar für den Ausbruch der Seuche, als Folge ihrer Laster. Vielleicht würden sie sich sogar erdreisten, das ganze Tal unter ihren Einfluß zu bringen. »Wir müssen zu unserem eigenen Schutz handeln. Wir müssen unser Land beschützen, unser stolzes Erbe bewahren. Nein, wir suchen nicht den Krieg – doch wenn er kommt, werden wir nicht beiseite stehen.« Die Soldaten an den Ecken der Plattform standen noch eine Spur strammer, die Augen voller Entschlossenheit auf einen fernen Horizont gerichtet. Die Menge jubelte.

Das Mädchen hörte nicht mehr zu. Sie stellte sich vor, wie General Miles und seine Leute durch die winzige Stadt in der Glaskugel stampften. Ärgerlich verzog sie das

Gesicht. Die Mutter fand sie da am Rand der Menschenmenge. Stumm stand sie da, umgeben von jubelndem Volk.

Auf dem Weg nach Hause passierten sie wieder den Kontrollpunkt. Die Soldaten waren noch immer da, sie hatten ein Lagerfeuer entzündet. Der junge Mann aus Seattle mit dem Dreirad stand neben dem Sergeant und starrte in die Flammen. Sein Gesicht war verschmiert, ein Auge war blau. Als sie vorbeiritten, warf der Soldat gerade das nächste Buch ins Feuer.

5

Dannyboy versuchte die Vergangenheit zu bannen, indem er Neues schuf. Er setzte in die Tat um, was seine Phantasie ihm eingab. Die Stadt mußte verändert werden, daß die grauen Menschen aus der Zeit vor der Seuche sie nicht mehr wiedererkennen konnten. Am Anfang waren es noch kleinere Projekte. In einer geschützten Ecke an der Treppe zur Stadtbibliothek baute er aus Holzabfällen das Modell eines Eigenborenendorfes. Die Hütten hatten keine Fenster und waren mit Gras gedeckt wie jene afrikanischen Hütten, die er in einem Heft des *National Geographic* gesehen hatte. Von einem Hütteneingang zum nächsten führten Wege, die mit Muscheln und polierten Steinen gesäumt waren, die er am Strand gesammelt hatte. Er baute noch mehrere ähnliche Dörfer und suchte sich dafür immer ein ruhiges Plätzchen in irgendeiner Ecke der Stadt aus. Jedes der Dörfer repräsentierte einen bestimmten Baustil.

Er sammelte leere Bilderrahmen und hängte sie da auf, wo sich ein interessantes Panorama bot. Auf das Pflaster davor malte er ein Paar Fußsohlen, die dem Betrachter zeigten, wo er stehen mußte. Auf der Kuppe der Divisadero

Street montierte er auf dem Pfahl eines Parkverbotsschildes einen Rahmen aus Eiche, mit schönen Ornamenten, durch den man auf die Golden-Gate-Brücke blickte. Im Bankenviertel der Innenstadt klemmte er zwischen die Eisenpfosten eines Zauns einen kleinen Metallrahmen, durch den man die Transamerica-Pyramide sehen konnte. Im Stadtteil Marina ließ er von einem Baum einen schwarzen Holzrahmen baumeln, der den Blick auf die Insel Alcatraz lenkte.

Als Dannyboy älter wurde, bemerkte er, daß er nicht der einzige war, der bestrebt war, die Stadt zu verändern. Viele andere arbeiteten ganz unauffällig daran, auf ihre Weise das eine oder andere zu verschönern. Ab und zu half er ihnen dabei.

Er saß in der Sonne bei der St.-Monica-Kirche und hörte Rose Maloney zu, wenn sie laut darüber nachdachte, wie sie durch ihr Gärtnern etwas verändern konnte. »Ich glaube, das Efeu wird hier an der Nordwand sehr gut gedeihen. Es braucht nicht viel Sonne. In zehn Jahren dürfte es die ganze Wand bedecken.«

Er saß an einem Feuer und hörte Gambit zu, der die Musik beschrieb, die er überall in der Stadt hörte. »Weißt du überhaupt, wie Telefondrähte im Wind singen? Ich werde eine ganze Harfe bauen, auf der der Wind spielen kann. Wenn man Drähte über die Civic Center Plaza zieht, wo der Wind ganz schön kräftig ist ...«

Dannyboys eigene Projekte wurden mit der Zeit ehrgeiziger. Er holte sich meilenweise Bänder und Schnürsenkel aus der Kurzwarenabteilung von Macy's. Über eine schmale Straße im Zentrum knüpfte er Strickleitern und flocht Borten, verknotete Schnüre, daß sie das Geflecht von Weinranken nachahmten, oder ließ geometrische Muster entstehen, die sich unaufhörlich wiederholten. Mittags, wenn die Sonne durch das Flechtwerk schien, zeichnete sie eindrucksvolle Muster auf den Asphalt.

Er arrangierte dreihundert Paare Damenschuhe auf der Treppe, die von der Taylor Street zum Broadway hinauf führte. Pumps und Ballerinas, Turnschuhe und bequeme Mokassins – alle wiesen sie treppaufwärts. Als würde eine Armee unsichtbarer Frauen auf dem Weg nach oben verschnaufen.

Dannyboys größtes Projekt ging jedoch auf eine Anregung von Duff zurück. Das war ein unglaublich tüchtiger Mann mit einem Eierkopf, drei Frauen und unzähligen Kindern. Und in dieser Stadt voller Künstler war Duff ein Geschäftsmann. Am Ufer des Mountain Lake, dem größten von einer Quelle gespeisten See in der Stadt, hatte er eine Handelsstation errichtet; ein ganzes Handelsimperium, das sich von hier über das Land erstreckte.

Die Wahl dieses Standorts hatte sich als äußerst geschickt erwiesen, und das Geschäft entwickelte sich explosionsartig. Mit der Zeit war Duffs Handelsposten berühmt geworden. Man wußte: Was bei Duff nicht zu bekommen war, das war nirgendwo zu bekommen. Selbstgebrannten Whisky oder Whisky aus der guten alten Zeit, frische Milch und Eier, Käse aus Marin, Äpfel aus Sebastopol, Kaviar, aufgestöbert in einem Feinkostladen, getrockneten Fisch, Konserven, Edelsteine, Schweißgerät, Methangas, dazu die Dienste einer Wäscherei oder eine heiße Dusche – alles gab es bei Duff.

Dannyboy war an einem schönen Frühlingstag wieder einmal zur Handelsstation gegangen. Es dämmerte schon, das glühende Purpurgrau des Himmels spiegelte sich in dem reglosen See. Die tiefhängenden Äste der Eukalyptusbäume reichten fast bis zur Wasseroberfläche. Hin und wieder durchbrach ein Fisch, der nach einem Insekt sprang, die glatte Oberfläche. Auf der anderen Seite des Sees, wo das Wasser flach war, fischten fünf von Duffs Kindern mit Netzen nach Krebsen. Ihre hellen Stimmen wurden auf dem Wasser reflektiert und drangen herüber. Mit gleichmäßigem Rattern drehte sich oben an seinem Mast der Rotor des Windgenerators, der Duffs Besitz mit Strom versorgte.

Dannyboy schlenderte das Ufer entlang, als Duff, der auf

einer Marmorbank saß, ihn rief und zu sich winkte. Er lud ihn ein, sich zu setzen und einen Joint mit ihm zu rauchen. »Was treibst du so?« fragte Duff. Er nahm Marihuana aus dem Beutel und drehte den Joint. »Du hast mir schon eine ganze Weile nichts zum Tauschen gebracht.«

Dannyboy nickte. »Habe ziemlich viel für Rose Maloney gearbeitet, Bäume verpflanzen. Sie hatte da einen Gummibaum, muß an die fünf Meter hoch gewesen sein. Wir haben ihn in den Taufstein von St. Monica gepflanzt.«

»Warum gibst du dich mit so was ab?« Duff zündete den Joint an, nahm einen Zug und reichte ihn Dannyboy.

Dannyboy hob die Schultern. »Ihr liegt sehr viel daran.«

»Ich frage mich, ob es *dich* weiterbringt.«

»Wohin sollte es mich bringen?« Dannyboy nahm einen langen Zug.

Die Sonne verschwand. Am Ufer vor ihnen brannte ein Lagerfeuer. Eine Gruppe Künstler, die verlassene Häuser durchstöberte, hatte sich darum gesammelt. Sie tranken Whisky. Dannyboy hörte, wie sie erregt diskutierten.

Duff wies mit dem Joint auf das Völkchen. »Reden tun sie immer. Aber sonst tun sie nichts.«

Dannyboy runzelte die Stirn, er wunderte sich über die Bitterkeit in Duffs Stimme. »Wie meinst du das? Sie tun eine ganze Menge.«

»Sie zehren von den Überresten der Vergangenheit«, sagte Duff. »Weißt du, ich glaube, daß ihr euch immer um das Unwichtige kümmert.«

Dannyboy stieß eine Rauchwolke aus und sagte nichts.

»Nicht unbedingt *du*«, sagte Duff. »Sondern alle die Sammler in der Stadt. Wenn ihr euch nur zusammenschließen würdet, dann könntet ihr vielleicht etwas zustande bringen. Ihr würdet weiterkommen.«

»Was sollten wir denn zustande bringen wollen?« fragte Dannyboy träge. Er wollte Duff den Joint reichen, doch der Ältere winkte ab, er hatte eine Menge zu sagen. Dannyboy lächelte müde und nahm den nächsten Zug. Je mehr Duff redete, desto weniger würde er rauchen.

»Angenommen, du bräuchtest Marihuana«, sagte Duff. »Was würdest du tun?«

»Ich würde versuchen, einige wilde Pflanzen zu finden, die ich ernten kann«, sagte Dannyboy. »Ich kenne einen Hinterhof in Mission, da gibt es Stauden, die sind fast größer als ich.«

»Von dem leben, was man findet«, sagte Duff geringschätzig. »Wie ein Wilder. Und was machst du, wenn du feststellen mußt, daß einer vor dir die Stauden in deinem Hinterhof geerntet hat? Na?«

»Vielleicht würde ich Schlange fragen, daß er mir welches borgt.« Dannyboy hatte vor, bereitwillig nach Lösungen zu suchen, solange Duff es wünschte.

»Und wenn er keines hätte, würdest du zu mir kommen.«

»Sicher. Und würde etwas zum Tauschen mitbringen.«

»Du würdest etwas tauschen, das du in den Ruinen gefunden hast, nicht wahr? Und warum würdest du zu mir kommen? Was habe ich, was du nicht hast?«

»Marihuana«, sagte Dannyboy.

»Ein ganzes Treibhaus voll«, stimmte Duff zu. «Und du könntest auch ein Treibhaus haben. Das Baumaterial liegt hier herum.« Er zeigte auf die Stadt. »Ein wenig Arbeit, und du könntest dich selbst versorgen.«

Dannyboy lehnte sich auf der Bank zurück und betrachtete verträumt den See.

»Wenn alle mitmachen würden, dann könnten wir sogar die Stadt wieder aufbauen.«

»Warum sollten wir?« fragte Dannyboy. »Ich mag sie so, wie sie ist.«

»Du hast sie vorher nicht gekannt.«

Dannyboy zuckte die Schultern. »Ich träume manchmal davon. Jetzt gefällt sie mir besser.«

Duff achtete nicht auf ihn. Er war in seine Vision vertieft. »Man muß nur zusammenarbeiten. Überleg einmal: Ein Mann allein hätte die Golden-Gate-Brücke nicht bauen können. Eine Familie allein hätte es auch nicht geschafft. Hunderte von Männern, alle gemeinsam, haben die Brücke errichtet. Um etwas zustande zu bringen, muß man zusammenarbeiten. Wenn du also ein Treibhaus bauen möchtest …«

»Möchte ich nicht«, unterbrach ihn Dannyboy.

Duff schüttelte zornig den Kopf. »Also gut, wenn du einen Windgenerator bauen willst …«

»Will ich nicht.«

»Darum geht es doch nicht«, knurrte Duff. »Ist doch unwichtig, was es ist. Stell dir vor, du wolltest die Golden-Gate-Brücke blau anstreichen. Allein ist das hoffnungslos. Aber wenn du genug Leute findest, die dir helfen, kannst du es in einer Woche schaffen. Zusammenarbeit macht die Zivilisation aus. Sonst bist du hilflos.«

Dannyboy hatte die Brauen gehoben und hörte aufmerksam zu. »Ich verstehe, was du meinst«, sagte er. »Darüber habe ich noch nie nachgedacht.«

Duff schaute ihn mißtrauisch an. »Worüber?« Nun, da er Dannyboys Interesse geweckt hatte, schien er beunruhigt.

»Ich habe immer allein gearbeitet. Es könnte ganz nett sein, einmal ein größeres Projekt zu versuchen.«

»Etwa ein Treibhaus?« meinte Duff.

»Ich dachte mehr an die Brücke«, sagte Dannyboy. »Blau ist eine schöne Farbe. Also, ich gehe jetzt wohl besser.« Er gab Duff den heruntergebrannten Joint, lächelte freundlich und schlenderte davon in die Dunkelheit.

In der folgenden Woche begann Dannyboy damit, größere Mengen blauer Farbe zu besorgen.

6

Nicht lange nach jenem Tag, an dem das Mädchen die Rede von General Miles gehört hatte, tauchte Leon auf. Es war Anfang Herbst. Der Nußbaum neben dem Haus ließ die noch grünen Blätter matt herunterhängen, so heiß war es, und im Garten summten die Bienen auf der Suche nach einigen späten Blüten. Das Mädchen sammelte Raupen von den Tomatenstöcken.

In der Ferne waren Pferde zu hören, das Getrappel von Hufen auf dem Asphalt, das Klirren des Geschirrs. *Hund* kam aus dem Schatten des Vordachs und hob lauschend den Kopf. Nach kurzer Prüfung begann er zu bellen. Das Mädchen hörte einen anderen Hund antworten. Froh, ihre Arbeit unterbrechen zu können, rannte sie zur Mutter: »Es kommt jemand!«

Sie kletterte auf einen Mandelbaum, um zu sehen, wer da kam. Es war ein Fuhrwerk. Die Seite des Wagens war bemalt mit einem bunten Bild, das so gar nicht in die langweilige, staubige Landschaft paßte. Das Bild stellte San Francisco dar; sie erkannte es an dem großen, spitz zulaufenden Turm. Sie reckte und bog den Hals, um durch das Laub einen Blick auf den Mann, der die Zügel hielt, zu erhaschen. Der Mann war nicht mehr jung, das braune Haar schon recht dünn. Die Kopfhaut schimmerte rötlich in der Abendsonne.

Die Mutter begrüßte den Mann von der Veranda aus. Sie trug Jeans und eine ausgebleichte blaue Bluse, das dunkle Haar war wirr und schweißnaß. Sie hielt das alte Gewehr in den Händen.

»Hallo, gute Frau«, rief der Mann vom Kutschbock aus, während er die Pferde auf dem Hof zügelte. »Wie wär's mit schönen und nützlichen Dingen aus San Francisco?« Hund schnüffelte an den Rädern der Kutsche und knurrte den Terrier an, der neben dem Mann auf dem Kutschbock saß.

Der Kleinere wedelte mit dem Schwanz. »Ich habe Nägel, Schrauben, Werkzeug«, sagte der Mann, »schöne Stoffe, Saatgut, Petroleum ...«

Die Mutter starrte ihn an, die Augen gegen die Sonne zusammengekniffen und die Stirn gerunzelt. »Sie kommen aus San Francisco?« unterbrach sie ihn.

»Genau«, sagte der Händler.

»Und zwar aus Haight«, sagte sie langsam.

Der Mann sah verblüfft aus. Er kratzte sich am Kopf. »Richtig, woher ...«

»Ich kenne dich«, schrie die Mutter und ließ das Gewehr fallen. »Du hattest einen Zeitschriftenladen, ich habe dort immer meine Zeitungen gekauft.« Sie ging die Stufen der Veranda hinunter. »Deinen Namen weiß ich nicht mehr, aber an dein Gesicht erinnere ich mich ganz genau. Und du, erkennst du mich?«

Durch das Laub sah das Mädchen, wie der Händler vom Wagen herabkletterte. Ihre Mutter weinte, als sie ihn umarmte. Das Mädchen auf dem Baum sah erstaunt zu. Hund schnupperte mißtrauisch an den Beinen des Mannes.

Der Händler – er hieß Leon – blieb zum Abendessen.

Nach dem Essen lag das Mädchen in der Hängematte auf der Veranda und döste; es war noch heiß. Durch das Fliegengitter der Tür hörte sie die leise Unterhaltung der Mutter mit Leon.

»Ich komme mir so dumm vor«, sagte die Mutter, »daß ich geheult habe. Aber es kommt wohl daher, daß man spürt, wie weit das alles zurückliegt. Eine ferne Märchenwelt, für immer vergangen.«

»Was hat dich hierher verschlagen?« fragte er.

»Als mein Mann starb, bin ich wohl in Panik geraten. Ich muß völlig durchgedreht sein. Ich stieg in unseren alten Volvo und fuhr einfach los, ohne zu überlegen, wohin. Auf der Straße nach Sacramento bin ich gegen eine Straßensperre gefahren, darauf bin ich von der Bundesstraße abgebogen und Richtung Woodland gefahren. Daß ich hier dann angehalten habe, lag daran, daß der Tank fast leer war.«

»Mutterseelenallein und schwanger«, murmelte Leon, »muß ganz schön hart gewesen sein.«

»Ich tat alles wie im Traum oder wie eine Maschine. Ich kann mich auch kaum noch an etwas erinnern.«

»Scheint eine einsame Gegend zu sein. Habt ihr keine Nachbarn?«

»Wenige. Sie sind auch nicht besonders freundlich. Die meisten Leute hier machen San Francisco für die Seuche verantwortlich. Und weil sie wissen, daß ich aus der Stadt bin, trauen sie uns nicht und sind nicht gut auf uns zu sprechen. So bleiben wir eben unter uns. Aber nun zu dir! Was gibt es Neues in San Francisco?«

»Die Stadt gibt es immer noch«, sagte er. »Und ein Mann namens Duff betreibt einen Handelsposten am Rand von Presidio. Eine Handvoll Leute in Chinatown hat überlebt. Einige Familien unten bei Fisherman's Wharf leben jetzt ganz gut vom Fischfang. Und in der Innenstadt ... in der Innenstadt geht es merkwürdig zu.«

»Wieso das?«

»Dort regieren die Künstler. Das ist wohl das Wort, mit dem man sie am ehesten beschreiben kann. Es sind Maler, Dichter, Bildhauer, Schriftsteller, Musiker und andere, die in keine der üblichen Kategorien passen. Sie erfinden ständig irgend etwas Neues.«

»Was denn?«

»Ist schwer zu beschreiben. Sie haben ja alles zur Verfügung, was sie in der Stadt vorfinden. Sie sind natürlich alle ein bißchen verrückt. Ich will nicht so tun, als würde ich viel von dem verstehen, was sie machen. Ich weiß nicht ... man muß es einfach gesehen haben.«

»Das würde ich ganz gern.« Die Stimme der Mutter klang wehmütig.

»Warum nicht? Weißt du, ich werde demnächst zurückfahren. Ich hätte genug Platz für zwei Passagiere auf meinem Wagen. Wenn du mitkommen willst ...«

Eine lange Pause. Das Mädchen mußte sich sehr anstrengen, um die Antwort der Mutter hören zu können. »Ich weiß nicht, ob das geht. Es sind zu viele Geister in der Stadt. Alle sind sie gestorben – mein Mann, die Freunde. Ich weiß nicht ...«

»Du brauchst dir keine Sorgen zu machen wegen ...« Leon zögerte und brachte den Satz nicht zu Ende. »Ich habe dich erkannt – nicht sofort, aber nach einer Weile. Aber du hast nichts zu befürchten. Niemand gibt dir eine Schuld. Die Leute haben es vergessen.«

»Ich habe es nicht vergessen«, sagte sie.

»Die Affen leben jetzt in der ganzen Stadt«, sagte er. »Und auch die Menschen leben ihr Leben. Sie kleben nicht an der Vergangenheit.«

Die Mutter schwieg. Das Mädchen runzelte nachdenklich die Stirn und zerbrach sich den Kopf über den Sinn dieser Worte.

»Denk darüber nach«, sagte Leon. »Wie du dich auch entscheidest, ich werde es verstehen. Ich selber bin nie lange in der Stadt, obwohl ich immer wieder dorthin zurückkehre. Ich habe Freunde dort; ich bringe ihnen Neuigkeiten aus dem übrigen Land. Von mir erfahren sie, daß die Mammutbäume sich wieder nach Norden ausbreiten oder daß ich in der Sierra einen Puma gesehen habe.«

»Es muß doch ein einsames Leben sein, wenn man immer nur unterwegs ist«, sagte die Mutter.

»Manchmal schon, aber ich bin ja beschäftigt.« Er zögerte ein wenig, dann sagte er rasch: »Warum soll ich es dir nicht sagen – ich schreibe ein Buch.«

»Ein Buch?«

»Missis Migsdale ... sie gibt die Zeitung der Stadt heraus, und hin und wieder druckt sie auch ein Buch; manchmal Gedichte oder auch eine Chronik über die Zeit der Seuche, auch praktische Anleitungen – wie man mit Sonnenkollektoren warmes Wasser gewinnt und so etwas.« Leon sprach schneller, ein wenig Begeisterung schwang in seiner Stimme. »Und ich arbeite an einem Reiseführer. Wirklich nur ein Handbuch, ganz nüchtern, mit Ratschlägen für Reisende. Orte, die man besuchen sollte – und solche, die man besser meidet. Dann ein paar Geschichten über Leute, die ich getroffen habe. Ich bin ja die ganze Küste auf- und abgefahren und habe mich umgeschaut. Landeinwärts bin ich gefahren, die Berge hoch, so weit es ging. Ich habe eine Schreibmaschine und Farbbänder, und überall auf dem Weg habe ich mir Notizen gemacht. Einiges davon ist wirklich gut geworden, denke ich. Das Kapitel über Los Angeles scheint mir ziemlich gelungen. Von dort an südwärts gibt es nur noch Gegenden, die man besser meidet. Missis Migsdale hat das Kapitel schon gelesen, und sie findet es gut.«

Die Mutter lachte; das kam höchst selten vor. »Ich kann es einfach nicht glauben, daß irgendwo noch Bücher gedruckt werden. Das ist phantastisch. Und was du über deinen Reiseführer erzählst, macht mich neugierig. Erzähl mir mehr von Los Angeles und was da unten im Süden los ist.«

»Der reine Wahnsinn. Die Leute in Los Angeles standen immer schon auf der Kippe. Aber die Seuche hat ihnen den Rest gegeben. Die Kirche der Offenbarung hat in der Stadt das Sagen. Sie predigen genau das, was man erwartet – daß Gott die Seuche als Strafgericht für unsere Sünden geschickt hat. Die Männer tragen schwarze Anzüge und die Frauen Kleider bis zu den Knöcheln, auch wenn das Thermometer fünfunddreißig Grad im Schatten anzeigt. Man wird schon vom Zusehen gemütskrank. Dann versuchen sie auch noch, alle Welt zu bekehren. Es wird nicht mehr lange dauern, bis ihre Missionare hier auftauchen werden.«

»Sie werden es nicht leicht haben«, sagte die Mutter. »Wir haben hier unsere eigene Art von Verrücktheit.«

»Ich habe davon gehört. Scheint fast, als wäre hier eine

nette kleine Militärdiktatur im Entstehen. Und der Boß ist so ein Typ, der sich selbst zum General befördert hat. General Vierstern, so nennt man ihn doch?«

»Sag das bloß nicht hier in der Gegend. Hier heißt er General Miles. Er hat große Pläne. Du mußt die Leute in San Francisco warnen, daß er plant, sein Herrschaftsgebiet auszudehnen. Eigentlich müßte man meinen, daß so wenige Menschen nicht auf den Gedanken kommen, sich zu bekriegen, aber offensichtlich ist das ein Irrtum.«

»Ich fürchte, daß die menschliche Natur noch immer dieselbe ist.«

»Ich glaube, du hast recht.« Sie schwiegen eine Weile, angenehme, entspannte Stille. »Möchtest du vielleicht Tee? Oder möchtest du unseren Aprikosenschnaps probieren? Ich habe eine Flasche beiseite gestellt.«

Das Mädchen hörte das Entkorken der Flasche. Die Mutter sagte, »auf dein Buch«, und Gläser erklangen. Das ruhige Murmeln der Stimmen im Haus wiegte das Mädchen in den Schlaf. Sie träumte. Im Traum lief sie durch die Straßen San Franciscos.

Leon blieb noch den nächsten Tag; er wollte der Mutter helfen, eine undichte Stelle im Dach des Wohnhauses zu reparieren. Das Mädchen war schon am Morgen aus dem Haus geschlüpft, sagte, sie wolle jagen gehen. Im Garten suchte sie nach einem Ast hoch in den Bäumen, von dem sie das Haus gut überblicken konnte. Sie sah zu, wie die Mutter und Leon eine Leiter aus dem Schuppen trugen und an das Dach lehnten. Mitunter konnte sie ihre Stimmen hören: Die Mutter rief etwas zu Leon hinauf, während sie die Leiter festhielt, und Leon antwortete von oben. Sie schienen sich gut zu verstehen. Das Mädchen hörte die Mutter lachen, nachdem Leon ihr etwas zugerufen hatte. Sie sah den beiden zu und dachte an die Reise nach San Francisco, mit Mutter und Leon. Nach einiger Zeit, als ihr die Beine steif wurden, kletterte sie hinunter und ging Kaninchen jagen.

Auch den nächsten Tag blieb Leon; diesmal half er der Mutter, einen umgestürzten Baum zu zerkleinern, der ihnen Feuerholz für den Winter liefern sollte. Sie schafften die Scheite in den Schuppen. Leon blieb auch noch am folgenden Tag. Das Mädchen hatte nichts dagegen. Leons Gesellschaft tat der Mutter gut: Sie sprach viel mehr, sie lachte, sie sah so erleichtert aus. Nachts, wenn sie dachten, das Mädchen schliefe, redeten Leon und Mutter über San Francisco. Sie redeten über die alten Zeiten.

»Also, wie sieht es aus«, sagte die Mutter scherzhaft, »wirst du für meine Tochter und mich ein paar Zeilen in deinem Buch reservieren? ›Einstmals berühmte Bürgerin San Franciscos versteckt sich im Tal von Sacramento‹?«

Leon schwieg eine Weile. Dann sagte er leise: »Ich wünschte, es wären nicht nur ein paar Zeilen. Warum kommst du nicht mit mir? Zusammen werden wir es mit den Geistern schon aufnehmen. Das hier ist doch nicht deine Welt.«

»Vielleicht«, sagte die Mutter. »Vielleicht können wir es zusammen schaffen. Vielleicht hast du recht.«

»Sicher habe ich das«, sagte Leon.

»Also gut«, sagte die Mutter. »Wir kommen mit.«

Das Mädchen lag wach und hörte zu, wie die Mutter und Leon Pläne schmiedeten. Ein paar Tage genügen für die Vorbereitungen, sagte die Mutter. Es gab nicht viel zu packen.

Ganz früh am anderen Morgen, als das Gras noch feucht vom Tau war, machte sich das Mädchen auf zu einem Ritt. Sie ritt zu ihren Lieblingsplätzen – der eingestürzten Autobahnbrücke, wo man so gut jagen konnte, zu dem Bach, an dessen Ufer Brunnenkresse wuchs, und zu dem verlassenen Farmhaus, in dem sie die Glaskugel gefunden hatte. Der Gedanke an San Francisco und das unbekannte Land jenseits davon war ungeheuer aufregend. Sie versuchte sich die Stadt in allen Farben auszumalen. Es mußte ungefähr so sein wie auf dem Markt in Woodland, nur tausendmal größer und interessanter.

Kurz nach Mittag ritt sie wieder nach Hause. Vor dem Garten hörte sie drüben vom Haus her Hundegebell. Das tiefe Bellen von Hund klang verzweifelt, man erkannte große Wut und Ohnmacht zugleich. Auch Leons Terrier kläffte wütend. Sie hörte zwei Schüsse, und dann waren die Hunde verstummt.

Sie glitt vom Rücken ihres Fohlens und band es an einen Baum. Durch das hohe Gras kroch sie näher an das Haus heran. Vom Garten aus konnte sie den Hof überblicken. Der Terrier lag neben der Wasserpumpe; das Blut an seinem Kopf glänzte in der Sonne. Hund lag auf allen vieren vor den Stufen der Veranda. Die Pferde, die ans Geländer gebunden waren, blähten die Nüstern und tänzelten aufgeregt auf der Stelle. Sie schielten auf die Hundeleichen.

Nun kamen zwei Soldaten aus dem Haus die Stufen herab. Einer von ihnen, ein kräftiger Kerl von Mitte Zwanzig, blond, mit Bürstenhaarschnitt, stieß Leon vor sich her. Leons Hände waren auf dem Rücken zusammengebunden. Blut aus einer Stirnwunde lief über seine Wange herab.

Es war ein schreckliches und eindringliches Bild. Das Mädchen hörte das Dröhnen der Soldatenstiefel auf der Veranda, sie roch das Schießpulver, das frische Blut.

Ihre Mutter kam nach den Soldaten. Neben ihr ging ein dritter; er hielt sein Gewehr so, daß es wie zufällig auf ihren Kopf zielte, doch schien er sie gar nicht wahrzunehmen. Man hatte ihr die Hände vor der Brust zusammengebunden, daß die Handflächen aufeinanderlagen, als würde sie beten. Sie wirkte so klein neben dem Soldaten. Der Ausdruck ihres Gesichts war ungemein ruhig, als befände sie sich an einem Ort, wo tiefster Frieden herrschte.

Dann kam ein Offizier in Khakiuniform mit goldenen Tressen an den Schultern aus dem Haus. In der Deckung des hohen Grases schloß das Mädchen den Griff fest um ihre Armbrust. Die drei Soldaten hatten Gewehre, der Offizier trug in einem Lederholster an der Hüfte einen Revolver. Gegen alle vier hatte sie keine Chance.

Sie bemerkte, daß Leon etwas sagen wollte. Der Offizier schlug ihm hart ins Gesicht. »Du wirst bald Gelegenheit haben, zu reden«, sagte er. »Dafür werden wir sorgen.«

Sie holten die Pferde von der Weide hinter dem Haus und spannten sie vor Leons Wagen. Die Stute der Mutter banden sie hinten an. Der stämmige Soldat stieß Leon in den Wagen. Ungeschickt, weil sie die Hände nicht gebrauchen konnte, stieg die Mutter auf den Kutschbock.

Das Mädchen kauerte sich tiefer ins Gras, besorgt, daß die Soldaten sie vom Pferd herab entdecken konnten. Sie hörte die Wagenräder quietschen, roch den Staub, der von den Pferdehufen aufgewirbelt wurde. Das Zaumzeug klirrte und knarrte, als das Fuhrwerk sich entfernte. Sie kam erst aus dem Garten, als sie verschwunden waren. Sie wußte, wohin der traurige Zug ging. Die Mutter hatte ihr einmal das Hauptquartier der Armee in Woodland gezeigt.

Die Soldaten hatten das Haus verwüstet. Zerbrochenes Geschirr lag auf dem Boden der Küche. Im Wohnzimmer hatten die Männer eines der Bücherregale umgeworfen. Aus den Büchern waren Seiten herausgerissen und über den Boden verstreut wie das erste Herbstlaub. Auch den Spiegel über dem Kamin hatten sie zerschlagen und alles, was auf dem Kaminsims gelegen hatte, einfach heruntergefegt.

Sie war verwirrt, die Hände schmerzten, mit denen sie noch immer die Armbrust umklammerte. Sie hatte Angst, ein Gefühl, das sie überhaupt nicht mochte. Dieses Haus, in dem sie aufgewachsen war, war nicht länger ihr Zuhause. Sie stand im Wohnzimmer, und ein Gefühl von Kälte und Leere überkam sie, wie sie es kannte von ihren Streifzügen, wenn sie in ein Haus eingedrungen war, das seit der Seuche verlassen war. Es gab zu viele Schatten in den Ecken und Winkeln des Zimmers. Es roch nach Fremden, nach Pulver, Pferdeschweiß und Leder.

Sie begrub die Hunde im Garten und sammelte die Bücher ihrer Mutter vom Fußboden auf. Dann nahm sie eine warme Jacke, eine Decke und steckte den ganzen Schmuck zu sich, den sie zum Tauschen gesammelt hatte. Sie stieg auf Junges und machte sich auf den Weg nach Woodland.

Das Armeehauptquartier war in einem alten Bankgebäude mitten in der Stadt. Das Mädchen kam am frühen Abend dort an. Von den Wachen am Eingang würde sie sicher nichts erfahren, doch in der Straße, wo das Gericht war, sah sie Leons Wagen stehen. Sie schlief diese Nacht in einem Haus am Stadtrand.

Es dauerte länger als eine Woche, bis ihre Mutter freigelassen wurde. Jeden Morgen ging sie zum Gericht und fragte den Sergeant, der am Eingang Dienst tat. Es war ein fülliger Mann von vielleicht vierzig Jahren, älter als die meisten Soldaten, die sie je gesehen hatte. Das erste Mal, als sie nach ihrer Mutter fragte, war er sehr streng mit ihr, fragte sie aus wie bei einem Verhör, wobei er die anderen Soldaten in der Vorhalle nicht aus den Augen ließ.

Sie sagte, daß sie von einem Händler aus San Francisco nichts wüßte; sie wäre einige Tage lang auf der Jagd gewesen, sagte sie, und ihre Mutter wäre nicht mehr dagewesen, als sie zurückkehrte. Von einem Nachbarn hätte sie erfahren, daß Soldaten ihre Mutter mitgenommen hatten.

Das Mädchen durfte gehen und kam am Abend wieder, als der Sergeant allein in der Vorhalle war. Er war nun viel freundlicher zu ihr, riet ihr, wieder nach Hause zu gehen. »Hast du sonst keine Angehörigen?« fragte er. Sie schüttelte den Kopf. Er runzelte die Stirn, und sie ging.

Nun kam sie jeden Morgen und jeden Abend, um nach ihrer Mutter zu fragen. Tagsüber jagte sie draußen vor der Stadt Kaninchen. Es wurde jetzt immer kälter, und morgens erwachte sie zitternd unter ihrer Decke. Sie hielt sich so wenig wie möglich in der Stadt auf, wo die Leute sie argwöhnisch beobachteten. Sie mochte das nicht.

Wenn der Sergeant allein war, dann sprach er gern mit ihr. Da stand sie dann vor seinem Schreibtisch in der ungeheizten Vorhalle. »Weißt du«, sagte er eines Abends, »ich hatte eine Tochter. Wenn sie nicht an der Seuche gestorben wäre, dann müßte sie jetzt in deinem Alter sein.«

Das Mädchen sah ihn aufmerksam an und versuchte herauszufinden, was er von ihr wollte. Sie wußte nicht, was sie sagen sollte.

»Ich glaube, daß ich deine Mutter freibekommen kann«, sagte der Sergeant. »Sie scheint nichts zu wissen. Komm morgen wieder her, und wir werden sehen. Aber versprechen kann ich es nicht.«

Sie nickte, ihre Augen hingen an seinem Mund. »Und was ist mit dem Händler?«

Er schaute sie prüfend an. »Ich denke, du kennst ihn gar nicht.«

»Nein, ich wollte nur wissen ...« Sie hob die Schultern.

»Sie bringen ihn ins Hauptquartier. Ich würde mir nicht den Kopf darüber zerbrechen, wann er zurückkommen wird. Ich würde nicht auf ihn warten.«

Sie nickte. »Ich komme morgen wieder«, sagte sie. »Danke.«

»Damit warte noch«, murmelte er.

Ohne weiter darüber nachzudenken, streckte sie den Arm aus und gab ihm die Hand. Dann lief sie hinaus.

Am nächsten Tag stand sie wartend vor seinem Schreibtisch, als drei Soldaten ihre Mutter brachten. Sie war in den Tagen der Gefangenschaft sichtlich gealtert. Die Haut sah grau aus; schwarze Schatten umgaben wie blaue Male ihre Augen. Sie trug dasselbe T-Shirt, dieselben Jeans wie damals, als die Soldaten sie festnahmen.

Das Mädchen legte den Arm um die schmalen Schultern. Es war kalt in der Halle, und die Mutter zitterte, ohne es unterdrücken zu können. »Tochter«, sagte sie mit brüchiger Stimme, »bist du's wirklich?«

»Zieh das über, Mutter«, sagte das Mädchen. Sie hängte ihr die Jacke über die Schultern und wickelte sie darin ein. »Ich bin's, Mutter. Es ist alles wieder in Ordnung. Mach dir keine Sorgen.«

Die Mutter reckte eine Hand aus der Jacke und strich der Tochter über das Gesicht. »Du bist es wirklich.« Es klang ungeheuer überrascht. »Ich dachte, es wäre ein Geist.«

»Du kannst sie mit nach Hause nehmen«, sagte der Sergeant. Er schien es zu niemandem zu sagen und sah sie nicht an. Das Mädchen verstand, daß er nicht reden wollte. Sie legte den Arm um die Mutter und führte sie hinaus.

Der Ritt nach Hause schien endlos lange zu dauern. Das Mädchen saß hinter der Mutter und hatte die Arme fest um ihre Hüften gelegt. Die Mutter hatte Fieber und schwankte mit jedem Huftritt des Pferds. Durch die dicke Jacke hindurch spürte das Mädchen ihr Zittern, als würde sie heftig frieren. Immerzu, während sie dahinritten, hörte sich das Mädchen murmeln: »Wir reiten nach Hause, dann wird alles gut. Es ist nicht mehr weit. Ich werde dir Suppe kochen, wenn wir da sind, und du wirst dich besser fühlen. Bestimmt wirst du das.« Sie war nicht sicher, ob diese Trostworte für sie selbst oder ihre Mutter bestimmt waren. Schließlich erreichten sie die Farm.

Ihre Mutter war immer schon eine zerbrechliche Person gewesen, stark war nur der Geist in diesem Körper. Sie zitterte auch noch, als sie in mehrere Decken gehüllt beim Feuer saß. In der Nacht hustete sie, ein rauher, trockener Husten. Am Morgen kauerte sie sich neben den Kamin, eingehüllt in ihre Decken.

Das Mädchen tat, was sie konnte; sie versuchte das Durcheinander aufzuräumen, das die Soldaten angerichtet hatten; sie kochte Fleischbrühe für die Mutter und starken Tee; sie schob das Bett neben den Kamin, damit die Mutter es warm hatte. Aber die Mutter aß kaum, und das Fieber stieg. Sie schlief unruhig, murmelte im Schlaf und warf sich hin und her. Manchmal, spät in der Nacht, glaubte das Mädchen, daß die Mutter mit Geistern sprach; sie versuchte, sie zu beruhigen. »Schlaf doch, Mutter«, sagte sie immer wieder, »schlaf doch, damit du wieder zu Kräften kommst.«

»Ich habe Angst«, murmelte die Mutter eines Nachts im Schlaf, »solche Angst.« Die Augen geöffnet, starrte sie die Tochter an. »Sie können uns töten, glaub mir. Uns einfach in die Luft pusten. Sie drücken nur so auf einen Knopf, und die ganze Welt brennt, wir brennen.« Sie wand sich angstvoll hin und her. »Verbrennen, einfach so.«

Mit einem feuchten Tuch wischte das Mädchen ihr den Schweiß von der Stirn. Die Holzscheite waren heruntergebrannt, und das Mädchen nahm die Decken vom Bett, daß nur noch ein Laken die Mutter bedeckte. »Es ist das Fieber«, sagte sie zur Mutter, »das Fieber kommt dir vor wie ein Feuer.«

»Das Fieber«, wiederholte die Mutter, »das Fieber tötet sie. Verbrennt sie. Sie sterben, ich muß ihnen helfen.« Ihre Augenlider flatterten wild, und sie ruderte mit den Armen, als wollte sie aufstehen. »Es ist meine Schuld, daß sie sterben. Aber das konnte ich nicht wissen – wie sollte ich wissen, daß der Frieden auf diese Weise kommen würde.«

Das Mädchen drückte die Mutter sanft auf das Bett zurück. »Bleib doch liegen«, beruhigte sie sie, »du brauchst dringend Ruhe.«

Daß die Mutter vom Tod redete, erschreckte sie. Das Licht der Petroleumlampe auf dem Kaminsims schien schwächer als sonst, als würden die Schatten drohend näherrücken. Das brennende Holz im Feuer knackte leise.

»Meine Schuld«, flüsterte die Mutter, »meine Schuld.«

»Pst«, tröstete das Mädchen. »Schlaf jetzt.«

»Wir wollten doch nur den Frieden.« Die Stimme der Mutter war mit einemmal fest und klar. »Das war alles. Frieden wollten wir. Endlich keine Kriege mehr. Ich wußte doch nicht, was der Preis dafür war.« Sie murmelte wieder vor sich hin, und das Mädchen konnte nichts davon verstehen.

Sie tauchte das Tuch in den Eimer mit kaltem Wasser, wrang es aus und legte es der Mutter auf die Stirn. Die Mutter verstummte. Das Mädchen saß am Bett, schlief beinahe selbst schon. Sicher würde sie von Zeit zu Zeit sich aufraffen können, um das Tuch wieder anzufeuchten mit dem kühlenden Wasser. Sie war wirklich sehr müde.

Die Grenze zwischen Schlaf und Wachsein verschwamm. Die Lampe brannte herunter, aber es schien unendlich mühsam zu sein, den Docht hochzudrehen und erneut anzuzünden, zu mühsam. Nur noch die Glut im Kamin erleuchtete schwach das Zimmer. Sie starrte in die schwache Glut, rote Punkte erschienen vor ihr, wie Raubtieraugen in der Dunkelheit. Und manchmal träumte sie auch nur, daß sie die Glut im Kamin betrachtete, daß sie rotflakkernde Lichter sah.

»Du mußt mir verzeihen, daß ich dir nie einen Namen gegeben habe«, sagte die Mutter unvermittelt. »Aber der Engel wird das besorgen, eines Tages.«

Das Mädchen blinzelte und versuchte, wach zu werden. Die Augen ihrer Mutter waren weit geöffnet und glänzten im Leuchten der Glut. Instinktiv griff das Mädchen nach ihrer Hand.

»Ich gehe jetzt zurück nach San Francisco«, sagte die Mutter. »Ich habe da einiges zu erledigen.«

»Wenn du wieder gesund bist, werden wir beide gehen«, sagte das Mädchen. »Wir nehmen die Pferde und reiten nach San Francisco. Wenn du wieder gesund bist, können wir ...«

Die Mutter schüttelte den Kopf. »Nein, ich werde *jetzt* gehen. Und du mußt mir folgen, sobald du kannst.« Sie starrte an der Tochter vorbei in die Dunkelheit. »Es wird Krieg geben, weißt du, und du mußt sie warnen, daß Vierstern kommt.« Sie sah das Mädchen mit fieberglänzenden Augen an. Schmerzhaft drückte sie ihre Hand. »Du mußt mir versprechen, daß du nach San Francisco gehst und die Menschen dort warnst. Hast du verstanden?«

»Ja, Mutter.« Das Mädchen hielt die Hand der Mutter fest. »Aber du wirst mit mir kommen. Du wirst wieder gesund werden und ...«

Ein goldener Lichtstrahl fiel in das Zimmer, so überraschend hell wie das Sonnenlicht beim Öffnen der Fensterläden. Das Mädchen kniff die Augen zusammen und sah, wie die Mutter die Decken von sich warf, aus dem Bett stieg und davonging. Sie hörte ein Geräusch, wie das Flügelrauschen eines Kranichs beim Abheben. Das Licht wurde noch heller, und sie schloß die Augen.

Sie öffnete die Augen, als die Morgensonne durch das Fenster schien. Sie hielt die Hand einer Toten, die ein wenig wie ihre Mutter aussah. Die Bettdecke war ordentlich um den Körper gelegt. Auf dem Kissen neben dem Kopf der Toten lag eine goldene Feder, die von innen zu glühen schien. Als das Mädchen danach griff, verwandelte sie sich in einen strahlenden Lichtfleck. Eine Scherbe des zerbrochenen Spiegels reflektierte das Sonnenlicht.

Das Mädchen betrachtete das Gesicht der Toten. Sie ähnelte tatsächlich ihrer Mutter, dabei wußte sie doch, daß ihre Mutter mit dem Engel nach San Francisco gegangen war. Es waren auch nicht die Augen der Mutter, nicht ihr Mund. Das hier war eine Fremde – außerdem war sie viel kleiner als ihre Mutter.

Lange saß das Mädchen neben dem leblosen Körper, wartete, daß etwas geschehen würde. Sie fröstelte in der Kälte, doch machte sie kein Feuer im Kamin. Es paßte gut, daß es in diesem Zimmer kalt war.

Schließlich, gegen Mittag, raffte sie sich auf. Es mußte etwas geschehen. Sie zog der Toten eines der Lieblingskleider der Mutter an; sie wußte, daß ihre Mutter das auch getan hätte. Sie wickelte den Körper in eine Wolldecke, damit die kalte Erde ihn nicht berührte. Das wirre Haar band sie mit einem blauen Satinband nach hinten. Das Mädchen begrub die Tote neben dem Gemüsegarten und errichtete auf dem Grab einen Steinhügel.

Am anderen Tag wachte sie schon beim Morgengrauen auf. Unruhe hatte sie gepackt. Den Morgen lief sie im Haus hin und her, überlegte, was sie mitnehmen wollte. Sie packte ihren wertvollsten Besitz in den ledernen Rucksack und die Satteltaschen, darunter die Glaskugel, ihre Messer und einen Vorrat an Bolzen für die Armbrust. Im Garten sammelte sie Senfblüten und streute sie über das Grab. Sie verbrachte ihre letzte Nacht in diesem Haus und stand beim ersten Morgenlicht auf.

Nebel hatte sich über das Tal gelegt. Eine dichte graue Wolke hüllte den Gemüsegarten ein, Schwaden umspielten die Kronen der Mandelbäume. Sie schlüpfte in ihre Lederjacke, warf die Satteltaschen über den Rücken von Junges, zog den Rucksack über und stieg auf.

Ein kurzes Stück vom Haus drehte sie sich noch einmal um. Der Nebel hatte ihre Vergangenheit verschluckt: Das Haus, die Bäume, der Gemüsegarten und auch das Grab, alles war verschwunden. Sie zog den Reißverschluß der Lederjacke zu und ritt davon, auf der Straße, die zur Autobahn 80 führte, diese alte Autobahn, die sich durch die Hügel schlängelte. Sie war dort noch nie gewesen, aber Leon hatte gesagt, daß er auf diesem Weg gekommen war.

Um die Mittagszeit hatte sich der Nebel aufgelöst. Bald darauf kam sie in eine Gegend, die sie noch nie gesehen hatte. Erwartungsvoll schaute sie sich um, jedes Farmhaus auf ihrem Weg besah sie mit prüfendem Blick. Ihre freudige Erregung schien sich auf Junges zu übertragen, es schnaubte und zerrte an den Zügeln, begierig, zu galoppieren. Sie ließ dem Fohlen für einige Zeit seinen Willen, zügelte es dann wieder. Sie ritt vorbei an Herden von Rindern, die sie mißtrauisch beobachteten. Zweimal scheuchte sie einen Wachtelschwarm auf, und jedesmal konnte sie einen der plumpen Vögel mit der Armbrust erlegen.

Die Nacht verbrachte sie in einem Farmhaus. Sie fand die Überreste eines der Bewohner im Schlafzimmer, fein säuberlich eingebettet, doch war sie an solche Funde seit den ersten Streifzügen ihrer Kindheit gewöhnt und nicht sonderlich beunruhigt darüber. Sie schloß die Schlafzimmertür, machte im Wohnzimmerkamin ein Feuer und legte sich auf die Couch, um zu schlafen.

Das Feuer strahlte angenehme Wärme aus, doch war ihr sehr unbehaglich zumute. Hier war sie wirklich einsam, das war etwas anderes als das Alleinsein auf ihrer Farm. Als sie in der Ferne das Bellen wilder Hunde hörte, holte sie Junges und führte es durch die Haustür ins Wohnzimmer. Sie fühlte sich in der Gesellschaft des Tiers viel wohler, dieser große Leib und seine Wärme wirkten beruhigend.

Lange starrte sie in das Feuer, dann schlief sie ein und träumte von San Francisco. Im Traum lief sie durch die Straßen und suchte etwas. Sie wußte nicht, was es war.

Drei Tage lang folgte sie der Autobahn. Jede Nacht schlief sie in einem anderen Haus. Manchmal erlegte sie Kaninchen. An einem Tag, an dem sie wenig Jagdglück hatte, stieß sie auf ein Restaurant, wo sich in den Küchenregalen noch Konserven fanden. Die Etiketten hatten die Mäuse abgeknabbert. Sie öffnete fünf Dosen, bis sie eine fand, deren Inhalt nicht von Rost und Schimmel verdorben war. Es war Chilifleisch, das sie über einem kleinen Feuer erhitzte.

Am vierten Tag ritt sie einen Hügel hinauf und hielt das Fohlen auf der Kuppe an. Unter ihr lagen die Ruinen von Berkeley und die weite glitzernde Fläche der Bucht von San Francisco. Sie konnte das helle Band der Autobahn sehen, die dem weiten Uferbogen folgte, vorbei an geschwärzten, kastenförmigen Häusern. Weit entfernt leuchteten die weißen Türme von San Francisco in der Sonne. Der spitz zulaufende Turm, den Leon Transamerica-Pyramide genannt hatte, war höher als alles andere. Wie ein zur Warnung gereckter Zeigefinger. Zwischen San Francisco und den schwarzen Ruinen von Berkeley erstreckte sich eine weiße Linie: die Brücke über die Bucht.

Das Mädchen sah hinüber nach San Francisco und zweifelte, zum ersten Mal, am Sinn seiner Reise. Beim Blick in die Glaskugel wäre es ihr nie in den Sinn gekommen, daß die Stadt so groß und so fremdartig sein konnte. Mutlos geworden fragte sie sich, ob sie nicht in das Tal zurückkehren sollte. Dort kannte sie die Plätze, wo man jagen konnte, wo die Wachteln nisteten, wohin die Hirsche zum Äsen kamen. Dann schüttelte sie den Kopf und trieb ihr Pferd an, in Richtung der Autobahn.

Auf halbem Weg hügelabwärts kam sie an einem alten Wegweiser vorbei. Jemand hatte mit roter Farbe eine neue Botschaft auf das Schild gesprüht: ›Halt! Kein Zutritt!!!‹ stand da, und darunter: ›Gebiet der Black Dragons.‹ Sie fragte sich, als sie vorbeiritt, was das zu bedeuten haben sollte.

Innerhalb des Stadtgebiets entdeckte sie zuerst einen vor Unzeiten geschehenen Autounfall. Ein schwarzer BMW hatte die Betonsperre auf dem Mittelstreifen gerammt und eine lange Schramme daran hinterlassen. So, wie Kotflügel und Motorhaube aussahen, mußte man annehmen, daß der Wagen schräg aufgeprallt war, sich dann gedreht hatte und mit der Breitseite gegen die Leitplanke gekracht war.

Weiter vorne waren noch mehr Wracks zu sehen. Ein rotes Cabriolet lag auf dem Dach und reckte die Räder gegen den Himmel. Ein Lieferwagen hatte am Straßenrand die Leitplanke durchbrochen und ein ganzes Stück mit sich fortgerissen. Er lag auf der Seite, am Fuß der Böschung. Die Karosserie war vom Feuer geschwärzt.

Das Mädchen starrte fasziniert von der Autobahn auf die Straßen und Häuser hinunter. Sie hatte noch nie so viele Häuser so dicht nebeneinander gesehen. Ganze Häuserviertel waren ausgebrannt, hier und da ragten verkohlte Balken aus dem wuchernden Unkraut, und zerbrochene Fensterscheiben glitzerten im letzten Licht des Tages.

Sie hatte kein gutes Gefühl; hier roch es nach Asche und nach Gefahr. Und die Farben am Himmel erinnerten an einen Bluterguß auf der Haut – dunkles Purpur mit karminroten Streifen, die von der Sonne am Horizont ausgingen. Der Himmel schien ganz niedrig und drückend über der Stadt zu liegen, kaum höher als die Dächer. Als sie Junges zwischen den Wracks hindurchtrieb, begann die Luft um sie her zu vibrieren, ein tiefes, schweres Rumpeln wie ferner Donner. Sie ließ das Pferd traben.

Sie befand sich auf einer Überführung, als drei Motorräder auf der Straße darunter erschienen. Der erste Motorradfahrer sah sie und reckte einen nackten Arm in die Höhe, um die anderen auf sie aufmerksam zu machen. Sie hatte die Gestalten nur ganz kurz ausmachen können: schwarze Motorräder, Männer mit bloßem Oberkörper in schwarzen Lederhosen, langen Mähnen, die im Fahrtwind wehten.

Der Anführer machte mit einem weiten Bogen kehrt und steuerte die nächste Auffahrt an. Eine Sirene begann zu heulen. Es war nicht nötig, Junges anzutreiben. Das Pferd versuchte, dem heulenden Geräusch zu entfliehen. Die Ohren hatte es angelegt, den Hals nach vorn gestreckt. Das Mädchen schmiegte sich dicht an den Rücken des Pferdes. Es hörte, wie das Geräusch der Motorräder unter der Überführung leiser wurde und dann wieder anschwoll, als sie die Autobahn erreichten. Als sie sich umwandte, konnte sie die Scheinwerfer sehen.

Die Brücke war unmittelbar vor ihr, die Silhouette hob sich gegen den Himmel. Die Fahrbahn war mit Autos übersät, dunkle Schatten, die gefährlich im Weg waren. Junges galoppierte noch immer mit gestrecktem Hals, schlug ohne ihr Dazutun blitzschnelle Haken, um den Wracks auszuweichen. Die Sirene heulte noch immer. Das Mädchen wagte einen Blick hinter sich. In diesem Augenblick setzte das Pferd zum Sprung an. Das Mädchen war nicht darauf vorbereitet und verlor das Gleichgewicht, als Junges sprang. Die Mähne entglitt ihr, sie fiel auf den Asphalt. Ein scharfer Schmerz fuhr durch ihre Schulter, aber sie hatte keine Zeit, sich darum zu kümmern. Instinktiv suchte sie nach Dekkung, rollte sich zu dem Auto, über das Junges gesprungen war, und schob sich in einen dunklen Spalt in der Straße. Bewegungslos lag sie da, als die Sirene vorbeizog und das Motorengeräusch wieder leiser wurde. Dann kam der

Schmerz, heiß und scharf, daß sie glaubte, ohnmächtig zu werden.

Sie wartete. Sie lag einfach da und sah die blitzenden Funken, die der Schmerz hinter ihre geschlossenen Lider zauberte. Sie wußte nicht, wieviel Zeit verging, bis die Motorräder wieder zurückkehrten, um auch diesmal vorbeizufahren. Als das Geräusch erstorben war, wand sie sich unter dem Auto hervor. Die kleinste Bewegung löste eine Welle unerträglicher Schmerzen aus. Der Arm war aufgeschürft und blutete. Sie verband ihn mit ihrem Halstuch. Aber gegen den rasenden Schmerz, der jede Bewegung ihrer Schulter begleitete, gab es keinen Verband, er kam von innen. Sie schwang den Rucksack über die unverletzte Schulter und machte sich auf den Weg. Dorthin, wo ganz in der Ferne die Türme der Stadt aufragten.

7

Tiger war Künstler. Seine Kunst widmete sich der menschlichen Haut. Mit feinen Nadeln und seinem Tätowierbesteck, das schnurrte wie eine Katze, der man Speed gegeben hatte, ließ er wunderschöne Bilder auf jedermanns Haut entstehen, der es nur wollte.

Vor Jahren, kurz nach der Seuche, hatte er sein eigenes Gesicht tätowiert. Während eines LSD-Trips hatte er sich im Spiegel betrachtet. Die Sonne, die durch eine Markise drang, zeichnete Muster auf seine Haut. Breite Streifen liefen diagonal über sein Gesicht. Er nahm sein Werkzeug und verlieh den Streifen auf seiner Haut Bestand.

Eigentlich lag ihm viel mehr daran, andere Menschen zu tätowieren; seine eigene Haut war eine Art letzter Zuflucht, wenn sich nichts anderes fand. Während jenes Jahres, in dem Lily, die rothaarige Bildhauerin, seine Geliebte gewesen war, hatte er ihren Rücken zu einem Blumenmeer gemacht. Wildblumen schmückten die Haut: Butterblumen und Glockenblumen, Gänseblümchen, Braunwurz, Lupinen und wilde Iris. Blühender Wein rankte sich um die Schulterblätter, in die Rückenfurche schmiegten sich Vergißmeinnicht.

Aus einem gewissen Abstand betrachtet verschmolzen die einzelnen Blüten zu farbigen Flächen und ergaben ein neues Bild. Aus zwei Irisblüten entstand das Augenpaar eines Gesichts, umrahmt von einer leuchtenden Mähne aus Braunwurz. Zwei Rosenknospen waren die Brustwarzen eines Busens, der von gebogenen Weinranken geformt wurde. Versteckt in diesem Blumengarten konnte man ein Porträt von Lily erkennen, das aus einzelnen Blüten zusammengesetzt war. Es war eine nackte Lily, die da mit angewinkelter Hüfte stand, im Gesicht ein vages und rätselhaftes Lächeln.

Lily hatte Tiger verlassen, als er die Tätowierung vollendet hatte. In ihrem Freundeskreis hatte sie sich beklagt, daß sie nie sicher wäre, ob Tiger *sie* liebte – oder nur die Flächen weißer Haut, die er als Leinwand benutzte.

Tiger war nicht der Mensch, der sie zum Bleiben bewegen konnte. Fragte sie ihn, ob er sie liebe oder ihre Haut, dann war er verwirrt. Ja, natürlich liebte er ihre Haut – war das denn etwas anderes, als Lily zu lieben? Wenn er sie nur ansah, dann schimmerte Bild um Bild unter ihrer Haut, das nur darauf wartete, ans Licht gebracht zu werden. Tiger glaubte, daß sie ihn verlassen hatte, weil die Tätowierungen ihr zeigten, wieviel er über sie wußte. Er konnte in ihre Seele sehen, und davor hatte Lily Angst.

Aber was er auch sagte, es konnte sie nicht überzeugen. Und am Ende trieben sie ihre Zweifel, ihre Unsicherheit in die Flucht.

Nachdem Lily gegangen war, wandte sich Tiger seinem eigenen Körper zu. Jede erreichbare Stelle begann er auszuschmücken. Bizarre geometrische Muster liefen über seinen linken Arm, ein Bein war im Maori-Stil dekoriert. In seiner Magengrube tummelte sich eine Schar Eidechsen, die wie auf einer Zeichnung von Escher umeinandergeschlungen waren. Bei jedem Atemzug schienen sie sich über seinen Bauch zu schlängeln.

Weil Tiger Rechtshänder war, blieb sein rechter Arm unbemalt. Selbst konnte er ihn nicht bearbeiten, und es gab niemanden sonst, dem er ihn anvertraut hätte. Aber eines Morgens bemerkte er dunkle Linien auf der weißen, weichen Haut an der Unterseite des Handgelenks. Zuerst waren sie undeutlich wie ein leichter Bluterguß unter der Haut. Er versuchte sie abzuwaschen, doch alles Schrubben nützte nichts. Die Stelle juckte ein wenig, wie eine frische Tätowierung.

Am folgenden Tag waren die Linien deutlicher geworden, und er sah, daß sie ein Wort formten. Er benutzte fast nie Wörter bei seiner Arbeit. KRIEG hieß das Wort. Das Bild veränderte sich noch weiter. Schwarze Weinranken wuchsen an den großen Blockbuchstaben in die Höhe, und in den Zwischenräumen erblühten blutrote Rosen. Doch verstand man auch so, was gemeint war.

Geister zogen vor dem Mädchen her, während sie die Brücke überquerte. Weiße Schemen, die im Wind erzitterten und wieder eins wurden mit dem Nebel über der Bucht von San Francisco. Der Mond schimmerte schwach von Osten, ein undeutlicher Fleck hinter der Nebelwand. Die Möwen, die sich auf den Eisenstreben zum Schlafen niedergelassen hatten, wurden unruhig und krächzten unverständliche Warnungen, als das Mädchen vorbeiging.

In der Dunkelheit stolperte sie in ein Loch im Straßenbelag, konnte sich aber noch fangen. Ihr Kopf schmerzte, in der verletzten Schulter pochte es bei jedem Schritt. Sie schüttelte den Kopf, um sich wachzurütteln, dann ging sie weiter.

Ihr Gesicht brannte heiß, auch der kühle Nebel auf der Haut half nichts. Unter der Brücke hörte sie das Flüstern der Geister, feine Stimmchen wie leises Plätschern. Sie sah Lichter im Nebel tanzen, blasse Farbflecke, wirbelnde Gesichter, die verschwanden, wenn sie sich ihnen zuwenden wollte. Manchmal schien ein weißlicher Schatten seinen langen, immerzu fließenden Arm nach ihr auszustrekken. Tat sie einen Schritt näher, dann löste er sich auf. Nur ein Nebelschwaden. Aber sie wußte, es war nicht nur Nebel. Es waren die Geister dieser Stadt, vor denen ihre Mutter geflohen war.

Sie lauschte dem vom dichten Nebel gedämpften Geräusch ihrer Schritte. Da drang ein hoher, feiner, hohlklingender Ton aus der Dunkelheit – ein durchdringender, weittragender Ton, wie der Warnruf eines aufgeschreckten Vogels. Blitzschnell hatte sie sich an das Geländer am Fahrbahnrand gekauert, das Messer griffbereit. Der Ton erstarb.

Sie wartete und horchte in das Dunkel. Langsam schob sie das Messer in den Gürtel und nahm die Armbrust aus dem Rucksack. Mühsam, weil sie die verletzte Schulter schonte, spannte sie die Armbrust und legte einen Bolzen ein. Die Schußwaffe in der rechten, das Messer in der linken Hand richtete sie sich auf und machte einen vorsichtigen Schritt vorwärts.

Eine leichte Brise brachte Bewegung in den Nebel, und nun folgte ein tiefer Ton, dann ein metallisches Rattern, als würden Ratten mit kleinen Nägeln an den Klauen über ein Blechdach trippeln. Wieder Stille, dann ein leises Schaben, als würde ein Messer aus einer metallenen Scheide gezogen.

Die Armbrust und das Messer bereit, pirschte sich das Mädchen an die geisterhaften Laute heran. Sie kamen von der Brücke. Bei jedem Geräusch hielt sie an und wartete, bis es wieder verstummte.

Irgendwo hinter dem Nebel mußte die Sonne aufgehen.

Sie konnte ein großes, dunkles Rechteck erkennen. Über der Fahrbahn war ein Hinweisschild montiert. Seltsame Gegenstände baumelten daran, vom Wind in Bewegung gesetzt. Vorsichtig kam sie näher.

Der zylinderförmige Wasserbehälter eines Boilers hing an einem dicken Stahlseil. Das weiße Email war abgesplittert, und Rost hatte sich auf der einst glatten Oberfläche eingefressen. Um den Wassertank herum hing ein seltsames Sammelsurium von metallenen Gegenständen. Ein oxydiertes Messingbecken schlug gegen ein Schwert, das mit einer fremden Schrift verziert war, was einen hohen Glockenton ergab. Eine große Spiralfeder hatte man in die Länge gezogen, daß sie eine Girlande bildete, wie der Papierschmuck eines Jahrmarktstands; sie schlug gegen den Boiler. Wieder hörte man das Tripptrapp der Stahlklauen. Das Mädchen trat näher. Vorsichtig zog sie an einer Schnur, auf der Stimmgabeln Fuß an Fuß aufgereiht waren. Sie schlugen aneinander, und ein schwaches Summen ertönte.

Das Mädchen trat ein paar Schritte zurück. Sie fragte sich, wer sich die Mühe machte, solche Dinge hier aufzuhängen, damit der Wind mit ihnen spielte. Eine der Stimmgabeln schlug gegen des Becken, der rasch auf- und abschwellende Ton ließ sie erschauern. Sie machte einen Bogen um das seltsame Glockenspiel und trottete weiter auf ihrem beschwerlichen Weg in die Stadt, die hinter dem Nebel verborgen lag.

Morgendämmerung in der Stadt: graues Licht auf grauem Stein. Sogar die roten Backsteinhäuser sahen grau aus, das Licht hatte ihnen die Farbe genommen. Der leichte Wind von der Bucht herüber erfaßte einige Taubenfedern, wirbelte sie auf und ließ sie im Rinnstein tanzen.

In den Ritzen zwischen den Gehwegplatten hatten Gras und Unkraut Wurzeln geschlagen. Das Mädchen kam an dem Wrack eines Mercedes vorbei. Auf den Lederpolstern wuchs allerlei Moos, und zierliche Sprossen waren ausgekeimt, befeuchtet vom Nebel, der durch die zerbrochene Windschutzscheibe drang. Aus einem Hauseingang spähte eine schwarze Katze, mit zuckenden Schnurrhaaren prüfte sie die Morgenluft.

In der Stille der schlafenden Stadt echoten die Schritte des Mädchens. Noch nie hatte sie so große Häuser gesehen: erschreckende Massen aus Stein und Glas, mit Streifen aus Vogelkot und hellgrünen Flecken an den Fassaden. Die Fensterhöhlen mit den zerbrochenen Scheiben schienen sie anzustarren. Die oberen Stockwerke waren noch im Nebel verborgen. Obwohl sie es besser wußte, konnte sie sich dem Eindruck nicht entziehen, daß diese Türme niemals zu Ende waren und bis zum Mond und den Sternen reichten.

Sie war erschöpft. Der ganze Körper schmerzte, sie mußte sich ausruhen. Aber sie brachte es nicht über sich, in eines der Häuser zu treten. Undenkbar auch, hier unter dem starrenden Blick der leeren Fensterhöhlen sich niederzulegen. Sie schleppte sich weiter zur Market Street, schon halb im Schlaf; sie wußte, daß sie jetzt nicht haltmachen durfte.

Während sie weiterging, hörte sie plötzlich Orgelmusik, merkwürdig dumpfe Töne, die in den Straßen widerhallten. Eine Maschine, die einer Spinne ähnelte, ratterte um die Ecke und lief vorbei; sie folgte den Straßenbahnschienen in der Straßenmitte. Die weißen Kugeln der Straßenlaternen waren bemalt, sie trugen schöne Frauengesichter. Sie lächelten freundlich auf das Mädchen herab.

Sie kam zur Transamerica-Pyramide und blieb stehen. Sie versuchte, durch den Dunst die Spitze zu erkennen. Soweit man die Mauern übersehen konnte, war der Beton mit seltsamen Figuren bemalt. Eine Reihe von Wesen mit menschlichen Körpern und Tierköpfen starrte auf sie herab. Eine Schlange in leuchtenden Farben erkletterte eine

Wand, bis in schwindelnde Höhe. In ihrer Benommenheit schien es dem Mädchen, als ob sie sich bewegte und sich die Wand hinaufschlängelte. Sie blinzelte und wandte sich ab.

Vor einer Kreuzung blieb sie unvermittelt stehen. Im trüben Licht hatte sich da eine schwarz gekleidete Menschenmenge versammelt. Sie standen bewegungslos mitten auf der weiten Fläche, dem Schnittpunkt zweier breiter Straßen. Das Mädchen hatte sich an die Ecke eines Hauses geschmiegt, um zu beobachten und abzuwarten, was geschah. Vielleicht konnte sie so herausfinden, was sie vorhatten und wer sie waren. Als der Wind sich in ihre Richtung drehte, konnte sie hören, daß sie etwas murmelten, doch war kein Wort zu verstehen. Aber sie konnte nicht ewig dastehen, sie fröstelte in der kalten Luft. Sie hielt die Armbrust schußbereit und näherte sich langsam.

Die Menschen waren aus schwarzem Metall. Der feuchte Nebel hatte sie mit winzigen Tropfen überzogen. Wenn Wind aufkam, dann bewegten sich die Unterkiefer auf und ab und ließen menschlich klingende Laute in den Kehlen entstehen. Die leeren Augenhöhlen machten das Mädchen nervös. Sie schlug einen Bogen um die Versammlung und ging weiter.

Über sich hörte sie das schwere Rauschen großer Schwingen und blickte auf. Ziemlich tief flog ein Engel durch die Straßenschlucht, deutlich hob sich seine Silhouette vom milchigen Dunst in der Höhe ab. Das von oben einfallende Licht umhüllte die Gestalt und ließ den Rand von Körper und Flügeln golden leuchten. Der Engel flog unbeirrt seine Bahn, und das Mädchen folgte ihm. Sie lief, um ihn nicht zu verlieren. Wenn sie ihm nur auf den Fersen bleiben konnte, da war sie ganz sicher, würde er sie zu ihrer Mutter bringen.

Der Weg führte durch schmale, verwinkelte Straßen, in welche die hohen Mauern kaum Licht dringen ließen. Ihr Kopf schmerzte, die Welt um sie her wurde stetig dunkler, als würde nicht der Morgen dämmern, sondern die Nacht hereinbrechen. Die Mauern zu beiden Seiten rückten immer näher. Einmal drehte sie sich um, die Straße wirkte verschwommen, die Häuser schwankten ein wenig und schienen sich zu verschieben, als wollten sie den Weg versperren, den sie gekommen war.

Sie kümmerte sich nicht darum. Es kümmerte sie auch nicht, wohin sie ging. Sie folgte unbeirrt dem Flügelschlag des Engels, der wie gedämpfte Paukenschläge klang. Immer wenn sie meinte, ihn verloren zu haben, entdeckte sie weit voraus das goldene Leuchten: das einzige bißchen Farbe in dieser grauen Welt.

Sie ignorierte den Schmerz in der Schulter und hastete weiter. Sie wollte schneller laufen, doch sie stolperte. Ihre Beine waren wie aus Gummi und gehorchten nicht. Der Kopf fühlte sich aufgedunsen und unerhört leicht an. Wie ein riesiger Ballon hing er an ihrem Körper, der ihn im Laufen hinter sich her zog. Sie kam um eine Ecke und war unvermittelt von goldenem Licht umgeben. Vor ihr stand der Engel. Hinter ihm war nichts als Schwärze.

Die rechte Hälfte seines Gesichts war menschlich. Es war die Hälfte eines schönen Gesichts mit einem freundlichen Lächeln. Doch fehlte auf der linken Seite des Kopfes die Haut. Zusammengeschweißte Metallplatten lagen bloß, und entlang des Wangenknochens hatte sich Rost ausgebreitet. Das linke Auge war ohne Augenlid und strahlte gelbes Licht aus. Das Licht begann zu flackern, während sie ihn anstarrte, als wäre es am Erlöschen, dann brannte es wieder hell wie zuvor.

Der Engel war nackt, und seine Haut schimmerte rosa. Er schien geschlechtslos zu sein, denn nichts als glatte Haut war zu sehen. Er streckte ihr die Arme entgegen. Die Haut an den Händen war zerschlissen, auch hier sah man Metall und konnte die zierlichen Fingergelenke erkennen. Auch an den Händen gab es Spuren von Rost.

Das Mädchen blieb stehen und starrte das große, fremdartige Gesicht an. Mit einemmal war ihr kalt, ein eisiger Wind kam ihr aus der Dunkelheit entgegen.

»Wo ist meine Mutter?« fragte sie flüsternd. »Sagst du es mir?«

Der Engel antwortete nicht. Sie trat einen Schritt näher. »Bitte, sag ...« Ihre Stimme versagte. »Wo ist sie?«

Der Engel hielt die Arme ausgebreitet. Er machte einen Schritt auf sie zu, man hörte das Quietschen einer schlecht geölten Maschinerie.

»Nein«, sagte das Mädchen und ging rückwärts, um den Metallarmen zu entgehen. Aber sie konnte den Blick nicht von dem verwüsteten Gesicht und dem golden leuchtenden Auge abwenden.

Aus der Dunkelheit kam ein Geräusch. Ein kleines Tier mit dichtem Pelz hatte sich hinter den Engel gekauert und beobachtete sie. Sie wußte, was das für ein Tier war. Es war der Buchstabe A aus der ABC-Fibel, mit der sie Lesen gelernt hatte, A wie Affe. Das Tier betrachtete sie aufmerksam aus seinen wäßrigen Augen, ein schlauer, aufgeweckter Blick. Dann bellte es kurz auf, es klang wie ein knapper Befehl, und sauste an ihr vorbei.

Sie drehte sich um und rannte dem Affen hinterher. Sie nahm alle Kraft, ihre letzte Kraft, zusammen und rannte. Fast hakenschlagend bog sie um die Ecken, wie eine Ratte im Labyrinth. Sie wußte nicht, wohin sie rannte, wenn sie nur sicher war vor dem Flügelrauschen und der Berührung der kalten Hände aus Metall.

Während sie rannte, kehrte auch die Helligkeit des anbrechenden Tages wieder. Die Häuser wollten sie nicht länger zwischen sich erdrücken. Die Luft war leichter zu atmen. Sie kam wieder zu dem Mercedes-Wrack. Der Affe hatte sich auf das Dach gesetzt und begann sich in aller Ruhe zu lausen. Er blickte kurz auf, als sie herankam, ließ sich aber nicht weiter stören. Sie schaute in die Richtung, aus der sie gekommen war. Der Engel war ihr nicht gefolgt.

Fast ohnmächtig vor Erschöpfung und Schmerz riß sie

die Autotür auf und ließ sich auf den Rücksitz fallen. Wilder Anis sprießte auf dem Teppichboden, schwer lag sein Aroma in der Luft. Schließlich schlief sie ein.

Dannyboy radelte die Market Street entlang. Er wollte in das Viertel südlich des Zentrums, wo die meisten Kaufhäuser waren. Sein häßlicher, aber sehr praktischer Fahrradanhänger, ein Handwagen mit den Rädern eines Mountain Bikes, hüpfte und ratterte hinter ihm. Am Vortag hatte er drei Coleman-Lampen in einer Ecke eines ausgebrannten Kaufhauses gefunden, die, ganz unglaublich, im Feuer nicht zersprungen waren. Nun kam er zurück, um zu sehen, was für Schätze noch in der Ruine verborgen lagen. Natürlich suchte er auch nach blauer Farbe für die Golden-Gate-Brücke.

Jezebel, Dannyboys Mischlingshündin, trabte hinter dem Fahrrad her. Manchmal blieb sie zurück, um an einem der herumliegenden Autos zu schnuppern. Die rostigen Wracks waren eine beliebte Zuflucht der Katzen, die in den Hochhäusern der Innenstadt herumstreiften.

Es war früh, und der Nebel war noch nicht ganz der Sonne gewichen. Graue Schwaden krochen durch die Straßen, warfen sich müde um die Laternenpfähle und strichen um die Häuser. Dannyboy auf seinem Fahrrad bewunderte die Muster, die im Nebel entstanden. Dünne Nebelfäden vor schwarzen Fensterhöhlen erinnerten ihn an die alten Spitzenvorhänge, die er in einem Haus in Pacific Heights gesehen hatte. Er betrachtete die Schwaden und fragte sich, wann er die richtige Idee haben würde, was er mit den Vorhängen anfangen konnte. Vielleicht eine Art Skulptur, die durch den Wind zum Leben erweckt wurde. Was für ein Einfall, das mußte er sich merken – er würde Zatch oder einem der anderen Bildhauer davon erzählen.

An einem solchen Morgen sah Dannyboy manchmal Dinge, die es eigentlich nicht geben konnte: Eine Gruppe

Menschen tanzte auf der Market Street zu einer Musik, die man nicht hören konnte; eine Schar Engel zog in Höhe der Dächer vorüber; eine Frau lenkte einen Streitwagen, der, gezogen von feuersprühenden Pferden, der Bahn der Sonne folgte. Er wunderte sich nicht über solche Visionen, sie gehörten zu seinem Leben. Er wußte, daß die Seele der Stadt sie erzeugte und daß sie eingeschlossen waren in Asphalt und Beton, bis sie aus den Rissen in der Straße wuchsen wie das Gras und mit den Nebelschwaden um die Häuser wirbelten.

Es lebten nur wenige Menschen in der Stadt, aber die Träume von unzähligen wohnten in den ausgebrannten Häusern, den verlassenen Autos, den menschenleeren Straßen. Es waren diese Träume, die der Stadt nun ihr Gesicht gaben. Es waren wohl auch die Träume der Toten, dachte Dannyboy, die Lily zum Sammeln der Schädel veranlaßten, die sie dann in den Schaufenstern des Emporium-Kaufhauses ausstellte.

An der Ecke der Fünften Straße hörte Dannyboy auf zu treten und ließ das Gespann ausrollen. Hinter den Schaufenstern des Kaufhauses waren sorgfältig polierte Menschenschädel aufgereiht. Weiß, sauber, anonym. Das war es, was Lily daran gefiel.

Es waren nicht nur Totenköpfe allein. Immer fügte Lily noch etwas bei, das sie nicht weit von dem Schädel gefunden hatte: etwa eine Nickelbrille mit Bifokalgläsern, eine Whiskykaraffe, hier eine nackte Puppe mit blondem Lokkenkopf und babyblauen Glasaugen, dort eine Haschischpfeife, eine Bibel, ein Spitzenhandschuh. Die Schädel, die Lily für ihre Ausstellung auswählte, polierte sie mit Bohnerwachs, das sie in Supermärkten oder sonstwo aufgetrieben hatte. Dann arrangierte sie das Ganze, wie es ihr gefiel.

Seit Dannyboy das letzte Mal hiergewesen war, hatte Lily ihrer Sammlung einen zahnlosen Schädel hinzugefügt, neben dem sie ein künstliches Gebiß plaziert hatte. Dannyboy bewunderte den Geschmack, mit dem Lily diese Dinge auswählte und zu einer Einheit zusammenfügte: Nickelbrille, Spitzenhandschuh, Gebiß, Bibel – es war die Zusammenstellung, die aus den Schädeln etwas ganz Neues machte: Nichts Unappetitliches, nichts Banales war mehr daran; dies waren einmal Menschen gewesen. Und dieses Schaufenster war ein Denkmal, ja sogar ein Bittopfer, das die unbekannten Toten besänftigen sollte.

Dannyboy blieb eine Weile stehen, um Lilys Werk zu betrachten. Dann pfiff er nach Jezebel, die sich irgendwo zwischen den Autowracks herumtrieb. Jezebel kam nicht auf sein Pfeifen, sondern begann zu bellen, ganz in der Nähe. Dannyboy pfiff noch einmal. Aber wieder bellte Jezebel, es war ein Aufmerksamkeit heischendes Bellen, sie rief Dannyboy herbei.

Dannyboy folgte dem Bellen bis zu einem Mercedes, der mitten auf der Straße stand. Ein Affe hockte auf dem Dach und schnatterte den Hund wütend an. Als Dannyboy herankam, hüpfte er davon und verschwand in der offenen Tür des nächsten Hauses. Jezebel schnüffelte an der geschlossenen Autotür und schlug wild mit dem Schwanz.

Dannyboy blickte durch die geborstene Windschutzscheibe. Eine junge Frau duckte sich in die Polster und versuchte, so viel Abstand wie nur möglich von dem Hund zu gewinnen. »Sie tut nichts, keine Angst«, sagte Dannyboy. »Du kannst ruhig rauskommen.«

Die junge Frau gab keine Antwort und rührte sich nicht. Ihr Gesicht war totenbleich, sie umklammerte ihren Leib und preßte die Lederjacke fest an sich, als würde sie frieren oder sich zu schützen versuchen.

»Ist alles in Ordnung?« fragte Dannyboy. Sie blickte ihn starr an, wie ein verängstigtes Tier, das zu schwach war, sich zu wehren. Sie blinzelte, als hätte sie Mühe, ihn zu erkennen. Jezebel bellte wieder und kratzte an der Tür.

Es war höchst selten, daß Fremde bis in die Innenstadt kamen. Händler nahmen gewöhnlich den direkten Weg zu Duffs Handelsposten am Rand von Presidio. Nur wenige wagten es, allein dem Fremdartigen gegenüberzutreten, das im Zentrum der Stadt Wurzel geschlagen hatte. Gelegentlich kam eine der Banden von Oakland über die Brücke, um zu plündern. Aber eine Bande würde nie einen ihrer Leute zurücklassen.

»Bist du verletzt?« fragte Dannyboy. Sie schloß die Augen, als ginge es über ihre Kräfte, ihn auch nur anzuschauen. Doch als er an der Tür zog, weiteten sich ihre Augen. Sie machte einen Satz nach vorn, an ihm vorbei, um zu fliehen. Aber nach wenigen Schritten stolperte sie und fiel auf das Pflaster. Sie drehte sich einmal um sich selber und blieb zusammengekrümmt liegen. Das Messer in ihrer Hand war auf den Asphalt geschlagen.

Dannyboy kam vorsichtig näher. Ihr Gesicht war blutverschmiert von einer Schramme auf der Stirn. Die Lederjacke war von der Schulter geglitten, man sah einen Verband am rechten Oberarm. Das Tuch war gemustert, braun und rot. Doch was auf den ersten Blick wie ein Blumenmuster aussah, war Blut: durchgesickertes, frisches Blut und altes, das schon getrocknet war.

Aus der Bettenabteilung des Kaufhauses holte Dannyboy Decken, mit denen er den Fahrradanhänger polsterte und eine Art Nest machte. So behutsam er konnte, hob er das Mädchen in den Anhänger. Dann brachte er sie zu seiner Wohnung.

Auf seinem Weg zum Saint-Francis-Hotel traf er Tommy und schickte ihn los, um Tiger zu holen. Tiger hatte als Krankenpfleger gearbeitet, bevor er sich aufs Tätowieren verlegte. So verstand er von allen in der Stadt am meisten von Medizin und half, wenn es notwendig war. Dannyboy trug das Mädchen die Treppen hinauf und legte sie auf sein Bett.

Tiger kam mit seiner Arzttasche. Er besah sich die Fremde auf dem Bett und scheuchte dann Tommy, ungeachtet seines Protests, davon.

Dannyboy hielt das Mädchen, damit Tiger ihr Lederjacke

und Bluse abstreifen konnte. Die meiste Zeit, während Tiger sie untersuchte, war sie bewußtlos. Nur manchmal schreckte sie kurz auf, dann blinzelte sie und stammelte ein paar Worte, irgend etwas über Geister und Engel.

»Sie muß gestürzt sein«, meinte Tiger. »Eine leichte Gehirnerschütterung, denke ich. Das Schlüsselbein ist gebrochen. Du mußt mir helfen.« Dannyboy brachte das Mädchen in eine sitzende Stellung und stützte sie, während Tiger einen elastischen Verband anlegte. Er hatte die Form einer Acht, deren Schleifen sich um die Schultern zogen; auf dem Rücken kreuzten sich die Bahnen. »Das dürfte den Bruch in der richtigen Lage halten. Ich werde es morgen oder so wieder straffen müssen. So jung wie sie ist, wird es problemlos heilen. Sie darf sich aber eine gute Woche lang nicht viel bewegen.«

»Sie kann ja hierbleiben«, sagte Dannyboy.

»Wäre das beste«, meinte Tiger. »Sieht auch nicht so aus, als wüßte sie, wohin.« Er säuberte die Schrammen auf Rükken und Schultern, dann legte er sie auf das Bett.

Dannyboy deckte sie vorsichtig zu. Er betrachtete sie, wie sie da schlief, und überlegte, was sie wohl nach San Francisco geführt hatte.

Im Laufe der Jahre hatten sich in der Hotelsuite, die Dannyboys Zuhause war, immer neue Fundstücke angesammelt, von denen er sich nicht trennen mochte. Der Teppichboden des Hotels war tief vergraben unter Stapeln von Orientteppichen, die beim Gehen federten wie ein dick mit Laub und Mulch bedeckter Waldboden. Auch an den Wänden hingen Teppiche, eine verwirrende Vielfalt von Mustern und leuchtenden Farben: sattes Karmin, Königsblau, Beige und Bernsteingelb.

In einer Ecke tickten drei Kuckucksuhren eifrig vor sich hin, jede gab eine andere Zeit an. Dannyboy konnte die Uhrzeit am Stand der Sonne ablesen, aber er liebte diese

Uhren wegen der Melodien, die zu jeder vollen Stunde ertönten.

In einer Fensteröffnung drehten sich mehrere buntbemalte Windräder, in Bewegung gesetzt von dem leichten Abendwind. In einem anderen Fenster hing ein Diamantenhalsband. Dannyboy hätte es zu Duff bringen können, es hätte ihm eine schöne Menge blauer Farbe oder andere wichtige Dinge eingebracht. Aber er liebte das Funkeln und das Farbenspiel, wenn sich das Licht an Sonnentagen darin brach; Dinge zum Tauschen konnte er doch alle Tage finden.

Das Hotel war ein netter Ort. Die Teppiche sorgten für ausgeglichene Temperaturen. Die Petroleumlampe, die an einem Haken an der Wand hing, strahlte ein weiches, gelbliches Licht aus.

Dannyboy saß auf dem Fußboden und lehnte sich gegen ein Kissen an der Wand, das unter einem Teppich halb verborgen war. Jezebel lag zusammengerollt zu seinen Füßen.

Maschine goß sich ein Glas von dem scharf schmeckenden, bräunlichen Gebräu ein, das in Duffs Laden Brandy genannt wurde. Seine künstliche Hand, die er am rechten Ellenbogen befestigt hatte, imitierte die Bewegungen um den Bruchteil einer Sekunde später. In der Gesellschaft von Maschine wurden die meisten Leute nervös, doch kam Dannyboy sehr gut mit ihm zurecht.

In dieser Woche hatte Maschine eine motorgetriebene Farbspritze gefunden, die noch in brauchbarem Zustand war. Nur die Düse war verstopft. Maschine hatte versprochen, das Gerät in Ordnung zu bringen und es Dannyboy für seine Arbeit an der Brücke zu überlassen. Um sich zu bedanken, hatte Dannyboy ihn zum Essen eingeladen. Auf einem Tablett lagen die Überreste ihrer Mahlzeit: eine halbe Fleischpastete, zwei Pfannkuchen, Käsescheiben.

»Du weißt also nichts über dieses Mädchen«, sagte Maschine, »außer, daß sie dich mit einem Messer attakkierte, als du ihr helfen wolltest.«

»Sie war doch halbtot vor Angst«, sagte Dannyboy. »Sie dachte, ich wollte sie festhalten.«

»Du bist zu gutgläubig«, sagte Maschine.

Dannyboy grinste. Seit Jahren sagte ihm Maschine, daß er zu gutgläubig wäre. Maschine vertraute niemandem. »Betrachte es als eine Art Überlebensstrategie«, sagte Dannyboy. »Ich bin so unübersehbar harmlos, daß niemand auf die Idee kommt, mir etwas anzutun.«

»Keine gute Strategie«, sagte Maschine.

»Sie ist fast noch ein Kind. Da gibt es nichts zu befürchten.«

»Ich befürchte gar nichts«, sagte Maschine und schloß die rechte Hand zur Faust, und die künstliche Hand vollführte diese Bewegung einen winzigen Augenblick später nach. »Ich denke nur, daß es unvernünftig ist.«

»Wann war ich denn je vernünftig?« sagte Dannyboy und mußte grinsen, als Maschine schwieg. »Jetzt bist du sprachlos, nicht?« Maschine lächelte nicht. »Ich verstehe nicht, warum du dir solche Sorgen machst.«

»Sie könnte eine Spionin sein.«

»Wessen Spionin?«

»Für die Kirche der Offenbarung, die Black Dragons oder für Vierstern. Für alle möglichen Leute.«

»Du meinst das ernst.« Dannyboy schaute ihn aufmerksam an.

»Die Händler, die zu Duff kommen, sagen, daß Vierstern davon redet, hier einzumarschieren.«

»Wenn Vierstern einmarschieren will, dann schickt er keine Spione. Er kommt einfach daher und macht sich hier breit«, sagte Dannyboy. »Ich glaube kaum, daß er unsere militärische Stärke fürchtet ...«

»Dannyboy«, unterbrach ihn Maschine, »deine kleine Freundin ist aufgewacht.«

Dannyboy wandte den Kopf zur Schlafzimmertür und konnte gerade noch sehen, wie das Mädchen blitzartig auf das Tablett losstürzte und das Brotmesser ergriff. Dann zog sie sich wieder zurück und blieb mit dem Messer in der Hand in der Tür stehen. Sie war nackt bis auf die Bandage um die Schultern. Die Petroleumlampe warf Schatten um ihre Brüste. Ihre Haut schimmerte matt. Sie erinnerte Dannyboy an eine Bronzestatue der Diana, die er einmal in einem Museum der Stadt gesehen hatte. Die Göttin hatte einen schußbereiten Bogen in den Händen, ihre Bronzeaugen blickten kühl und entschlossen. Aber die Augen des Mädchens glänzten im Fieber und vor Angst.

Sie starrte Dannyboy an. »Bist du ein Geist?«

Die Spitze des Messers zitterte ein wenig, doch ihr Blick war entschlossen. Daß sie nackt war, schien sie nicht zu bemerken, ihre ganze Aufmerksamkeit galt Dannyboy.

Dannyboy starrte zurück. »Ein Geist?« Er sagte die Worte langsam und mit schwerer Zunge. Das Mädchen strahlte eine Energie aus, die ihn lähmte. »Wie meinst du das?«

»Meine Mutter sagte mir, daß die Stadt voller Geister wäre.«

Dannyboy zuckte mit den Achseln. »Da treiben sich schon ein paar Geister herum. Aber wir sind zum Glück alles andere als Gespenster. Ich heiße Dannyboy, und das ist Maschine.«

»Maschine?« Sie blickte mißtrauisch auf Maschine; der blickte mißtrauisch zurück.

»Wie heißt du?« fragte Dannyboy.

»Wie ich heiße?« Sie schüttelte heftig den Kopf. Ihr Griff um das Messer lockerte sich ein wenig, sie ließ den Arm sinken. Dannyboy bemerkte, daß sie nach dem Tablett mit den Überbleibseln ihres Abendessens schielte.

»Hast du Hunger?« fragte er. Ganz langsam beugte er sich etwas vor und goß Brandy in ein Glas. Er zog das Kissen hinter seinem Rücken hervor. »Setz dich«, sagte er ruhig. »Bedien dich.«

Ihr mißtrauischer Blick erinnerte Dannyboy an die verwilderten Katzen, die in den unbewohnten Häusern der Stadt herumhuschten. Gab man ihnen zu fressen, dann nahmen sie es an. Doch das verpflichtete sie zu nichts, und auch mit Vertrauen hatte es nichts zu tun. Sie brauchten niemanden, sie wollten nur in Ruhe gelassen werden. Sie hatten keine Angst, doch waren sie vorsichtig. Und obwohl sie nicht direkt feindselig waren, lag eine gewisse Geringschätzung in ihrem Ausdruck. Sie nahmen eben eine Gelegenheit wahr und würden, wenn nötig, ebenso selbstverständlich mit einem Sprung in der Dunkelheit verschwinden.

Das Mädchen ging die wenigen Schritte bis zu dem Kissen und setzte sich, ein wenig unbeholfen. Sie zögerte etwas, dann schnitt sie mit dem Messer Stücke von der Pastete. Sie aß genußvoll, aber langsam; sie kaute bedächtig, wie jemand, der nicht zum ersten Mal hungerte und wußte, daß man die langersehnten ersten Bissen nicht hinunterschlingen durfte.

»Wo kommst du her?« fragte Dannyboy.

Sie schluckte ein Stück Pastete und spülte es mit etwas Brandy hinunter. »Aus der Gegend von Sacramento. Nicht weit von einer Stadt, die Woodland heißt.«

»Dann bist du der Autobahn 80 gefolgt und kamst über die Oakland-Brücke?« fragte er.

Sie nickte. Ihr Gesicht entspannte sich. Sie nahm noch einen Schluck Brandy. »Wollte euch vor Vierstern warnen. Er will San Francisco in seine Gewalt bringen.« Dannyboy sah zu Maschine. Das also war Viersterns Spionin ...

»Was ist mit deiner Schulter passiert?«

»Drüben, auf der anderen Seite der Brücke, haben mich Männer auf Motorrädern verfolgt. Mein Pferd hat mich abgeworfen. Ich habe mich versteckt, bis es dunkel war. Dann bin ich über die Brücke gegangen.«

»Das waren Black Dragons«, sagte Dannyboy. »Das ist die Bande, die den größten Teil von Oakland beherrscht. Und du bist mehr als dreizehn Kilometer mit einem gebrochenen Schlüsselbein gelaufen?«

Sie schaute ihn gelassen an. »Ich bin ja nicht auf den Händen gelaufen.«

»Oakland ist eine ziemlich gefährliche Gegend, wenn man allein unterwegs ist«, sagte Dannyboy.

Sie verzog den Mund, fast lächelte sie. »Kennst du eine Gegend, wo man gefahrlos reisen kann?« fragte sie. »Ich nicht.«

»In Oakland ist es besonders schlimm«, sagte Dannyboy.

Sie antwortete nicht. Die Pastete hatte sie längst gegessen, nun machte sie sich an den zweiten Pfannkuchen.

Doch aß sie zusehends langsamer. Sie mußte gähnen; sie tat es ganz ungeniert, wie eine Katze, die sich räkelt. Fürs erste war sie wohl bereit, den beiden zu trauen. Ihre Augen waren halb geschlossen. »Ich bin müde«, sagte sie. Sie legte den angebissenen Pfannkuchen zurück auf den Teller. Sie schloß die Augen, dann schwankte sie. Dannyboy fing sie auf.

Zum zweiten Mal an diesem Tag legte er sie auf das Bett.

»Ganz reizend«, sagte Maschine sarkastisch, »und absolut vertrauenswürdig, da bin ich sicher.«

Dannyboy hörte nicht hin. Er strich ihr über die Stirn, um die wirren Haarsträhnen beiseite zu schieben.

8

Jeden Mittwoch druckte Mrs. Migsdale eine neue Ausgabe ihrer Zeitung, DIE NEUE STADT. Es war San Franciscos einzige Zeitung. Tommy half ihr dabei. Er bediente die Handpresse, half ihr, die zweitausend Exemplare der Zeitung zu falten und zur Stadtbibliothek zu bringen, wo Buch für die Verteilung an die Bürger der Stadt sorgte, und zu Duffs Handelsposten, wo Farmer und Händler sich die Zeitung gern eintauschten.

Dafür, daß er ihr half, unterrichtete Mrs. Migsdale Tommy. Seine Mutter Ruby glaubte, daß er Schulunterricht benötigte. Also brachte ihm Mrs. Migsdale einige Dinge bei, die vielleicht eines Tages nützlich waren. Wenn am Nachmittag die Sonne schien, lehrte sie ihn Botanik, zeigte ihm die wilden Blumen und Gräser, die in verlassenen Hinterhöfen und auf leeren Parkbänken wuchsen. Oder sie fingen Kaulquappen in dem Bach, der an der Bibliothek vorbeifloß. Einige Wochen hielt Tommy die Kaulquappen in einem Fischbecken und verfolgte mit Staunen, wie ihnen Beine wuchsen. Schließlich schrumpften auch die Schwänze und verschwanden. Und bald darauf konnte er zusammen mit Mrs. Migsdale ein Dutzend winziger Frösche im Bach aussetzen. In den Sommernächten, wenn sie Tommy die Sternbilder am Himmel zeigte, konnte man ihr hohes, dünnes Quaken vom Bach herüber hören, kaum lauter als das Zirpen von Grillen.

Manchmal hatte Mrs. Migsdale ein schlechtes Gewissen; sie wußte, daß sie ebensoviel von Tommy lernte, wie Tommy von ihr. Er wußte, wo eßbare Pilze wuchsen und an welchen fließenden Gewässern man Brunnenkresse fand. Wenn sie einen Weg durch die sich verschiebenden Straßen der Stadt nicht fand, wußte Tommy, wo sie gehen mußte. Er wußte auch, daß Randall in Vollmondnächten zum Wolf wurde, und er erzählte ihr von den Geistern, denen er im Zentrum begegnet war. Es fiel ihr nicht leicht, sich alles unwidersprochen anzuhören, was er erzählte. Er schien die Fremdartigkeit der Stadt als etwas ganz Natürliches zu nehmen, das störte sie. Aber er war ihre beste Informationsquelle. Wenn irgend etwas Interessantes in der Stadt passierte, hatte Tommy davon gehört.

An jenem Mittwoch, nachdem Dannyboy die Fremde gefunden hatte, konnte Tommy von nichts anderem reden. »Meine Mutter sagt, sie ist eine Wilde«, rief er, um den Lärm der Presse zu übertönen. »Sie sagt, er solle sie wieder da hinschicken, wo sie herkommt.«

»Komisch, daß Dannyboy sie ausgerechnet im Zentrum gefunden hat«, schrie Mrs. Migsdale zurück. Sie saß auf einem Stuhl an einem ziemlich ramponierten Zeichentisch aus Holz und faltete Zeitungen. »Die meisten Leute lassen sich schon viel früher in die Flucht jagen.«

Tommy unterbrach das Kurbeln und gab etwas frische Druckerschwärze auf die Rollen. »Die hat sich nicht in die Flucht schlagen lassen.« Es klang irgendwie stolz, als hätte er etwas mit dem Erscheinen der Frau zu tun. »Mitten in das Zentrum ist sie spaziert.«

»Hast du mit ihr gesprochen?«

Tommy zögerte, als überlegte er, wie weit er die Tatsachen etwas ausmalen konnte. »Nee ... Tiger hat mich weggeschickt. Aber ich habe Dannyboy gefragt, und er sagte, sie käme aus Sacramento.«

Mrs. Migsdale nickte nachdenklich. »Das ist interessant. Ich frage mich, ob sie etwas über Vierstern weiß. Vielleicht ist sie wichtig für uns.«

»Sicher, sie ist wichtig«, sagte Tommy und begann zu kurbeln. »Sonst hätte sie die Stadt gar nicht hereingelassen.«

Mrs. Migsdale schüttelte den Kopf, verwundert über den unbeirrbaren Glauben des Jungen an die Macht der Stadt. Das war schon fast eine Art Religion. »Meinst du nicht, daß es auch Zufall gewesen sein könnte?« hielt sie ihm entgegen.

Tommy lachte. »Nein, die Stadt mag sie – das ist alles.«

Er schwang mit neuer Kraft die Kurbel der Presse. »Sie hat eine Armbrust. Glauben Sie, daß sie mir das Schießen beibringt? Vielleicht kann ich mir auch eine bauen.«

»Du kannst sie ja fragen«, sagte Mrs. Migsdale.

»Sie hat überhaupt keinen Namen«, sagte Tommy. »Das hat Dannyboy gesagt. Überhaupt keinen Namen. Was meinen Sie, warum sie hergekommen ist?«

»Ich werde sie fragen«, versprach Mrs. Migsdale. »Ich werde ein Interview für die nächste Ausgabe machen. Aber ich sag's dir, sobald ich es weiß.«

Später an diesem Nachmittag, als Tommy hinausfuhr zu

Duff, Zeitungspakete in den Gepäcktaschen seines Fahrrads, machte sich Mrs. Migsdale auf den Weg zu Dannyboy. Mit dem Fahrrad war es nur ein kurzes Stück von der Druckerei in der Mission Street.

Das Mädchen saß auf einem Polsterstuhl auf dem Gehweg vor dem Saint-Francis-Hotel. An der reliefgeschmückten Fassade hatten sich drei Affen niedergelassen. Immer, wenn sie auf die Straße herunterkletterten, begann Jezebel zu bellen und verscheuchte sie. Die Hündin lag hechelnd neben dem Stuhl und starrte erwartungsvoll auf die Affen, bereit für ein neues Spiel.

Das Hotel lag am Union Square. Von ihrem Platz aus konnte das Mädchen das übersehen, was einmal ein kleiner Park gewesen war. In seiner Mitte, wo sich vier gewundene, betonierte Wege kreuzten, sah man eine steinerne Säule. Auf der Säule stand eine junge Frau aus Bronze in graziöser Pose. Einen Arm hatte sie nach vorne gestreckt, ein Bein wies nach hinten.

Bohnenpflanzen wucherten um die Säule herum. Entlang der verschlungenen Pfade wuchsen Tomaten, Kartoffeln und Sommerkürbisse; die glänzenden Blätter von Pepperonipflanzen sprießten über den Holzzubern, in denen einmal Rhododendron gepflanzt war. Gurkenranken schlängelten sich am Gehweg entlang und überdeckten den Beton mit ihren Blättern. Einige dünne Küken und ein zerrupfter Hahn scharrten zwischen den Pflanzen. Auf der anderen Seite des Platzes zeterten die Amseln in den Apfelbäumen.

Das Mädchen sah eine zierliche Gestalt auf einem Fahrrad herankommen. Sie tastete nach dem Messer, das sie zwischen Armlehne und Sitzpolster geschoben, so daß es versteckt, aber jederzeit griffbereit war. Dannyboy hatte ihr zugeredet, daß sie keine Angst haben müsse, niemand in der Stadt würde ihr etwas tun. Das stimmte bisher auch.

Aber sie fühlte sich wohler, wenn sie das Messer griffbereit hatte.

»Hallo«, rief die ältere Frau auf dem Fahrrad. Sie hielt vor dem Hotel, stieg ab und lehnte es gegen einen Laternenpfosten. Jezebel lief, um sie zu begrüßen; sie wedelte aufgeregt mit dem Schwanz. »Ich habe gehört, daß Dannyboy Besuch hat. Ich bin Missis Migsdale.«

Das Mädchen entspannte sich und lockerte den Griff um das Messer. Mrs. Migsdale sah wirklich harmlos aus.

»Ist Dannyboy hier?«

Das Mädchen schüttelte den Kopf. Mrs. Migsdale lächelte sie an und schien auf eine Antwort zu warten. »Er ist unterwegs, um Randall zu suchen«, sagte das Mädchen schließlich. »Mein Pferd ist weggelaufen, nachdem es mich abgeworfen hat. Dannyboy meint, daß Randall vielleicht weiß, wo es ist.«

Mrs. Migsdale nickte und setzte sich auf den anderen Sessel. Jezebel legte mit einem wohligen Seufzer den Kopf auf ihren Schoß. Mrs. Migsdale kraulte ihr die Ohren. »Wenn es überhaupt jemand weiß, dann am ehesten Randall.« Mrs. Migsdale lächelte wieder. »Hast du etwas dagegen, wenn ich hier warte, bis er zurückkommt?«

»Wenn Sie wollen«, sagte das Mädchen. Sie musterte die Ältere neugierig. Leon hatte gesagt, daß in der Stadt Künstler lebten. Sie wußte nicht so recht, wie ein Künstler aussah, aber diese Frau paßte auf keines der vagen Bilder, die sie sich von Künstlern gemacht hatte.

Mrs. Migsdale streichelte Jezebels Kopf und sah das Mädchen nicht weniger aufmerksam an. »Ich habe gehört, daß du von Sacramento kommst«, sagte sie. »Weißt du etwas über diesen Kerl, den man Vierstern nennt?«

»Mehr als mir lieb ist«, sagte das Mädchen. »Ich bin hierhergekommen, um alle die Künstler in der Stadt vor ihm zu warnen. Er hat vor, hierherzukommen und die Stadt zu übernehmen.«

Mrs. Migsdale nickte bedächtig; die Nachricht schien sie

nicht zu erschrecken. »Das hat er schon seit Jahren vor. Aber ich möchte gern mehr erfahren. Ich gebe nämlich eine Zeitung heraus. Ich würde gern ein Interview mit dir bringen, wenn du einverstanden bist.«

Das Mädchen nickte; plötzlich wußte sie, warum ihr der Name der Frau so bekannt vorkam. »Ich habe schon von Ihnen gehört. Ich habe einen Händler gekannt, der von der Zeitung gesprochen hat.«

Mrs. Migsdale lehnte sich lebhaft vor. »Dann mußt du Leon getroffen haben! Wie schön, ich hab' mir schon Sorgen um ihn gemacht. Wann hast du ihn denn gesehen?«

Das Mädchen senkte den Blick. Sie starrte auf ihre Hände und überlegte, was sie sagen sollte. Sie wollte nicht darüber sprechen, was mit ihm geschehen war. Ihre Finger zupften an dem Futter des Polsters, das durch einen Riß im Bezug hervorlugte. Die Sonne hatte das Blumenmuster des Stoffs gebleicht, von den blühenden Rosen waren nur graue Flecke übriggeblieben.

»Bitte«, sagte Mrs. Migsdale weich und einfühlsam. »Wann hast du ihn getroffen?«

»Etwa vor einer Woche, glaube ich.« Das Mädchen sprach leise, ihre Brust war wie zugeschnürt. »Die Soldaten haben ihn mitgenommen, um ihn zu verhören.« Sie blickte auf, traf Mrs. Migsdales Augen und wandte sich wieder ab. Ihre Finger spielten mit den ausgefransten Stoffrändern um den Riß. »Sie haben auch meine Mutter mitgenommen.«

Mrs. Migsdale legte ihre Hand auf die Hand des Mädchens. »Sag mir, was passiert ist.«

»Meine Mutter haben sie wieder gehen lassen, aber Leon haben sie ins Hauptquartier gebracht. Ich glaube nicht, daß er von da je zurückkommen wird.« Sie hielt den Blick noch immer gesenkt, sprach vor sich hin. »Meine Mutter war todkrank, als sie sie gehen ließen. Ich habe getan, was ich konnte.« Es klang nun, als wollte sie einen unausgesprochenen Vorwurf zurückweisen. Mrs. Migsdales Hand lag nun fest und beruhigend auf ihrer.

»Sie ist gestorben«, sagte Mrs. Migsdale.

»Nein!« Das Mädchen entzog Mrs. Migsdale ihre Hand. »In der Nacht kam der Engel und brachte sie nach San Francisco.« Sie schaute Mrs. Migsdale fest an. »Ich bin hierhergekommen, um sie zu suchen. Ich weiß, daß sie hier ist. Ich habe den Engel gesehen.«

Mrs. Migsdale nickte.

Das Mädchen richtete sich in dem Sessel auf und schaute Mrs. Migsdale an. »Es tut mir leid, daß ich das über Leon sagen mußte.« Sie zögerte, aber Mrs. Migsdale reagierte nicht. Sie streckte eine Hand aus und berührte Mrs. Migsdale leicht an der Schulter, eine schüchterne Bekräftigung. »Ich mochte Leon.«

»Er war ein guter Mensch«, sagte Mrs. Migsdale. »Er hat mich immer mit Neuigkeiten versorgt.« Sie fuhr sich schnell und unwillig über die Augen, blinzelte ein wenig und schaute dann wieder das Mädchen an. »Ich glaube, wir sollten Vierstern doch etwas ernster nehmen. Es wird langsam Zeit.«

»Meine Mutter hat mir aufgetragen, hierherzukommen«, sagte das Mädchen. »Bevor sie ging, mußte ich ihr versprechen, daß ich die Leute in der Stadt warne.«

Mrs. Migsdale nickte. Sie suchte in ihrem Beutel etwas und brachte einen kleinen Spiralblock zum Vorschein. »Ein Interview wird die Leute zur Besinnung bringen.« Ihre Stimme klang sachlich und geschäftsmäßig. »Die Macht der Presse, weißt du. Vielleicht erzählst du mir einfach einiges über deine Reise von Sacramento hierher.«

Auf die Fragen von Mrs. Migsdale begann das Mädchen zu erzählen, über das Tal, die Farmen und Häuser, die sie als Kind erforscht hatte, über den Markt in Woodland und die Soldaten mit ihren Straßenkontrollen. Mrs. Migsdale machte sich sorgfältig Notizen. Von der Fassade des Hotels aus schauten die Affen zu.

»He, Hund!« sagte Dannyboy. Der schwarze Hund blickte von dem Abflußgitter auf, an dem er geschnüffelt hatte, und schaute Dannyboy mißtrauisch an. Er sah ein wenig nach Wolf aus und war etwa so groß wie ein deutscher Schäferhund. »Da, schau«, sagte Dannyboy und warf ein Stück von einem alten Pfannkuchen in Richtung des Hundes. Das Tier beschnupperte es zuerst argwöhnisch, doch verschlang er es mit einem Biß. Er setzte sich auf die Hinterbeine und sah nun Dannyboy mit ganz anderen Augen an.

»Hör zu«, sagte Dannyboy. »Ich suche Randall. Kennst du ihn?«

Der Hund legte den Kopf schief und spitzte die Ohren.

Dannyboy runzelte die Stirn, er war nicht sicher, was das bedeuten sollte. Immer, wenn er Randall brauchte, mußte er einen der wilden Hunde in dieser Gegend bestechen, daß er ihm eine Nachricht brachte. Manchmal funktionierte das, manchmal auch nicht. Er erklärte das so, daß Randall eben mit einigen Hunden vertraut war, mit anderen nicht. Es war nur so schwierig, zu wissen, was für einen Hund man vor sich hatte.

»Bist du sicher?«

Der Hund sah ihn aufmerksam an, die Augen auf die Hand gerichtet. Man hörte ihn gierig schlucken. Dannyboy brach noch ein Stück Pfannkuchen ab, und der Hund fing es mit einem Sprung.

»Sag ihm, daß ich mit ihm reden muß. Wir treffen uns im Golden-Gate-Park, drüben bei dem großen Museum. Hast du verstanden?«

Der Hund kam einen Schritt näher. Dannyboy zuckte mit den Schultern und warf ihm den Rest des Pfannkuchens hin, der sofort verschwunden war.

»Das ist alles«, sagte Dannyboy. »Jetzt suche mir Randall.« Er zeigte ihm die leeren Hände, und enttäuscht zog der Hund den Schwanz ein. Das Tier trottete davon und blickte aus der Ferne noch einmal zurück.

Dannyboy stieg aufs Fahrrad und fuhr Richtung Golden-

Gate-Park. Er radelte den Geary Boulevard entlang, eine der größten Durchgangsstraßen der Stadt. Er nahm sich Zeit, denn es würde etwas dauern, bis der Hund Randall gefunden haben würde. In einem Kleidergeschäft wühlte er sich durch Berge von Hemden und Jeans; er suchte nach etwas Passendem für das Mädchen. Er suchte und ertappte sich dabei, daß er an das Mädchen dachte. Sie ging ihm nicht aus dem Sinn. Er hatte nie mehr als nötig mit den Leuten gesprochen, die von außerhalb kamen. Die Farmer und Händler, die man bei Duff traf, mochten die Stadtbewohner nicht besonders und hielten sich zurück. Nach einiger Zeit hatte er ein rotes Hemd und Jeans, die von Schimmel und Insektenfraß verschont geblieben waren.

Im Lager eines Eisenwarengeschäfts stieß er auf einen größeren Farbenvorrat. Die meisten Graffiti-Maler lebten in den Vierteln Haight oder Mission und bedienten sich nur gelegentlich in den Läden am Geary Boulevard. Dannyboy hebelte Deckel um Deckel auf, um den Inhalt zu prüfen. In den meisten Dosen und Eimern fanden sich nur getrocknete Farbreste; doch immerhin gab es auch fünf Eimer Emailfarbe in verschiedenen Blautönen und drei Sprühdosen mit blauer Farbe. Zusammen mit einigen Pinseln und Rollen schaffte er sie in seinen Anhänger. Dann fuhr er zum Park.

Der Golden-Gate-Park erstreckte sich von der Stadtmitte bis zum Pazifikstrand im Westen, mehr als tausend Morgen unbebautes Land. In den Jahren nach der Seuche war hier eine Wildnis entstanden. Hirsche und Pferde, die von den Gäulen aus den Mietställen im Park abstammten, zogen durch die überwucherten Wiesen und Haine des Parks. Enten machten Halt an den Teichen, um sich für den Weiterflug zu stärken.

Der Rasen vor dem großen Gewächshaus für die Exoten mit der riesigen Glaskuppel war dick und saftig. Schon vor langer Zeit hatte Gras die Blumenbeete überwuchert. Eine Büffelherde, Nachkommen jener Kreaturen, die aus den

Händen von Touristen altes Brot, ranziges Gebäck gefressen hatten, graste dort und schnüffelte an den wenigen zähen Exoten, die die Glaswände gesprengt hatten, um mehr Sonnenlicht zu bekommen.

Dannyboy kontrollierte die Schlingen, die er in dem niedrigen Gestrüpp hinter dem Gewächshaus ausgelegt hatte; er fand ein totes, stranguliertes Kaninchen. Er nahm es rasch aus, ließ die Eingeweide im Gras liegen, und fuhr weiter.

Dannyboy fuhr auf dem weitgeschwungenen Rundweg, der im langen Bogen am japanischen Teehaus vorbeizog, dann zum De-Young-Museum, dem Museum für asiatische Kunst und zur Akademie der Künste führte. Er schreckte einen Schwarm Tauben auf, die geruhsam die Samen der Gräser aufgepickt hatten, die in den Ritzen des Weges wuchsen. »Hallo!« schrie er. »Randall, bist du hier?« Ein junger Büffelbulle stierte ihn vom Eingang des Teehauses an. Der Zierpflanzenbaum neben dem Eingang ließ schon die Blätter fallen; sie lagen um die Hufe des Büffels verstreut. »Randall!« Drei Weißwedelhirsche brachen aus der Baumgruppe, die der Rundweg umging, und verschwanden in Richtung des asiatischen Museums. »Hallooo!«

Dannyboy fuhr noch eine Runde und rief immer wieder nach Randall. Seine Stimme echote von der Betonfassade der Akademie. Die Luft war angenehm frisch. Es war ein herrlicher Tag, er fühlte sich so glücklich, und eine dritte Runde durch diesen Park war die reine Freude. In übermütigen Kurven bog er um die Schlaglöcher auf dem Weg. Mit Jauchzen legte er sich in die Kurven, daß der Anhänger bockte und ratterte und sich zu überschlagen drohte. Aber nichts passierte.

Als er um die Kurve beim Teegarten bog, spürte er, daß er beobachtet wurde. Randall stand neben dem grasenden Büffel und blickte gleichgültig zu Dannyboy herüber. Über einer Schulter hing ein Paar lederne Satteltaschen.

»Randall«, sagte Dannyboy und bremste das Gespann vor dem Eingang. »Na endlich.«

Randall ließ die Satteltaschen zu Boden gleiten. »Das gehört dem Mädchen, das du gefunden hast«, sagte er.

Dannyboy hob die Brauen. Randall wußte immer mehr, als er eigentlich wissen konnte. »Woher weißt du das?«

»Die Affen haben es mir gesagt.«

»Und was meinen sie dazu?«

»Sie meinen, daß einiges geschehen wird. Unruhige Zeiten. Und es hat auch mit dem Mädchen zu tun.«

»Und sie meinen, daß das Mädchen daran schuld ist?« Dannyboy schüttelte den Kopf. »Das glaube ich nicht.«

Randall zuckte die Achseln. »Kann auch sein, daß das Mädchen bei der Lösung hilft. Ist noch nicht ganz klar.«

»Worüber redest du eigentlich? Was für Unruhen?«

Randall trat von einem Bein aufs andere, es war ihm lästig. »Unruhe, Ärger«, sagte er. »Das ist alles, was ich weiß.« Er starrte auf die Satteltaschen und rieb seinen Bart mit der großen Hand. Dann blickte er wieder auf, seine dunklen Augen waren halbverdeckt von den schweren Brauen. »Ihr Pferd hat sich der Herde im Park angeschlossen. Sag ihr das.«

»Das werde ich tun.«

»Sei vorsichtig«, sagte Randall.

»Weshalb vorsichtig?« fragte Dannyboy.

Wieder zuckte Randall mit den Schultern. »Sobald ich es weiß, wirst du's erfahren.« Dann ging er, fand irgendwie einen Weg durch das Gewirr aus Bäumen und Gebüsch, das bis zum Eingang reichte. Dannyboy war mit dem Büffel allein, der den Kopf schüttelte und schnaubte. Der Ausdruck seiner kleinen, rotunterlaufenen Augen war alles andere als freundlich. Dannyboy zog sich zurück.

Das Mädchen schlief in seinem Sessel, als Dannyboy nach Hause kam. Sie lag eingerollt da, sah so zart und verwundbar aus. Im Nacken wand sich das schwarze Haar zu kleinen Locken.

Dannyboy berührte ihre Schulter, um sie zu wecken. Ihre Augen sprangen sofort weit auf. Sie erinnerte Dannyboy an die verwilderten Tiere, denen er manchmal begegnete, wenn er ein verlassenes Haus erkundete. Der graue Fuchs, der durch die Hintertür schlüpfte, als er durch die Vordertür trat. Die Waschbärenfamilie, die ihn ungehalten anstarrte, als er sie störte. Die Hände des Mädchens waren schmal und beweglich, wie die Pfoten eines Waschbärs. Ihre Augen erinnerten an einen Fuchs – sie kannten Geheimnisse und konnten sie für sich behalten.

»Ich bin wieder da«, sagte er. »Ich habe dir ein paar Sachen mitgebracht. Und ich habe Randall aufgetrieben. Er sagt, daß dein Pferd im Park ist.«

Sie wollte nach den Satteltaschen greifen, schrie auf vor Schmerz und hielt inne. »Warte, ich mach' das schon«, sagte Dannyboy. Er öffnete die Schnallen der Riemen, während sie jede seiner Bewegungen verfolgte. Er legte die Taschen über die breite Armlehne des Sessels und schaute zu, wie sie sie durchwühlte und Stück um Stück beiseite legte. Ein Beutel mit getrockneten Aprikosen, einen mit luftgetrockneten Fleischscheiben, einen mit Mandeln. Unter den Eßwaren fand sie, wonach sie suchte: eine Glaskugel auf einer schwarzen Unterlage.

»Das ist San Francisco«, sagte sie und hielt sie ihm entgegen, daß er es bestätigen konnte. Sie schüttelte die Kugel, und goldene Flocken tanzten über den Häusern der Stadt. »Ich habe es schon seit Jahren.«

Vorsichtig nahm er die Kugel aus ihrer Hand. »Tatsächlich«, sagte er. »Man kann den Union Square erkennen.« Er tippte gegen das Glas, zeigte auf das winzige grünliche Dreieck. »Und da ist die Transamerica-Pyramide.«

Sie blickte in die Kugel. »Ich bin dort vorbeigegangen«, sagte sie. »Jemand muß sie bemalt haben.«

»Das waren die Neuen Mayas«, sagte Dannyboy. »Das ist eine Gruppe von Graffiti-Malern drüben in Mission. Sie haben die Pyramide übernommen. Sie wollen eine Art Tempel daraus machen.«

Das Mädchen schaute zu, wie die Flocken auf die Straßen der winzigen Stadt herunterfielen. »Auf meinem Weg durch die Stadt bin ich einer Gruppe Menschen aus Metall begegnet. Wenn der Wind wehte, fingen sie an, vor sich hin zu brabbeln.«

»Das ist das Werk von Zatch und Gambit«, sagte Dannyboy. »Sie nennen es: Menschen, die reden, ohne etwas zu sagen.«

»Ich habe Musik gehört – tiefe, dumpfe Töne, Seufzer, wie sie der Wind manchmal erzeugt.«

»Das ist die Windorgel von Gambit. Sie spielt, wenn der Wind über die Pfeifen hinwegbläst.«

»Ich habe auch eine Spinne aus Stahl gesehen, so groß wie ein Hund. Sie sauste an mir vorbei, immer auf der Mitte der Straße.«

»Das ist ein Werk von *Maschine*. Er hat eine Menge Apparate gebaut, die sich selbständig bewegen können. Einige Leute mögen sie nicht, aber es ist nichts dagegen zu sagen. Sie würden nie jemandem etwas zuleide tun.«

Er schaute sie an. Sie fuhr mit der Zunge über die Lippen, wie eine aufgeregte Katze. Sie zögerte. Dann sagte sie: »Ich habe den Engel gesehen, der meine Mutter hierhergeholt hat. Hat *Maschine* ihn gebaut?«

»Ein Engel? Was meinst du?«

Sie beschrieb den Engel, ihre Augen glänzten vor Erregung.

Widerwillig schüttelte er den Kopf. »So etwas habe ich noch nie gesehen. Könnte von *Maschine* sein, ohne Zweifel, aber ich weiß nichts davon. Ich werde ihn fragen, wenn du möchtest.«

Sie nickte eifrig. Dann nahm sie die Glaskugel wieder aus seiner Hand und steckte sie in die Satteltasche.

»Hast du Hunger?« fragte er. Sie nickte. »Meistens koche ich auf dem Dach. Komm mit, ich zeige es dir.«

Sie folgte ihm über die Treppen hinauf in den dritten Stock und dann hinaus auf das Dach. Vor der Seuche war es eine Art Dachgarten gewesen, der zugleich das alte Hotel mit dem Neubau, einem Hochhaus, verband. Eine Art Plattform lag zwischen den zwei Gebäuden, die auf zwei Seiten vom Wind geschützt war. Dannyboy benutzte das Dach als Kochstelle und als offene Werkstatt. An der Mauer des Altbaus hatte er einen Holzkohlengrill aufgebaut. Bei schönem Wetter kochte er im Freien, als Brennstoff benutzte er Holzstücke, die er überall zusammengetragen hatte. Er zündete das Feuer an und häutete das Kaninchen, das er am Nachmittag in der Schlinge gefunden hatte.

Das Mädchen ließ die Beine über das Dach baumeln, daß ihre Fersen gegen die Mauer schlugen. Dannyboy hatte sich neben sie gesetzt, er mußte warten, bis das Holz zu Glut heruntergebrannt war. Jezebel lag zwischen ihnen; sie döste im Sonnenschein.

Die Sonne war nicht mehr weit vom Horizont entfernt; der nahe Sonnenuntergang machte Dannyboy ganz wehmütig, als ginge nun unwiederbringlich etwas verloren. Die Luft roch verheißungsvoll. Eine Möwe schwang sich über das Dach, und sogleich färbte das Sonnenlicht ihre Schwingen purpur und karminrot. Der Himmel war tiefblau. Hier und da stieg dunkler Rauch auf und malte behäbig Fragezeichen an den Himmel. Die schmutzig-grauen Strähnen ließen das Blau nur noch tiefer und reiner erscheinen.

»Wie viele Menschen leben hier?« fragte sie ihn.

»Ich weiß es nicht. Vielleicht hundert oder so.«

»Und wie viele haben früher hier gelebt?«

Er schüttelte den Kopf. »Da mußt du Missis Migsdale fragen. Oder Buch, er weiß solche Dinge.«

Das Mädchen kraulte Jezebel an den Ohren, und der Schwanz der Hündin klopfte gleichmäßig auf die Dachfläche.

»Du magst Hunde?« fragte er.

Sie nickte. »Wir hatten zu Hause auch einen Hund. Jetzt ist er tot.«

»Jezebel habe ich gefunden. Ihre Mutter war eine verwilderte Hündin. Im Keller eines Hauses habe ich die Jungen entdeckt, Jezebel und ihre beiden Brüder. Sie winselten und kläfften, dann haben sie versucht, an meinen Fingern zu saugen.«

»Was war mit der Mutter?«

Dannyboy hob die Schultern. »Wahrscheinlich war sie tot. Ich habe einen Tag lang Ausschau gehalten, aber sie kam nicht zurück. Da habe ich die Kleinen mitgenommen. Ich habe ihnen Milch gegeben, bis sie feste Nahrung fressen konnten. Die beiden Brüder hat Duff: Er hat sie im Tausch gegen die Milch behalten. Aber Jezebel ist das beste Tier aus dem ganzen Wurf.«

Jezebel schob ihren Kopf gegen die Hand des Mädchens und ließ sich unter dem Kinn streicheln. »Du nimmst immer Findelkinder auf?« fragte sie.

»Sicher«, sagte er. »Würdest du das nicht auch tun?«

Sie überlegte einen Augenblick. »Wenn es Hunde sind, vielleicht. Aber keine Menschen.«

»Emerald hat mich bei sich aufgenommen«, sagte er. »Ich war erst drei Jahre alt, als meine Eltern an der Seuche starben. Ich erinnere mich noch genau, sie lagen tot da, und ich rannte weinend davon. Emerald hat mich gefunden und mich großgezogen. Warum also keine Menschen?«

»Meine Mutter hat den Menschen vertraut«, sagte das Mädchen leise. »Ich weiß noch, wie eines Tages ein Händler kam, als ich noch recht klein war. Er wollte einige Liter Petroleum gegen ein Säckchen Mandeln tauschen. Er sagte, er wäre verrückt nach Mandeln, und wir brauchten gerade Petroleum. Meine Mutter ging in den Schuppen, um die Mandeln zu holen, und als sie das Gewehr absetzte, da packte er sie. Ich war draußen und hörte ihren Schrei.« Das Mädchen zögerte, ihre Hand kraulte das dicke Fell Jezebels.

»Ich nahm das Beil vom Holzstapel und habe auf ihn eingehackt. Genau so, als würde ich einen Baum umhacken, habe ich auf seine Beine eingeschlagen. Und als er fiel, habe ich auf seinen Kopf eingeschlagen. Meine Mutter schrie, ihre Bluse war zerrissen. Alles war voller Blut. Wir haben ihn im Garten vergraben, ohne Grabstein. Die Pferde und den Wagen haben wir behalten, und so habe ich reiten gelernt.«

Dannyboy machte unwillkürlich eine Bewegung, als wollte er sie berühren, und sie blickte auf. Eine Warnung lag in ihren Augen. »Die Menschen sind nicht in Ordnung. Sie haben uns nie gemocht. Wir waren Fremde für sie, sie wollten nichts mit uns zu tun haben.«

Jezebel stupste ihre Hand, und sie fuhr fort, das Tier zu streicheln.

»Aber manche Menschen sind in Ordnung«, sagte Dannyboy.

Sie zuckte mit den Achseln, sagte aber nichts.

Dannyboy schaute nach dem Feuer; er legte den Rost über die Glut. Dann schnitt er das Kaninchen in Stücke und legte das Fleisch auf den Grill. Saft tropfte zischend auf die Glut.

»Da schau«, sagte plötzlich das Mädchen. Ein Kolibri, angezogen von dem roten Hemd, schwebte einen Meter über dem Rand des Daches. Dannyboy konnte das Summen seiner Flügel hören. Die Federn an seiner Kehle leuchteten im Licht auf, irisierten in Grün und Blau wie ein Tautropfen auf einem Grashalm.

Das Mädchen betrachtete den Vogel lächelnd. Er umflog sie einmal, dann schwirrte er pfeilschnell davon. »Er hat mich für eine Blume gehalten«, sagte sie. »Ein kleines Mißverständnis.«

Dannyboy kümmerte sich um das Feuer, das Fleisch wurde langsam gar. Nach einiger Zeit konnten sie essen. Das Kaninchenfleisch schmeckte nach Rauch, und sie aßen mit den Händen von Porzellantellern, die Dannyboy vor langer Zeit einmal aus der Hotelküche geholt hatte.

Die Sonne verschwand, und der leichte Abendwind wehte über das Dach. Der Himmel war noch dunkler geworden, aber man konnte noch keine Sterne sehen. Die Straße unter dem Hotel war leer, nur eine Katze geisterte am Rinnstein entlang, dem Gemüsegarten zu, wo sie wohl ein paar Mäuse zu finden hoffte. »Manchmal füttere ich die Katzen«, sagte Dannyboy.

Das Mädchen schob Knochen und Essensreste auf einen Teller zusammen. »Das übernehme ich«, sagte sie. Dannyboy blieb wortlos sitzen, als sie mit dem Teller zur Treppe ging. Vom Rand des Daches sah er ihr zu, wie sie aus dem Nebeneingang des Hotels kam. Sie schien zu dem Zwielicht da unten zu gehören.

Das Mädchen stellte den Teller auf den Gehweg und setzte sich auf die Bordsteinkante. Sie rührte sich nicht mehr, saß wie versteinert, ein Teil der Straße. Dannyboy sah vom Dach aus zu. Da bewegte sich etwas in den Hauseingängen, den Rinnstein entlang. Die Katzen kamen. Schmale Schatten mit Schnurrhaaren, heimliche Diebe, Aasfresser; narbenübersät waren sie wie ein Boxer, der einmal bessere Tage gesehen hatte.

Sie schlüpften aus dem Gebüsch und aus anderen Verstecken. Ein schwarzer Kater stieg auf den Teller; er holte sich den größten Knochen und verschwand so schnell er gekommen war. Das Mädchen bewegte sich nicht. Eine zierliche graue Katze schlich herbei, der Bauch bis zur Erde gewölbt. Ohne das Mädchen aus den Augen zu lassen, probierte sie wählerisch an den Resten. Eine dürre gescheckte Katze sauste aus dem Rinnstein und gesellte sich zu ihr.

Dannyboy auf dem Dach sah zu. Tiger hatte über das Mädchen gesagt: »Sie macht den Eindruck, als wäre sie von Wölfen großgezogen worden.« Dannyboy hatte ihm widersprochen, man mußte doch verstehen, daß sie scheu war: Sie war nicht gewohnt, so viele Leute um sich zu haben, das brauchte einfach Zeit. Er sah das Mädchen und die Katzen, eins mit dem Zwielicht, und er war nun nicht mehr so sicher.

Zweiter Teil

Das Geheimnis und die Melancholie einer Straße

›Eine allgemeingültige Definition von Kultur: Immer werden fünf Elemente in einer zivilisierten Gesellschaft feststellbar sein – Wahrhaftigkeit, Schönheit, Unternehmungsgeist, Kunst und Friedfertigkeit.‹

Alfred North Whitehead

›Wir sind nur auf andere Art verrückt.‹

Max Ernst

9

Das Mädchen erwachte nur langsam. Ein behäbiges Hinübergleiten zum Wachsein, wie ein Sperber, der sich vom Aufwind tragen läßt. Ihr war angenehm warm, sie lag weich auf einer gepolsterten Unterlage. Die Schulter schmerzte, aber es war ein gedämpfter Schmerz, und sie hatte sich schon daran gewöhnt. Ein wenig wunderte sie sich über ihre Umgebung.

Sie öffnete die Augen und sah eine weiße Decke über sich. Wo die Decke die Wand berührte, war eine Holzleiste angebracht, auf der sich dicke Putten mit Blumenkränzen abwechselten.

Lautlos schlüpfte sie aus dem Bett und zog sich an. Sie spähte aus dem Fenster. Die Sonne war noch nicht aufgegangen. Schemenhaft sah sie den Union Square in dem schwachen Licht des ersten Morgengrauens. Sie fand ihre

Armbrust und das Messer auf einem Stuhl in der Ecke des Zimmers.

Nebenan schlief Dannyboy, eingehüllt in eine blaue Wolldecke, auf einem Lager aus mehreren Teppichen. Jezebel hob den Kopf, als das Mädchen vorbeiging, aber sie blieb liegen.

Draußen war alles grau vor Nebel. Die Spitzen der Wolkenkratzer im Stadtzentrum fingen die ersten Sonnenstrahlen ein. Sie hatte keine Lust, durch die grauen Schluchten der Hochhäuser zu ziehen, doch trieb es sie zu gehen, so wandte sie sich in die entgegengesetzte Richtung. Es war die richtige Tageszeit für Kaninchen, wenn sie eine Gegend fand, wo man jagen konnte.

Sie schritt zügig voran, die kühle Luft war angenehm. Einige Blocks weiter sah es ganz anders aus – nicht mehr Läden und Restaurants säumten die Straße, sondern Wohnhäuser. Sie standen Mauer an Mauer in geschlossener Reihe über die ganze Länge der Straße. Sie starrte auf die Mauern, als sie vorbeiging. Irgendwie fand sie sie noch schwerer zu ertragen als die Hochhäuser. Darin hatten Menschen gelebt, obwohl es sicher niemals genug Menschen gegeben hatte, um sie alle mit Leben zu füllen. So viele Menschen konnte es unmöglich gegegen haben. Haus reihte sich an Haus, jedes sah etwas anders aus, hatte seinen eigenen Charakter.

Aus dem winzigen Vorgarten eines roten Backsteinhauses reckten niedrige Wacholderbüsche ihre struppigen Äste über den rissigen Gehweg. Dichtbelaubte Hecken hatten Fenster und Eingangstür eines eckigen, stuckverzierten Wohnhauses überwuchert. In einem Blumenbeet neben einem viktorianischen Haus mit Türmchen mühte sich ein Lavendelstrauch trotz des hohen Grases und dem wuchernden Wilden Senf ein wenig Licht zu bekommen. Zwei aus Beton gegossene Löwen überragten nur wenig die Wildnis eines nach allen Seiten sich ausbreitenden Rosengestrüpps. Es waren riesige Büsche, die wenigen Blätter von Insekten zerfressen, mit langen Dornen und spärlichen dunklen Blüten.

Das Mädchen fühlte sich unbehaglich in dieser Welt, die die Heimat so vieler fremder Menschen gewesen war. Sie ertappte sich, wie sie immer wieder die leeren Fensterhöhlen über sich musterte, als erwartete sie argwöhnische Augen, die das Eindringen eines Fremdlings in dieses Revier beobachteten.

Sie war es gewohnt, allein zu sein. Die meiste Zeit ihres Lebens hatte sie mit ihren einsamen Streifzügen durch das Land um die Farm herum verbracht. Aber das hier war etwas anderes. Sie war eben nicht allein. Diese Straße war voller Leben, war mit den Gedanken und Erinnerungen der einstigen Bewohner erfüllt. Sie konnte dem Bedürfnis nicht widerstehen, sich umzuschauen, um sich zu vergewissern, daß niemand folgte.

Sie umrundete einen Block, der vom Feuer verwüstet war. Schwarze Balken und Trümmer. Sie hielt sich, wo es ging, hügelaufwärts; sie hoffte, von oben einen besseren Blick auf die Stadt zu haben. Die Straßen stiegen steil an, mehrmals dachte sie daran umzukehren oder nach einem weniger beschwerlichen Weg zu suchen. Aber die Kuppe des Hügels schien immer so nahe; so ging sie weiter, auch wenn die Schulter beim Gehen schmerzte.

Als die Sonne aus dem Nebel brach, erreichte sie die Anhöhe. Sie drehte sich um und sah ein Meer von Grün. Efeu bedeckte die Straßen. Kräftige Ranken hatten Autos überwuchert, ja ganze Häuser. Ein grüner Teppich hatte die Konturen verwischt und ließ nur weiche Linien zu. Nur allzu eckige oder schroff hervorspringende Elemente waren geblieben: Dachgiebel, Erker und ähnliches. Die Laternenpfosten waren zu Efeutürmen geworden, die Autos zu Efeuhügeln. Eine einsame Autoantenne ragte aus einem solchen Hügel. Ein einzelner junger Sproß, ganz blaß noch, hatte versucht, daran sich zur Sonne emporzuarbeiten.

Das Mädchen ging wieder hügelabwärts und bahnte sich einen Weg durch das Grün. Sie hätte einfach den Weg zurücknehmen können, auf dem sie gekommen war; doch ging etwas Einladendes von den Efeuschluchten und Efeugebirgen aus, die einmal Straßen und Häuser waren. Die Luft roch nach Vegetation, ähnlich den begrünten Uferböschungen am Bach in der Nähe des Farmhauses. Diese Gegend erinnerte sie an eine Geschichte, die ihr die Mutter einmal erzählt hatte: von einer Prinzessin, die tausend Jahre im tiefen Schlaf gelegen hatte, in einem Königsschloß, das von wuchernden Dornenhecken überwachsen war. Mauern aus Rosenhecken beschützten die Prinzessin.

Wind wehte, und die Blätter bewegten sich. Weich strichen sie über die Knöchel des Mädchens, wenn sie hindurchwatete. Das Rascheln schien ein leises Flüstern zu sein, Botschaften, die sie nicht verstand.

Das Efeu hatte die Türen der meisten Häuser versperrt, ein dichtes Geflecht kräftiger Ranken verwehrte den Durchgang. Aber in der Mitte einer Häuserzeile fand sich plötzlich eine offene Tür. Das Efeu hatte sich mit dem Umranken der Öffnung begnügt und eine dunkle Pforte hinterlassen, wie den Eingang zu einer Höhle. Irgendwo im Efeugestrüpp sang ein Vogel, drei einzelne hohe Töne. Die Efeublätter wiegten sich im Wind, als wollten sie ihr bedeuten, einzutreten.

Sie stand auf der untersten Treppenstufe und blickte in das Innere des Hauses, als sie ein rhythmisches Geräusch hörte, durchdringend, Metall auf Metall, das nichts Menschliches an sich hatte. Es schien näher zu kommen. Sie zögerte, dann eilte sie die Stufen hinauf und drückte sich an den Türrahmen.

Ein vierbeiniges Maschinenwesen rannte am Haus vorbei hügelaufwärts. Es erinnerte sie an die Alligatoreidechsen, die auf einer Mauer in der Nähe der Farm sonnenbadeten und wie ein Spuk davonhuschten, wenn man sie störte. Die künstliche Haut des Maschinenwesens glitzerte von

Nebeltropfen, seine Beine machten jähe, ruckartige Bewegungen, die es mit enormer Geschwindigkeit voranbrachten. Die Stahlplatten, aus denen der Rückenkamm zusammengesetzt war, schlugen rasselnd gegeneinander. Das Ding schien von seiner Umwelt nichts wahrzunehmen, es blieb beharrlich auf seinem Kurs, vorbei an dem Haus, wo das Mädchen sich verbarg.

Sie beobachtete, wie das Ding vorbeieilte, dann sah sie sich um, in was für ein Haus sie gelangt war. Das Efeu hatte am Eingang innegehalten und war nicht ins Innere vorgedrungen. Doch andere Pflanzen hatten sich ausgebreitet: Klee, Gräser, Huflattich und Sauerampfer hatten auf dem Teppichboden Wurzeln geschlagen. Die weißen Wände des Flurs waren wie mit Webspitzen aus Grün überzogen; Algen hatten sich entlang kleiner Risse im Anstrich ausgebreitet, die dem Auge sonst entgangen wären.

Vorsichtshalber blieb sie zunächst im Wohnzimmer stehen. Sonnenlicht fiel durch das Blattwerk, das die Fensteröffnung ausfüllte. Das Licht schimmerte grünlich. Die Uhr auf dem Kaminsims war zwanzig Minuten vor drei stehengeblieben.

Ein Scrabblespiel lag auf einem niedrigen Beistelltisch, auf den Feldern waren Wörter gebildet, senkrecht und waagerecht: HANDTUCH, HALLO, GIRAFFE, GRUFT. Das Mädchen besah sich das Scrabblespiel und überlegte, was das wohl war. Sie las die Wörter, doch ergaben sie keinen Sinn. Sie rührte das Spiel nicht an und machte sich daran, das Haus weiter zu erforschen.

Schon vor längerer Zeit hatten eifrige Nager alle erreichbaren Kartons und Behälter in der Küche mit den Zähnen bearbeitet. Alles war leergefressen, die Verpackungen überall verstreut. Einige Konservendosen rosteten in einem Schränkchen vor sich hin, umgeben von den Überresten von Plastiktüten. In einer Ecke sah man auf dem Linoleumboden Fellreste und einige Knochen; hier hatte auch eine Katze ihren Hunger gestillt.

Sie ging nach oben. An den weißen Wänden des Treppenaufgangs hingen eingerahmte Fotografien: eine Frau, ein Mann und ihre zwei Töchter. Sie lächelten und sahen nun zu, wie eine Fremde in ihrem Haus herumgeisterte. Sie steckte den Kopf durch die Tür des Badezimmers und erschrak, weil sich etwas bewegte. Sie hob die Armbrust und erkannte dann, daß die Gestalt auf der anderen Seite des Raums sie selbst war, ein Spiegelbild vom Kopf bis zu den Füßen.

Die Schlafzimmertür öffnete sich, als sie den Türknopf drehte. Der Wind fuhr durch ein zerschlagenes Fenster und trieb trockenes Laub mit lautem Rascheln über den hölzernen Fußboden. Im Bett lagen zwei Skelette – wahrscheinlich der Mann und die Frau auf den Fotos. Vögel und anderes Getier hatte wohl das verwesende Fleisch weggepickt und dabei Löcher in die Bettdecken gerissen. Ameisen und Käfer mußten dann den Rest besorgt haben; nun lagen nur noch Knochen inmitten eines Häufchens von Stoffresten. Das Mädchen ließ die Toten allein. Sie schloß die Schlafzimmertür sorgfältig und kehrte ins Wohnzimmer zurück.

Draußen vor den Fenstern raschelte das Efeu im Wind. Schatten wanderten im Zimmer hin und her und verschwanden in den Ecken. Die Tapetenmuster schienen sich zu bewegen, als wären auch sie einer Brise ausgesetzt, die man nicht spürte. Das wechselnde Licht, dieses Hin und Her des grünlichen Schimmers, erinnerte sie an das Spiel von Licht und Schatten auf dem Grund eines sonnenbeschienenen Bachs. Die Luft war stickig und feucht, das Atmen fiel schwer. Das unruhige Licht machte sie schwindlig und verwirrt, die Schulter schmerzte wieder.

Sie setzte sich auf den Holzstuhl neben dem Beistelltisch. Auch den Stuhl hatte der Schimmel wie mit Grünspan überzogen. Ein Vogel sang irgendwo draußen, ein weicher, fließender Gesang, der durch die Entfernung seltsam dünn klang. Sie saß da und lauschte. Auch das Haus meldete sich zu Wort: Es klang wie das gedämpfte Knarren von Dielenbrettern unter den Füßen. Ein Fensterladen klapperte, von derselben Brise bewegt, die auch das Efeu hin und her schwanken ließ. Durch die offene Eingangstür fuhr ebenfalls der Wind, und das Haus seufzte.

Bisher hatte sie die Stadt nicht unmittelbar um sich her spüren können, sie war sozusagen abgeschirmt durch Dannyboy, Tiger oder Mrs. Migsdale. Nun, allein, fühlte sie sich als Teil eines kunstvollen geplanten und verwundbaren Ganzen; sie war eingewoben in das Labyrinth der Straßen, das sich um sie her wie ein feines Spinnennetz erstreckte; sie verstand die Sprache der Häuser, ihre Botschaften über die Leute, die darin gelebt und geliebt hatten, als hätte jeder einzelne unauslöschlich eine Spur hinterlassen. Die Stadt umgab ihren Körper wie eine zweite Haut, mit leichtem Druck, so wie man beim Schwimmen im Bach das Wasser spürt. Und allerlei Strömungen versuchten sie, verhalten oder nachdrücklich, auf diesen oder jenen Kurs zu drängen.

Einen Augenblick lang schloß sie die Augen. Der Vogel draußen verstummte. Der Wind in der Efeuhecke klang wie das Schlagen von Flügeln. In der plötzlichen Stille hörte sie ein feines Ticken. Noch einmal. Und wieder – sie wartete, doch nun blieb es still.

Ihre Benommenheit verschwand, die Luft erschwerte das Atmen nicht länger. Sie öffnete die Augen. Die im Zimmer umherirrenden Schatten stammten von dem Laub vor den Fenstern. Das grüne Licht spielte mit dem Deckel der Scrabbleschachtel. Drei Spielsteine lagen mit den Buchstaben nach oben; helles Holz, vom Schimmel unberührt, war zu sehen. Das Mädchen beugte sich vor, um sie sich genau anzusehen. Es waren die drei Buchstaben, J, A und X. *Jax*.

Sie sagte das Wort laut vor sich hin, der Klang gefiel ihr. *Jax*. Sie nahm die Buchstaben von der Schachtel und steckte sie in die Tasche. »Jax«, sagte sie noch einmal. Sie war einverstanden mit diesem Namen. Er paßte. Er gehörte ohne Zweifel zu ihr.

Als Jax aus dem Haus ging, schloß sie die Tür vorsichtig hinter sich. Sie blieb oben auf der Treppe stehen und betrachtete die efeuüberwachsenen Häuser auf der anderen Straßenseite. Die Morgensonne hatte den Nebel verdunsten lassen. Sie fühlte sich hier merkwürdigerweise zu Hause.

»Danke«, sagte sie zu dem Efeu und dem Sonnenlicht. »Danke für den Namen.« Sie wartete kurz, aber nichts geschah.

Sie ging zurück, wieder den Hügel hinauf. Von der Höhe aus sah sie etwas, was einmal ein kleiner Park gewesen sein mußte, jetzt aber zu einem dichten Dschungel geworden war. Sie wandte sich dorthin.

Die Kaninchen verschwanden mit einem Satz, als sie auftauchte. Sie legte einen Bolzen in die Armbrust und setzte sich lautlos auf eine Parkbank auf der windabgewandten Seite der Stelle, wo die Tiere gegrast hatten. Eines der mutigen Kaninchen wagte sich hinaus. Bald kamen auch die anderen. Sie wartete, bis eines nahe genug war, und tötete es mit dem ersten Schuß. Sie waidete es an Ort und Stelle aus und ließ die Innereien für die wilden Katzen und Hunde liegen.

Ihre Schulter schmerzte wieder. Sie ging hügelabwärts, ungefähr die Richtung, in der das Hotel liegen mußte. Zuerst schienen diese Straßen nicht anders zu sein. Glasscherben verstopften die Rinnsteine, Autowracks hatten sich abgesenkt auf die verrotteten Überreste ihrer Reifen. Durch Rost und Ruß konnte man Wörter aus Chrombuchstaben lesen: TOYOTA, DODGE, BUICK. Sie fragte sich, was das bedeutete.

Sie mußte schon die Hälfte des Weges zum Hotel hinter sich haben, als sie ein Metallband sah, das quer über die Straße gespannt war. Da waren merkwürdig geformte Aussparungen im Metall, die jemand herausgestanzt haben mußte. Sie rätselte, weil sie ihr dennoch vertraut schienen. Dann erkannte sie, daß es Buchstaben waren, kopfstehend und spiegelverkehrt. Mißtrauisch kniff sie die Augen zusammen und behielt das Band im Auge – warum wohl sollte jemand so etwas hier anbringen.

Sie ging einen Schritt weiter, die Augen nach oben gerichtet; ein Spiegel hinter dem Metallband reflektierte die Sonne und blendete sie, daß sie die Augen senkte. Auf der Straße vor ihren Füßen hatten die seltsamen Buchstaben aus reflektiertem Licht einige Wörter geformt. Da stand: *Garten des Lichts*.

Sie ging sehr vorsichtig weiter. Hier gab es keinen Müll im Rinnstein, hier lagen keine rostigen Wracks herum. Die Häuser auf beiden Seiten der Straße strahlten in hellen Farben, wie frisch gestrichen.

Auf einer lichtgesprenkelten Mauer hinter einem Baum sah sie ein Aufblitzen verschiedener Farben: Alle Regenbogenfarben tanzten auf dem weißen Stuck, flink wie Eidechsen in der Sonne. Prismen, Kristalle und zugeschliffene Glasstücke baumelten von den Ästen, bewegten sich im Wind. Oben bei der Spitze drehte sich eine prismenbesetzte Kugel, die in alle Richtungen flammende Farbblitze aussandte. Jax hielt ihre Hand in die Höhe und sah die Regenbogenfarben darübergleiten: rot wie der Sonnenuntergang, grün wie frisches Laub, blau wie eine Feder des Eichelhähers. Der Wind änderte seine Richtug, und die Farben tanzten davon, daß sie mit leerer Hand dastand.

Etwas weiter die Straße entlang glitzerte das Sonnenlicht auf merkwürdigen Skulpturen. Ein Obelisk mit spiegelnden Seiten reflektierte ihr Gesicht auf tausend einzelnen Glasplättchen, löste es in verschiedene Teile auf, die nicht mehr zusammenpaßten. Ihr Spiegelbild hatte keine Augen. Sie drehte den Kopf ein wenig, schon blinzelten Hunderte von Augen auf dem Glas. Als sie vorbeiging, blinkten die Glasplättchen rot und blau auf, ihr Hemd und ihre Jeans, vorbeiflitzende Farbtupfer wie Elritzen in einem Teich.

Ein roter Hinweispfeil forderte sie auf, sich durch eine niedrige Öffnung an einem anderen Gebilde zu bücken.

Vorsichtig spähte sie ins Innere, schlüpfte dann hinein. Unzählige Spiegelflächen vervielfältigten ihr Gesicht, ein Menschenauflauf aus ein und derselben Person umgab sie, ein Mädchen mit wirrem schwarzen Haar. Sie alle starrten mit verwundertem Blick auf Spiegelbilder, die wieder auf Spiegelbilder starrten, und so fort. Sie drehte sich in einer Pirouette, und die anderen Frauen wirbelten fröhlich mit ihr. Sie lachte laut und betrachtete das lautlose Lachen der anderen.

Sie schlüpfte wieder hinaus. Mit Spiegelglas verkleidete Skulpturen füllten die Straße: Würfel mit Seitenlängen von mehr als einem Meter, Pyramiden, die sie bei weitem überragten. Sie wanderte zwischen den Riesengebilden umher und sah ihr kleines Spiegelbild von ihnen zurückgeworfen. Die Spiegel verzerrten sie – streckten den Körper, quetschten ihn schmal zusammen, zerlegten Flächen in Zickzackbänder. Wohin sie sich auch wandte, sie sah nichts anderes als sich selbst in immer neuen Variationen.

Da überkam sie ein unangenehmer Schauer, sie zögerte. Vor ihr formten nun die Strukturen einen Korridor, der sich krümmte. Sie drehte sich um und sah nichts als ihr Spiegelbild, mehr als tausendmal vervielfältigt. Auf jeder Glasfläche blickten ihr herausfordernd ihre Augen entgegen.

Da mußte sich etwas bewegt haben zu ihrer Rechten, aus dem Augenwinkel hatte sie es wahrgenommen. Sie wandte den Blick und sah jemanden davonrennen; eine Gestalt war bei den Würfeln aufgetaucht und verschwand in der Allee aus Spiegeln. Nur schemenhaft erkannte sie schwarzes Haar und ein blasses Gesicht – ihre Mutter. Jax wußte es, ohne jeden Zweifel, und die Überraschung verschnürte ihr die Kehle. Ja, natürlich hatte die Stadt sie zu ihrer Mutter geführt. Jetzt konnte sie wieder sprechen. Sie rief die Mutter. »Warte! Hier bin ich ...« Aber die davonrennende Gestalt verschwand hinter einer Biegung.

Ohne Zögern folgte Jax, stürzte sich in den Durchgang zwischen den spiegelnden Wänden. Sie horchte, ob sie die

Schritte der Mutter hören konnte, aber sie hörte nur ihre eigenen. Die Spiegel umgaben sie wie Mauern, verstellten ihr den Weg, ließen sie in Sackgassen laufen. Sie lief gegen Spiegelwände, nur um abzuprallen und in eine neue Richtung zu fliegen. Wohin sie auch schaute, allein ihr Spiegelbild blickte ihr entgegen. Sie ließ die Armbrust und das erbeutete Kaninchen fallen, aber sie hielt nicht an. Sie konnte nicht anhalten, genausowenig wie sie hätte aufhören können zu atmen. Ihr Herz schlug wie rasend, und ebenso rasend war der Rhythmus ihrer Schritte.

Sie kam zu einem farbigen Glasfenster, das in eine der Spiegelwände eingelassen war. Die Jungfrau Maria lächelte von dem Fenster, während Jax vorbeirannte. Jax folgte dem Gang, bog bei einer Gabelung rechts ab, dann links und wieder rechts.

Maria lächelte wieder mit unendlicher Geduld, als Jax vorbeikam. Sie bog an der nächsten Gabelung nach links, dann nach rechts – und Maria erschien wieder.

Das Mädchen blieb an die Wand gelehnt stehen und schnappte nach Luft. Die Sonne schien durch das Glasfenster und umgab Marias Kopf mit einem Heiligenschein. Über ihr schwebten Kinder mit kleinen Flügeln. Zwischen die Hände der Jungfrau hatte jemand einen Spiegel geklebt. Jax schloß die Augen, um nicht immer wieder ihr Spiegelbild anstarren zu müssen.

Sie atmete schwer und wartete, daß ihr Herzschlag sich wieder beruhigte. Ihre Mutter war verschwunden. Sie war allein, aber das machte nichts. Sie würde hier schon herausfinden und anderswo in der Stadt nach ihrer Mutter suchen. Sie brauchte niemanden, der ihr half.

Ihr Atem hatte sich beruhigt. Die Augen immer noch geschlossen, lauschte sie einem Vogel, der in einiger Entfernung sang. Dann hörte sie etwas anderes: Schlurfende Schritte kamen näher. Sie öffnete die Augen und griff nach dem Messer. Sie hörte, wie ein Mann sagte: »Beruhige dich! Bleib, wo du bist, ich werde dich schon finden.«

Ein Mann mit schütterem Haar schlurfte um die Ecke. Immerzu murmelte er beruhigende Worte. »Ist ja gut jetzt. Ich bring dich hier heraus.« Sein hellblaues Halstuch paßte genau zur Farbe seiner Augen. Sein Blick hinter der Nickelbrille war besorgt.

»Ich habe es vom Dach zufällig gesehen«, sagte er mit einer unbestimmten Geste. »Du kamst mir ziemlich aufgeregt vor, deshalb dachte ich …« Erst jetzt sah er das Messer in ihrer Hand. Er zeigte ihr seine leeren Handflächen. »Keine Sorge, das brauchst du nicht, glaube mir.«

»Hast du gesehen, wohin meine Mutter gelaufen ist?« fragte sie.

»Deine Mutter?« Er schüttelte den Kopf. »Ich habe niemanden außer dir gesehen.«

»Ich bin doch hinter ihr hergelaufen«, sagte Jax. »Sie war nur ein paar Schritte voraus.« Sie schüttelte den Kopf, ließ den Blick über die Spiegel ringsherum gleiten. »Ich bin in die Stadt gekommen, um sie zu finden. Ich weiß, daß sie hier ist.«

»Ach so«, sagte er und nickte. »Manchmal spielt die Stadt ihre Spielchen mit den Leuten. Sie führt sie in die Irre.«

»Ich weiß, daß ich sie gesehen habe.«

Er hob die Schultern. »Kann gut sein. Aber jetzt ist sie weg.« Er reichte ihr seine Hand. »Also komm, ich bring dich dahin, wo du deine Armbrust verloren hast.«

Zögernd nahm sie die Hand und ließ sich aus dem Labyrinth führen. An jeder Abzweigung wußte er ohne nachzudenken den richtigen Weg und plauderte die ganze Zeit. »Damals, vor der Seuche, gab es solche Irrgärten in Vergnügungsparks und ähnlichem. Die Leute haben Spaß daran, wenn sie verwirrt werden, denke ich. Natürlich habe ich auch etwas vom Wesen der Stadt einzufangen versucht. Das Gefühl von Auflösung, Verwirrung, Unsicherheit.«

Jax blickte sich mit großen Augen um; sie war sicher, daß sie niemals in diesem Gang gewesen war.

»Gleich sind wir da«, sagte er. »Ach, da ist es ja.«

Sie hob die Armbrust vom Boden vor seinen Füßen; sie war froh, das glatte Holz in der Hand zu fühlen. Sie nahm das tote Kaninchen und schaute sich um. Diese Stelle war ihr völlig fremd.

»Überrascht?« sagte er. »Es sieht ganz fremd aus?« Er lächelte ihr beruhigend zu. »Man kann sich daran gewöhnen. Es ist eine gute Übung für das Leben in der Stadt. Komm, ich werde dich hinausführen.« Über die Schulter sagte er noch: »Übrigens, ich heiße Frank. Hast du einen Namen?«

»Jax«, sagte sie. Der Klang gefiel ihr. Ein Name, der ohne Schnörkel war, direkt und kraftvoll.

»Ach ja«, sagte er. »Dannyboy sucht nach einem Mädchen, das keinen Namen hat. Dann bist du also die falsche. Verrückt – ich kann mir kaum vorstellen, daß hier zwei Fremde sich herumtummeln.«

»Der Name ist ganz neu«, sagte sie. »Dannyboy kennt ihn noch nicht.«

»Also, wenn das so ist, sucht Dannyboy nach dir. Er dachte wohl, daß du verlorengegangen bist.«

Die Abstände zwischen den Spiegelwänden wurden größer. Als Jax die offene Straße vor sich sah, beruhigte sie sich.

»Da sind wir also«, sagte Frank. »Ich hoffe, du bist wieder in Ordnung.« Es klang wirklich besorgt.

Sie nickte. »Ja, es ist gut.«

»Ich kann dich gern ein andermal durch das Labyrinth führen, wenn du willst. Oder ich kann dir andere Sachen zeigen, an denen ich arbeite. In einem Haus, oben am nördlichen Strand, habe ich eine Camera obscura gebaut. Und auf der anderen Seite der Stadt baue ich an einem Kristallpalast. Dannyboy weiß, wo es ist. Du solltest es dir einmal anschauen.«

Sie nickte. »Vielleicht tue ich das.«

Er lächelte sie an. »Vielleicht ist es das beste, wenn ich

dich nach Hause bringe. Man kann den verrücktesten Sachen hier in die Arme laufen, wenn man den Weg nicht kennt.« Er schlenderte neben ihr her.

Eine Zeitlang gingen sie schweigend. Es war ihr unangenehm, wie er ihr Gesicht musterte. »Weißt du«, sagte er schließlich, »du bist ganz anders, als ich dich mir vorgestellt habe.«

»Wie meinst du das?«

»Tommy redet, als wärst du eine Wilde, wie aus einem Eingeborenenstamm.« Sein Tonfall war ganz nüchtern. »Natürlich hast du großen Eindruck auf ihn gemacht – aber das kommt hauptsächlich daher, daß er fast niemals Fremde zu Gesicht bekommt. Missis Migsdale fand dich ziemlich verschlossen, auch ein wenig geheimnisvoll. Und Dannyboy war richtig besorgt, dachte, daß du dich verirrt hast oder sogar verletzt bist.« Frank hielt inne, hob die Brauen. »Aber versteh mich nicht falsch, ich sammle nur allerlei Meinungen, mehr nicht. Man muß die Dinge von mehreren Seiten betrachten, wie aus verschiedenen Spiegeln. Das ist doch das Interessante an einem Spiegelkabinett, nicht wahr? Man braucht einfach verschiedene Perspektiven.«

Sie nickte etwas gezwungen, sein Reden machte sie ein wenig schwindlig. Ihre Schulter schmerzte mehr denn je, und plötzlich verspürte sie großen Hunger.

»Es ist wichtig, daß man nicht zu sehr an Spiegelbilder glaubt«, sagte er. »Man muß mißtrauisch sein. Es ist wie mit der Stadt, jeder sieht sie anders.«

Sie trottete mühsam den Weg zum Hotel entlang; was sie auf den Beinen hielt, war die Aussicht auf etwas zu essen. Vor ihr ragte der Turm des Hyatt-Hotels auf, das auf der anderen Seite des Union Square stand.

»Jetzt weiß ich den Weg«, sagte sie. »Ich danke Ihnen.«

Er nickte. »In Ordnung, ich laß dich jetzt allein. Du kannst mich meistens beim Spiegellabyrinth finden. Komm doch mal vorbei.«

»Das tu ich.«

Jax fand Dannyboy auf dem Sessel auf dem Bürgersteig. Er hielt ihre Glaskugel in der Hand und betrachtete den wirbelnden Schnee. Er blickte auf, als er ihre Schritte hörte.

»Der Park ist ein guter Jagdplatz.« Sie zeigte ihm das Kaninchen.

»Ich dachte, daß du gegangen bist. Ich habe geglaubt, daß es für immer wäre.«

»Wie kommst du darauf?« Er schwieg. Sie sprach weiter. »Ich habe jetzt einen Namen. Die Stadt hat ihn mir gegeben.« Sie holte die Scrabblesteine aus der Tasche und ließ ihn lesen.

»Jax«, las er. »Das ist er?«

»Sicher.« Sie war erschöpft, aber froh, endlich einen Namen zu haben. »Das Kaninchen können wir heute abend essen. Ich werde es auch für dich häuten.«

»Du weißt, daß ich dir gerne die Stadt zeige«, sagte er. »Sehr gerne sogar. Es ist nicht ungefährlich, wenn man sich nicht auskennt. Man muß vorsichtig sein.«

Sie runzelte die Stirn. Seine Sorge überraschte sie. »Ich bin immer vorsichtig«, antwortete sie.

10

Als Dannyboy erwacht war und gesehen hatte, daß das Mädchen fort war, war er in Panik geraten. Er war Einsamkeit gewohnt: einsame Straßen, einsame Häuser, eine verlassene Stadt. Aber die Leere in diesem Schlafzimmer war etwas anderes. Es hatte etwas Erschreckendes, als ob mitten in einem Lied plötzlich jemand verstummte.

Er hatte sich vorgestellt, wie sie verloren umherirrte, den Weg nach Hause nicht mehr fand. Daß sie sich verletzt hatte, oder irgendwo gefangen war. Vielleicht war sie durch den Fußboden eines verrotteten Hauses gebrochen, ein tollwütiger Hund konnte sie gebissen haben. Vielleicht würde sie wirklich den Weg zum Hotel nicht mehr finden. Oder sie hatte einfach die Stadt verlassen, und er würde sie nie wiedersehen. Er stellte sich das Allerschlimmste vor.

»Ich wußte nicht, was ich sagen sollte, als sie zurückkam«, sagte Dannyboy zu Maschine. Er saß auf der Motorhaube eines kirschroten Chevrolet von 1967 und schaute zu, wie Maschine an der Farbspritze herumschraubte. Vor der Seuche war seine Werkstatt eine Karosseriebauerei gewesen, und einige der Autos standen noch immer hier. Auf dem Boden waren Ölflecke und Lackspritzer in leuchtenden Farben. »Ich hatte Angst, daß sie für immer gegangen wäre.«

Maschine war beschäftigt; er richtete die Spritzdüse gegen die Wand und schaltete den Kompressor ein. Der Apparat hustete und spuckte einen Klecks gegen die Wand; das Husten wurde immer schlimmer, und winzige Spritzer flogen in alle Richtungen. Maschine schaltete wieder aus. Mit den feinen Zangen seiner dritten Hand begann er die Spritze auseinanderzunehmen.

»Sie hat so etwas Ungebundenes an sich«, sagte Dannyboy, »daß man fürchtet, sie könnte jederzeit einfach verschwinden. Man weiß auch nie, was sie denkt. Sie redet nicht viel.«

Maschine zuckte mit den Achseln. Er hatte die Düse auseinandergenommen und reihte die Teile auf dem Betonboden auf. Bei jeder Bewegung hörte man das Klicken der mechanischen Hand. »Das ist doch günstig«, sagte er. »Die meisten Leute hier reden viel zu viel.«

Dannyboy schüttelte den Kopf, ohne wirklich zuzuhören. »Ich weiß nicht, was ich getan hätte, wenn sie wirklich gegangen wäre. Vermutlich hätte ich versucht, sie zu finden.«

Maschine runzelte die Stirn, aber Dannyboy wußte nicht, ob es der Spritze oder seinen Worten galt.

»Du kannst sie nicht leiden«, sagte Dannyboy. »Warum?«

Maschine begann, die Einzelteile mit Verdünner zu reinigen. »Ich kann die meisten Leute nicht leiden«, sagte er, »weil sie mich nicht leiden können.«

»Woher willst du wissen, daß sie dich nicht mag? Sie kennt dich doch gar nicht.«

Maschine polierte sorgfältig einen kleinen Messingring und legte ihn auf den Boden neben die übrigen Teile. »Schuldig bis zum Beweis des Gegenteils. Ich traue ihr nicht.«

Dannyboy schüttelte den Kopf. »Sie ist anders als alle Leute, die ich kenne. Ich wüßte gern, was es ist ...«

Maschine unterbrach ihn. »Ich weiß es.« Er blickte auf. Seine Stimme klang hämisch, er genoß es. »Merkst du nicht, was es ist? Man nennt es Liebe. Andere sagen: eine hormonelle Reaktion. Es ist ein biologischer Vorgang, die Stimme des Bluts. Und das Gehirn schweigt dazu. Einer der vielen Gründe, warum ich so froh bin, eine Maschine zu sein.«

»Da ist doch nichts gegen biologische Vorgänge zu sagen«, meinte Dannyboy ruhig. »Oder?«

Maschine murmelte etwas ohne aufzublicken. Dannyboy wußte, daß er seinen Blick mied.

»Wo ist das Problem?« sagte Dannyboy.

»Du kennst das Problem«, sagte Maschine. Er atmete schneller. »Sie geht – und du bist unglücklich. Das ist eine biologische Reaktion. Schmerz.« Er starrte Dannyboy an. »Und das ist erst der Anfang – sie wird dir immer mehr bedeuten, und es wird dich immer schmerzen. Eine einfache Gleichung.«

»Aber Maschine«, begann Dannyboy.

»Wäre ich keine Maschine, wäre ich mit den anderen an der Seuche gestorben«, sagte Maschine. »Ich wäre in dem leeren Haus gestorben, wo einzig noch die Maschinen funktionierten. Sie funktionierten, als ob nichts geschehen wäre. Nichts war mehr wie zuvor, aber sie kümmerten sich nicht darum. Mir wurde klar, daß es besser war, sich um nichts zu kümmern.«

Dannyboy blickte auf seine Hände. Er wußte, daß alle Überredungskunst der Welt Maschine nicht überzeugen konnte. »Es gibt nicht nur Nachteile, Maschine«, sagte er. »Warum siehst du nur immer den Schmerz? Es gibt doch auch …«

»Es ist gefährlich«, unterbrach Maschine. »Sei vorsichtig, das ist alles, was ich sagen möchte. Paß auf, was du tust.«

Als Dannyboy zum Hotel zurückkam, fand er Jax schlafend in dem Sessel. Ein Strahl der Nachmittagssonne drang zwischen den Häusern hindurch und hüllte sie ein. Sie hatte sich zusammengerollt wie eine schlafende Katze. In ihrem Schoß lag die Glaskugel. Sie lächelte im Schlaf, das Gesicht war ungewohnt friedlich. Auf die Lehne des Sessels hatte sich ein junger Affe gesetzt und beobachtete sie.

Dannyboy war noch nie richtig verliebt gewesen. Mit fünfzehn hatte er eine Zeitlang eine von Duffs Töchtern angehimmelt. Sie war eine hübsche Blondine, die über alles lachte, was er sagte. Am Seeufer, im schattigen Schilf, hatten sie sich geküßt. Und Dannyboy erinnerte sich, wie seidig sich die Haut ihrer Brüste unter seiner Hand angefühlt hatte. Aber offenbar hatte Duff Wind davon gekriegt. Und kaum zwei Wochen nach jenem Tag war sie mit einem Farmer in Marin verlobt. Dannyboy hatte eine Weile getrauert, aber er kam darüber hinweg.

Jezebel rannte zum Sessel, und der Affe hüpfte davon, brachte sich am Vordach des Hotels in Sicherheit. Von dort begann er zu schimpfen.

»Jax?« sagte Dannyboy leise.

Jax öffnete die Augen, und für eine Weile blieb das Lächeln in ihrem Gesicht. »Merkwürdig, wenn man einen Namen hat«, murmelte sie. »Hatte schon gar nicht mehr damit gerechnet.«

Er hatte sich in den anderen Sessel gesetzt. »Er paßt auch zu dir.«

»Wirklich?« Sie streckte sich und gähnte. »Ich dachte es mir. Aber ganz sicher war ich mir nicht.«

»Er paßt.« Er schwieg und wußte nicht, was er sagen sollte. Am liebsten hätte er jetzt ihre Hand genommen und festgehalten, aber er fürchtete, daß eine solche Geste diesen mißtrauischen Ausdruck auf ihr Gesicht zurückbringen würde.

»Missis Migsdale kam vorbei«, sagte sie. »Ich soll dich erinnern, daß heute abend im Rathaus Bürgerversammlung ist. Sie meinte, ich solle kommen und den Leuten über Vierstern berichten.«

»Natürlich«, sagte er, »und ich werde dich allen vorstellen. Schließlich solltest du die Leute kennen, wenn du länger hier bleibst.«

»Da hast du sicher recht.«

Er lächelte über das ganze Gesicht. Sie würde bleiben. »Das ist gut, das ist wirklich gut!«

Sie schaute ihn an, als wäre er übergeschnappt. Aber das machte ihm in diesem Augenblick überhaupt nichts aus.

Ein großes Feuer brannte am Fuß der Marmortreppe und vertrieb die abendliche Kühle. Das hohe Kuppeldach der Rotunde war schwarz vom Ruß früherer Feuer. Neben dem hin und her huschenden Schein des Feuers sorgten Kerzen für gleichmäßig gelbes Licht. Die kunstvollen Steinmetzarbeiten an den Wänden der Rotunde waren über und über mit Wachstropfen bedeckt.

Eine große Menschenmenge hatte sich schon versammelt, als Dannyboy und Jax eintrafen. Unter den Rauchgeruch des Holzfeuers hatte sich das süße Aroma von Marihuana gemischt. Auf einer Seite, zum Hauptgebäude hin, spielte Gambit auf einem Rhythmusinstrument, das er sich aus Glasgeräten eines Labors gebaut hatte; unterstützt wurde er von einem Akkordeonspieler und einem Gitarristen. Um sie herum standen und saßen die Leute in Grüppchen, die sich lebhaft und laut unterhielten. Gambits Musik plätscherte und perlte durch die Gesprächsfetzen wie das Wasser eines Bachs über glattgeschliffene Steine.

»He, Dannyboy!« Dannyboy sah sich um und bemerkte *Schlange*, der ihm aus einer Gruppe oben auf der Treppe zuwinkte. »Komm rüber – wir müssen mal reden.«

Wie immer war Schlange ganz in Leder gekleidet. Sein linkes Ohr war verstümmelt, ein verbogenes Knäuel Fleisch, ähnlich einer Knospe, die sich öffnen wollte. Eine Narbe zog sich über die Linie seines Unterkiefers. Als wollte er die Aufmerksamkeit auch auf die Narbe lenken, hatte er die linke Hälfte seines Schädels kahlgeschoren. Auf die nackte Haut war eine Klapperschlange tätowiert, die sich in Richtung des behaarten Schädels schlängelte, als suchte sie Deckung in dem lockigen dunklen Haar. Dieses eine Mal trug er keine dunkle Brille, und sein Gesicht sah ungewohnt nackt aus.

Dannyboy winkte zurück. Jezebel drückte sich gegen sein Bein. Dicht an seiner anderen Seite stand Jax. Ihre rechte Hand war zum Messer in ihrem Gürtel geglitten. »Ich werde dich allen vorstellen«, sagte er wieder, um sie zu beruhigen. »Das ist Schlange. Er hat wohl über die Brücke mit mir zu reden. Da drüben siehst du Missis Migsdale, du kennst sie ja. Der Mann, mit dem sie spricht, ist Buch. Tiger ist sicher auch da. Die Typen bei Schlange sind alle Graffitimaler; die Leute um das Feuer sind Dichter, jeder auf seine Art. Alle sind sicher gespannt darauf, dich kennenzulernen.« Jax' Gesichtsausdruck wurde kaum freundlicher. Er berührte vorsichtig ihre Hand. »Es wird dir gefallen.« Sie nickte, aber ihr Gesicht blieb verschlossen.

Schlange rief erneut nach Dannyboy, er mußte hinübergehen. Jax hatte er an der Hand genommen. Unterwegs begrüßte er allerlei Bekannte, stellte Jax vor. »Das ist Jax, die bei mir wohnt. Ja ... die Fremde ohne Namen. Aber jetzt hat sie einen Namen ... Jax, das ist ... Rose, Mercedes, Zatch, Ruby, Mario, Lily und so weiter.« Jax nickte steif jedem zu. Seine Hand hielt sie fest. Sie brauchten kaum weniger als eine halbe Stunde, bis sie die Treppe erstiegen hatten.

Wie Dannyboy vermutet hatte, wollte Schlange mit ihm über die Golden-Gate-Brücke reden. Er versuchte schon seit einiger Zeit, mehrere Kollegen zu überreden, daß sie sich beteiligten. Dannyboy nahm einen Schluck aus der Flasche mit selbstgemachtem Wein, die herumgereicht wurde. »Das ist richtig, ihr habt die Wahl. Jeder kann das Blau verwenden, das ihm gefällt. Aber Blau muß es sein, unbedingt.«

»Warum denn?« fragte ein hagerer Rotschopf, den man Alter Mann nannte. »Ich kann Blau nicht ausstehen.«

Dannyboy zuckte mit den Achseln. »Es war Duffs Idee. Er hat die Farbe ausgesucht. Wenn du nicht magst, brauchst du nicht mitzumachen.«

»Und wer sagt, was Blau ist?« fragte ein anderer. »Ich habe eine ziemlich breite Definition von Blau.«

»Ich sage es, weil ich die Farbe besorge.«

»Ich bin dabei«, sagte Alter Mann. »Gibt wahrscheinlich Schlimmeres als Blau.« Andere nickten ebenfalls.

»Das ist toll. Kommt nächsten Samstagnachmittag zum Brückenhäuschen, dann werde ich euch die einzelnen Abschnitte zuteilen. Wenn einer früher anfangen möchte, dann soll er nach der Versammlung zu mir kommen, und wir werden etwas ausmachen.« Dannyboy schrieb sich die Namen der Maler auf, die mitmachen wollten, als Buch laut um Ruhe bat.

»Ich bitte um eure Aufmerksamkeit«, rief der alte Mann. »Je eher wir anfangen, desto eher haben wir es hinter uns.«

Dannyboy schaute sich um und bemerkte, daß Jax und Jezebel verschwunden waren. »Hast du Jax gesehen?« fragte er seine Nachbarin, doch sie machte nur »Pst!« und bedeutete ihm, sich zu setzen, damit es losgehen konnte. Zögernd ließ er sich nieder.

»Möchte jemand etwas bekanntgeben?« fragte Buch.

Einige Leute meldeten sich: Mario, ein Dichter, der auch mit dem Fischerboot aufs Meer fuhr, bot einen Vorrat von geräuchertem Kaiserschnapper zum Tausch; Frank brauchte Glasprismen für seine Arbeit und war für jeden Hinweis dankbar; ein neues Theaterstück sollte am Freitag um siebzehn Uhr am Vallencourt-Springbrunnen aufgeführt werden; Samstagabend würde Buch in der Stadtbibliothek eine Dichterlesung halten – Interessenten sollten Kerzen mitbringen.

Während der allgemeinen Bekanntmachungen suchte Dannyboy in der Versammlung nach Jax. Schließlich entdeckte er sie neben Mrs. Migsdale. Auf ihrem Gesicht lag ein seltsam verwirrter Ausdruck.

»Nun zum offiziellen Teil«, sagte Buch. Der erste Punkt betraf den Streit zweier Bildhauer. Beide wollten sie ein wichtiges Werk in Angriff nehmen, und beide hatten sich denselben Parkplatz oben in Twin Peaks dafür ausgesucht. Bartlett hieß der eine, ein Mann wie ein Bär mit verblüffend weicher Stimme, der schon begonnen hatte, eine Nachbildung von Stonehenge zu errichten, für die er statt Steinblöcke Kühlschränke verwendete. Er erklärte ausführlich, daß dieser Ort die einzige Stelle der ganzen Stadt war, wo sich auch die zugehörigen astronomischen Vorgänge abspielten. Sein Widersacher war Zatch, ein schlanker Schwarzer, der mit Ruby zusammenlebte. Er plante eine kinetische Skulptur. »Dort oben gibt es soviel Wind wie sonst nirgends in der Stadt. Ich brauche diesen Platz unbedingt«, sagte er.

Dannyboy hörte nicht zu. Was jetzt kam, kannte er schon auswendig. Mehrere Male jedes Jahr gab es diesen Streit aufs neue. Schließlich siegte dann derjenige der beiden Künstler, der verzweifelt genug für seine Idee kämpfte oder eben hartnäckiger war.

»Ich würde auf Bartlett setzen«, sagte Schlange in Dannyboys Ohr. »Er sieht so ein bißchen nach übergeschnappt aus, und solche Leute haben Ausdauer.«

»Ich würde nicht dagegen wetten«, flüsterte Dannyboy zurück. »Du hast wahrscheinlich recht. Ich habe Zatch schon früher über seinen Plan reden hören.«

Schlange schüttelte den Kopf. »Er wird nicht weit kommen damit. Was ist schon ein vernünftiger Plan gegenüber Starrsinn?«

Nach langer Debatte wurde die Angelegenheit an einen Ausschuß überwiesen. Zatch setzte sich, konnte nicht aufhören, den Kopf zu schütteln. »Und nächste Woche wird er ein neues Gelände gefunden haben«, murmelte Schlange.

»Ich möchte euch einen Neuankömmling in der Stadt vorstellen«, sagte Buch dann. »Eine junge Dame, die euch etwas Wichtiges sagen möchte.« Er winkte Jax zu sich heran. Dannyboy sah, daß sie Mrs. Migsdale anschaute und dann nach vorn ging. Ihre Augen waren groß und voller Angst, eine Hand suchte Trost und Halt am Griff des Messers.

Einige Leute in den hinteren Reihen sprachen miteinander. Jax wartete stumm, bis sie aufmerksam wurden und schwiegen. »Mein Name ist Jax«, sagte sie recht leise. Zu leise, fand Dannyboy. Dann sah er, daß das ganze Auditorium verstummt war und die Leute sich nach vorn neigten, um besser zu hören. »Ich bin in der Gegend von Woodland aufgewachsen, nicht weit von Sacramento. Ich kam hierher, um euch zu sagen, daß ein Mann namens Vierstern vorhat, eure Stadt zu besetzen.« Sie blickte zu Mrs. Migsdale, dann vor sich auf den Boden. Für einen Augenblick befürchtete Dannyboy, daß sie aus dieser Halle davonlaufen würde. Aber schon sprach sie weiter. »Auf dem Markt in Woodland habe ich gehört, daß er schon andere Städte erobert hat. Letztes Jahr Fresno, davor Modesto. Ich weiß nicht viel über ihn, aber ich weiß, daß er San Francisco haßt. Er macht die Stadt für die Seuche verantwortlich, und er wirft euch vor, daß ihr die Stadt und alles, was es darin gibt, als euer Eigentum betrachtet. Er behauptet, ihr würdet Sacramento erobern wollen, wenn er euch nicht zuvorkommt. Er möchte das ganze Land zu einer Einheit machen. Ich weiß nicht, was er damit meint, aber er redet unentwegt von ›Amerika‹. Ich weiß nur, daß es nichts Gutes sein kann, wenn er sich daran begeistert. Ich mag es überhaupt nicht.« Sie machte wieder eine Pause, das Gesicht ernst und verschlossen. »Meine Mutter stammt aus eurer Stadt. Sie hat mir aufgetragen, hierherzukommen und euch zu warnen. Sie sagte, daß ihr euch verteidigen müßtet. Ihr müßt Vierstern töten, oder er wird euch alle töten.« Sie blickte plötzlich Dannyboy an. »Ich glaube, das war alles, was ich sagen wollte.«

Dannyboy beteiligte sich nicht an der Diskussion, die dann folgte. Buch nahm die Wortmeldungen entgegen, und meistens sagte Jax nur: »Ich weiß nicht.« Sie wußte nicht, wie viele Leute Vierstern hatte, sie wußte nicht, wann er seinen Kriegszug plante, auch nicht, wie seine Armee ausgerüstet war.

»Die Leute reden schon seit Jahren von diesem albernen Vierstern«, sagte Schlange leise zu Dannyboy. »Das ist doch nichts Neues.«

Dannyboy schaute Jax an, die neben Buch stand. Der Schein des Feuers ließ ihren Schatten riesengroß an der gebogenen Wand tanzen. »Jax glaubt, daß es nicht mehr lange dauern wird.«

»Du nimmst sie ernst?«

Dannyboy nickte langsam. »Ja. Ich wollte, ich täte es nicht.«

Schlange schüttelte den Kopf. »Mich überzeugt es nicht.«

Einige in der Versammlung schlugen vor, daß man gleich gegen Vierstern militärisch vorgehen sollte. Andere rieten, daß man nach Verbündeten Ausschau halten sollte, etwa den Black Dragons in Oakland oder den Farmern in Marin. Dannyboy lehnte sich zurück gegen die Marmorstufen; er wußte, daß heute nichts entschieden werden würde. Er hörte zu, wie die Künstler sich empörten und sich brüsteten, was sie alles tun würden, wenn Vierstern einen Fuß in die Stadt setzen würde.

Mrs. Migsdale und Buch waren die letzten, die die Rotunde verließen. Sie traten die letzten brennenden Holzscheite aus, löschten eine nach der anderen die flackernden Kerzen. Zusammen gingen sie über die Civic Center Plaza zur Stadtbibliothek. Der abnehmende Mond hüllte die Bäume in silbernes Licht, die Äolsharfe gab ein paar hohe Töne von sich, als ein leichter Wind blies.

»Dannyboy war heute ganz anders als sonst«, sagte Mrs. Migsdale.

»Ich habe den ganzen Abend nicht mehr als zwei Worte von ihm gehört«, knurrte Buch. »Er hat mir das Mädchen förmlich aus den Händen gerissen und behauptet, sie müßte jetzt nach Hause und sich ausruhen.«

»Was hältst du von dem Mädchen?«

»Nettes Ding«, sagte Buch. »Habe sie in die Bibliothek eingeladen. Sie scheint sich für die Geschichte der Stadt zu interessieren.«

Mrs. Migsdale hob die Augenbrauen. »Ich mag sie, aber ein nettes Ding würde ich sie nicht nennen. Ich könnte schwören, sie hat die Zähne gefletscht, als Zatch sagte, man solle doch mit Vierstern verhandeln.«

»Sie war etwas aufgeregt. Vor so vielen Menschen sprechen, ist doch neu für sie.«

»Dannyboy war mindestens so nervös wie sie«, sagte Mrs. Migsdale mehr zu sich selber, »aber das wird sich geben, wenn sie erst miteinander schlafen.«

Buch blieb stehen und starrte sie an. »Elvira, manchmal schockierst du mich.«

Mrs. Migsdale blickte ihn an. »Aber Edgar ... gib doch zu, daß du dasselbe gedacht hast.«

»Nicht, daß ich wüßte.«

»Nun, dann bist du nicht imstande, das Offensichtliche

zu sehen. Das wundert mich bei einem Wissenschaftler. Aber komm jetzt – es ist so kalt hier.«

Buch folgte ihr über den Platz. »Ich finde, daß deine Vermutungen etwas voreilig sind«, sagte er, als sie die Stufen zur Bibliothek erreicht hatten. »Woher weißt du, daß sie nicht bald wieder aus der Stadt verschwinden möchte? Hast du nicht gesagt, daß sie wie ein ungezähmtes Tier ist?«

»Nicht gerade ein Tier«, sagte Mrs. Migsdale, »sondern scheu wie ein wildes Tier. Aber da verlasse ich mich auf Dannyboy – er hat mit Kreaturen dieser Art immer eine glückliche Hand gehabt.«

11

Mercedes hatte die meiste Zeit ihrer Kindheit damit verbracht, an den Kotflügel eines alten Chevrolets gelehnt ihrem Bruder Antonio bei der Arbeit zuzusehen, wenn er unter der Motorhaube herumwerkte. Ihm gehörte das Auto, und er war sieben Jahre älter als sie. Er verließ die Oberschule, als sie noch in der Grundschule war. Zwei Jahre später zog er aus dem elterlichen Haus aus und wohnte mit zwei Freunden zusammen; nur an Sonntagen kam er zum Essen, damit die Mutter ein wenig Freude hatte.

Antonio hatte an der Tankstelle um die Ecke gearbeitet. Er füllte Benzin in Tanks, reparierte Autos, bastelte an seinem eigenen Schlitten. Nach der Schule trieb sich Mercedes immer an der Tankstelle herum und sah ihm zu. An den Sonntagnachmittagen half sie ihm beim Polieren seines Chevys, rieb die weiße Paste über den längst glänzenden Lack, rieb immer fester und polierte so lange, bis sich ihr Gesicht in dem schwarzen Lack spiegelte.

Nie traf man Antonio anders als mit schwarzen Rändern unter den Fingernägeln. An seinem linken Handgelenk war eine Tätowierung: ›Maryann‹. Während seines ersten Jahres an der Oberschule hatte er sich selbst tätowiert, mit einer Nadel und der Farbe aus einem Kugelschreiber. Die blonde Maryann hatte aber trotzdem mit ihm Schluß gemacht.

Mercedes' Vater wollte nicht, daß sie sich an der Tankstelle herumtrieb. Aber er mochte auch die Jungen nicht, mit denen sie sich verabredete (richtige Kerle mit schlechtem Ruf), auch nicht die Kleidung, die sie trug (verblichene Jeans und viel zu weite Hemden), nicht die Musik, die sie hörte, nicht ihre Freundinnen, ihr ewiges Fluchen. Also hatte sie sich an der Tankstelle herumgetrieben, ohne daß die Eltern es erfuhren; sie sagte, sie arbeite in der Bibliothek.

Manchmal half Mercedes ihrem Bruder bei Reparaturen: Nach den vielen Jahren, die sie zugeschaut hatte, wußte sie, was zu tun war, und war auch rasch bei der Hand. Ihre schmalen Hände reichten in Winkel, die für ihn unzugänglich waren. Ihre Fähigkeit, den Schaden an einem Auto zu diagnostizieren, grenzte ans Wunderbare. Sie legte den Kopf schief, lauschte dem Klappern oder Pfeifen oder Knirschen eines Motors und sagte dann auf den Dollar genau, was die Reparatur kostete. Sie hatte vor, nach der Oberschule mit Antonio an der Tankstelle zu arbeiten und Geld zusammenzusparen, damit sie einen Chevy wie ihr Bruder kaufen konnte. Aber alles kam anders.

Ihre Mutter war die erste in der Familie, die an der Seuche erkrankte. Dann war der Vater an der Reihe. Mercedes hatte die Eltern gepflegt, ihnen zu essen und trinken gebracht, kalte Tücher auf die heißen Stirnen gelegt und rezeptfreie Medikamente besorgt, die angeblich Schmerzen und Fieber linderten. Im Krankenhaus hatte man ihr nichts geben können. Die Zeitungen waren voll von Berichten über die Seuche – Warnungen gab es genug, aber keine Hoffnung.

Obwohl sie sich um Gott und die katholische Kirche nie viel gekümmert hatte, begann sie zu beten, als sie ihre Eltern pflegte. Sie bat die Jungfrau Maria um Hilfe, bat Jesus, Mutter und Vater gesundzumachen. An einem Vormittag, nach einer schlaflosen Nacht, war sie im Lehnstuhl am Bett der Eltern eingeschlafen. Als sie nach dem Mittag erwachte, lagen Vater und Mutter ganz ruhig da, still und leblos unter der dünnen Decke. Der Vater hatte seinen Arm unter den Kopf der Mutter gelegt.

Sie ging zur Tankstelle, um es Antonio zu sagen, und fand ihn zusammengekauert auf dem Rücksitz seines Autos. Seine Stirn war heiß und trocken. Als sie ihn weckte, erkannte er sie nicht.

Sie nahm die Autoschlüssel aus seiner Tasche und fuhr ihn nach Hause. Dort pflegte sie ihn, auch als sie selbst erkrankte. Doch der Tee, der Orangensaft und die Gebete nützten nichts. Er starb, wie so viele andere auch. Sie stand an seinem Bett und schaute auf ihn herab. Seine Hände waren ganz weiß, bis auf die schwarzen Ränder unter den Nägeln.

Sie zog die alte Jacke ihres Bruders mit dem Schulemblem an und ging. Obwohl ihr schlecht war vor Fieber, machte sie irgend etwas ruhelos, fast aggressiv, so daß sie durch die Straßen der leeren Stadt rannte und schrie. Sie hatte einen Schraubenschlüssel aus dem Auto des Bruders mitgenommen und schlug Schaufensterscheiben ein; sie freute sich am Geräusch des zersplitternden Glases.

An der Ecke Valencia Street und Neunzehnte Straße traf sie auf eine plündernde Meute; als sie sie sahen, liefen sie herbei, aber sie schwang den Schraubenschlüssel und schrie mit ihrer grellen Fieberstimme etwas von Jungfrau Maria und dem Blut von Jesus Christus. Sie rannten davon, ob aus Angst vor dem Fieber oder dem Eisen, das erfuhr sie nie.

Sie ging die Valencia Street entlang, zerschlug die Windschutzscheiben von Personenwagen und Lastwagen, bis sie nicht mehr weiter konnte. Da fand sie ein Bett in den hinteren Räumen eines Möbelgeschäfts. Die Tür war von anderen Vandalen schon aufgebrochen worden. Bei dem Bett angekommen, brach sie zusammen und schlief ein.

Sie war sehr durstig, als sie erwachte, aber immerhin lebte sie noch. Im Büro des Inhabers fand sie eine Thermosflasche mit kühlem Wasser. Dann zog sie los, ohne daß sie eine Vorstellung hatte, wohin sie gehen sollte. Das helle Sonnenlicht machte sie blinzeln, und sie mußte vorsichtig ihren Weg auf dem mit Glasscherben übersäten Bürgersteig suchen. Hier und da kam sie an einer Leiche vorbei: ein Mann von vielleicht fünfzig Jahren, der hinter dem Lenkrad seines Wagens zusammengebrochen war; eine alte Frau, die zusammengekrümmt in einem Hausflur lag; ein Halbwüchsiger im Schaufenster eines Juweliers, alle viere von sich gestreckt, ausgebreitet zwischen Edelsteinen und zerbrochenem Glas.

Antonio ging neben ihr und sprach sie an. Er war sehr, sehr blaß. Die Glassplitter auf dem Gehweg glitzerten durch seine Füße hindurch.

»Willst du nicht mit mir reden?« sagte er.

»Wie soll ich mit dir reden, wenn du tot bist«, sagte sie.

Eine brennende Zigarette hing in seinem Mundwinkel; die Hände hatte er tief in seinen Hosentaschen vergraben. »Na ja«, sagte er, »da hast du nicht ganz unrecht.«

Nach einer Weile fragte sie: »Wie ist das denn, wenn man tot ist?«

Er zuckte mit den Achseln und nahm einen tiefen Zug aus der Zigarette. »Man braucht sich nicht mehr Gedanken zu machen, ob man zuviel raucht«, sagte er.

»Ich möchte sterben«, sagte sie.

»Ach, *muchacha*, das möchtest du bestimmt nicht.«

»Tony, ich möchte sterben, wirklich. Ma ist tot, Dad ist tot, du bist tot. Ich will auch tot sein.« Sie strich mit den Händen ihr Haar zurück.

Er schüttelte ärgerlich den Kopf. »So einen Quatsch

möchte ich mir nicht anhören müssen. Das ist einfach blöd.«

»Du redest schon wie Vater«, sagte sie. Er ging davon, sie bedauerte, was sie gesagt hatte. Sie dachte daran, was es immer für Streit zwischen Tony und dem Vater gegeben hatte. »He, Tony ... tut mir leid. Warte doch! So hab' ich es nicht gemeint.«

Er blieb stehen und wartete auf sie. »Vielleicht hat Vater manchmal gar nicht so unrecht gehabt«, sagte er. Sie konnte den Ausdruck in seinem Gesicht jetzt kaum noch erkennen, er wurde immer durchsichtiger. »Hast du es schon mal von der Seite betrachtet?«

»Warum soll ich weiterleben?« fragte sie ihn.

»Du brauchst einen Grund zum Leben?« fragte er zurück. Er zuckte wieder mit den Schultern. »Du kannst alles tun, was du willst, jetzt. Leben, wo du willst. Nehmen, was dir gerade gefällt.«

»Daran liegt mir nichts.«

Der Schatten eines Grinsens legte sich über sein Gesicht; er konnte nie lange böse sein. »Aber du brauchst einen Grund zum Leben? Na gut, dann bleib leben, damit du auf mein Auto aufpassen kannst. Ich überlaß es dir, du bist jetzt dafür verantwortlich, okay?«

»Tony, das ist albern«, sagte sie, »warum sollte ich ...«

Sie bemerkte, daß sie zu sich selber sprach. Sie war nicht weiter als zwei Blocks von zu Hause und stand mitten auf der Straße. Sie ging zu ihrem Heim, doch trat sie nicht ein. Sie stieg in Tonys Auto und fuhr in der Stadt herum, ob sie ein nettes Plätzchen zum Leben fand.

An dem Tag, an dem Jax ihren Namen bekommen hatte, war Mercedes in dem Gemüsegarten auf dem Union Square. Sie hockte zwischen den wuchernden Tomatenpflanzen und erntete die letzten Früchte. Als sie aufblickte, stand Antonio auf dem nächsten Fußpfad. Sie blieb sitzen und starrte ihn an. In den ersten Jahren nach der Seuche war er alle paar Wochen erschienen, um mit ihr zu plaudern. Aber jetzt waren seit dem letzten Mal einige Jahre vergangen.

Er rauchte eine Zigarette und sah irgendwohin, in die Ferne. Er trug immer noch dieselbe ausgefranste Jeansjacke, dieselben ölverschmierten Jeans. »He, *muchacha*«, sagte er.

»Ich bin kein kleines Mädchen mehr, Tony«, sagte sie. »Ich bin jetzt älter als du.«

»Kann sein. Aber ich bin immer noch dein großer Bruder.« Er nahm einen Zug aus der Zigarette. »Komme, um dich zu warnen«, sagte er.

»Wovor?«

»Da sind Soldaten im Anmarsch«, sagte er. »Ihr solltet euch darauf vorbereiten.«

»Das sagt das fremde Mädchen auch.«

»Ihr solltet auf das Mädchen hören, *muchacha*. Sie weiß, wovon sie redet.«

»Und wie sollen wir uns vorbereiten?« fragte sie.

Er ließ die Zigarette im Mundwinkel baumeln und breitete die Arme aus, als suchte er mühsam nach Worten. »Das liegt an euch. Ich sage euch nur, daß etwas in der Luft liegt. Alles andere ist eure Sache.« Tony ließ die Zigarette zu Boden fallen und drückte sie mit dem Fuß aus. Und schon war er verschwunden. Nur das Aroma einer Zigarette lag noch in der Luft und erweckte wehmütige Erinnerungen an eine lang verflossene Zeit.

Dannyboy machte Jax ganz vorsichtig den Hof, wie jemand, der einen Schmetterling fangen möchte, ohne ihn zu verletzen. Vielleicht auch wie jemand, der eine Wespe fangen möchte, ohne gestochen zu werden. Wie auch immer, er war sehr vorsichtig. Er ließ sich Zeit.

Er beobachtete sie heimlich, das Mißtrauen in ihren Augen schmerzte ihn. Manchmal, wenn sie schlief, schlich er in das Zimmer und setzte sich neben das Bett. Im Schlaf war ihr Gesicht entspannt. Das ungleichmäßig geschnittene Haar ringelte sich um ihre Wangen; ihr Gesichtsausdruck war ernst und schwermütig. Ihre Hände hielten die Decke, sie waren so schmal. Bei den merkwürdigsten Gelegenheiten während des Tags – beim Fischen, beim Auslegen einer Schlinge für Kaninchen, oder beim Durchstöbern eines Ladens nach blauer Farbe – überraschte er sich, wie er an diese Hände dachte. Diese kleinen Hände, die von der Arbeit, vom harten Leben rauh geworden waren.

Abends bereitete er das Essen, sie saßen zusammen auf dem Dach und beobachteten den Sonnenuntergang. Sie sprach nur wenig. Sie antwortete, wenn er etwas fragte, doch antwortete sie sehr kurz und sachlich.

»Was hast du heute gemacht?« fragte er.

»Bin spazierengegangen«, sagte sie.

»Wohin denn?«

Sie nickte kurz nach Westen, sagte aber nichts mehr.

Er bot ihr an, ihr die Stadt zu zeigen, doch sie lehnte mit heftigem Kopfschütteln ab. Er wartete einen Tag, bis er es erneut vorschlug. Ihr Blick wurde mißtrauisch, und sie schien sich in sich selbst zurückzuziehen. Vorsichtig und argwöhnisch wie eine Katze, die sich zum Sprung oder zur Flucht zusammenkauert. Er machte seinen Vorschlag kein drittes Mal.

Es lag ihr nichts an belanglosem Plaudern; Schweigen schien ihr kein Unbehagen zu verursachen. Meistens hatte er dann das Bedürfnis, das Schweigen zu brechen. Dann plapperte er darauflos, erzählte von seinem Leben, seinen Plänen, seinen Träumen. Ihr Schweigen ließ ihn immerzu fortfahren, eine Leere, die erfüllt werden mußte. Er erzählte ihr von Emerald; er erzählte, was er über seine Eltern wußte, wie es war, in der Stadt aufzuwachsen.

Er brachte ihr Geschenke: einen Strauß exotischer Blumen, die er in den Ruinen des Gewächshauses im Golden-Gate-Park gepflückt hatte, einen chinesischen Sonnenschirm aus Papier, der mit fliegenden Reihern bemalt war, einen Plastik-Gorilla zum Aufziehen, der beim Gehen Funken spie. Sie nahm alle Geschenke höflich an, aber es verwirrte sie, als konnte sie nicht verstehen, was er damit bezweckte.

Tagsüber ließ er sie allein und widmete sich seiner Arbeit an der Golden-Gate-Brücke. So auch an einem nebligen Nachmittag, einige Wochen nach Jax' Ankunft in der Stadt. Er war dort und wartete auf Mercedes und *Schlange*.

Immer mehr Nebel kam heran. Im Westen sah er eine geschlossene Nebelbank, die langsam zur Stadt heranrollte. Einige Nebelfinger schoben sich träge an die Drahtseile der Brücke heran. Im Osten konnte man noch die Insel Alcatraz und die Hochhäuser des Zentrums sehen, doch er wußte, daß der Nebel in einigen Stunden alles unter sich begraben haben würde. Irgendwo unter der Brücke bellte ein Seelöwe.

Er bummelte auf der Brücke hin und her und genoß den Anblick dessen, was bisher geschaffen worden war. Dannyboy hatte nicht versucht, irgendeinem der beteiligten Maler Vorschriften über den Stil seiner Arbeit zu machen. Er besorgte nur das Material und wies jedem seinen Abschnitt zu. Dann war es die Sache jedes einzelnen Malers.

Einige von ihnen bevorzugten die ausgedehnten Flächen auf den riesigen Tragseilen und den unteren Teilen der Tragpfeiler. Andere betrachteten es als Herausforderung, aus Elementen mit kleinsten Flächen, wie etwa den Fußgängergeländern, etwas zu gestalten.

Eines von Dannyboys Lieblingswerken war die liegende Nackte, die auf die dünnen Pfosten des Geländers gemalt war. Fast von überall sah man nur blaue Muster auf hellblauem Hintergrund, die ganz zufällig wirkten. Nur von einer bestimmten Stelle aus fügten sich die einzelnen Farbtupfen plötzlich zu einem Bild zusammen; das Auge fügte die Zwischenräume zusammen, und so entstand die Nackte.

Dannyboy lächelte, als er einen Abschnitt des Geländers

passierte, der mit Fußabdrücken verziert war. Ein tanzender Maler hatte das Geländer türkis gestrichen, dann seine Füße in dunkelblaue Farbe getaucht und war über das Geländer balanciert, um seine Fußspuren auf gut zwanzig Metern zu hinterlassen.

Dannyboy blickte die Brücke entlang hinüber auf die Hügel von Marin und dachte nach, was für eine gewaltige und undurchführbare Aufgabe er sich da gestellt hatte. Die unteren Partien der beiden Tragpfeiler waren blau, das übrige samt den Drahtseilen war noch orange wie früher. Bevor Jax angekommen war, hatte ihn die Endlosigkeit dieser Arbeit kaum gekümmert. Aber neuerdings fragte er sich, was passierte, wenn Vierstern und seine Armee aufkreuzen würde, bevor er fertig war? An eine so erzwungene Unterbrechung seiner Arbeit hatte er nicht gedacht; es war auch nicht möglich, nun rasch zu einem Ende zu kommen.

In der Ferne hörte er das Geräusch des Motorrads von Schlange. Wie immer wenn Schlange auftauchte, gab es einen dramatischen Auftritt. Mit unverminderter Geschwindigkeit sauste er durch die offene Mautschranke, drehte sich schlitternd einmal um sich selbst, bevor er quietschend zum Stehen kam. Er stellte den Motor ab und schwang sich von der Maschine. »He, Dannyboy«, rief er, »wie geht's?« Seine Lederkleidung knarrte leise, als er herankam.

»Nicht übel«, sagte Dannyboy und zeigte mit der Hand auf den nahen Pfeiler. »Schau ihn dir an. Immer noch Lust, das anzupacken?«

Schlange blickte an dem Pfeiler hoch, dessen Spitze nun schon im Nebel verborgen war. »Sicher, Mann. Warum nicht? Ich habe ein Dutzend Typen aufgegabelt, die mir helfen werden. Einer war Bergsteiger. Wir haben Seile aufgetrieben und haben geübt. Neuerdings gehe ich die Wände hoch wie nichts. Hab' schon überlegt, ob ich meinen Namen nicht in Spinne umändern soll.«

Dannyboy grinste bei so viel Schneid. »Also gut, warum fängst du nicht gleich an?«

Zusammen gingen sie zum Pfeiler, wo Dannyboy seine Ausrüstung verstaut hatte. Schlange arbeitete ausschließlich mit Farbspray, was die Auswahl an Farben einschränkte. Aber nach einigem Hin und Her einigten sie sich auf drei blaue Farbtöne, von denen Dannyboy einen reichlichen Vorrat hatte. Sie gingen wieder zurück zum Mauthäuschen, als Schlange die unvermeidliche Frage stellte, die Dannyboy erwartet hatte. »Also, sag mal, wen hast du denn beschwatzt, den anderen Pfeiler zu bemalen?«

Dannyboy atmete tief ein. »Gibt es denn noch jemanden, der sich das traut?«

Schlange schüttelte den Kopf und ging unbeirrt weiter. »Kenne niemanden, auf die schnelle ... außer ...« Er blieb stehen und schaute Dannyboy an. »Du willst doch nicht sagen, daß du Mercedes und ihre *cholos* ran läßt!«

Dannyboy nickte. »Aber ja.«

»O Mann, bist du übergeschnappt? Sie werden alles verderben. Das kann nicht dein Ernst sein!«

Schon viele Jahre dauerte der Streit zwischen den Neuen Mayas, deren Anführerin Mercedes war, und den anderen Graffitimalern der Stadt. Mercedes hatte einmal aus religiösen Gründen eine Wandmalerei von Schlange überpinselt. Als sie sich vor der Bürgerversammlung verantworten sollte, entschuldigte sie sich für ihre Tat, behauptete aber, daß es unbedingt notwendig gewesen war. Die Mauer befand sich exakt im geographischen Zentrum der Stadt, ein Ort, der von religiöser Bedeutung sei. Schlange hegte seither einen Groll gegen Mercedes.

»Es ist mein Ernst«, sagte Dannyboy. Er wußte, daß Schlange es übelnehmen würde, doch sah er nicht, wie es zu vermeiden gewesen wäre. »Ich glaube schon, daß sie ordentlich arbeiten werden.«

»Vergiß es«, sagte Schlange. »Wir können unmöglich mit denen zusammenarbeiten.«

Sie waren bei seinem Motorrad angekommen. »Das ist schade«, sagte Dannyboy. »Ich hatte geglaubt, daß der Pfeiler eine wichtige Rolle in deinem Werk spielen würde. Jeder Händler, der in die Stadt kommt, würde ihn sehen.«

»Nun hör auf, mir kannst du nicht schmeicheln, Mann. Ich weiß, daß du ohne uns die Brücke nicht zu Ende kriegst.«

»Ich könnte ja Mercedes fragen, ob sie beide Pfeiler übernimmt.«

Schlange wandte sich ab und ging zum Geländer. Dannyboy folgte ihm, er sagte nichts.

»Du würdest es tun«, sagte Schlange nach einiger Zeit.

Dannyboy blickte hinunter aufs Meer, wo große Wellen gegen die Mauer von Fort Point krachten. »Ich möchte es nicht. Aber ich denke, ich könnte es tun.«

Schlange schüttelte angewidert den Kopf.

»Betrachte es doch als einen Versuch – wenn Vierstern kommt, dann müßt ihr wohl oder übel mit Mercedes zusammenarbeiten, um ihn zu verjagen.«

»Hast du heute noch mehr Tröstliches auf Lager?« Schlange spuckte über das Geländer und drehte sich zu Dannyboy um. »Vielleicht kann ich es in die Reihe bringen. Ich muß mit den anderen reden.«

»Gut.« Dannyboy wußte, daß die anderen tun würden, was Schlange vorschlug.

»Du machst einen großen Fehler, aber du wirst es ja selber sehen, wenn alles fertig ist.«

»Vielleicht.«

Schlange fuhr mit aufheulendem Motor davon, gerade als Mercedes auf ihrem Pferd herankam. Er gab ziemlich viel Gas, als er an ihr vorbeifuhr, um das Tier zu erschrekken.

»Immer noch das gleiche Arschloch«, sagte Mercedes zu Dannyboy, als sie abstieg.

»Na ja, aber wir brauchen ihn für die Brücke.«

Sie schüttelte den Kopf und band das Pferd an die Mautschranke. Zusammen gingen sie zum nächsten Pfeiler. Mercedes schaute sich um.

»Es wird phantastisch sein, wenn es fertig ist«, sagte sie. »Ich wüßte nur gerne, ob du noch genug Zeit hast, bevor Vierstern kommt?«

Dannyboy schaute sie überrascht an. »Was macht dich so sicher, daß er kommt? Neulich bei der Versammlung schienst du nicht sehr überzeugt.«

»Habe meine Meinung geändert«, sagte Mercedes. »Ich glaube jetzt, daß wir diesem Mädchen vertrauen können.«

»Natürlich können wir ihr vertrauen«, nahm Dannyboy Jax ohne Zögern in Schutz.

»Ach so«, sagte Mercedes und lächelte ihn an. »So ist das!«

»Was meinst du?« Er spürte die Röte in seinem Gesicht und schaute zur Seite.

Sie legte tröstend ihren Arm um seine Schulter. »Hast du dich verliebt in das wilde Mädchen?«

Er schwieg, aber sein Gesicht brannte.

»Ach, Dannyboy, deine Ohren verraten alles. Sie sind so rot wie der Sonnenuntergang. Du kannst es genausogut sagen.«

Er schaute noch immer zur Seite. »Ich weiß es nicht.«

»Da ist doch nichts Unrechtes daran, verliebt zu sein, *chico*. Aber wenn du verliebt bist, warum bist du dann so unglücklich? Komm – sag es mir.« Sie führte ihn bis zum Pfeiler. Sie setzten sich auf die Platten aus Beton und lehnten sich an das Metallgerüst. Sie schlugen die Beine übereinander. »Erzähl es mir«, sagte sie.

Er erzählte, was ihn bedrückte. Er wußte überhaupt nicht, was Jax von ihm dachte. Er brachte ihr Geschenke, doch wußte man nicht, ob sie die Dinge mochte. Er wachte mitten in der Nacht auf und schlich auf Zehenspitzen in ihr Zimmer, um zu sehen, ob sie nicht ohne jedes Wort gegangen war. Mercedes hörte geduldig zu.

»Du hast Angst, daß sie gehen wird, und versuchst, sie

zu halten«, sagte Mercedes schließlich. »Am liebsten würdest du sie einschließen, damit sie nicht weglaufen kann.«

Dannyboy protestierte nur schwach. »Das ist doch dummes Zeug, ich will sie nicht einsperren. Ich möchte nur nicht, daß ihr etwas passiert, wenn sie so alleine herumzieht. Wie leicht könnte sie sich verirren.« Aber es klang nicht sehr überzeugend, was er sagte. In der Nacht zuvor hatte er sich bei dem Wunsch ertappt, sie hätte sich ein Bein gebrochen, nicht das Schlüsselbein. Dann müßte sie an Ort und Stelle bleiben.

Mercedes nickte. »Genau«, sagte sie, »sie würde vielleicht nicht zurückkommen.«

»Das habe ich nicht gesagt.«

»Aber das ist das, was du gemeint hast.« Mercedes berührte sein Bein. »Mach dir nichts vor. Als einzige Möglichkeit, mit ihr auszukommen, mußt du sie gehen lassen.«

Dannyboy schüttelte den Kopf. »Wie kann ich sie gehen lassen, wenn ich sie nicht einmal habe?«

»Hilf ihr dabei, dahin zu kommen, wohin sie möchte. Gib ihr, was sie braucht.«

Am nächsten Tag gab Dannyboy ihr ein Fahrrad. Ein stabiles, blaues Rad mit Zehngangschaltung aus einem Laden in der Haight Street. Jax war nicht da, als er nach Hause kam. Er verbrachte fast den ganzen Nachmittag damit, es zu überholen: die Kugellager und die Bremsen zu überprüfen, die Schaltung nachzustellen, neue Reifen aufzuziehen. Als Jax kam, hatte er seine Arbeit beendet. Wie gewöhnlich folgte ihr einer der Affen.

»Es ist für dich«, sagte Dannyboy. »Damit kommst du in der Stadt viel schneller voran. Du kannst fahren, wohin du nur willst.« Es schmerzte ihn, das zu sagen.

Sie war keineswegs begeistert. »Ich kann doch die ganze Stadt zu Fuß erreichen«, sagte sie.

Ihr Zögern verwirrte ihn. Nachdem er diesen Plan begonnen hatte, war er entschlossen, ihn auch zu Ende zu bringen. »Mit dem Fahrrad ist man schneller als zu Fuß. Du kannst mit dem Rad in ein paar Stunden von einem Ende der Stadt zum anderen fahren.«

Sie schaute das Rad an und leckte sich die Lippen. Aber sie schwieg.

»Ich werde den Sitz auf deine Höhe einstellen, dann kannst du gleich losfahren.«

Sie zögerte, sie sah sehr ärgerlich aus.

»Was ist denn los?« fragte er scharf. Er wußte nicht mehr, woran er war, und die Verwirrung schmerzte sehr. Und sie tat nichts, um ihm zu helfen.

»Ich weiß nicht, wie man es fährt«, sagte sie schließlich. Er erriet, daß sie nicht eingestehen wollte, daß sie nicht Fahrrad fahren konnte. Sie stand steif da, ihre Hand lag am Griff des Messers. »Ich werde es dir zeigen«, sagte er vorsichtig. »Es ist nicht schwierig. Komm, setz dich auf den Sattel, damit ich die Höhe einstellen kann.«

Dannyboy hielt das Fahrrad, während sie sich widerwillig daraufsetzte. Ihre Füße reichten nicht ganz zu den Pedalen, er ließ sie wieder absteigen und stellte den Sitz tiefer. »Hier, probier einmal.«

Er zeigte ihr, wie man den Lenker hielt und das Rad neben sich herschob, wenn man ging. Er selbst nahm sein eigenes Rad und führte sie zu einem Straßenstück, wo es weniger Schlaglöcher gab. Nur ein Toyota mit schon verblassendem braunen Lack stand verlassen auf der Mitte der Straße. Der Affe folgte und fand ein neues Plätzchen auf einer niedrigen Mauer, die einmal die Einfassung eines Pflanzentroges gewesen war. Dort suchte er die kräftigen Gräser, die darin Wurzeln geschlagen hatten, nach eßbaren Trieben ab.

Zuerst machte Dannyboy ihr vor, wie man Rad fuhr. Er stieg auf und ließ sich das leichte Gefälle entlangrollen. Mit einem weiten Bogen machte er kehrt, mußte nun die Pedale treten und kam zurück. »Es ist nicht schwer«, sagte er, während er ihr Rad hielt, damit sie aufsteigen konnte. »Ich habe den vierten Gang eingelegt. Am besten läßt du die

Schaltung einmal ganz beiseite. Setz dich auf den Sattel und stell die Füße auf die Pedale, ich werde dich halten.«

Zögernd nahm sie die Füße vom Boden und setzte sie auf die Pedale.

»Du mußt nur die Balance halten«, sagte er. »Wenn du treten willst, versuche es, aber nicht so kräftig.«

Er gab ihr einen Schubs und lief nebenher; mit der Hand am Sattel versuchte er, sie zu stützen. Der Affe im Hintergrund kreischte und schnatterte. Jezebel rannte mit wütendem Gebell neben ihnen her. Jax trat einige Male, Dannyboy konnte nicht mehr mithalten und ließ den Sattel los.

Kurze Zeit konnte Jax den geraden Kurs halten – ein sanftes Dahingleiten, so schwungvoll wie ein Pfeil und so elegant wie eine Statue. Ihre Arme reckten sich nach dem Lenker, der Kopf war hocherhoben, daß die Haare im Wind wehten. Solange er noch Schritt hielt, hatte Dannyboy sehen können, daß ein Lächeln sich über ihr Gesicht ausbreitete – ein Ausdruck wilder Begeisterung, wie er ihn noch nie an ihr gesehen hatte.

Dann fuhr das Vorderrad in ein Schlagloch, das Rad samt Fahrerin schwenkte herum und prallte in voller Fahrt auf das Heck des Toyota.

Dannyboy rannte herbei. »Alles in Ordnung? Vielleicht hättest du das noch nicht versuchen sollen, vielleicht ...«

Ihr linker Ellbogen blutete; sie hatte ihn auf dem Asphalt aufgeschürft. Aber sie grinste ihn an, während sie sich aus dem Fahrrad wand. »Es ist wie fliegen«, sagte sie, »warum hast du mir nicht gesagt, daß es wie fliegen ist?« Sie wartete nicht auf Antwort. »Man fühlt sich wie ein Sperber, spürt den Wind und läßt sich tragen.« Sie strich mit der Hand durch die Luft, um es zu demonstrieren. »Das hast du mir nicht gesagt.«

Für einen Augenblick war er sprachlos. Noch nie hatte sie so viele Wörter auf einmal gesagt. So wie jetzt hatte sie ihn auch noch nie angelächelt.

»Ich möchte es noch einmal versuchen«, sagte sie.

Wieder und wieder schob er sie an. Jedesmal kam sie ein Stück weiter, bevor sie stürzte. Er rief ihr seine Ratschläge zu, die immer ein wenig zu spät kamen. »Nicht so krumm sitzen!« und »Nicht so fest treten!« und »Auf die andere Seite legen – nein, die ANDERE!«

Manchmal schaffte sie es, um den Toyota herumzulenken. Dann gelang es ihr aber nicht mehr, sich aufzurichten; sie legte sich immer tiefer in die Kurve, bis sie fiel. Bei jedem Sturz gab es eine neue Schramme oder einen blauen Fleck, aber sie gab nicht auf. »Vielleicht sollten wir ein wenig ausruhen«, schlug Dannyboy vor. Sie schüttelte entschlossen den Kopf und machte weiter.

Als es schließlich schon recht spät geworden war, konnte sie sicher an dem Auto vorbeisteuern und fuhr davon. Das Fahrrad schlingerte gefährlich, wenn sie die Pedale trat, aber sie konnte das Gleichgewicht halten, wurde wieder sicher und fuhr immer schneller.

Jezebel, der es zu langweilig geworden war, immer nur zuzuschauen, rannte hinterher. Dannyboy schwang sich auf sein Rad, um zu folgen. Er traf sie fünf Blocks voraus, als sie das Rad hinkend einen Hügel hinaufschob.

»Da war ein Loch in der Straße«, sagte sie. Sie lächelte noch immer.

»Ist deine Schulter in Ordnung?«

»Ja, sicher.« Sie blickte zur Hügelkuppe hinauf, dann suchte sie seinen Blick. »Wir machen weiter, einverstanden?«

»Einverstanden. Wenn du nicht müde bist.«

Das Lächeln wurde etwas schwächer. »Ich bin nicht müde.«

Eine Weile ging er schweigend neben ihr her. »Bald kannst du in der ganzen Stadt herumfahren«, sagte er dann. »Ich kann dir auch die besten Strecken zeigen. Wenn man schlau ist, kann man die schlimmsten Steigungen umgehen.«

»Warum tust du das?« fragte sie. »Warum hast du mir das Radfahren beigebracht?«

Er zuckte mit den Schultern, es war ihm unbehaglich. Er schaute sie nicht an. Er konnte nicht antworten; er wußte keine Antwort. »Warum sollte ich nicht?« Wieder schwiegen sie. Er spürte, wie sie sich zurückzog, und versuchte ihre Nähe zu bewahren. »Mercedes hat es mir vorgeschlagen.«

»Mir das Fahren beizubringen?«

»Dich gehen zu lassen«, sagte er. »Mit dem Rad kannst du jederzeit von hier weg, wenn du willst. Ich würde nicht versuchen, dich zurückzuhalten.«

Sie schaute ihn an und blickte dann zur Seite. »Wir wollen wieder fahren, komm.« Sie radelte davon, daß es zum Fürchten aussah. Aber sie blieb im Gleichgewicht. Bis zur nächsten Kreuzung blieb Dannyboy hinter ihr, dann zog er gleich. Sie erreichten eine Anhöhe, wo sie hielt und die lange gerade Abfahrt betrachtete, die vor ihnen lag.

»Ach, laß uns fahren«, sagte sie atemlos und war schon weg. Ein jubelnder Schrei war zu hören; Dannyboy folgte. Zuletzt kam Jezebel gerannt.

Jax führte sie durch den Distrikt Richmond. Von dort ging es dann sanft abwärts. Sie trat die Pedale; mitunter rief sie ihm zu, daß er doch folgen solle. Er schrie zurück, machte sie hier und dort auf etwas aufmerksam, nannte Namen: Golden-Gate-Park, die Universität, die Kirche St. Monica.

Als sie die 48. Avenue kreuzten, verlangsamte sie, blieb dann abrupt stehen, ohne abzusteigen. Er kam heran und hielt neben ihr. Vor ihnen krachten die Wellen gegen den Strand von Ocean Beach.

»Was hast du?« sagte er. »Warum fährst du nicht weiter?«

»Was ist das?« Sie schaute ihn an, die Augen weit vor Staunen und Schreck. »All das Wasser, ich kann das andere Ufer nicht sehen!«

»Das ist das Meer«, sagte er. »Das andere Ufer ist Hunderte von Meilen entfernt.«

Sie starrte ihn an. »Hunderte von Meilen?« Ungläubig schüttelte sie den Kopf.

»Es ist so«, beharrte er. »Buch hat es mir gesagt. Komm jetzt.«

Er fuhr bis zum Ende der Straße voraus. Feiner weißer Sand hatte die Autobahn zugeweht, die über die ganze Länge dem Strand entlanglief. Wo der Sand anfing, stieg Dannyboy ab und schob das Rad bis zur Uferbefestigung. Als er zurückblickte, sah er sie nachkommen; noch immer starrte sie zum Horizont.

Er lehnte das Rad gegen den Betonwall und setzte sich darauf, um seine Tennisschuhe auszuziehen. »Zieh sie am besten aus«, sagte er, »sonst wirst du Sand in die Schuhe kriegen.« Er schwang seine Beine über den Wall und sprang hinunter auf den Strand. Er rannte auf die heranstürzenden Wellen zu und hielt erst inne, als eine Wasserzunge das Ufer überspülte und seine Knöchel benetzte. Jezebel plantschte neben ihm im Wasser, schnappte nach der Welle, bellte ärgerlich über den Salzgeschmack. Das Wasser war kalt; er spürte den Sog der zurückweichenden Welle im Sand unter seinen Füßen. Er schaute nach hinten.

Jax stand an der Grenze zwischen trockenem und nassem Sand. Als eine neue Welle herankam, trat sie einen Schritt zurück.

»Probier mal«, sagte er und schöpfte eine Handvoll Wasser. Bei der nächsten Welle folgte sie seinem Beispiel; sie spuckte es aus und verzog das Gesicht.

»Das ist verdorben«, sagte sie.

»Es ist nur Salz.«

Sie schüttelte den Kopf, wagte sich nicht näher heran. Er ging aus dem Wasser und trat neben sie. Sie war ganz still, wieder war die Anspannung in ihrem Gesicht. Aber es war eine andere Anspannung als sonst. Es war Staunen und Ehrfurcht. Sie vergaß völlig, Dannyboy auf Distanz zu halten; so sehr beeindruckte sie das Meer. Ihre Augen suchten nach dem fernen Horizont, versuchten die ferne Küste zu erkennen.

»Es geht immer so weiter«, sagte Dannyboy leise. »Einmal ist Mario einen ganzen Tag lang geradeaus gesegelt. Er sagte, er hätte nichts gesehen als Wasser, immer nur Wasser.« Sie antwortete nicht. »Komm, laß uns den Strand entlang gehen.«

Er nahm ihre Hand, sie sträubte sich nicht und ließ sich führen. Es war Flut, und jede neue Welle schwappte ein wenig höher über den Sand.

»Schau.« Sie standen vor einer Burg aus Sand, die mit viel Sorgfalt erbaut worden war. Banner aus Seetang wehten von den Zinnen der Türme. Ein breiter Wall aus Sand verband die Türme und trennte den Burghof vom übrigen Strand.

Jax kniete in den Sand, um die Burg besser betrachten zu können. »Das ist schön«, sagte sie. Winzige Soldaten, aus Seegras geflochten, standen auf den Mauern neben einer Kanone aus einem Stück Treibholz. Eine Welle überspülte den Burggraben und drang über eine Treibholzbrücke bis durch das Tor.

Dannyboy sah ihr zu, wie sie die Burg bewunderte. Die untergehende Sonne warf rotes Licht über eine Hälfte ihres Gesichts, die andere lag im Schatten. Sie hatte die Hände locker gefaltet. »Die Wellen werden sie wegspülen«, sagte sie.

Dannyboy setzte sich neben sie in den Sand. »Das klingt traurig.«

Sie schüttelte den Kopf; es war eine automatische und nicht ernstzunehmende Abwehr. »Es ist so schön. Warum baut man etwas so Schönes hierher, wo es zerstört wird? Wenn wir nicht vorbeigekommen wären, hätte niemand es je bewundert.«

»Manchmal macht man eben Dinge, die vergänglich sind, nur aus Freude am Schaffen«, sagte Dannyboy. Er sah zu, wie eine Welle ein Stück der Burgmauer herausspülte. »Man tut es für sich selber, für niemanden sonst. Wenn man etwas Schönes erschafft, dann verändert das einen. Du gibst etwas von dir her und läßt es in diesem Werk. Man ist einfach nicht mehr dieselbe Person, wenn man fertig ist.« Die nächste Welle kam heran und trug noch ein Stückchen von der Burgmauer weg.

»Ist das der Grund, warum du die Brücke bemalen willst?«

»Es ist einer der Gründe, denke ich.«

»Was gibt es sonst noch für einen Grund?«

»Während man sich selbst ändert, ändert man auch die Welt. Man macht sie sich selbst ähnlicher.«

Sie saßen schweigend da, während die Wellen den am weitesten meerwärts gelegenen Turm unterspülten. Als er einstürzte, stand Jax auf. »Ich will nicht dabei zusehen.«

Er ging neben ihr, als sie zurückgingen. Sie waren schon fast bei den Fahrrädern, als sie stehen blieb und an ihm vorbei nach Westen blickte. »Die Sonne«, sagte sie mit erstickter Stimme. Die rote Scheibe wurde immer breiter, flachte erst ab und schien am Horizont auseinanderzufließen.

»Ja«, sagte er, »das ist hier immer so.«

»Sie versinkt im Wasser«, sagte sie, und man hörte die Angst in ihrer Stimme.

»Das ist jeden Abend so«, sagte er, »kein Grund zur Panik.« Er legte ihr beruhigend die Hand auf die Schulter und spürte, daß sie zitterte. »Wirklich«, versuchte er es noch einmal, »glaub mir. Ich habe es schon öfter gesehen.«

Darauf legte er seine Arme um sie, und noch während er es tat, war er überrascht, daß sie es zuließ. Sanft strich er über ihr Haar und redete behutsam auf sie ein, um den Zauber nicht zu brechen. »Buch hat mir gesagt, daß die Sonne Millionen von Meilen entfernt ist. Sie schwebt nicht irgendwo über dem Meer. Deshalb sieht es auch nur so aus, als ob sie versinkt. Hab keine Angst!«

Sie fühlte sich in seinen Armen noch viel zierlicher an, die Schultern so schmal und zerbrechlich. Er spürte ihren Herzschlag und hörte ihren Atem an seiner Wange. In ihren Augen spiegelte sich der Sonnenuntergang.

»Du hast es schon öfter gesehen?« fragte sie und ließ die Sonne nicht aus den Augen.

»Viele Male.«

Ein wenig beruhigte sie sich; er fühlte, wie die Anspannung ihrer Schultern nachließ. Als die Sonne verschwunden war, schaute sie ihn an. Sie zögerte einen Augenblick. Er unterdrückte den Wunsch, sie fester an sich zu drücken. Sie hob eine Hand und strich wie beiläufig über seine Wange, ganz kurz nur, und es war schon zu Ende, bevor sie richtig damit begonnen hatte. Dann schob sie sich aus seinen Armen.

»Wir sollten besser nach Hause fahren«, sagte sie. »Es ist eine weite Strecke.«

Die ganze Fahrt über dachte er nichts anderes als an das Gefühl, die Wärme ihres Körpers zu spüren.

12

Schlange lag auf seinem Bett, einen Arm unter den Kopf gelegt. Er schaute zu, wie Lily ihr Haar löste. Die Fenster des alten Hauses im viktorianischen Stil waren geöffnet, und der Abendwind trug den Duft von nassem Pflaster und frischem Grün herein.

Lily war groß und schlank. Durch das dünne T-Shirt konnte er das Spiel ihrer Muskeln sehen; gelegentlich zeichnete sich unter dem dünnen Stoff einer der kräftigeren Farbflecke der Tätowierung ab – eine Weinranke, das dunkle Rot einer Rose.

Lily ließ mit einem Kopfschütteln das Haar auseinandergleiten; dann kämmte sie mit den Fingern die lockigen Strähnen. Sie legte sich aufs Bett, stützte sich auf den Ellbogen und blickte auf Schlange hinunter. Er nahm spielerisch eine Locke, wickelte sie um den Finger und bewunderte das kupferrote Schimmern. Als sie etwas näher kam, küßte er vorsichtig ihre Lippen. Sie entzog sich ihm und musterte sein Gesicht.

»Du wirkst so zerstreut«, sagte sie. »Was ist los?«

Er zuckte mit den Achseln. »Ich weiß nicht, was du willst.«

»Ich meine, daß ich noch nie so lange in deinem Bett die Kleider anbehalten habe. Also, was ist?«

Er fuhr mit der Hand über ihren Rücken und versuchte dann, sie zum nächsten Kuß an sich zu ziehen. Sie sträubte sich. »Zu spät, um mir etwas vorzumachen«, sagte sie. »Also, was brütest du aus?«

Er wandte die Augen ab und sah zur Decke. Sie schliefen jetzt schon ein Jahr miteinander. Ihre Beziehung war zwanglos und spielerisch, und jeder der beiden vermied es bewußt, mehr daraus zu machen. Schlange mochte Lily. Wenn sie in einer wirklich dunklen Nacht nicht bei ihm war, dachte er sogar, daß er sie vielleicht liebte. Aber bei diesem Gedanken erschrak er regelmäßig. Sie war doch zu verschieden von ihm. Damals, vor der Seuche, war er eines von den Straßenkindern gewesen, die sich in Haight herumtrieben. Und sie hatte das College absolviert und danach in einem dieser Bürohochhäuser gearbeitet.

Über Liebe hatte er mit Lily noch nie geredet. Liebe, das gehörte nicht zu den Gefühlen, über die er so reden konnte. Deshalb streckte er wieder den Arm und streichelte ihren Rücken, eine vorsichtige Beschwichtigung.

»Also, was macht dir Sorgen?« fragte sie wieder.

»Ich habe draußen auf der Brücke mit Dannyboy geredet. Er glaubt wirklich, daß Vierstern die Stadt erobern will.«

»Die reisenden Händler warnen uns schon seit Jahren vor Vierstern. Du hast das auf der Versammlung selbst gesagt. Das kann also nicht der ganze Grund sein. Was sonst hast du noch erfahren?« Sie strich mit der Hand über die rasierte Hälfte seines Kopfes, rieb leicht die glatte Haut.

Es machte ihn nervös, daß sie ihn so leicht durchschaute. Er wollte ihr nicht sagen, daß er wirklich beunruhigt war. Manchmal fürchtete er, daß sie sogar wußte, daß er sich fragte, ob er sie liebe.

»Gestern abend war ich beim Kezar-Stadion. Dort ist eine Mauer, die unbedingt bemalt werden muß, deshalb habe ich angehalten, um sie mir anzuschauen. Der Mond stand hoch, und ich konnte meinen Schatten im Mondlicht sehen, als ich an der Mauer entlangging.« Er fuhr sich mit der Zunge über die Lippen. »Und dann habe ich gesehen, daß mein Schatten nicht allein war; da war der Schatten eines Mannes davor und einer dahinter. Die ganze Mauer war voll von Schatten, die alle Gewehre trugen und neben mir gingen, auf allen Seiten, als befänden wir uns in einer gottverdammten Parade.« Er schüttelte den Kopf. »Ich war allein, bis auf diese Schatten, die alle Soldaten waren.«

Während er diese Geschichte erzählte, bekam er Angst. Gestern noch hatte er die Schatten ganz gelassen beobachtet. Wenn man in der Stadt lebte, war man mit solchen Dingen vertraut. Aber im nachhinein erkannte er die Bedrohung, auf die die Erscheinung hinwies. »Es kommen schlimme Zeiten. Vierstern ist im Anmarsch.«

Die Muskeln seiner Schultern waren verkrampft, sein Magen schnürte sich in nervöser Erwartung zusammen. Er hatte viele Jahre nicht mehr gekämpft. Wenn er an seine Zeit in der Kinderbande zurückdachte, erinnerte er sich an die heftige Erregung des Kampfes, an die Spannung und die Furcht.

Er erinnerte sich noch genau an einen Augenblick während seines letzten Kampfes, als die Welt um ihn zu gläserner Klarheit gefror; es geschah, kurz bevor die Seuche die Streitereien um Bandenreviere überflüssig machte. Der andere Junge, ein Chicano, hatte nach seinem Gesicht ausgeholt, er sah das Messer aufblitzen und warf sich zur Seite. Die Luft um ihn herum flimmerte, die Zeit stand still. Dann hatte er mit seinem Messer zugestoßen und den Jungen im Bauch getroffen. Er zog das Messer gegen die Rippen hinauf. Er spürte warmes Blut auf seiner Hand und trat zurück. Der Junge fiel nach vorne, Schlange rannte davon.

Das Klingen in seinen Ohren war so laut, lauter als die Sirenen in der Ferne. Während er rannte, berührte er sein Ohr und bemerkte, daß es blutete. Seine Lederjacke war blutgetränkt, es war sein Blut und das des Chicanos.

Schatten huschten hinter ihm her, als er in eine Gasse bog; er drehte sich um und schwang das blutverschmierte Messer. »Sachte, Mann, immer mit der Ruhe!« sagte jemand. Es waren seine eigenen Freunde – aber er erkannte sie kaum. Die Gesichter sahen im Mondlicht völlig verändert aus. »Reg dich ab.« Sie halfen ihm; sie stillten das Blut aus dem zerschnittenen Ohr, warfen das Messer weg und brachten ihn in die Wohnung, die er mit acht anderen teilte. Sie behandelten ihn mit der Hochachtung, die einem Killer gebührte.

Innerhalb einer Woche waren sie alle an der Seuche gestorben. Innerhalb weniger Wochen kümmerte sich niemand mehr darum, ob Haight das Revier seiner Bande war. Alle waren tot. Der tote Chicano-Junge ging unter in einem Meer von Toten. Aber er erinnerte sich noch, wie er das Blut von den Händen gewaschen und sich gefragt hatte, wieviel davon seines war.

»Warum können sie uns nicht in Ruhe lassen?« knurrte er.

Lily zuckte mit den Schultern. »Weil wir anders sind als sie«, sagte sie. »Ist das nicht immer der Grund, wenn die Menschen sich bekriegen?« Sie war wunderschön, wie sie dalag, mit dem letzten Licht des Tages auf ihrem Gesicht.

»Es ist ein Kampf um ein Revier. Ich dachte, ich wäre zu alt für solche Dinge.« Er starrte an die Decke. »Ich werde mit einigen Leuten darüber reden müssen. Wir müssen uns überlegen, was wir tun werden.«

Sie beugte sich herunter und küßte ihn. »Später«, sagte sie. »Noch sind sie nicht da. Wir haben noch ein bißchen Zeit.«

Jax war es unangenehm, daß Dannyboy ihr den Hof machte. Sie wußte nicht, was sie davon halten sollte. Manchmal bemerkte sie, daß er sie beobachtete, mit so intensivem Blick, daß sie es wie eine Berührung spürte. Gab sie seinen Blick zurück, dann wich er aus, als hätte er ganz zufällig in ihre Richtung geschaut.

Sie war aufgeklärt. Ihre Mutter hatte ihr erklärt, wie Männer und Frauen sich körperlich liebten. Aber dieses mehr biologische Wissen half ihr nicht, zu verstehen, warum sie diese Spannung fühlte, wenn Dannyboy sie am Arm berührte.

Trafen sich ihre Augen zufällig, dann schaute sie rasch zur Seite, verwirrt und unsicher. Sie hatte Angst. Sie hatte nicht oft Angst, aber vor ihm fürchtete sie sich. Vielleicht fürchtete sie auch nur die Verwirrung, die sie überkam, wenn sich ihre Augen trafen. Sie sehnte sich nach etwas, das sie nicht kannte und nicht beschreiben konnte. Sie war ruhelos und unzufrieden.

Immer wenn Dannyboy zur Brücke fuhr, um zu arbeiten, erforschte sie die Stadt auf eigene Faust. Zu Fuß und mit dem Fahrrad zog sie durch die Straßen. So allein in der Stadt war sie nicht recht zufrieden, ihr inneres Gleichgewicht war gestört – da fehlte etwas. Wie ein Steinchen in einem Mosaik, ein Element in einem Puzzle. Hätte sie jemand gefragt, dann hätte sie geantwortet, sie suche nach ihrer Mutter, und das stimmte auch zum Teil. Sie suchte nach etwas, das sie brauchte, um sich wieder als Ganzes zu fühlen, etwas, nach dem sie Sehnsucht hatte.

Manchmal, wenn sie an einem Schaufenster vorbeikam, glaubte sie, aus dem Augenwinkel das Spiegelbild ihrer Mutter zu sehen. Doch beim näheren Hinsehen verschwand dieser Schemen. Irgendein Reflex war über das Glas gehuscht, das war alles. Aber sie wußte, daß ihre Mutter hier war.

Manchmal überkam sie unvermittelt das Gefühl – so stark und überraschend wie ein elektrischer Schlag –, daß ihre Mutter genau hier gegangen war, wo sie jetzt ging, oder genau da gestanden hatte, wo sie stand. Auf dieser Bank hier hatte ihre Mutter gesessen, an dieser Ecke hatte sie gewartet, dieses Schaufenster hatte sie betrachtet und die Brosche aus Straß bewundert, die noch immer an der schwarzen Samtstola der Schaufensterpuppe steckte.

Dieses Erlebnis war recht selten, es ließ sich auch nicht aufs neue hervorrufen. Wenn sie versuchte, an den Ort einer solchen Begegnung zurückzukehren, dann fand sie den Weg nicht wieder. Eine gänzlich andere Straße war es dann, mit völlig verschiedenen Läden. Sie suchte ebenso erfolglos nach dem efeuüberwachsenen Haus, wo sie ihren Namen erhalten hatte, nach der dunklen Gasse, wo sie dem Engel gefolgt war. Aber die Straßen verweigerten sich ihr und ließen sie nicht dorthin gelangen. Statt dessen kam sie in immer neue Viertel, die sie noch nie gesehen hatte.

Schließlich überließ sie es der Stadt, ihren Wanderungen ein Ziel zu geben. Sie nahm sich keinen bestimmten Weg mehr vor. Jeden Tag schlug sie eine andere Richtung ein, ohne dann weiter auf den Weg zu achten. Sie ließ sich von der Stadt führen.

Auch so fand sie allerlei, Dinge, nach denen sie nicht gesucht hatte. Hinter dem Pult an der Rezeption eines der Bürohochhäuser fand sie ein Miniaturdorf, gebaut aus kleinen Lehmquadern und Kieselsteinen. Die Hütten waren mit Eukalyptusblättern gedeckt, die schon vor langem ihren intensiven Duft verloren hatten. In einer kleinen Gasse zur Mission Street entdeckte sie eine Mauer, die mit galoppierenden Büffeln und Rotwild bemalt war. Auf einem verwaisten Parkplatz im Süden von Market sah sie einen ganzen Turm aus Glas, errichtet aus kristallenen Türknöpfen, Flaschen aus hellem Glas, Fensterscheiben, Weingläsern und Kristallgeschirr aller Art. Der Boden um den Turm herum war übersät mit Regenbogenmustern, die sich mit dem Lauf der Sonne langsam verschoben.

Manchmal traf sie Leute. An einem kalten Nachmittag,

als eben die Sonne die Wolkendecke durchbrochen hatte, wanderte sie die Haight Street entlang. Nach einem halben Block bemerkte sie Fußspuren auf dem Asphalt, die aufgemalt waren. Es waren zwei verschiedene Spuren, eine in Rosa und eine in Hellblau. Sie betrachtete sie einen Augenblick und wählte die rosafarbene Spur. Sie versuchte, ihr zu folgen, doch war es ein höchst seltsames Gehen: Sie mußte zunächst einen großen Schritt tun, dann zwei kleine, wieder einen großen und so weiter. Und wenn sie den Spuren folgte, drehte sie sich um sich selbst auf ganz bestimmte Weise. Sie blieb stehen und blickte verwirrt auf die farbigen Fußspuren um sich herum.

»Du brauchst einen Partner«, sagte eine Männerstimme.

Sie blickte auf. Schlange stand auf dem Gehweg und schaute ihr zu. Sie erkannte ihn, sie erinnerte sich, daß er damals im Rathaus mit Dannyboy gesprochen hatte. Er trug dieselbe Lederjacke.

»Ich zeige es dir.« Er trat näher und stellte sich auf die blauen Fußspuren. Unwillkürlich griff ihre Hand nach dem Messer im Gürtel. »Nicht doch, wer wird denn gleich böse werden«, sagte er mit leichtem Spott in der Stimme. »Ich werde dir bestimmt nichts tun. Willst du lernen, Walzer zu tanzen oder nicht?«

Sie kam sich albern vor und ließ das Messer los.

»Du mußt dich nur etwas locker machen«, sagte er und legte eine Hand um ihre Hüfte, nahm mit der anderen ihre Hand. »Leg die andere Hand auf meine Schulter. Jetzt laß dich führen und mach bei jedem Zählen einen Schritt. Eins, zwei, drei; eins, zwei drei; eins, zwei drei.«

Sie machte die Schritte im Takt seines Zählens. »Du folgst einfach meiner Bewegung«, sagte er, »darfst dich nicht versteifen.« Der Druck seiner Hand an der Hüfte ließ sie eine Drehung machen, ihre Füße fanden von selbst die aufgemalten Spuren auf dem Asphalt. Das Muster auf der Straße bekam einen Sinn. Schlange hatte aufgehört zu zählen und summte jetzt eine fröhliche Melodie, die denselben Takt hatte.

Sie sagte die Zahlen zwischen den Atemzügen vor sich hin. »Eins, zwei, drei; eins, zwei, drei.« Sie fühlte, daß sie jetzt lächelte, während sie die Straße entlangtanzten; nichts war mehr übrig von ihrem anfänglichen Mißtrauen. »Eins, zwei drei; eins, zwei, drei.«

Er ließ sie los und blieb stehen; sie drehte sich noch einige Tanzschritte weiter. »... zwei, drei; eins, zwei, drei.«

»Du bist nicht mehr auf der Spur«, sagte er.

Sie stoppte und grinste ihn an. »Dann können wir ja noch einige Füße dazumalen.«

»Ich werde es Lily bestellen. Sie hat diese Spuren gemalt und mir gezeigt, wie man Walzer tanzt.«

»Das gefällt mir«, sagte sie.

Er hob eine Augenbraue. »Ich hätte dich nicht für einen Walzer-Typ gehalten.«

»Ich habe es auch noch nie versucht.«

»Ich nehme an, du hattest wenig Gelegenheit, da, wo du herkommst.« Er streckte die Hände in die Taschen und sah an ihr vorbei. »Aber egal ..., wo willst du eigentlich hin?« Sie zeigte die Straße entlang. »Diese Richtung.«

»Suchst du was Bestimmtes?«

»Was immer die Stadt mir zeigen möchte.«

»Was dagegen, wenn ich ein paar Schritte mitkomme? Ich möchte dich wegen diesem Vierstern was fragen.«

Er schlenderte neben ihr her, die Daumen in den Gürtelschlaufen seiner Jeans eingehakt. Er fragte sie nach der Rede von Vierstern, und sie wiederholte alles, an das sie sich erinnern konnte. Er fragte nach Woodland, nach dem Markt, nach den Soldaten. Er nickte, während sie erzählte.

»Weißt du, wie mir das vorkommt? Dieser Vierstern hat Angst vor uns«, sagte er schließlich.

Sie sah ihn an und schüttelte verwundert den Kopf. »Hast du mir überhaupt zugehört? Er klang mir kein bißchen ängstlich.«

»Er hat verdammt viel Angst vor uns.« Die Stiefelabsätze von Schlange hallten auf dem Pflaster und unterstrichen den Rhythmus seines Satzes. »Wir passen nicht in die saubere kleine Welt, die er bauen möchte. Und das gefällt ihm überhaupt nicht.«

Jax überlegte eine Weile. »Warum denn nicht? Ich finde, wir passen sehr gut in die Welt.«

Schlange hörte gar nicht zu. »Ich kenne auch die Zeit vor der Seuche, und ich weiß, daß ich nicht in seine Welt passe. Und du und Dannyboy, ihr seid so weit davon entfernt, daß ihr nicht einmal wißt, daß ihr nicht dazu paßt. Und das macht Leute wie Vierstern ziemlich nervös. Das ist der Grund, warum er uns aus seiner Welt streichen möchte.«

»Er redete ständig von den Vorräten und Reichtümern, die es hier gibt«, fiel ihr noch ein.

»Blödsinn. Das sagt er nur, um die Leute für sich zu gewinnen. Verlaß dich drauf, er möchte uns loswerden, weil wir Rebellen sind, die nirgendwo hineinpassen. Leute wie Vierstern mögen uns nicht.«

Jax runzelte die Stirn. Sie konnte nicht zustimmen, daß Vierstern vor den Menschen in der Stadt Angst haben sollte, aber sie mochte es, daß man sie als zugehörig betrachtete. ›Leute wie wir.‹ Sie hatte noch nie einer Gruppe angehört, war immer auf sich gestellt gewesen.

»So hab' ich es noch nicht gesehen«, sagte sie zögernd. »Ich wußte nicht, daß ich zu dieser Gemeinschaft gehöre.«

Schlange blickte ihr ins Gesicht. »Aber natürlich. Und du paßt zu uns, du bist genauso ein irrer Typ wie wir alle. In der Stadt ist für alle Platz. Natürlich solltest du ein wenig an dir arbeiten.«

Sie hob die Brauen, er verwirrte sie. »Was meinst du?«

Er blieb stehen. Als sie neben ihm innehielt, nahm er sie an den Schultern und drehte sie zu sich herum. Steif blieb sie stehen und starrte ihn erschrocken an.

»Nicht übel«, sagte er. »Sieht sehr ordentlich aus. Aber ein paar Extras könntest du schon brauchen. Komm mit.«

Er ging voraus, die Straße hinunter bis zu einem Drugstore an der Ecke. Die Glastür mußte schon vor Jahren zertrümmert worden sein. Sie traten vorsichtig auf die Scherben. Schlange ging zielstrebig durch den dämmerigen Raum, über umgestürzte Stapel von Kartons und zerbrochenen Gläsern. »Da sind sie ja«, sagte er, als sie vor dem Regal mit Sonnenbrillen ganz hinten im Laden standen. Er nahm eine Handvoll davon. »Das dürfte genügen«, murmelte er. »Komm.«

Draußen auf dem Gehweg setzte er ihr eine der Brillen auf. Durch das verdunkelte Glas sah die Welt dämmerig und kalt aus. »Schau dich an«, sagte er und zeigte zum Schaufenster.

Sie starrte ihr Spiegelbild an. Die verspiegelten Gläser warfen ebenfalls ihr Bild zurück.

»Gefällt's dir?« fragte Schlange.

»Ich weiß nicht.« Sie fand ihr neues Aussehen einerseits attraktiv, andererseits irritierend. Sie sah aus wie eine fremde Person, der sie nicht vertraut hätte.

»Probier es für eine Weile aus. Du wirst dich dran gewöhnen.«

Als Dannyboy an diesem Abend von der Brücke kam, empfing sie ihn mit Sonnenbrille und einer neuen Lederjacke.

13

Spät in der Nacht hörte Maschine das Kratzen von Metall an seinem Fenster. Er nahm die Petroleumlampe von seinem Schreibtisch und stellte sie auf den Fenstersims, so daß das Licht auf die Straße hinausleuchtete.

Durch das schmutzbedeckte Glas konnte er ein Gesicht erkennen, ein ganz besonderes Gesicht mit sichelförmigen Mandibeln und Facettenaugen. Beine aus mehreren Einzelgliedern, die in groben Metallgreifern endeten, hatten den

Fenstersims im Griff und stützten einen rundlichen Metallrumpf. Der Kopf hatte sich zum Fenster erhoben. Der übrige Körper blieb in der Dunkelheit verborgen.

Während Maschine zuschaute, schwenkte der Kopf hin und her. Das Licht der Lampe fiel abwechselnd in jedes der beiden Augen und ließ die Facetten aufblitzen, die aus Fotozellen bestanden. Die Mandibeln klopften gegen die Fensterscheibe.

Es suchte die Sonne – das wußte Maschine. Die Fotozellen wandelten das Sonnenlicht in elektrischen Strom um, der *es* antrieb. Die Petroleumlampe war nur ein schlechter Ersatz dafür, aber das einzige, was es in der dunklen Stadt finden konnte. »Mußt dich gedulden«, sagte er zu ihm. »Es wird bald hell, schlaf jetzt.«

Die Mandibeln kratzten am Fenster. Das Holz des Fenstersims begann unter dem Druck der Greifer zu splittern. Maschine nahm die Lampe vom Sims, blies sie aus und kroch in sein schmales Bett. Er lächelte, als er hörte, wie *es* sich wieder zurückzog, und stellte sich vor, wie *es* nun den Kopf reckte, um wenigstens das schwache Mondlicht einfangen zu können. Tatsächlich hörte er nun die Metallbeine auf dem Asphalt und schlief beruhigt ein.

Das Schalfzimmer von Maschine war einmal das Büro des Besitzers einer Karosseriewerkstatt gewesen. In der Halle daneben baute Maschine seine Metallgeschöpfe, die er dann sich selbst überließ, damit sie durch die Straßen der Stadt streiften. Einige erhielten ihre Antriebsenergie von der Sonne und speicherten den Strom in ganzen Batteriesätzen, die sie in ihrem Bauch mit sich trugen. Träge und langsam badeten sie in der Sonne wie Reptilien. Andere waren mit Windgeneratoren ausgerüstet, die sie mit Strom versorgten. Es gab auch solche mit reinem Batterieantrieb, die während ihres kurzen und unnützen Lebens immer in Eile an den Rinnsteinen entlanghuschten. Maschine hatte auch mit einer anderen Art von Konstruktionen experimentiert, die organische Stoffe zu Methangas umsetzen konnten, aber das war eine zu empfindliche Sache, und nach einigen Explosionen hatte er diesen Typ aufgegeben.

Er nannte seine Geschöpfe ›Kinder der Sonne‹. Obwohl er diese Körper aus Metall erbaut hatte, glaubte er, daß er nicht wirklich ihr Schöpfer war. Es schien ihm so, daß sie auf irgendeine Weise, vielleicht an einem Ort oder zu einer anderen Zeit, bereits existierten.

Er suchte in der ganzen Stadt nach Metallabfällen, aus denen er Rümpfe, Mandibeln und Gliederbeine formen konnte. Er erkannte sofort, ob eine Radkappe, ein Rohr, eine Öltonne oder ein Kotflügel für seine *Kinder* bestimmt war. Er brauchte nur seine Hand auf einen Satz Schraubklemmen zu legen und wußte sofort, daß daraus Klauen werden mußten, die von einem ausgeklügelten Mechanismus gesteuert wurden. Er strich über die glatte Scheinwerferoberfläche eines Lichtstrahlers und fühlte, daß daraus zweifellos ein Kopf werden würde, mit daran befestigten Fotozellen, die das Wesen zum Licht dirigieren würden. Maschine gab den Kindern einen Körper und ließ sie frei, um die Stadt zu bevölkern.

Manchmal träumte er von der Heimat der Kinder: eine heiße Wüstenwelt mit blendend heißer Sonne. Graue Felsenwände gab es da, tiefe Canyons, durch die Kinder mit den Körpern von Tausendfüßlern huschten. Kinder mit Wespenflügeln, die die geringe Schwerkraft des Wüstenplaneten überwinden konnten, summten durch die Luft und landeten auf windzerfressenen Steintürmen. Kinder wie Ameisen krabbelten die Felswände hoch, klammerten sich mit ihren Greiffüßen in den Stein.

Die Sonne schien auf Maschine und wärmte ihn; er fühlte eine Welle neuer Kraft durch sich strömen, als das Licht seine Batterie auflud. Er hob die Flügel und schwang sich in die Luft, um den über ihm kreisenden Kindern zu folgen.

Es war Morgen. Die Torflügel der Halle standen offen, und die Sonne warf ein goldenes Parallelogramm auf den Betonfußboden. Gleich bei dem Tor badete ein metallener Tausendfüßler in der Sonne, um seine Batterien aufzuladen.

Maschine schob seinen Tragschrauber aus der Halle. Daß er im Traum geflogen war, hatte ihm Appetit gemacht, seine kleine Flugmaschine wieder einmal zu benutzen. Der Rumpf war kaum größer als ein Go-kart und rollte auf viel zu großen Rädern. Auf dem Boden hingen die Blätter des Hauptrotors schlaff herunter und ließen das Gerät irgendwie traurig aussehen. In der Luft schob der Heckpropeller das Maschinchen vorwärts, und die Vorwärtsbewegung brachte den Hauptrotor zum Drehen, der für den Auftrieb sorgte.

Die Konstruktion beruhte auf dem Autogiro, den Juan de La Cierva 1923 erfunden hatte. Der Tragschrauber von Maschine war äußerst manövrierfähig und für Flüge in geringer Höhe über der Stadt bestens geeignet. Diesen kleinen Apparat hatte er eigentlich als Prototyp gebaut, wobei er hoffte, daß diese Arbeit letzten Endes ihm half, Kinder zu bauen, die fliegen konnten. Aber die Steuerung eines fliegenden Kindes hatte sich dann doch als zu kompliziert erwiesen. Doch der Tragschrauber funktionierte, es war ihm nur nicht gelungen, das Prinzip für den Bau von Kindern zu nutzen.

Maschine richtete den Tragschrauber die Cole Street abwärts. So hatte er eine gerade Strecke von mehr als hundert Meter als Anlauf, das war mehr als genug, um abzuheben. Er gurtete sich fest auf dem Schalensitz, den er aus einem schnellen Sportwagen ausgebaut hatte. Er drehte den Zündschlüssel, und der Volkswagenmotor, der das Gerät antrieb, erwachte mit heiserem Röhren zum Leben. Sorgfältig stellte er den Anstellwinkel der Rotorblätter auf Null und betätigte die Kupplung zwischen Rotor und Motor. Der Rotor drehte sich, die Blätter streckten sich unter der Wirkung der Zentrifugalkraft. Auf einem Instrument konnte er die Drehzahl des Rotors überwachen, die er mit dem Gaspedal einstellte.

Mit einer raschen Bewegung entkoppelte er den Rotor vom Antrieb und verstellte die Rotorblätter, daß Auftrieb entstand. Der Apparat hüpfte in die Höhe. Auf dem Gipfel dieses Sprungs kuppelte er den Heckpropeller ein, der nun das kleine Fluggerät kräftig vorwärtsschob.

Er entspannte sich. Ohne viel zu denken, stellte er den Rotorwinkel ein, der den Aufstieg bremste und ihn über die Haight Street schweben ließ, über den Golden-Gate-Park und weiter zur Bucht. Er umkreiste einmal Alcatraz und bog zur Golden Gate-Brücke. Er konnte Dannyboy sehen, auf der Mitte der Brücke, weit unter sich. Dannyboy winkte, und Maschine winkte zurück. Dann kehrte er um und flog zurück zu seiner Werkstatt.

Er hatte keinen Grund gehabt für diesen Flug. Er hatte nur den Wind auf dem Gesicht spüren wollen. Er hatte ein schlechtes Gewissen, daß er solchen Wünschen nachgab; aber es gab Zeiten, da konnte er nicht anders, als seinen Wünschen nachzugeben. Diese Schwäche, sagte er sich, war nichts als ein weiteres Anzeichen dafür, daß er keine fehlerfreie Maschine war. Wäre sein Vater ein besserer Konstrukteur gewesen, dann hätte der Wunsch, ohne einen Grund zu fliegen, ihn nicht überwältigen können.

Es war schon später Vormittag, als er landete. Er hatte sich die vierspurige Fell Street als Landebahn ausgesucht und ließ sich vom Heckpropeller zurück zur Werkstatt schieben. Als er den Motor abstellte, schien die ganze Welt in Stille zu verfallen. Er schob das Gerät in die Halle und nahm gerade seinen Helm ab, als eine Frauenstimme ihn rief. »Hallo!«

Maschine blickte zum Tor. Jax stand auf dem Bürgersteig. Er starrte sie an und wußte nicht, wie er sich verhalten sollte. Sie war zierlich und trug eine Spiegelbrille, die ihre Augen verbarg.

»Hallo«, sagte sie wieder. »Ich hab' auf dich gewartet,

daß du zurückkommst. Da hat sich etwas in einer Gasse verfangen.«

»Etwas?«

»So etwas wie das da!« Sie zeigte auf den Tausendfüßler, der noch immer auf dem Gehweg in der Sonne lag. »Etwas in der Art. Ich zeig's dir.«

Widerwillig folgte er ihr einen Häuserblock weiter.

Als sie sich der schmalen Gasse näherten, hörte er schon das rhythmische Kratzen von Metall auf Asphalt. An der Ecke der Gasse konnte er das gefangene Kind sehen. Es war eine seiner liebsten Konstruktionen: der Körper einer Wespe, mit einem Thorax so breit wie der eines kräftigen Mannes. Daran waren Fledermausflügel angebracht. Konstruktionen aus Haut, die von Metallstreben gestützt wurden. In der Sonne breitete es diese Flügel aus, um mit einer Anzahl Fotozellen Licht einzufangen.

Irgendwie war es mit einem Flügel zwischen ein Abflußrohr und der Mauer eines Hauses geraten. Als es dann weiterging, angelockt vom Sonnenlicht am Ende der Gasse, hatte sich der Flügel um das Rohr gebogen, bis es nicht mehr weiterging.

Maschine rannte herbei und riß sich das T-Shirt vom Leib, warf es ihm über den Kopf, um die Fotozellen zu blokkieren. Blind drehte das Kind den Kopf hin und her und suchte das Licht. Der Rädermechanismus, der die Kopfbewegungen bewirkte, quietschte und knarrte. Als es den Kopf nach links drehte, tastete er nach ihrem Nacken. Er fand den Schalter, der die Stromversorgung unterbrach, und es gefror zu einer Statue, ein Fuß angehoben, um zu gehen. Maschine nahm sein Hemd von den Augen und trat hinter es, um den Schaden zu begutachten.

Der Flügel war nicht mehr zu gebrauchen: Die Metallstreben waren hoffnungslos verbogen, die meisten Fotozellen waren zerbrochen. Er zog vorsichtig an dem verbogenen Metall, um den Flügel freizubekommen.

»Hier«, sagte Jax, und da erst bemerkte er, daß sie noch

neben ihm war. »Wenn ich hier ziehe, und du da, müßte es gehen.«

Er nickte, und sie faßte die Strebe. Er konnte die Wärme ihrer Hände neben den seinen fühlen, während sie gemeinsam zogen. Das Metall gab mit Knirschen und Knarren ihren vereinten Kräften nach, der Flügel kam frei. Maschine trat zurück, froh, etwas Abstand von dem Mädchen gewinnen zu können. Die Wärme ihrer Hände war ihm unangenehm.

»Ist es tot?« fragte Jax.

»Sie«, verbesserte er.

»Ist sie tot?«

Er schüttelte den Kopf. »Ich kann sie reparieren«, sagte er, »in der Werkstatt.«

Er trat wieder zu dem Körper, öffnete die Verschlüsse der Batteriefächer und baute die Autobatterien aus. Die Batterien konnte er später holen; ohne sie war der Körper wesentlich leichter. Jax schaute zu, und als er den Körper in Richtung seiner Werkstatt zu schleppen begann, half sie ihm. Zusammen konnten sie das Kind anheben: Maschine nahm den Kopf, das Mädchen faßte an den Füßen an und hob es auf ihre Schultern.

Als sie die Werkstatt erreichten, bedankte er sich ganz unvermittelt und abweisend. Aber sie ging nicht. Sie stand im Tor und schaute zu, wie er nach einem Schraubenschlüssel griff und damit begann, den verbogenen Flügel abzumontieren. Sie hielt den Flügel, während er schraubte, und sorgte dafür, daß er nicht auf den Boden schlug.

Er beachtete sie nicht und arbeitete weiter; er löste die Drahtverbindungen, die die Bewegungen des Flügels kontrollierten, dann breitete er den Flügel auf dem Boden aus und suchte die Teile aus, die sich noch verwenden ließen. Sie ging hinaus, und er war erleichtert, daß sie endlich weg war. Einige Minuten später war sie wieder zurück und brachte eine der Autobatterien. Sie ging noch fünfmal und trug alle sechs Batterien in die Werkstatt. Dann setzte sie sich auf den Kotflügel eines Autos und sah zu, wie er sich durch seinen Schrotthaufen wühlte, um Rohrstücke zu finden, die die verbogenen Streben ersetzen konnten.

»Du redest nicht viel«, sagte sie schließlich.

Er schwieg.

»Das ist gar nicht so übel«, sagte sie eine Minute später. »Die meisten Leute hier reden viel zu viel.«

Er arbeitete weiter. Sie blieb.

»Wieso nennen sie dich Maschine?« fragte sie nach einer Weile.

»Weil ich eine Maschine bin.«

»Du siehst aus wie ein normaler Mensch.«

»Bin ich aber nicht.«

»Eine Maschine wie eine Uhr oder so?«

»Etwas komplizierter als eine Uhr. Ich wurde schon vor der Seuche gebaut. Damals waren die Leute sehr geschickt beim Bau komplizierter Maschinen. Aber als Maschine habe ich die Seuche natürlich überlebt, weil ich eben kein Mensch bin.«

Jax runzelte die Stirn. »Heißt das, daß alle, die die Seuche überlebt haben, Maschinen sind?«

»Natürlich nicht«, sagte er ärgerlich. »Aber möglicherweise sind einige von ihnen Maschinen und wissen es nicht.«

»Ach, wirklich? Glaubst du, daß Dannyboy eine Maschine ist?«

»Nein, dazu ist er zu undiszipliniert. Aber ich vermute, daß Vierstern eine Maschine ist.«

Jax schüttelte den Kopf. »Das glaube ich nicht. Er schwitzt wie alle anderen auch.«

»Das hat nichts zu sagen«, meinte Maschine gelassen. »Bei mir sieht es auch so aus, als ob ich schwitze, aber ich bin trotzdem eine Maschine. Vierstern ist ein kleines Rädchen einer militärischen Maschine, die schon vor der Seuche in Bewegung gesetzt wurde. Und wenn er sich erst einmal bewegt, kann er nicht mehr anhalten.«

»Da könntest du recht haben.«

Sie sagte nichts mehr. Nach einiger Zeit hatte er sich an ihre Gegenwart gewöhnt. Als er Pause machte, war sie noch immer da. Er setzte sich in den Schatten vor dem Tor, und sie kam und setzte sich neben ihn.

»Wirst du sie reparieren können?« fragte sie.

Er nickte.

»Das ist gut.« Sie saß da, ein Bein bequem gestreckt, das andere angewinkelt. Die Hände hatte sie locker um das gebeugte Bein gelegt; ihre Augen blickten irgendwohin in die Ferne.

Eine Weile schwiegen sie. Der Schatten eines Laternenpfahls hatte sich allmählich so weit verschoben, daß er nun auf den Rücken des Tausendfüßlers fiel, der auf der Straße lag. Während sie dasaßen, hob das Kind den Kopf und rutschte ein Stück nach vorne, bis der ganze Körper sich wieder in der Sonne befand. Der Kopf senkte sich wieder, und der Tausendfüßler ruhte reglos da. Maschine verstand die Kinder: Sie reagierten auf bestimmte Reize auf vorhersagbare Weise. Menschen dagegen machten ihn nervös.

»Was willst du hier?« fragte er unvermittelt.

»Ich wollte dich nur besuchen.«

»Niemand kommt mich nur besuchen.«

»Aber ich.«

»Warum?«

Sie sagte nichts mehr, und er schaute sie an. Ihre Hände um das Knie hatten sich angespannt. Sie war irgendwie kleiner geworden und wirkte unsicher. Sie hob die Schulter. »Ich wollte dich etwas fragen.«

Er wartete und schwieg.

Sie zog auch das andere Bein an, als suchte sie Schutz. Sie sprach zögernd. »An dem Tag, als ich in die Stadt kam, sah ich einen Engel. Auf einer Hälfte seines Gesichts fehlte die Haut, man sah Metall. Und seine Hand ...« Aus dem Augenwinkel bemerkte er, daß sie ihre Hand ausstreckte. »Auch seine Hand war aus Metall, mit Gelenken wie diese da.« Sie wies auf die Beine des Tausendfüßlers. »Und ich wüßte gerne ... hast du je so etwas gebaut?«

Er schüttelte den Kopf und dachte dabei an einen Traum, den er vor Monaten gehabt hatte. »Ich baue nichts«, sagte er endlich. »Ich helfe nur der Stadt, ihre eigenen Gedanken zum Leben zu erwecken. Die hier ...« Er deutete mit der Hand auf den Tausendfüßler und andere Kinder in der Halle. »Sie alle sind Gedanken der Stadt. So ist es sicher auch mit dem Engel.«

»Ich glaube, daß der Engel, den ich gesehen habe, derselbe ist, der meine Mutter mit sich genommen hat«, sagte sie.

Er schaute sie an. Ihre Sicherheit war wie weggefegt. Sie war noch schmaler geworden. »Dann hat deine Mutter zur Stadt gehört«, sagte er. »Die Stadt hat sie wieder zu sich geholt.«

»Aber wo ist sie jetzt?« fragte Jax. »Ich kann sie nicht finden.«

»Ich weiß es nicht.«

»Manchmal denke ich, daß ich sie nun bald finden werde«, sagte sie. »Manchmal, wenn ich eine Straße entlanggehe, weiß ich ganz sicher, daß ich hinter der nächsten Ecke finden werde, was ich suche. Ich gehe um die Ecke, aber die Straße ist leer. Doch das Gefühl bleibt, daß es höchstens noch eine Ecke sein kann. Oder die übernächste. Verstehst du, was ich meine?«

»Ich kenne das.« Er hatte den Einfluß der Stadt, der einen umgeben konnte, schon gespürt.

Die Wärme, die ihr Körper ausstrahlte, schien ihm nicht mehr so unangenehm zu sein. Er erinnerte sich, wie er einmal ein krankes Küken auf der Straße gefunden hatte. Er brachte ihm einiges zu fressen, aber es nahm nichts an. Er hatte es Dannyboy gegeben, der es mit Milch aus der Flasche fütterte. Aber es starb trotzdem. Die Kinder waren ihm lieber. Er wußte, wie man Kinder reparierte. Er mochte dieses Gefühl der Verwirrung nicht: Er war nicht einverstanden, daß sie hier war, aber er konnte nicht sagen, daß sie gehen sollte.

»Vierstern kommt«, sagte sie. »Er wird die Stadt zerstören.« Sie legte den Kopf auf die Knie. »Manchmal möchte ich weglaufen, aber ich kann nicht. Ich habe meiner Mutter versprochen, daß ich helfen würde. Und Dannyboy ...« Sie sprach nicht zu Ende, sagte nichts weiter über Dannyboy. Sie sah sehr traurig und hilflos aus.

Er überlegte, womit man ihr helfen konnte. »Hast du Durst?« fragte er plötzlich. »Ich habe kühle Getränke, ich habe einen Kühlschrank.« Er eilte zum Kühlschrank und brachte eine kalte Coca-Cola. »Hier, das ist für dich.«

Sie nahm die Flasche. »Das wird schon werden«, sagte er, ohne zu wissen, woher die Worte kamen. Von irgendwoher in der Vergangenheit, aus der Zeit vor der Seuche, bevor er gewußt hatte, daß er eine Maschine war. »Ich werde helfen.«

Sie lächelte ihn an, und er bereute sogleich, was er da gesagt hatte.

Lange nachdem sie gegangen war, roch man in der Halle noch ihren Duft: ein Hauch Schweiß, ein wenig Rauch vom Holzfeuer. Er wollte noch die Sonnenzellen auf dem Flügel installieren, doch ließ er immer wieder die winzigen Teile fallen. Er hatte jetzt nicht die rechte Geduld dafür. Er versuchte, Rohrstücke für die Streben zurechtzuschneiden, aber schon das erste Stück geriet daneben.

Er wusch die Hände mit kaltem Wasser, doch spürte er noch immer die Wärme ihrer Finger auf seiner Haut, da, wo sie zufällig seine Hand gestreift hatte, als er ihr die Colaflasche reichte. Er stand am Tor der Werkstatt und blickte auf die Straße hinaus. Die Sonne ging unter, die Laternenpfosten warfen lange Schatten.

Im Zwielicht konnte er spüren, daß etwas geschehen würde. Der Himmel war blau, die Luft kühl und rein, und die Straße schien auf etwas zu warten. Er wartete ebenso. Aber es geschah nichts, außer, daß die Sonne unterging.

14

Buch war überrascht und erfreut zugleich, als Jax ihn in der Bibliothek besuchte. Er bot ihr Minzetee und dänische Kekse aus einer Blechdose an. »Sie sind nicht mehr ganz frisch, aber sie haben sich erstaunlich gut gehalten«, sagte er. »Ich konnte ein paar Dutzend Dosen aus der Feinkostabteilung bei Macy's retten. Bedien dich.«

Jax nahm einen Keks und kaute daran herum. Sie fühlte sich recht unwohl, wie sie da auf einem Holzstuhl saß.

»Ich hatte gehofft, daß du mal vorbeikommst«, sagte er.

Jax nickte. »Die Stadt hat mich hierhergeführt«, sagte sie. »Ich bin einfach gegangen und stand plötzlich vor den Stufen der Bibliothek. Ich dachte, ich sollte doch einmal hineingehen.«

»Was immer dich hergeführt hat, mir ist es recht. Hast du dich denn in der Stadt seither wohl gefühlt?«

Ihr Ausdruck blieb ganz unverbindlich. »Ich lerne immerzu neue Leute kennen.«

»Das ist doch gar nicht so übel, nicht wahr?«

»Eigentlich nicht. Sie möchten alle mit mir reden und haben eine Menge Fragen.«

»Ich glaube, daß dir die meisten Leute hier gut gefallen«, sagte Buch.

Jax sah nachdenklich aus. »Darüber kann ich nicht viel sagen, denke ich. Ich habe nie Freunde gehabt. Meine Mutter und ich lebten allein.« Es klang keineswegs nach Selbstmitleid, wie sie das sagte. Es war eine Feststellung, nichts weiter.

»Du und deine Mutter, ihr wart bestimmt Freunde«, meinte Buch. Es irritierte ihn ein wenig, daß sie so selbstverständlich von einem Leben in Einsamkeit sprach.

Sie schüttelte den Kopf. »Das glaube ich nicht. Sie hat für mich gesorgt, aber wir haben nie viel geredet. Vielleicht brauche ich noch eine Weile, bis ich heraus habe, wie das mit Freundschaften ist.«

»Es wird dir sicher nicht allzu schwerfallen.« Buch musterte sie. Mrs. Migsdale hatte recht – eine sonderbare Wildheit war an dem Mädchen: eine gewisse Scheu, eine gewisse Unberechenbarkeit. »Es ist nicht schwer, befreundet zu sein. Oft tun Freunde nichts weiter als zusammensitzen, Tee trinken und reden.«

»Wirklich?« Sie nahm einen Schluck Tee und ließ ihn dabei nicht aus den Augen. »Heißt das, daß wir Freunde sind?«

Buch rieb seinen Bart und bedachte seine Antwort sehr genau. »Ich würde sagen, es heißt, daß wir Freunde werden können. Wahrscheinlich sind wir es noch nicht. Aber du hast nicht die ganze Zeit deine Hand am Griff des Messers, also sind wir uns nicht unbedingt fremd.«

Sie schaute hinunter auf ihr Messer. Als sie den Kopf wieder hob, glaubte er einen Anflug von Überraschung in ihrem Gesicht zu lesen. »Das ist richtig.« Sie nahm noch einen Schluck Tee. »Dannyboy hat mir erzählt, daß Sie mir eine Menge über die Stadt erzählen können.«

»Das ist richtig. Ich schreibe an einem Buch über die Geschichte der Stadt seit der Seuche. Deshalb weiß ich wohl ganz gut Bescheid, denke ich.«

Er bemerkte, daß sie zum Fenster hinausblickte. Auf dem Sims saß ein Affenpärchen und putzte sich gegenseitig.

»Was können Sie mir über die Affen sagen?« fragte sie und zeigte mit dem Kopf zum Fenster. »Manchmal laufen sie mir in der Stadt nach.« Sie beobachtete sie mit einigem Unbehagen. »Manchmal versuchen sie, mit mir zu reden. Aber ich verstehe nicht, was sie sagen.«

»Ach ja ... ich kann dir wahrscheinlich mehr über die Affen sagen, als dir lieb ist. Sie spielen eine Rolle in meinem Buch, was die Seuche betrifft. Sie haben sie in die Stadt gebracht, mußt du wissen.«

Jax blickte ihn gespannt an. »Erzählen Sie es mir.«

Einmal in der Woche hielt Buch Unterricht für die richtigen Kinder in der Stadt. Er lehrte sie Lesen und Rechnen, und danach erzählte er ihnen immer eine Geschichte, die von der Stadt handelte. Er hatte auch die Geschichte über die Affen schon öfter erzählt, so daß er sie nicht erst zusammenklauben mußte.

»Damals, vor der Seuche, lebten die Affen in einem Land namens Nepal. Das ist weit weg von hier – auf der anderen Seite des Meeres und noch einen halben Kontinent weiter. Weit oben in den Bergen von Nepal gab es ein Kloster, ein Ort, an dem fromme Männer leben, die ihr Leben Gott geweiht haben. Jahrhundertelang lebten Mönche in diesem Kloster, und ebensolange lebten die Affen bei ihnen.«

Buch nahm einen Schluck Tee. Jax hatte sich vorgebeugt, die Augen auf sein Gesicht gerichtet.

»Das Kloster war ein friedlicher Ort, auch wenn es ringsum in der Welt Krieg gab«, fuhr er fort. »Und die Menschen in Nepal erzählten sich eine Legende, daß es an den Affen lag, daß das Kloster so friedlich war. In der Legende hieß es, daß der Friede sich auch über die übrige Welt ausbreiten würde, wenn die Affen das Kloster verließen und sich überallhin verteilten. Damals, vor der Seuche, war die Welt alles andere als friedlich.«

Er zögerte bei dem Gedanken, ob er Jax den Kalten Krieg erklären sollte. Das Demonstrieren nationaler Stärke, Drohungen und Gegendrohungen, die nukleare Abschreckung, Gipfelgespräche – das alles schien so weit entfernt, wie aus einem Buch, das er als Kind gelesen hatte. Er erinnerte sich an die ständige Kriegsangst, an das Menetekel der plötzlichen Vernichtung. Aber er konnte jetzt nicht damit anfangen, die Ursachen zu erklären, und so ließ er dieses Kapitel ganz weg.

»Alle Menschen hatten Angst, daß sie in einem allesumfassenden Krieg ausgelöscht würden«, sagte er schließlich. »Und viele von ihnen taten sich zusammen, um etwas dagegen zu unternehmen. Eine internationale Friedensinitiative entstand, ein Zusammenschluß von Dutzenden verschiedener Gruppen aus Dutzenden von Ländern. Auf irgendeine Weise wurden die Affen zum allgemeinen Friedenssymbol. Die Friedensinitiative schlug vor, die Affen von Nepal über die ganze Welt zu verteilen, jeder Zoo auf der Welt wollte ein Pärchen haben. Schulkinder spendeten das Geld für ihre Frühstücksmilch, damit überall Affenkäfige gebaut werden konnten, und Musikproduzenten veranstalteten Rockkonzerte für den wohltätigen Zweck. Es sah so aus, als ob die ganze Welt auf dem Weg zum Frieden war.

Die Affen wurden nach San Francisco und Washington gebracht, nach Moskau, Tokio, Peking, Paris und London. Auf der ganzen Welt wurden sie von den Menschen als Boten des Friedens begrüßt. Hunderttausende standen in San Francisco Schlange, um sie zu sehen. Der Bürgermeister erklärte den Tag zum Feiertag in der Stadt.«

Buch schwieg einen Augenblick, um sich die Gefühle jenes Tages wieder wachzurufen, die Hoffnung, die Freude, die die Ankunft der Tiere begleitete. Er hatte seine Arbeit an diesem Tag liegen lassen und folgte der Menschenmenge, die gekommen war, die Affen zu sehen.

»Und wie ging es weiter?« Jax' Frage brachte ihn zu seinem Thema zurück. Sie hörte gespannt zu, ihre Hände hatten sich um die Teetasse geschlossen.

»Die Affen brachten den Frieden«, sagte Buch, »aber anders, als wir erwartet hatten. Überall, wo es Affen gab, brach die Seuche aus. Menschen starben. Hunderttausende starben. Von den Städten breitete sich die Seuche aufs Land hinaus aus, immer mehr starben.« Er bemerkte, daß seine Hände sich zu Fäusten geballt hatten, und versuchte, sie zu lockern. Er erinnerte sich ungern an jene Zeit. Zunächst bestattete man die Toten auf die angemessene Weise. Aber es wurden zu viele, schließlich mußten die Behörden die Verbrennung anordnen. Der Rauch vermischte sich mit dem Nebel in der Stadt und trieb durch die Straßen. »Sie hatten recht schnell herausbekommen, daß die Affen die Ansteckungsquelle waren, und daß Flöhe sie auf die Menschen übertrugen. Aber es war schon zu spät. Die Menschen infizierten sich wie bei einer Grippe, das Virus wurde mit der Atemluft aufgenommen. Alle Versuche, die Seuche einzudämmen, scheiterten. Aber danach war Friede. Wie sollte es anders sein – es war ja niemand mehr da, der Krieg führen konnte.«

Buch blickte auf. Jax starrte aus dem Fenster und beobachtete die beiden Affen. Sie wandte sich zu Buch. »Aber warum sind sie jetzt in der Stadt?«

Buch zuckte mit den Achseln. »Vermutlich hat sie jemand aus dem Zoo befreit. Es ist ja nicht ihre Schuld. Sie brachten auch Frieden, wie die Legende berichtete. Es war nur ein ganz anderer Frieden, als wir gedacht hatten.«

Jax nickte, wieder blickte sie zum Fenster. »Ich frage mich, warum sie mir folgen.«

»Es sind neugierige Tiere. Sie möchten vielleicht nur wissen, was du vorhast.«

»Vielleicht«, sagte sie. »Vielleicht ist es das.«

Nach dem Besuch bei Buch ging Jax zurück zum Hotel und wartete, daß Dannyboy nach Hause kam. Sie setzte sich in den Sessel neben dem Hoteleingang. Die Sonne ging unter, die Hochhäuser der Stadtmitte überzogen alles mit Schatten; Dämmerung breitete sich aus in den Straßen um das Hotel. Im Osten war der Himmel schon leuchtend blau, der zunehmende Mond stand schon am Himmel. In der Luft spürte man die Vorahnung der kommenden Nacht.

Ganz in der Nähe spielten zwei Affen in einem Autowrack. In den Fenstern war schon lange kein Glas mehr, durch die Öffnungen jagten sich die Tiere spielerisch ein und aus. Das größere der beiden blieb plötzlich auf der Motorhaube sitzen und schlug mit einem Stock laut scheppernd auf das Blech, während der andere sich hinter das Lenkrad gesetzt hatte und im Rückspiegel die Grimassen betrachtete, die er schnitt.

Jax schaute ihnen teilnahmslos zu. Was sie von Buch gehört hatte, half ihr nicht, die Tiere besser zu verstehen. Sie beobachteten sie und sie folgten ihr. Manchmal schien es ihr, als wüßten sie etwas, das sie auch wissen mußte – aber sie wollten es ihr nicht sagen.

Vor sich im Schoß hielt Jax die Glaskugel, die das winzige San Francisco in sich barg. Hin und wieder schüttelte sie die Kugel und schaute zu, wie die goldenen Flocken wirbelten.

Auf dem Rückweg von der Stadtbibliothek war sie bei Tiger vorbeigegangen; er hatte ihr die Bandage abgenommen und erklärt, daß ihr Schlüsselbein so gut wie neu wäre. Sie war erleichtert, nun die Bandage los zu sein. Aber es erinnerte sie auch daran, wie lange sie nun schon in der Stadt war. Nun hatte sie schon Wochen damit verbracht, die Straßen der Stadt zu durchstöbern und die Bewohner kennenzulernen.

Sie betrachtete die Stadt in der Kugel. Die winzige Nachbildung hatte dazu beigetragen, daß sie in die Stadt kam. Um sie dort zu halten, hatte sie keine Macht. Das besorgte die Stadt selbst. Sie konnte nicht mehr weglaufen. Sie spürte, daß sie zu einem Teil der Stadt geworden war. Dieses Gefühl überraschte sie.

Sie lehnte sich in den Sessel zurück und blickte hinauf zu den riesigen Häusern ringsumher. Als sie in einiger Entfernung Dannyboys Fahrradglocke hörte, ließ sie die Glaskugel an der Bordsteinkante zurück und ging auf die Straße, um nach ihm Ausschau zu halten. Sie winkte, als er näher kam.

Sie hörte das Schnattern eines Affen hinter sich und blickte zurück zu dem Sessel, wo sie gerade noch sehen konnte, wie das Tier herbeisprang und sich die Glaskugel schnappte.

»He! Laß das!« Sie sprang auf den Affen zu, aber er sauste davon. Er suchte Schutz an der Hotelfassade und ließ beim Klettern die Kugel fallen.

Das Glas zerschellte auf dem Gehweg. Das Wasser spritzte nach allen Seiten, ein dunkler Stern breitete sich auf dem Beton aus. Der Affe kreischte von seinem sicheren Platz.

Jax zog die winzige Stadt aus dem Häufchen Scherben. Die Häuser waren aus Kunststoff gegossen, die Fenster aufgemalt. Einige Flocken hatten sich in den Fugen des Kunststoffs verfangen. Die Stadt war viel kleiner, als sie durch das Glas ausgesehen hatte. Sie war überhaupt nicht so, wie sie es sich vorgestellt hatte.

15

Am nächsten Morgen regnete es Blumen. Kleine, stiellose, goldgelbe Blüten. Sie waren nicht größer als der Fingernagel an Jax' kleinem Finger. Sie erwachte, weil sie das feine Geräusch hörte, mit dem sie gegen die Fensterscheiben flogen. Auf dem Sims hatten sie sich schon angehäuft.

Sie öffnete das Fenster und reckte den Kopf hinaus, drehte den Hals, um zum Himmel schauen zu können. Wie gelbe Schneeflocken kam es von oben, aus dem undurchsichtigen Grau, und tanzte zur Erde.

Dannyboy stand unten auf der Straße, die Blüten reichten schon bis an seine Knie. Tommy und seine Schwester bewarfen sich mit Händen voll Blüten. Jax rief, und Dannyboy blickte zu ihrem Fenster herauf. »Komm doch herunter«, sagte er.

Sie fegte den Blütenberg vom Fenstersims und schaute zu, wie das Wölkchen hinunter auf Dannyboys Kopf rieselte. »Ich werd' aufs Dach gehen!« rief sie ihm zu. Sie lief durch die breiten Korridore und die Treppen empor.

Blüten lagen auch auf dem Dach. Die Sonne kam durch die Wolken, aber immer noch fielen Blumen vom Himmel, langsam kreisend, wie Schneeflocken bei Windstille. Jax schaute über den Rand des Dachs. Gelbbestäubt war jedes Haus, jedes Auto und jede Straßenlaterne.

Sie drehte den Kopf, um das Niedergehen des gelben Schnees verfolgen zu können, dann legte sie sich auf das gelbe Polster. Es roch süßlich. Als sie Dannyboys Schritte auf der Treppe hörte, rief sie ihn, und als er bei ihr war, gestikulierte sie eifrig zum Himmel. »Sieh dir an, wie sie im Sonnenlicht funkeln«, sagte sie.

Er legte sich neben sie und sah in den Himmel, wie der gelbe Schnee noch immer zur Erde rieselte. »Was meinst du, werden sie uns zudecken, wenn wir hier lange genug liegen?« fragte sie.

Er antwortete nicht. Sie spürte die Wärme seines Körpers neben sich, spürte die Sonne auf ihrem Gesicht. Er tastete nach ihrer Hand in den gelben Blumen, und sie zog sie nicht weg. Die fallenden Blüten berührten ihr Gesicht wie Küsse, und jede ließ Tupfen von Blütenstaub und den Geruch nach Frühling auf der Haut zurück. Dannyboy strich die Blüten von ihrem Gesicht. Die Wärme seiner Finger schien dort zurückzubleiben, wo sie es berührt hatten. Vorsichtig strich er die Blüten von ihrem Hals, ihrem Busen und ihrem Bauch. Er streichelte ihren Hals, strich über ihre Schulter.

Die Blüten mußten von der Sonne kommen, dachte sie. Das Licht der Sonne, die Blüten und Dannyboys Hände auf ihrem Körper, das alles war eins. Und was sie empfand, wurde hervorgerufen durch Sonne, Blüten und Hände zugleich. Sie fühlte in diesem Augenblick auch nicht mehr die Spannung und den Widerwillen, wenn er ihre Hand genommen oder sie mit zuviel Aufmerksamkeit angesehen hatte.

Er knöpfte ihre Flanellbluse auf und liebkoste ihre Brüste. Die Sonne schien viel kräftiger zu scheinen, machte ungeduldig und heftig. Aber die Hitze schien auch von innen zu kommen. Die Kleider waren hinderlich, dann lagen sie nackt auf einem Bett aus Blüten. Dannyboys nackte Haut war mit Blütenstaub besprenkelt, verirrte Blumen hingen in seinem Haar.

Er schaute auf sie hinab und zögerte ein wenig. »Tu ich dir weh?« fragte er und berührte ihre Schulter. Sie schüttelte den Kopf und zog ihn an sich, damit er sie küßte. Er küßte ihren Mund, ihre Brüste, den Bauch und die Scham. Er küßte sie, bis die Wärme, die sich von innen her ausbreitete, zu pulsieren begann und zu gefährlicher Hitze geworden war. Sie schrie auf, ein hoher auf- und abschwingender Laut, immer wieder brach die Stimme.

Er drückte sich fest an sie. Sie fühlte jede Berührung so stark, daß es beinahe schon schmerzte: die Blüten auf ihrem Gesicht, das warme Dach unter ihrem Rücken, seine Hände auf ihren Brüsten, sein Körper, der sich auf sie schob. Er drang in sie ein, und sie schrie erneut. Die Hitze kam in Wellen heran, hüllte sie ganz ein. Er schrie jetzt auch, ein erstickter Seufzer, kaum lauter als ein Atemzug.

Sie lagen beieinander zwischen den Blüten. Sie fühlte den Pulsschlag zwischen ihren Beinen. Sie schloß die Augen und betrachtete die Muster, die das Sonnenlicht unter ihren Lidern erzeugte. Sie fühlte die Stadt rings umher, als wäre sie nur eine Fortsetzung ihres Körpers. Ihr Herzschlag war der Puls der Stadt. Durch die Straßen der Stadt strömte der Wind, nicht anders als der Atem durch ihre Lunge. Ihre Nerven durchdrangen die Haut und wuchsen durch das Dach, weiter in die Straßen und die Gebäude ihrer Umgebung. Die Sonne wärmte den Asphalt, und so fühlte sie sich sicher und zufrieden.

Schon halb schlafend hörte sie ein Geräusch, es klang wie das Rauschen von Wasser in einem Fluß. Sie wurde aufmerksam und erkannte, daß es das Schlagen von Flügeln war. Sie erschrank. Sie wußte, daß der Engel ganz tief über sie hinwegflog. Sie wollte weglaufen, aber war unfähig, sich zu bewegen. Die Stadt hatte sie gefangen: Das Netz der Straßen wurde zu einem Netz um ihre Beine, Massen von Beton legten sich auf sie. Sie konnte kaum mehr atmen. In wahnsinniger Angst öffnete sie die Augen, um den Engel anzuschauen.

Es fielen keine Blüten mehr. Der Himmel war blau und klar und leer. Sie lag mit Dannyboy unter einer Decke aus gelben Blüten, die schon anfingen zu welken. Dannyboy schlief, einen Arm als Stütze unter dem Kopf, den anderen um ihre Hüfte. Sie schlüpfte zur Seite und stand auf. Sie schaute ihn an, wie er dalag. Er lächelte im Schlaf.

Sie fühlte noch immer, wie die Stadt sie umgab und einhüllte. Aber nicht mehr wie eine zweite Haut, sondern viel zurückhaltender. Sie hatte das Bedürfnis, sich wieder neben Dannyboy zu legen. Sie wollte seinen Arm streicheln und ihn wecken, damit er sie wieder eng an sich drückte. Sie wußte, wenn sie sich neben ihn legte, dann würde sie bei ihm bleiben, bis er wachgeworden war. Sie wußte, wenn er erwachte und sie anschaute und bat, bei ihm zu bleiben, dann würde sie es tun. Und aus irgendeinem Grund machte ihr das Angst.

Sie nahm ihre Kleider und zog sich an. Während Dannyboy schlief, eilte sie die Treppe hinunter bis zur Straße. Sie wußte nicht, wohin sie ging, aber etwas befahl ihr, zu gehen und etwas zu unternehmen. Sie nahm ihr Fahrrad aus der Hotelhalle und fuhr zum Civic Center Plaza.

Buch saß auf der Vortreppe der Bibliothek und untersuchte eine der Blüten mit der Lupe. Er winkte ihr zu, als sie vorbeikam, und sie hielt an. Er hatte ein aufgeschlagenes Buch auf den Knien, und einige andere lagen neben ihm auf den Stufen. »Kann sie in keinem Buch finden«, sagte er und schwenkte die Blüte in seiner Hand. »Vielleicht eine völlig neue Art. Ich wüßte gerne, wo sie herkommen. Hier, schau sie dir an.«

Sie klappte den Ständer aus, stellte das Rad ab und setzte sich neben ihn auf die Stufen. Durch das Glas sah die Blüte riesengroß aus. In den zierlichen goldenen Blütenblättern konnte man dunklere Äderchen erkennen; die Pollenkörner sahen wie Felsbrocken aus. Und ihre Finger waren nichts als rosa Kleckse, durchzogen mit tiefen Gräben.

»Wohin fährst du?« fragte Buch.

Sie zuckte mit den Achseln und wünschte, er hätte nicht gefragt. Sie betrachtete noch immer die Blüte, obwohl sie wußte, daß er sie anschaute. Warum mußten diese Leute sich immer einmischen? Sie wußte doch nicht, was sie sagen sollte. Sie zerrieb die Blüte zwischen den Fingern und ließ sie auf die Treppe fallen.

»Du machst dir Sorgen über irgend etwas«, sagte er und blickte ihr ins Gesicht. »Was ist es?«

Sie hob die Schultern.

»Weißt du, Dannyboy ängstigt sich seit der Stunde, an der er dich gefunden hat, daß du von einem Tag zum anderen verschwunden sein könntest. Aber du bist noch immer hier. Das ist gut so. Ich hoffe auch, daß du bleibst.«

»Die Stadt hat mir einen Namen gegeben«, sagte sie. »Ich kam ohne Namen hierher.«

Er nickte und schien auf mehr zu warten. Abrupt stand sie auf und gab ihm die Lupe zurück. »Ich muß gehen«, sagte sie.

Sie fuhr auf ihrem Rad davon und blickte nicht zurück. Sie bog in die Fell Street, die Richtung zum Strand. Die Räder wirbelten Blüten auf, wenn sie ihre Spur durch die gelbe Schicht auf dem Erdboden zogen. Jenseits der Innenstadt war der Blütenregen weniger heftig gewesen.

Sie fuhr zum westlichen Strand. Sie setzte sich auf den Uferdamm und sah den Wellen zu, die gegen den Strand schlugen. Sie zog die Schuhe aus und ging am Saum des Wassers entlang. Wellen rauschten heran, entfernten sich wieder, kamen erneut, und so ging es ewig weiter, als könnten sie sich nicht entscheiden. Das kalte Wasser spielte um ihre Knöchel. Zogen die Wellen sich zurück, dann rissen sie etwas Sand unter ihren Fußsohlen mit sich.

Der gleichmäßige Rhythmus der Wellen hatte etwas Tröstliches, auch die endlose blaue Weite des Horizonts. In der Luft lag der salzige Geruch des verrottenden Tangs. Sie sah einen Schwarm Pelikane vorbeifliegen, tief über dem Wasser in einer einzigen Reihe.

Sie hockte sich nieder und begann, mit Sand zu modellieren. Eine lange gerade Linie war die Market Street. Mit einem flachen Stück Treibholz glättete sie die Seiten von Sandhäufchen, die die Wolkenkratzer des Zentrums darstellten. Mit einem Stock zog sie Striche durch den Sand und schuf so einzelne Stadtviertel, Mission, Western Addition, Richmond, Haight und Sunset. Sie häufte Sand auf, und so ergaben sich Nob Hill und Mount Sutro. Sie suchte sich verkohlte Äste aus den Überresten eines Lagerfeuers beim Damm und streute sie über die ausgebrannten Teile von Nob Hill. Ein kunstvolles Muster aus Glasscherben stellte den ›Garten des Lichts‹ dar, den Frank geschaffen hatte.

Die Sonne stand schon hoch am Himmel, aber sie bemerkte es nicht. Als der Sand so trocken wurde, daß sie nicht mehr modellieren konnte, fand sie eine rostige Büchse und holte Wasser, um ihn anzufeuchten. Sie suchte Seetang, um das Grün des Golden-Gate-Parks darzustellen, und bemühte sich auch, die eckigen Betonwohnhäuser in Western Addition wiederzugeben. Am Rand des Sunset-Viertels zog sie einen Graben, der die Stadtgrenze darstellte. Nach außen hin ebnete sie den Graben ein und erhielt so den Strand, wo sie nun war. Jetzt konnte auch das Wasser in den Graben fließen und umspülte den Uferdamm der Stadt.

Die Angst, die sie auf dem Hoteldach überkommen hatte, war gewichen. Noch konnte sie sich zwar an den Kloß in der Kehle erinnern, aber es war eben nur eine Erinnerung.

Sie setzte sich auf die Fersen und richtete den Oberkörper auf. Ihr Rücken schmerzte, der Magen rumpelte und zeigte ihr an, daß sie nicht einmal gefrühstückt hatte.

Als sie aufstand, hörte sie Flügelflattern. Ihre plötzliche

Bewegung hatte eine Seemöwe erschreckt, die flüchtete. Sie lächelte ihr nach. Eine winzige Stadt lag zu ihren Füßen, das Schlagen von Flügeln konnte sie nicht erschrekken.

»Hallo, Jax!«

Jax schaute sich um. Mrs. Migsdale kam eilends den Strand entlang auf sie zu. »Gut, daß ich dich finde. Ich komme gerade von der Bibliothek. Buch sagte, daß Dannyboy dich sucht.«

Jax streckte sich. Mrs. Migsdale betrachtete die Stadt aus Sand. »Wie hübsch«, sagte sie. »Du mußt einige Stunden daran gebaut haben.«

Jax schaute zur Sonne, die schon recht tief am Himmel stand. »Ich glaube schon.«

Mrs. Migsdale sah sie an. »Wie kamst du darauf?«

Jax zuckte die Achseln. Sie hob die Hände, suchte nach Worten, um ihre Gefühle zu beschreiben. »Die Stadt ist mir zu groß«, sagte sie schließlich. »Ich brauchte etwas Kleineres, das zu mir paßt.«

Mrs. Migsdale nickte. »Ich verstehe. Ein Zauber. Du machst dir eine kleine Stadt, und so kannst du die große Stadt in deinem Sinne beeinflussen. Das verstehe ich.«

Jax starrte hinunter auf die Stadt aus Sand. Wenn Mrs. Migsdale unbedingt eine Erklärung haben mußte, sollte es ihr recht sein. Jax fühlte sich frei vom beengenden Einfluß der Stadt, und damit war sie zufrieden. Sie mußte an Dannyboy denken und lächelte. »Ich sollte wohl besser nach Hause gehen.«

In dieser Nacht, als Jax sich ausgezogen hatte und unter die Decke des großen Betts gekrochen war, kam Dannyboy und legte sich zu ihr. Er nahm sie in seine Arme und küßte sie zärtlich.

Wieder liebten sie sich, und die Wärme, die sie auf dem Dach verspürt hatte, überkam sie erneut. Sie strömte durch ihren Körper, unaufhaltsam wie die Flut. Sie erkannte, daß diese Wärme nichts mit der Sonne und dem Blütenregen zu tun hatte; sie kam von innen, eine Antwort auf Dannyboys Berührungen.

Danach lag sie wach in der Dunkelheit und lauschte seinem gleichmäßigen, ruhigen Atmen. Er lag auf dem Rükken, eine Hand auf ihrem Schenkel, die andere lose an seiner Seite. Sie verstand nicht, wie er einfach so schlafen konnte – so ungeschützt, verwundbar. Er erwachte auch nicht, wenn sie sich ruhelos hin und her wälzte. Statt dessen paßte er sich schlafend an ihre Lage an.

Mehr als einmal wachte sie in dieser ersten Nacht auf, aufgeschreckt durch seine Bewegungen oder durch eine Änderung seines Atemrhythmus. Ohne zu wissen, warum sie es tat, berührte sie seine Haut, während er schlief; sie strich über die Schulter, streichelte den Arm. Es war gut, daß er neben ihr schlief, dachte sie. Wenn Gefahr drohte, würde sie aufwachen. Er brauchte ihren Schutz.

Noch in ihren Schlaf drang das Gefühl dieses warmen Körpers neben sich. Sie träumte, soweit sie sich erinnern konnte, von glücklichen Zeiten.

Dannyboy erwachte beim Morgengrauen, als das erste Licht durchs Fenster fiel. Jax schlief, zusammengerollt wie ein Kind im Mutterleib. Der gekrümmte Rücken schützte den verletzlichen Leib, die Arme lagen neben dem Kopf. Er fragte sich, während er ihr Gesicht in dem fahlen Licht betrachtete, ob sie sich jemals entspannen konnte.

Er betrachtete ungestört das ernste Gesicht und wurde sich klar, daß sie ihn brauchte. Wer sonst konnte ihr zeigen, daß man nicht ständig auf der Hut sein mußte. Mit ihm konnte sie sich entspannen. Er schmiegte seinen Körper an ihren Rücken. Er würde sie beschützen. Sie mußte lernen, daß sie hier sicher war.

16

Das Licht des Morgens fiel trübe durch die schmutzigen Fenster der Stadtbibliothek. Auf seinem Feldbett in der Abteilung für Geschichte lag Buch und gähnte und blinzelte. Er war am Abend zuvor lange wach gewesen und hatte versucht, einen Fehler in einer altchinesischen Schriftrolle aufzuklären. In den letzten Jahren hatte er die chinesische Schrift erlernt und außerdem das Siddham-Alphabet, das man im siebzehnten Jahrhundert zur Niederschrift des Sanskrits benutzte.

Der Text, der ihn die halbe Nacht gekostet hatte, war die Sutra ›Das Herz der vollkommenen Weisheit‹. Einige Stunden lang verglich er die chinesischen Schriftzeichen mit dem Originaltext in Sanskrit, bis er herausfand, daß der chinesische Übersetzer zwei Wörter falsch übertragen hatte. Dadurch wurde der chinesische Text sinnlos. Erst nach dieser Klärung konnte er schlafen gehen.

Buch rieb sich die Augen, streckte sich und ging hinaus in den Lesesaal. Das helle Tageslicht fiel durch die Fenster. Auf dem Tisch in der Mitte, neben der chinesischen Schriftrolle und einer Reihe Wörterbücher, lag noch ein Stapel Bücher. Er hatte heute nacht noch nicht dort gelegen. Neben dem Stapel lag einsam ein kleines Buch. Es war aufgeschlagen.

Buch schaute sich im Lesesaal um. Nichts war angerührt worden. Drei Katzen schliefen friedlich auf dem Katalogschrank.

Der alte Mann ging zum Tisch und besah sich das aufgeschlagene Buch. Es war eine Sammlung von Aufsätzen, die aus dem Chinesischen übersetzt waren. Die Überschrift auf der aufgeschlagenen Seite lautete ›Sun Tzu: Die Kunst der Kriegführung‹. Buch sah sich die gestapelten Bücher an. Es waren *Gesammelte Schriften* von Mao Tse-tung, das *Kleine Handbuch der Stadtguerilla* von Che Guevarra, eine

Kurze Geschichte des Guerillakriegs, Das anarchistische Kochbuch sowie *Der Guerillakampf.*

Die Luft im Lesesaal war warm und stickig. Wie gewöhnlich roch es ein wenig nach Katze. Aber Buch überkam ein kalter Schauer, als würde der Wind durch die Bibliothek fegen. Würde es soweit kommen? Er war kein Mann der Gewalt. Sicher war er in seiner Jugend schon mal in die eine oder andere Kneipenschlägerei geraten, aber wie lange war das her ... Er hatte nie mit Streitigkeiten angefangen und hatte immer versucht, sich herauszuhalten. Und jetzt war er alt, wie sollte er fähig sein, einen Krieg zu führen. Höchstens als Berater eines Jüngeren, der diese Aufgabe übernahm, könnte er dienen.

Er wandte sich vom Tisch ab, nahm den Blecheimer, den er immer bei dem Schreibtisch mit den Nachschlagewerken stehen hatte, warf ein Handtuch über die Schulter und ging die Treppe hinunter. Draußen hockte er sich an das Ufer des Bachs, der an der Bibliothek vorbeifloß. Das Wasser gluckerte leise vor sich hin, während es die Marmorstufen der Seitentreppen umspülte. Ein Frosch hüpfte in das Wasser. Elritzen schossen in die Deckung, als Buchs Schatten auf die Wasserfläche fiel. Hier draußen konnte Buch leicht vergessen, was er da auf dem Tisch gefunden hatte.

Er zog sein Hemd aus und nahm ein Stück Seife aus der Nische, die ihm als Seifenhalter diente. Es war eine Lücke in den Steinornamenten der Laternenpfosten auf der Treppe. Er wusch sich das Gesicht und besprengte die Brust mit Wasser, das ihn vor Kälte keuchen ließ. Er tauchte den Kopf einmal ganz in das Wasser, dann trocknete er sich ab und kämmte das lange, weiße Haar. Er nahm sich Zeit dafür und ließ die wärmenden Sonnenstrahlen tief in seinen Körper dringen.

Als er nicht länger zögern durfte, füllte er den Eimer mit Wasser und trug es zurück in den Lesesaal. Er füllte den Kessel und entzündete seinen Petroleumherd. Als das Wasser zu kochen begann, pfiff der Kessel. Ein vertrautes, tröstliches Geräusch. Er bereitete sich eine Tasse Tee und aß sein Frühstück aus Brot und Käse. Nun gab es keine Möglichkeit mehr, das Studium des Buchstapels auf dem Tisch länger hinauszuschieben. Seit dem Tag, an dem ihm Mrs. Migsdale die Flaschenpost gezeigt hatte, hatte er befürchtet, daß es soweit kommen würde.

In der Hand die zweite Tasse Tee ging er widerwillig zu dem Tisch und setzte sich vor das offene Buch, um zu lesen:

> Jede Kriegsführung beruht auf der Überlistung des Gegners.
> Das heißt, wer stark ist, gebe Schwäche vor; wer tätig ist, Untätigkeit.
> Wer nah ist, erwecke den Eindruck großer Entfernung;
> wer fern ist, den von Nähe.
> Biete dem Feind einen Köder, um ihn anzulocken;
> täusche Verwirrung vor, dann schlage zu.
> Sammelt er sich, bereite dich vor; ist er stark, meide ihn.
> Sei seinem Anführer lästig und verwirre ihn.
> Gebe Unterlegenheit vor und verleite ihn zur Anmaßung.
> Übe ständig Druck aus und ermüde ihn.
> Greife an, wenn er unvorbereitet ist; mache einen Ausfall, wenn er es nicht erwartet.
> Das sind die Schlüssel des Kriegers zum Sieg.

Das hörte sich nicht übel an, dachte Buch. Er las weiter, unterbrochen nur von einem gelegentlichen Schluck aus der Teetasse. Eine der schläfrigen Katzen sprang auf seinen Schoß. Das war mit leichter Hand geschrieben, überaus logisch, und es hob die Strategie des Krieges vom groben Gemetzel auf die Ebene einer Philosophie oder Dichtung. Und das war nicht so ungewöhnlich. Schließlich mußte ein chinesischer General ebensogut ein Dichter wie ein Krieger sein.

Buch las den Aufsatz zu Ende und nahm das nächste Buch zur Hand, die Schriften von Mao Tse-tung. Es würde einige Arbeit kosten, aber vielleicht war er eines Tages doch noch für einen Krieg bereit.

Jax pinselte langsam hellblaue Farbe auf einen Teil des Geländers. Vor einigen Tagen hatten Dannyboy und Maschine es mit einem Sandstrahlgebläse bearbeitet, um losen Untergrund und blätternden Anstrich zu entfernen. Der blanke Stahl war von unregelmäßiger, körniger Oberfläche – angegriffen von der salzigen Luft –, und die Farbe verteilte sich schlecht, blieb in den Vertiefungen hängen.

Das Wetter war schön, ein klarer Tag, ideal, um mit einer ganzen Mannschaft gemeinsam zu arbeiten. Dannyboy war sehr erfolgreich gewesen – fünfunddreißig Leute waren gekommen, um zu helfen. Ein leichter Wind blies vom nördlichen Hauptpfeiler her und trug Wortfetzen und Lachen zu ihr herüber. Jax kannte die meisten Helfer. Alle waren bestens gelaunt, man machte Späße mit jedermann. Beim Lunch teilte man Essen und Wein, sprach ohne Unterbrechung von Plänen und neuen Werken. Gambit meldete sich ständig von oben herab, beschrieb die Musik, die der Wind in den Drahtseilen erzeugte. »Das war eine saubere Quinte! Habt ihr das gehört?« Mrs. Migsdale rezitierte Gedichte, während sie Farbe auf den unteren Teil eines Pfeilers schmierte. Am südlichen, etwas weiter entfernten Hauptpfeiler plapperte Mercedes mit ihren zwei Partnern auf Spanisch. Aber Jax konnte ihre Scherze nicht verstehen, so daß das endlose Geschnatter sie ganz wirr im Kopf machte.

Im Laufe des Tages hatte sie sich ein wenig von den anderen entfernt; sie hatte eine Stelle zum Streichen gewählt, die von den übrigen Helfern so weit weg wie nur möglich war. Jetzt arbeitete sie ungefähr in der Mitte zwischen den Hauptpfeilern. Hier, wo sich der längste Abschnitt der Brücke dehnte, hingen die Drahtseile fast bis zur Fahrbahn durch, bevor sie sich wieder in elegantem Bogen hinaufschwangen. Ein Affe schnatterte von einem sicheren Platz auf dem Seil auf sie herab. Das Tier war ihr aus der Stadt gefolgt und hatte den ganzen Tag beim Anstreichen zugeschaut.

In einiger Entfernung arbeiteten die anderen. Am Südpfeiler konnte sie das Werk von Mercedes und ihren Helfern bewundern, ein kompliziertes Muster aus sich überlappenden Dreiecken in Königsblau, Türkis und Marine. Am Nordpfeiler baumelte Schlange an einem Tau. Jax erkannte den Umriß eines furchterregenden Drachen, der seinen Leib um den Pfeiler gewunden hatte. Der Umriß war in blassem Blau gemalt. Vielleicht sieben Meter über der Fahrbahn arbeitete Schlange an seinem Kopf. Dannyboy stand unter ihm und rief Ratschläge und Anweisungen. Die einzelnen Wörter, die der Wind zu Jax herübertrug, waren so unsinnig wie die Schritte der Seemöwen oder das Gebell der Seelöwen unter der Brücke.

Am anderen Ende der Brücke arbeitete sich Gambit Schritt für Schritt am Hauptseil hinauf; er benutzte eine Sprühdose und hatte vier Ersatzdosen dabei, die er mit einer Schnur zusammengebunden und über die Schulter gehängt hatte. Lily benutzte das Spritzgerät, um eine Schicht Türkis auf den unteren Teil des Nordpfeilers aufzutragen.

Der Affe schnatterte wieder. Jax hatte sich an die Affen gewöhnt und beachtete ihren Lärm nicht weiter. Sie waren gutmütige Tiere, und das Geschnatter war oft leichter zu ertragen als das Reden der Leute. Die Affen verlangten auch nicht von ihr, daß sie antwortete oder an den richtigen Stellen lachte und überhaupt höflich war.

»Ich habe eigentlich genug vom Streichen«, sagte sie zu dem Affen. Er legte den Kopf auf die Seite und schaute sie an. Dann sprach er wieder. »Kann leider überhaupt nichts verstehen«, sagte sie, dann tauchte sie ihren Pinsel in die Farbe und strich den nächsten halben Meter des Geländers.

Als sie wieder aufblickte, sah sie den Affen das Hauptseil hinaufklettern; er ging auf allen vieren und reckte das Hinterteil in die Luft. Als er vielleicht fünf Meter hoch war, drehte er sich um und schaute sie an, als wollte er sie auffordern, es ihm nachzutun.

Jax sah hinüber zu Dannyboy und den anderen. Niemand beachtete sie. Sie legte den Pinsel über den Rand der Farbdose, kletterte auf das Geländer und von dort auf das Seil, dann folgte sie dem Affen.

Die Oberfläche des Hauptseils war geriffelt, so daß ihre Turnschuhe Halt fanden. Der Affe war schon weit voraus. Der tiefblaue Himmel über ihr war so verlockend, daß Jax immer weiterkletterte. Es war eine ziemliche Strecke, wenn man ganz hinauf wollte. Der Wind ließ das Hauptseil schwingen und zerrte an Jax' Jacke, als wollte er sie wegblasen und wie einen Drachen oder eine Wolke durch die Luft tragen. Auf den Wellen unten sah man weiße Tupfer. Der Affe hielt sich immer ein Stückchen voraus, blieb ab und zu stehen und warf einen Blick zurück.

Auf halber Höhe hielt sie an. Sie hatte keineswegs die Absicht gehabt, so weit zu klettern, aber ihr gefiel der frische Wind in ihrem Gesicht. Die Leute auf der Brücke waren mittlerweile zu Zwergen geworden. Wenn sie winkten, nahm sie eine Hand vom Seil und winkte zurück, aber es schien nicht so wichtig zu sein, daß sie jetzt zu ihrer Arbeit zurückkehrte.

Das Seil hing immer steiler, je näher sie dem Pfeiler kam. Der Anstrich auf dem Hauptseil war abgeblättert, und so raschelte es unter ihren Füßen, als würde sie auf trockenem Laub gehen. Einmal rutschte sie ab und mußte sich an die Handseile klammern, um nicht zu fallen. Der Affe wartete und beobachtete sie aus ein paar Metern Entfernung. Ihre Hände waren gefühllos von der Kälte, und sie konnte das

Seil kaum spüren, obwohl sie es so fest wie möglich umklammerte. Eine Möwe, die sich vom Wind tragen ließ, kam vorbei und rief ihr zu. Es klang nicht nach Worten, aber es mußte wohl eine Warnung sein.

Das Ende des Pfeilers war vom Wind kahlgefegt. Das Hauptseil lief über einen Sattel am höchsten Punkt des Pfeilers. Sie setzte sich neben das Seil und zog die Beine an, um sich aufzuwärmen. Der Affe kauerte sich neben sie und lehnte sich an. »Ganz schöne Strecke«, sagte sie zu dem Tier, aber es antwortete nicht.

Links von ihr dehnte sich das Golden Gate, die Verbindung der Bucht von San Francisco mit dem Pazifik. Rechts lag die Stadt, die von hier oben ebenso klein wie in der Glaskugel aussah. Sie hätte sie mit zwei Händen umfassen können.

Sie war allein. Die Maler und die Möwen, die Seelöwen, nichts von alledem war zu hören, nur der Wind rauschte stetig um ihre Ohren. Sie schaute hinunter auf die Stadt und versuchte herauszufinden, was für ein schmerzliches Gefühl sich da in ihrem Innern geregt hatte. Es war eigentlich kein Schmerz, mehr eine Leere. Sie hatte es bemerkt, als sie dem munteren Treiben und den Späßen der Maler gelauscht hatte.

Sie war jetzt fast zwei Monate in der Stadt, aber sie hatte ihre Mutter nicht gefunden. Die Stadt hatte sie nacheinander an die verschiedensten Orte geführt, aber nie dahin, wohin sie eigentlich wollte.

Sie legte sich auf den Rücken. Der Himmel über ihr hatte genau die Farbe der Haarschleife aus Satin, mit der sie ihre Mutter begraben hatte. Ihre Augen füllten sich plötzlich mit Tränen. Ihre Mutter war tot. Sie hatte das immer gewußt, aber sie hatte es verdrängt, wollte es nicht wahrhaben. Und selbst wenn sie den Engel fand, konnte sie im besten Fall den Geist ihrer Mutter zu finden hoffen.

Ein Windstoß blies die Tränen aus Jax' Augen. Aber im Wind waren es keine Tränen mehr, sondern winzige blaue

Schmetterlinge, die gegen den Wind zu ihr zurückflogen. Sie setzten sich auf sie, schützten sich vor dem Wind in den Falten ihrer Kleidung. Sie krochen über ihre Hände und kitzelten ihre kalte Haut mit den feinen Füßchen. Wie winzige Nadeln spürte sie die Beine, und Hitze breitete sich aus, von da, wo sie sie berührt hatten.

Sie konnte nicht aufhören, zu weinen. Sie wußte nicht genau, warum sie weinte. War es wegen der Mutter? Wegen der Stadt? Doch auch ohne Grund kamen die Tränen und ließen sich nicht zurückhalten. Sie wollte mit den Händen die Tränen wegwischen, und die Schmetterlinge flatterten um ihre Fingerspitzen. Sie umschwirrten sie, weiche Flügel und samtige Körper, die ihr Gesicht zu streicheln schienen. Sie krochen auch auf den Stahl der Brücke, breiteten die Flügel aus auf der orangefarbenen Fläche, zitterten ein wenig, wenn der Wind blies. Sie rückten so dicht aneinander, daß sie mit dem Anstrich wie verschmolzen waren und das Orange mit ihren schillernden Flügeln verdeckten.

Die Tränen flossen langsamer. Die Luft war voll von Schmetterlingen, und ihre Augen brannten ein wenig, das Gefühl von Trockenheit und Staub, das den Tränen folgt.

»Jax?« Dannyboys Stimme echote irgendwo unter ihr. »Jax?« Es klang besorgt, das Echo verstärkte die Stimme und verzerrte sie zugleich. Sie hörte das Dröhnen von Metall, und eine Falltür öffnete sich. Dannyboy kletterte heraus.

Er rief nicht wieder, sondern kam heran und legte die Arme um sie. Sie entzog sich ihm nicht. Er war sehr warm vom Aufstieg im Innern des Pfeilers und roch nach Schweiß und Farbe. Neben ihr knurrte der Affe, der sich gestört fühlte. Der letzte Schmetterling landete in Dannyboys Haar, die Flügel zitterten ein wenig.

»Ist alles in Ordnung?«

»Ja, es ist gut.« Sie nickte und blickte hinunter auf die Brücke. Wo immer sie hinsah, sah sie Blau, die Farbe des Haarbands ihrer Mutter und des Himmels vor der Dämmerung.

Ein Farmer aus Marin, der auf dem Weg zu Duffs Handelsstation war, um für seine Produkte Werkzeug einzutauschen, hielt seinen Wagen beim ersten Pfeiler der Golden-Gate-Brücke an. »Verdammt«, sagte er. »Schau einer das an. Sie haben sie blau gestrichen.« Er starrte auf den Drachen, der sich um den Pfeiler wand.

Sein zehnjähriger Sohn war schon vom Ochsenkarren gesprungen, um den Pfeiler näher zu betrachten. »Es sind Schmetterlinge, Dad«, rief er zurück.

»Was soll das heißen, Schmetterlinge?« Der Farmer stieg ab und ging zu seinem Sohn am Pfeiler. Aus der Nähe sah man feine Ritzen zwischen Feldern aus Blau. Es sah aus, als hätte jemand Tausende von Schmetterlingen auf den Stahl gemalt. Tupfen aus Orange waren geblieben, wo die Flügel nicht ganz überlappten. Wo zwei Flügel übereinanderlagen, war das Blau dagegen dunkler. Das Blau schimmerte leicht irisierend im Sonnenlicht.

Der Farmer kratzte mit seinem kräftigen Fingernagel an der Oberfläche. Das Blau ging nicht ab.

»Schau mal, Dad«, sagte der Junge. Er hatte einen lebenden Schmetterling gefunden, der sich auf dem Geländer gesonnt hatte, und ihn zwischen seinen Händen gefangen. »Ich hab' einen!«

»Das gibt doch keinen Sinn«, murmelte der Farmer. »Komm, wir gehen.«

Zögernd ließ der Junge das Insekt fliegen und stieg mit seinem Vater auf den Wagen. Der Schmetterling, ein Nachzügler, der vom Wind abgetrieben worden war, fand einen Fleck Orange von Schmetterlingsgröße, ließ sich nieder und breitete die Flügel aus. Der Ochsenkarren rollte hinüber nach San Francisco.

»Die Leute in dieser Stadt sind verrückt«, sagte der Farmer vor sich hin. »Das war schon immer so.« Aber der Junge lächelte, er dachte an Schmetterlinge; und auch der Farmer war ein wenig glücklicher als zuvor, wenn er auch nicht wußte, weshalb.

17

Rose Maloney war im Distrikt Richmond aufgewachsen, nur ein paar Straßen von der St.-Monica-Kirche entfernt. Jeden Sonntag nahm ihre Mutter sie mit zur Messe. Ihr Vater war Bauunternehmer; er trank reichlich und häufig, und wenn die unvermeidliche Reue ihn überkam, dann büßte er großzügig. Maloney & Co. besserte das Kirchendach aus, reparierte schadhafte Wasserleitungen und Abflußrohre, sorgte für die funktionstüchtige Elektrik.

In Roses Kindheitserinnerungen häuften sich Kirchenbänke aus poliertem Holz, der Geruch von Weihwasser, bunte Glasfenster, in denen jedes Element wie ein Edelstein leuchtete. Als Rose alt genug war, in den Kindergarten zu gehen, wurde sie in jenen der Kirchengemeinde aufgenommen, wo sie die Wochentage unter der Aufsicht schwarz gekleideter Nonnen verbrachte. In den Pausen spielten die Kinder auf dem asphaltierten Platz, auf dem sonntags die Kirchenbesucher parkten. Sie spielten Himmel und Hölle, chinesisches Seilhüpfen, Jägerball und anderes im Schatten des Glockenturms von St. Monica.

Rose war neununddreißig, als die Seuche kam. Sie hatte nie geheiratet und lebte noch immer im Haus ihrer Eltern. Nachdem sie die Oberschule absolviert hatte, nahm sie eine Stelle als Sekretärin an. Sie war dünn, hatte ein breites Gesicht und mausgraues Haar, das der Friseur ihrer Mutter nicht anders schnitt als das der Mutter. Als die Seuche kam, hatte Rose schon viele Jahre in einem kleinen Versicherungsbüro gearbeitet: Sie hatte Formulare getippt, Formulare abgeheftet und Formulare aus den Akten hervorgeholt. Jeden Samstag half sie beim Katechismusunterricht aus, bei Hochzeiten spielte sie die Orgel.

Aber dann kam die Seuche. Der Vater fiel ihr schon bald zum Opfer, und noch die Hälfte der Gemeinde konnte zu seiner Beerdigung kommen. Das Begräbnis ihrer Mutter, zwei Wochen später, war schon recht spärlich besucht. Denn der Tod war etwas Alltägliches geworden. Der Priester hatte Rose zu trösten versucht und die üblichen Plattitüden vom Willen Gottes gemurmelt.

Nach der Seuche, als Rose die letzte Überlebende der Kirchengemeinde war, ging sie noch immer täglich zur Kirche. Sie setzte sich in eine Kirchenbank, schaute hinauf zu Christus am Kreuz und bewunderte das farbige Licht, das durch die Glasfenster strömte. Sie vermißte die Gespräche mit anderen Gemeindemitgliedern, auch die Einladungen zum improvisierten Abendessen an den Sonntagen. Aber dennoch fühlte sie sich in der leeren Kirche noch immer zu Hause.

Sie sorgte gut für die Kirche. Jeden Morgen kehrte sie den Marmorboden des Gemeindesaals. Sie füllte die Bekken mit frischem Wasser – es war kein Weihwasser, aber das ließ sich nicht ändern. Sie goß die Pflanzen in den Blumenkästen neben dem Eingang. Das war ihre liebste Pflicht, denn sie war schon immer eine leidenschaftliche Gärtnerin gewesen.

An einem Sonntag, drei Monate nach der Seuche, saß sie in der leeren Kirche und schaute zum Altar. Er sah so schrecklich leer aus. Sie fragte sich, ob Gott etwas dagegen hätte, wenn sie ihn mit Blumen schmückte. Sicherlich hatte ER nichts dagegen.

Während sie noch überlegte, flog eine Grasmücke durch die offene Tür, setzte sich auf den Altar, legte den Kopf schief und sang. Dann flog sie auf den Kopf von Christus. Es war ein Zeichen Gottes, dachte Rose.

Sie begann ganz vorsichtig mit einigen Geranientöpfen unter dem Kruzifix und Zubern mit Efeu bei jeder Station des Kreuzwegs. Sie nahm die Pflanzen aus dem Kindergarten, wobei sie ihre Gewissensbisse dadurch stillte, daß sie die Kosten zusammenzählte und auf dem Schreibtisch einen Schuldschein hinterließ.

Sie öffnete die Kirchenfenster, um mehr Luft und Licht

hereinzulassen. Nun kamen Finken und Spatzen, um den kühlen Innenraum zu inspizieren. Sie begann sie zu füttern – auf den Marmorboden neben dem Altar streute sie Vogelfutter. Und jeden Tag fügte sie etwas Neues hinzu: einen Blumenkasten mit einer zartblättrigen Kletterpflanze, eine Nachbildung einer griechischen Urne mit einem kleinen Olivenbaum, eine Zimmerpalme, die sie aus einem Wohnzimmer gerettet hatte.

Nach ungefähr einem Jahr zog sie in das Pfarrhaus, um ihrem Garten näher zu sein. Sie stellte eine ganze Reihe Tonnen auf, um Regenwasser zu sammeln, so daß sie während des Sommers gießen konnte. Am Fuß des Glockenturms pflanzte sie Efeu, im Taufbecken Bambus. Als ein leichtes Erdbeben drei der bunten Glasfenster zerspringen ließ, entfernte sie das Glas, um mehr Licht hereinzulassen. Die Pflanzen gediehen; die Vögel sangen im dichten Laub und bauten auf dem Querbalken des Kruzifixes ihre Nester.

Dannyboy sah zu, wie Buch durch ein Buch für Schmetterlinge blätterte. »Und dieser da?« fragte Buch und zeigte Jax das Buch, während er mit dem Finger auf das Bild eines blaßblauen Schmetterlings tippte. »Er hat etwa die richtige Größe, und er ist gleichmäßig blau, wie du sagtest.«

Jax betrachtete das Bild und schüttelte den Kopf. »Eine andere Farbe. Sie werden es selbst sehen, wenn Sie zur Brücke gehen. Das Blau war viel dunkler.«

Buch suchte weiter in dem Buch. Die letzten Stunden hatte er damit verbracht, den Vorfall auf der Brücke, wie ihn Jax ihm erzählte, aufzuschreiben; er mußte für seine Geschichte der Stadt alle Einzelheiten kennen. Und dazu gehörte die exakte Angabe der Schmetterlingsart. Er mußte es herausfinden, aber er hatte kein Glück damit. »Du bist sicher, daß es keine Falter waren?« murmelte er.

»Es können auch Falter gewesen sein«, sagte Jax, »so groß ist der Unterschied zwischen Schmetterlingen und Faltern doch gar nicht, oder?«

Buch schüttelte den Kopf und zog ein anderes Buch aus dem Stapel auf dem Tisch. Dannyboy ging davon und überließ die beiden ihren Nachforschungen. Er schlenderte die breite Treppe zur Vorhalle hinunter und blieb am Eingang stehen.

Den ganzen Vormittag hatte es unablässig genieselt, und der Himmel war von trübem Grau. Er war unruhig, es fiel ihm auf die Nerven, daß man drinnen bleiben mußte. Und seit die Schmetterlinge es überflüssig gemacht hatten, den Rest der Brücke zu streichen, kam er sich selbst überflüssig vor. Er brauchte ein neues Ziel.

Er hörte eine Fahrradklingel und sah Mrs. Migsdale, die die McAllister Street herunter auf ihn zukam. Ihr orangegelber Poncho flatterte im Wind wie ein exotischer Vogel, der sich verzweifelt in die Luft erheben wollte. Sie hielt am Bordstein und lehnte das Rad gegen einen Laternenpfahl.

»Hallo«, grüßte sie ihn, als sie die Stufen heraufkam. »Gut, dich hier zu finden. Ich wollte Buch bestellen, daß Vierstern einen Spähtrupp zu Duffs Station geschickt hat. Es scheint ihm ernst zu sein.«

Dannyboy fühlte eine freudige Erregung in sich aufsteigen, die er zu bremsen versuchte. Es schien ihm nicht angemessen, sich zu freuen, wenn die lang erwartete Invasion endlich wahr wurde.

In der Vorhalle zog Mrs. Migsdale den Poncho aus, Wasser triefte nach allen Seiten auf den Marmorboden. Sie hing das nasse Stück über den Ausgangsschalter für Bibliotheksbesucher, um ihn trocknen zu lassen. Dannyboy folgte ihr die Treppe hinauf, wo sie Jax und Buch bei ihrer Suche unterbrach, um ihnen die Neuigkeit zu berichten.

»Zehn Männer, angeführt von einem kleinen, dunklen Typ namens Rodriguez. Sieht aus, als wären sie die lange Route gekommen: über die Richmond-Brücke und dann über die Golden Gate. Rodriguez behauptet, er hätte einen Zusammenstoß mit den Black Dragons in Oakland vermeiden wollen, sagt Duff. Aber Duff glaubt, daß er nicht den

Weg mitten durch die Stadt nehmen wollte. Ein vorsichtiger Mann, würde ich sagen.«

Dannyboy bemerkte, daß Jax' Miene finster und grimmig geworden war. Er strich über ihre Schulter, aber sie schien es nicht zu bemerken.

»Duff sagte, er wolle alles mögliche über die Stadt wissen. Er wolle auch mit den Vertretern der Stadtregierung reden.«

»Ich werde mit ihm reden«, sagte Dannyboy im selben Moment, in dem Jax sagte: »Ich werde zu ihm gehen.«

Mrs. Migsdale schaute Buch an. »Ich dachte, wir sollten alle zusammen gehen, nicht wahr?«

Wie gewöhnlich herrschte auf dem asphaltierten Vorplatz von Duffs Handelsstation reger Betrieb; es wimmelte von Farmern, Händlern, Leuten, die vom Durchstöbern herrenloser Häuser lebten, und Stadtbewohnern. Farmer boten von ihren Wagen herab oder auf behelfsmäßigen Ständen ihr Gemüse zum Tausch an. Auf den Planen, die sie als Wetterschutz darübergespannt hatten, verdampfte der letzte Regen in der Nachmittagssonne.

Dannyboy und die anderen folgten Mrs. Migsdale über den Markt. Sie kannte viele der Händler beim Namen, erkundigte sich nach der Familie und versprach, später, wenn die Sache mit Rodriguez erledigt war, auf einen Punsch vorbeizukommen.

»Missis Migsdale kennt fast alle Leute, die hier Geschäfte machen«, sagte Dannyboy zu Jax. »Das hier ist eine ihrer Informationsquellen für die Neuen Stadtnachrichten.«

Jax nickte, aber sie antwortete nicht. Sie hielt die Armbrust in der rechten Hand, die linke tastete nervös in der Nähe des Gürtels herum, wo das Messer steckte.

»Alles in Ordnung?« fragte er und faßte sie am Arm.

»Ich wünschte, ich hätte mich geirrt.« Ihre Stimme war in

dem lärmenden Treiben des Marktes kaum zu hören. »Ich dachte, es könnte ja sein, daß sie schließlich doch nicht kommen.«

Er drückte ihren Arm, um seine Worte zu unterstreichen. »Du mußt ja nicht mit ihnen sprechen. Du kannst doch nach Hause gehen, wenn du willst.«

Sie blitzte ihn höhnisch an. »Nach Hause? Aber sicher kann ich das! Damit diese Kerle euch zum Frühstück verspeisen.«

»Vielleicht unterschätzt du uns«, protestierte Dannyboy, »du würdest dich wundern ...«

»Bestimmt«, sagte sie geringschätzig. Sie richtete sich entschlossen auf und pfiff Jezebel herbei, die hingebungsvoll an einem unbewachten Korb mit getrocknetem Fisch schnupperte. »Von mir aus kann's losgehen.«

Unter dem Vordach eines der Häuser, die den Platz säumten, entdeckten sie einen barfüßigen Soldaten, der an die Wand gelehnt seine schwarzen Stiefel polierte. »Entschuldigen Sie«, sagte Mrs. Migsdale, »wir suchen einen Mann namens Rodriguez.«

Der Soldat war ein Chicano, nicht älter als Dannyboy; er schaute von seiner Arbeit auf und musterte sie mit Augen, die ebenso schwarz und ausdruckslos waren wie seine blanken Stiefel. »Sie meinen Major Rodriguez?«

»Das ist er wohl«, sagte Mrs. Migsdale.

»Und was wollen Sie?«

Dannyboy fühlte, wie Jax sich anspannte, aber sie sagte nichts. Mrs. Migsdale ließ sich von dem Ton des Jungen nicht beeindrucken. »Wir haben gehört, daß er mit Abgesandten der Stadt sprechen möchte«, sagte sie freundlich.

»Ihr seid Abgesandte?« Der Soldat musterte die Gruppe, seine Augen blieben an Mrs. Migsdales orangegelbem Poncho und Buchs fleckigem grauen Anzug hängen, und er lachte. »Soll das ein Witz sein? Die Zustände hier sind ja noch schlimmer, als wir dachten! Ist der Hund auch ein Abgesandter?«

»Wollen wir nicht bei der Höflichkeit bleiben?« begann Buch. »Ich weiß wirklich nicht ...«

Dannyboy sah, wie Jax die Armbrust hob. »Soldat, wir wollen nicht unsere Zeit mit deinem Geschwätz verschwenden«, sagte sie und jagte den Bolzen in die Holzwand des Hauses, nur eine Handbreit über dem Kopf des Jungen. Mit einem scharfen Krachen drang der Bolzen in das Holz. Ohne den Blick von dem Soldaten abzuwenden, legte Jax einen neuen Bolzen ein und hob die Waffe zum zweiten Mal.

Dannyboy bemerkte, daß die Händler, die am nächsten standen, verstummt waren und die Szene beobachteten. Die Augen des Soldaten glitten hin und her, von Jax zu den Händlern und zurück. Ihre Mundwinkel hoben sich zu einem leichten Lächeln. »Ich wollte nur, daß du uns zuhörst«, sagte sie freundlich.

»Warum versuchst du's nicht mit Höflichkeit, Junge?« schlug ein Händler vor.

»Glaub' nicht, daß er weiß, was Höflichkeit ist«, sagte ein Farmer, der neben ihm stand.

»Das alles muß doch nicht sein«, sagte Mrs. Migsdale. »Sagen Sie doch einfach Major Rodriguez, daß wir hier sind. Ich bin sicher, daß er mit uns sprechen möchte.«

Der Soldat tat ein paar Schritte zur Seite, ohne seine Stiefel mitzunehmen, und verschwand im Hauseingang. Dannyboy legte eine Hand auf Jax' Schulter. »Beruhige dich«, murmelte er. Sie zitterte leicht. »Es ist alles okay.«

An einem Fenster im oberen Stock bewegte sich der Vorhang, als hätte jemand einen Blick durchs Fenster geworfen. Einige Minuten darauf kam ein anderer Soldat – in Stiefeln und ein Gewehr in der Hand –, um sie in ein kleines Wohnzimmer zu führen.

Major Rodriguez war ein glattrasierter Mann mit militärisch kurzem Haarschnitt. Er lächelte, als Buch die Mitglieder der Delegation vorstellte, doch war es nur eine Bewegung der Lippen. Seine Augen lächelten nicht. »Bitte entschuldigen Sie den Zwischenfall vor der Tür. Ich habe Sie nicht erwartet.« Es klang eher, als hätte er eine höchst langweilige Pflicht zu erledigen.

Er schüttelte Buch, Mrs. Migsdale und Dannyboy die Hand. Jax war im Hintergrund geblieben. Der Soldat, der sie hereinbegleitet hatte, hielt sein Gewehr schußbereit und ließ Jax nicht aus den Augen. Der Major wies auf die Couch, und Mrs. Migsdale und Dannyboy setzten sich.

»Machen Sie es sich bequem«, sagte er zu Jax.

Sie rührte sich nicht. »Es ist bequem so«, sagte sie.

Für einen Augenblick verschwand das Lächeln. Er zuckte die Achseln. »Wie Sie wollen.« Er wandte sich Buch zu, den er offensichtlich für den Sprecher der Gruppe hielt. »Sagen Sie mir, welchen Teil der Stadtbevölkerung repräsentieren Sie?«

Buch fuhr sich mit der Zunge über die Lippen. Er runzelte die Stirn. »Wir repräsentieren natürlich uns selbst. Aber wir können mit den anderen reden. Sie müssen wissen, es gibt keine Regierung repräsentativer Art in der Stadt. Entscheidungen trifft die Ratsversammlung, zu der alle gehören. Wir kommen zusammen und diskutieren. Aber es ist erstaunlich, wie wenige Dinge wirklich alle interessieren. Das meiste kann in kleineren Ausschüssen erledigt werden.«

»Ich verstehe. Aber Sie wurden bestimmt, um für die Bürger der Stadt zu sprechen.«

»Überhaupt nicht«, sagte Buch. »Wir dachten nur, wir sollten mal herkommen und sehen, was Sie von uns wollen.«

Rodriguez runzelte die Stirn. »Dann ist das gar keine offizielle Delegation?«

Buch schaute Dannyboy und Mrs. Migsdale an. »Ebenso offiziell wie alle anderen, die Sie in der Stadt finden können, würde ich sagen. Meint ihr nicht?«

Dannyboy zuckte die Achseln. »Ich glaube schon.«

»Sie können niemanden finden, der offizieller ist als

wir«, sagte Mrs. Migsdale. »Sie können überhaupt froh sein, jemanden gefunden zu haben, der bereit ist, mit Ihnen zu sprechen.«

»Sie können alles Nötige mit uns besprechen«, sagte Buch. »Wir werden den anderen berichten, was Sie zu sagen haben. Warum erklären Sie uns nicht einfach, was Sie hierherführt?«

Rodriguez rutschte unbehaglich auf seinem Stuhl hin und her. Dann richtete er sich auf, als hätte er sich entschlossen, auch unter diesen schwierigen Umständen die Sache weiterzuverfolgen. »Ich nehme an, daß Sie von den Bemühungen der Bürger von Sacramento gehört haben, eine neue, geeinte Nation zu schaffen«, sagte er. »Unter der Führung von General Miles vereinen sich die Bürger dort mit ihren Nachbarn. Wo immer wir verstreute Gruppen von Überlebenden finden, die mühsam versuchen, aus Ruinen eine neue Existenz aufzubauen, schließen wir uns mit ihnen zusammen. Gemeinsam sind wir stark. Ich bin gekommen, um auch Sie einzuladen, uns zu folgen.«

Dannyboy beobachtete die Gesichter seiner Freunde, während Rodriguez sprach. Buch ließ sich nichts anmerken, Jax' Blick war feindselig, und Mrs. Migsdales Miene wurde zunehmend ärgerlicher. Als Rodriguez zu Ende war, saßen sie einen Moment schweigend da. Schließlich ergriff Mrs. Migsdale das Wort.

»Ich würde nicht gerade sagen, daß wir mühsam versuchen, eine neue Existenz aufzubauen«, sagte sie trocken. »Es geht uns eigentlich recht gut.« Sie schaute Rodriguez fest an. Dannyboy kannte diesen Blick; so schaute sie Tommy an, wenn er irgend etwas Ungehöriges tat. »Und soweit ich gehört habe, kann man die Einladungen von General Miles nur schwer abschlagen. Wenn ich richtig informiert bin, wollten die Bürger von Fresno die Einladung ablehnen – trotzdem gehören sie jetzt zum Gebiet Ihres Generals.«

Rodriguez lehnte sich in seinem Stuhl zurück. Dannyboy

hatte das Gefühl, daß ihm der Einwurf Mrs. Migsdales höchst gelegen kam. »In Fresno hat eine Minderheit der Bürger versucht, die Stadt am Beitritt zu unserer Allianz zu hindern. Unsere Armee stand der legitimen Regierung bei, diesen Widerstand zu überwinden.« Er lächelte und zeigte seine gelben Zähne. »Wenn Sie heute Fresno besuchen, dann werden Sie sehen, daß die Bürger stolz darauf sind, zu uns zu gehören.«

»Das kann ich nur schwer glauben«, murmelte Mrs. Migsdale.

»Könnten Sie etwas präziser sein, Major?« fragte Buch ganz ruhig. »Ich meine, was genau wollen Sie von uns?«

»Wir möchten militärisch mit Ihnen zusammenarbeiten«, sagte Rodriguez. »Unsere Streitkräfte können Sie vor allen Feinden beschützen. Im Austausch dafür werden die Ressourcen der Stadt auch uns zur Verfügung stehen. Beide Seiten werden profitieren.«

Dannyboy sprach nun zum ersten Mal. Rodriguez hatte ihn tatsächlich verwirrt. »Ich verstehe nicht. Vor wem wollen Sie uns beschützen? Die einzigen, mit denen wir je Ärger hatten, sind die Black Dragons; aber sie waren schon seit Jahren nicht mehr auf dieser Seite der Bucht.«

Rodriguez blickte zu Dannyboy. Offensichtlich störte ihn die Einmischung dieses weniger wichtigen Mitglieds der Delegation. »Ich bin sicher, daß Sie über die Fanatiker im Süden und die Bigamisten im Osten im Bilde sind«, sagte er. »Die neue Gesellschaft ist bedroht von Menschen ohne Heimat, die wie Zigeuner durchs Land wandern, Krankheiten verbreiten und stehlen. General Miles wird der neuen Nation die Ordnung und Sicherheit bringen, die sie dringend braucht.«

Dannyboy kratzte sich am Kopf. »Ich habe das fahrende Volk und die Händler immer gemocht. Sie haben mir oft interessante Dinge erzählt. Und wie würden wir Neuigkeiten erfahren, wenn es sie nicht gäbe?«

»Das meine ich auch«, sagte Buch. »Gestern hatte zum

Beispiel ich eine erstaunliche Unterredung mit einem Mormonen, der für eine Nacht hier haltmachte. Wirklich ein intelligenter Mann, allerdings war seine Bibelauslegung nach meinem Geschmack recht eng.«

»Ich glaube, daß wir da eine grundsätzliche Meinungsverschiedenheit haben«, mischte sich Mrs. Migsdale ein. »Sie meinen, daß ein Zusammenschluß zu einem größeren und mächtigeren Staat an sich schon etwas Gutes hat. Ich für meinen Fall war schon immer überzeugt, daß die Bedeutung des Staates ungeheuer überschätzt wird. Ich kann nicht sagen, daß ich jemals besonders stolz auf Amerika war. Amerika als Ganzes hat mich nie interessiert, obwohl ich meine unmittelbare Umgebung immer schätzte. Ich war immer für lockerere Strukturen, vielleicht wie die Stadtstaaten des alten Griechenland.«

Dannyboy ergriff das Wort. »Ich halte nicht viel davon, daß jemand wieder Ordnung schaffen möchte«, sagte er. »Unordnung ist etwas Phantastisches. Eine Menge Gründe sprechen für das Chaos. Es ist schöpferisch und anregend. Deshalb haben wir einander nicht viel zu sagen. Wahrscheinlich haben wir kaum etwas gemeinsam.« Er wartete, um Rodriguez' Gesichtsausdruck zu sehen. Der Mann wirkte etwas angegriffen, deshalb suchte Dannyboy nach einem Vorschlag, der ihn trösten konnte. »Sie können ja einige Künstler hierherschicken. Ein paar wenige, vielleicht. Das könnte spaßig werden. Sie würden neue Ideen mitbringen, das wäre interessant.«

»Keine schlechte Idee«, sagte Buch. »Ein Kulturaustauschprogramm. Einige Dichter und Maler. Vielleicht auch Bildhauer – wir haben eine sehr aktive Bildhauergruppe hier.«

»Bildhauer«, echote Rodriguez mit erstickter Stimme, »Dichter und Maler.« Er schüttelte langsam den Kopf. »Sie sind sich Ihrer Lage nicht bewußt.« Er zögerte, holte tief Luft. »General Miles wünscht eine Allianz mit San Francisco. Das beste wäre, Sie würden in Ihrem eigenen Interesse zustimmen. Da Sie zur Zeit keine ordnungsgemäße Regierung haben, würden wir Sie beim Einsetzen einer provisorischen Regierung unterstützen. Danach ...«

»Und wenn wir das Angebot ablehnen?« unterbrach Mrs. Migsdale.

Rodriguez zuckte die Achseln. Sein Gesichtsausdruck war zu der bemühten Freundlichkeit zurückgekehrt, aber das Lächeln enthielt eine versteckte Drohung. »Ich rate Ihnen dringend, anzunehmen. General Miles wird San Francisco bekommen, auf die eine oder andere Weise.«

Dannyboy hörte, daß Jax sich bewegte. Er warf ihr einen warnenden Blick zu. Sie feuchtete ihre Lippen an und rührte sich nicht mehr.

»Ich bin nicht einverstanden«, sagte Mrs. Migsdale und stand auf. »Das beste ist, wir gehen. Wir haben genug gehört.«

Dannyboy hielt Jax' rechten Arm in festem Griff, während der Soldat sie nach draußen begleitete. Es schien, daß sie bald genug Ärger haben würden.

18

Am anderen Morgen warf Rodriguez einen Blick auf seine Karte und machte sich dann mit vier seiner Leute in die Stadt auf. Sie ritten die Geary Street hinunter, in die Richtung dessen, was einmal das Geschäftsviertel gewesen war. Er war sicher, daß es hier keinen Ärger geben würde. Wenn die Leute in der Stadt alle so waren wie das seltsame Quartett, das mit ihm zusammengetroffen war, dann würde es ihnen nicht schwerfallen, die Stadt zu übernehmen. Keine zentrale Regierung, keine Organisation – der Widerstand konnte nur dürftig sein.

Der Himmel war bedeckt, und Nebelschwaden zogen

durch die Straßen. Es war alles still, bis auf das Klappern der Hufe auf dem Asphalt und dem Klirren des Zaumzeugs.

Zunächst fand Rodriguez die Stadt nicht sonderlich aufregend. Er hatte schon einige verlassene Städte durchstreift. San Francisco war lediglich größer als alle anderen.

Sie waren wenige Kilometer von Duffs Station entfernt, als Rodriguez zum ersten Mal Unterschiede zu anderen Orten feststellte. An einer Kreuzung fanden sie Hunderte von identischen Spielzeugpuppen, die die Soldaten mit großen, blauen und glasigen Augen anstarrten. Die Puppen saßen auf dem Randstein, dem Gehweg und den grünen Holzbänken der Bushaltestellen. Über dem Eingang eines Ladens war ein Metallgestänge montiert, das einst eine Markise getragen hatte; die Leinwand war zu Fetzen verrottet. Auch hier zwängten sich Hunderte von Puppen, die plumpen Beinchen um die Rohre geschlossen. Wenn der Wind wehte, flatterten die Leinenreste und schlugen gegen die nackten Plastikbäuche.

Ein Pferdehuf streifte eine Puppe und warf sie um. Ein seltsames Miauen klang aus der Puppe: »Maaa-Maaa.« Das Pferd scheute, der Soldat konnte es jedoch wieder zügeln.

Es gab keinen vernünftigen Grund, aber das leblose Starren der blauen Porzellanaugen ging Rodriguez auf die Nerven. Wer konnte sich die Mühe machen, so viele Puppen zu sammeln? Wer konnte sich mit so etwas beschäftigen? Es sah schon wie eine Szene aus einem unangenehmen Traum aus. Nicht gerade ein Alptraum, aber einer von der beunruhigenden Sorte, in dem nichts so ist, wie es eigentlich sein müßte. »Zeitverschwendung«, murmelte er zu dem Mann neben ihm, und der Soldat nickte nervös.

Einen Block weiter hörte Rodriguez aus der Ferne ein Kreischen: ein hohes metallisches Geräusch, das irgendwie hysterisch klang. Er hielt das Pferd an, um nach dem Ursprung des Lärms Ausschau zu halten. Und da kamen aus einer Seitenstraße einige Dutzend ferngesteuerter

Spielzeugautos angerast, jedes von der Größe einer stattlichen Ratte. Sie waren aus Kunststoff in leuchtenden Farben, die Karosserien mit Rallyestreifen und Nummern verziert.

Seine Stute war nicht mehr zu halten. Sie bäumte sich auf, als die kreischenden Autos zwischen ihren Beinen durchsausten, in irrwitzigen, völlig unvorhersehbaren Zickzackkursen. Das Tier hüpfte und bockte, als wollte es alle vier Beine gleichzeitig vom Boden bekommen. Rodriguez hatte zu tun, um es wieder in den Griff zu bekommen, aber es reagierte nicht auf Zügel und Sporen. Ringsumher hüpften die anderen Pferde. Das Pferd, das schon vorher scheu geworden war, raste in die Richtung der Puppen.

Die Spielzeugautos drehten eine Runde auf der Kreuzung und verschwanden im Zickzackkurs in einer Nebenstraße. Rodriguez konnte endlich sein Pferd beruhigen. »Brrr«, machte er vorsichtig und tätschelte seinen Hals. Seine Augen waren noch weit aufgerissen, aber es blieb ruhig stehen.

Eines der Pferde war auf ein Spielzeugauto getreten. Halb zertrümmert lag es auf der Straße, bewegte sich hin und her und machte noch immer das widerlich kreischende Geräusch.

Rodriguez stieg ab, um es sich näher anzusehen. Das infernalische Kreischen kam von einer Vorrichtung auf dem Rücken des Autos. Er stocherte mit dem Gewehrlauf daran herum, kippte es dann auf den Rücken. Die Räder drehten sich in der Luft, das Geräusch war plötzlich eine Oktave höher.

Jemand mußte die Fernsteuerung dieser Autos bedienen. Er schaute sich um. Nebel wirbelte um die hohen Häuser. Keine Menschen, kein Geräusch. Nicht weit davon sah man die Pagodenspitze des Japan Center. Er wußte durch seine Karte, daß sie die halbe Strecke bis zur Innenstadt zurückgelegt hatten.

»Es ist nichts als so ein verdammtes Spielzeug«, sagte er verächtlich. Er trat auf das kleine Auto. Blech bog sich, und Plastik knackte unter seinen Stiefeln. Er trat immer wieder zu, bis das Kreischen aufhörte. Er blickte auf und sah, daß seine Männer ihn anstarrten; dann kickte er die Überreste in den Rinnstein.

Vom Dach des Miyako-Hotels im Japan Center beobachtete Dannyboy durch ein Fernglas, wie Rodriguez das Auto zerstörte. »Ein Opfer«, sagte er, »tut mir leid, Maschine.«

Maschine war mit der Fernsteuerung beschäftigt, er lenkte den Autoschwarm in eine sichere Entfernung von den Soldaten. »Keine Ursache. Es gibt noch viel mehr davon in den Spielzeugläden.«

»Er ist wütend«, sagte Jax. Sie saß neben Dannyboy und besah sich die Szene durch ein anderes Fernglas. »Er hat die Beherrschung verloren.«

Dannyboy legte ihr die Hand auf die Schulter. Sie fühlte sich hart an, die Muskeln gespannt. »Nur keine Aufregung«, sagte er. »Bleib ganz ruhig.«

Sie warf ihm einen Blick zu, dann richtete sie das Glas wieder auf Rodriguez. »Sag das dem Mann, der Spielzeug kaputtmacht. Ich bin doch nicht aufgeregt.«

Er ließ ihre Schulter los und nahm sein Fernglas wieder in beide Hände. Aber er glaubte ihr nicht.

Rodriguez stieg auf sein Pferd und führte seine Leute weiter die Geary Street hinunter. Der Nebel war dichter geworden. Fast schien er hinter ihnen eine Wand zu bilden; alle Geräusche verschluckte er. Das Getrappel der Hufe klang gedämpft, und wenn das Geschirr seines eigenen Pferds klirrte, schien es von weit her zu kommen. Graue Schwaden, unangenehm kalt, zogen an ihnen vorbei, bewegt von einer leichten Brise. »Merkwürdige Luftströmungen«, murmelte Rodriguez, um die Stille zu durchbrechen. »Muß an der Ausrichtung der Straßen liegen. Die Einschnitte zwischen den Häusern kanalisieren den Wind.«

Die Stille verschluckte seine Worte. Was er wahrnahm, war lediglich das Geräusch seines Atems. Das Gewehr hielt er noch immer in der Hand, er hatte es nach dem Zwischenfall mit dem Spielzeugauto nicht wieder ins Futteral gesteckt. Er bemerkte, daß auch die anderen ihre Gewehre in die Hand genommen hatten. »Wenn's weiter nichts ist«, sagte er ruhig, »so ein bißchen Nebel.« Der Klang seiner Stimme gefiel ihm überhaupt nicht.

Sie ritten einige Zeit, und nichts passierte. Er begann allmählich, sich zu entspannen. Jede fremde Stadt konnte einem auf die Nerven gehen, doch wenn man entspannt war, konnte es einen nicht so bedrücken. Jetzt wirkte die Stadt schon beinahe einladend. Einige der Gebäude sahen sogar vertraut aus. Und mit einemmal wurde ihm klar, daß er die Gebäude schon früher gesehen hatte. Sie hatten die Abzweigung erreicht, die zurück zu Duffs Handelsstation führte – er konnte sie schon in der Ferne sehen.

»Wir müssen im Nebel die Orientierung verloren haben.« Er trieb sein Pferd an, um zurückzukommen. Sie gelangten zu der Stelle mit den Puppen, ritten an der Seitenstraße vorbei, aus der die Spielzeugautos gekommen waren. Und kurz darauf sahen die Gebäude wieder vertraut aus. Und wieder versuchten sie, die Richtung zu Duffs Station einzuschlagen.

Rodriguez fluchte und suchte in der Karte. Sie versuchten es wieder, folgten der Balboa Street. Irgendwie gelangten sie in dem Nebel zurück zu Duff.

Und so war es auch am nächsten Tag, auch am Tag danach, bis Rodriguez schließlich nach Sacramento zurückkehrte. Er würde General Miles empfehlen, eine andere Route durch die Stadt zu nehmen.

19

Am Tag nach Rodriguez' Rückzug saß Jax auf dem Dach des St.-Francis-Hotels und befiederte einen neuen Satz Bolzen für ihre Armbrust. Der Schaft bestand aus einem Aluminiumrohr, das sie in einem Eisenwarenladen der Innenstadt gefunden hatte. Auf Jax' Bitte hatte Maschine es zugeschnitten, je dreißig Zentimeter lang, und eine Spitze aus rostfreiem Stahl aufgesetzt. Maschine hatte sich auch erboten, für Leitflächen zu sorgen: Er hatte dünnes Kupferblech, das sich als Ersatz für Federn eignete. Aber Jax hatte abgelehnt; sie zog die echten Federn vor, die sie im Golden-Gate-Park gesammelt hatte. Federn von Habicht und Eule – Jax stellte sich vor, daß damit die Bolzen besser fliegen konnten als mit leblosem Kupfer.

Der Himmel war klar und von hellem Blau, reingewaschen durch den Regen des Vormittags. Eine Pfütze hatte sich in einer Ecke der Dachfläche gebildet, und drei Spatzen badeten darin. Sie plantschten mit großem Getue.

Jezebel ließ sie nicht aus den Augen, doch wollte sie sich nicht von ihrem Platz neben Dannyboy erheben. Dannyboy lag da, eine Hand hinter den Kopf gelegt.

Jax legte eine Feder vor sich auf den Boden. Mit dem Taschenmesser schlitzte sie sauber den Kiel auf, dann schnitt sie ihn auf die passende Länge zurecht.

»Warum machst du denn deine Bolzen aus Metall?« fragte Dannyboy. Sie blickte zu ihm hinüber und sah, daß er sie musterte. »Du hast sie doch sonst immer aus Holz gemacht.«

»Sie sind stabiler«, sagte sie. Sie reichte ihm einen der fertigen Bolzen.

»Du machst eine ganze Menge davon.«

»Ich denke, daß ich eine Menge davon brauchen werde.« Sie schaute ihm zu, wie er mit den Händen den Schaft entlangfuhr und dann die Spitze prüfte. Missis Migsdale meint, daß wir ungefähr einen Monat Zeit haben, bis Vierstern und seine Armee hier sein werden.«

Dannyboy rollte den Bolzen zwischen den Händen. »Und du willst dich ihm mit einer Armbrust entgegenstellen?«

»Das ist besser als nichts.«

Er gab ihr den Bolzen zurück und blickte wieder hingebungsvoll in den Himmel. »Könnte mir denken, daß es da bessere Möglichkeiten gibt.«

»Na ja, kann doch sein.« Sie legte den Bolzen neben die anderen und wählte eine Feder aus. »Schlange sucht nach Pistolen und Gewehren, aber alle gängigen Quellen sind schon vor Jahren geräumt worden. Er machte ein Waffenversteck in einem Haus am Sunset Boulevard aus und sucht nach mehr. Aber das Problem ist die Munition.«

Er schaute sie an; wieder hatte sie einen Bolzen in der Hand. »Du möchtest sie töten?«

Sie runzelte die Stirn, denn sie wußte nicht, worauf er hinauswollte. Natürlich wollte sie die Feinde töten. »Ja, Sie töten, bevor sie mich töten.« Sie wollte eine neue Feder präparieren, aber das Messer rutschte ab und ruinierte die eine Hälfte des Kiels. Seine Fragen machten sie nervös.

»Da stimmt etwas nicht«, sagte er behutsam.

»Ach, wirklich?« Sie versuchte, die andere Hälfte des Kiels zuzuschneiden, aber wieder rutschte sie ab. Sie klappte das Messer zusammen und wandte sich Dannyboy zu. »Also gut – dann erzähl mir, was daran nicht stimmt.«

»Vierstern kommt hierher, mit Waffen, mit Gewalt – und wir schlagen auf dieselbe Weise zurück. Das ist nicht richtig. Gewehre, Messer – das sind Dinge, die zu Vierstern gehören, nicht zu uns. Wenn wir dasselbe tun wie er, dann sind wir doch kein bißchen besser. Wir werden dann genauso wie der Feind, den wir bekämpfen.«

Sie blickte auf die halbfertigen Bolzen hinunter. Sie mochte es nicht, wenn er so redete. Wie sollten sie denn genauso werden wie der Feind? »Ich verstehe nicht, was du meinst.«

»Wir können nicht gewinnen, wenn wir Waffen benutzen«, sagte Dannyboy, »diese Sache ist viel komplizierter.« Er drehte sich auf die Seite und stützte einen Arm auf, um ihr ins Gesicht zu sehen.

»Wie kannst du nur so reden«, sagte sie, »wir können gewinnen. Alles was wir brauchen, sind Waffen. Oder Sprengstoff. Wir könnten die Brücke sprengen, wenn sie kommen.«

Dannyboy schüttelte den Kopf. »Das ist die falsche Methode. So können wir nicht gewinnen.«

Sie schlug die Arme übereinander, um zu verbergen, daß ihre Hände zitterten. »Nun, dann sag mir, welches die richtige Methode ist?«

»Sei doch nicht böse«, sagte er. »Das ist es doch, was ich herausfinden möchte.« Er rieb sich nachdenklich das Kinn. »Weißt du, Duff hat mir einmal ein Kartenspiel beigebracht, das Poker hieß. Aber ich habe immer verloren dabei.«

»Und?«

»Als ich Duff fragte, warum ich denn immer verliere, da grinste er und sagte: Du kannst einen Mann nicht mit seiner eigenen Methode schlagen. Und ich glaube, er hat recht.« Nach einer Pause fuhr er fort: »Du meinst, es gibt nur eine Art zu kämpfen – mit Gewehren, Messern und Töten. Aber ich denke, daß du damit Vierstern ungewollt unterstützt. Das ist seine Art, zu kämpfen. Es ist sein Spiel, doch wir müssen ihn dazu bringen, *unser* Spiel zu spielen, und nicht versuchen, ihn in seinem zu schlagen.«

»Was ist unser Spiel?« fragte sie.

Er blickte auf seine Hände. Unter jedem Fingernagel sah man einen Halbmond aus hellblauer Farbe, ein Andenken an die Golden-Gate-Brücke. »Unser Spiel? Wir können Fremde aus der Stadt heraushalten. Wir können die Farmer bei Duff haltmachen lassen, daß sie aus der Stadt bleiben. Wir können den Leuten einen Aspekt der Welt zeigen, den sie noch nie zuvor gesehen haben. Wir können Leute nervös machen. Wir können ihnen auch einreden, etwas auf alle möglichen Arten zu sehen.«

»Das sind alles hervorragend nützliche Talente, besonders in einem Krieg«, sagte sie.

Er hob den Blick von seinen Händen und sah ihr in die Augen. »Sie könnten es sein«, sagte er. »Wir brauchen die Soldaten Viersterns nicht zu töten. Wir müssen nur auf ihren Geist Einfluß nehmen. Wir müssen sie nur glauben machen, daß wir sie jederzeit töten *könnten*. Laß uns diesen Krieg doch wie ein künstlerisches Projekt planen.«

Jax schüttelte den Kopf. »Nein.«

Er schien ihre Verweigerung nicht zu bemerken. »Ich habe einige Male mit Buch gesprochen. Er sagt, daß der Ausgang eines Krieges größtenteils von der Moral und der Zuversicht der Menschen abhängt, die ihn führen. Er erzählte mir von einem Krieg, den Amerika in einem Land geführt hat, das Vietnam heißt. Wirklich ein kleines Land, dieses Vietnam, und es stand gegen die geballte Macht Amerikas.« Er setzte sich auf, so sehr hatte er sich in Begeisterung geredet. »Und Vietnam hat gewonnen. Sie haben die Amerikaner ins Meer getrieben.«

»Ohne einen Mann zu töten?«

»O nein, sie haben viele getötet – aber das war nicht das Entscheidende. Entscheidend war, sagte Buch, daß die amerikanischen Truppen ihre Moral verloren. Sie glaubten nicht mehr daran, daß sie gewinnen konnten. Und deshalb verloren sie.« Dannyboy beugte sich vor, streckte die Hände aus. »Buch hat mir auch von einem Mann erzählt, der Gandhi hieß. Sein Land war von den Engländern besetzt worden, und Gandhi hat sie vertrieben. Doch anstatt sie anzugreifen, hat er sich ihnen in den Weg gestellt. Passiver Widerstand, so nennt man das. Die Engländer wußten nicht, was sie tun sollten. Sie fanden keinen Rat, wie sie mit diesem Gandhi fertig werden sollten. Und so zogen sie sich eines Tages zurück. Ich denke, daß wir etwas in dieser Art zustande bringen könnten.«

Jax schüttelte den Kopf. »Du verstehst überhaupt nichts. Krieg ist niemals Kunst. Wir müssen sie töten.«

Dannyboy griff nach ihrer Hand. »Schau, es sind doch auch Menschen. Auch wenn du sie nicht magst, sollte man sie doch nicht töten, wenn es eine andere Möglichkeit gibt. Ich denke, daß ...«

Sie entzog ihm ihre Hand und stand auf. »Du verstehst überhaupt nichts«, sagte sie wieder. Sie drehte sich um, ließ Armbrust und Bolzen liegen und lief über das Dach davon, die Treppe hinunter. Sie hörte, wie Dannyboy ihr etwas nachrief, aber sie blieb nicht stehen.

In ihrem Magen machte sich ein Gefühl breit, so ätzend und zerstörerisch, daß sie sich nicht erlauben konnte, es anzurühren. Sie konnte sich ihm annähern, es orten und vielleicht abschätzen – aber nicht es anzurühren und auszusprechen. Nur die leiseste Berührung verursachte einen Schmerz wie eine schwere Wunde, wie das Frösteln, wenn man sich mit einem scharfen Messer geschnitten hat, bevor noch der beißende Schmerz sich regte.

Sie stand am Haupteingang des Hotels. Auf der Mitte des Platzes reckte noch immer die Dame aus Bronze ihren Dreizack über den faulenden Resten von Kürbisranken und Tomatenpflanzen. Der Regen hatte sie blank gewaschen, daß sie in der Nachmittagssonne glänzten. Sie hatte ihre Augen gen Himmel gerichtet, und nicht anders tat es Dannyboy. Und wie die Statue ignorierte er den Schmutz, der ringsherum lag. Vierstern würde daherspazieren und die Stadt übernehmen, während Dannyboy sich die Wolken am Himmel besah und über eine menschenfreundliche Kriegsführung nachdachte.

Ohne ein bestimmtes Ziel ging Jax los. In den Pfützen spiegelten sich die Hochhäuser des Zentrums. Jede Pfütze zeigte ein anderes Bild der Stadt, aus einem anderen Blickwinkel.

Sie ging immer weiter, weg von Dannyboy. Er erschreckte sie. Sie verstand ihn nicht. Die Wörter, die er sagte, waren jedes für sich sinnvoll – aber zusammengenommen ergaben sie keinen Sinn. Dabei glaubte er an diese Worte, und das war es, was sie am allermeisten erschreckte.

Er hatte Vertrauen in die Welt, in die Menschen – und das war das schlimmste. Er redete ihr zu, nicht alles so tragisch zu nehmen – als wäre sie diejenige, die im Irrtum sei. Sagte sie ihm, daß er irrte und nicht sie, dann lächelte er. Er war wie Wasser in einem Fluß, das sanft und geduldig die Felsen am Ufer abträgt. Was war stärker – Feld oder Wasser?

Sie ging immerzu, sah auf die Spiegelbilder in den Pfützen. Sie konnte die Stadt ja verlassen. Gehen, bevor Vierstern kam, und wenigstens sich selber retten. Aber schon wußte sie, während sie sich noch zuredete, daß sie es nicht über sich bringen würde. Sie gehörte zur Stadt.

Nach einer Weile bemerkte sie, daß die Häuser, die sich in den Pfützen spiegelten, nicht länger vertraut aussahen. Sie war nicht mehr in der Innenstadt, sondern in einem Wohngebiet. Sie ging weiter.

Das Gefühl, daß ihre Mutter in der Nähe war, wurde immer drängender. Sie konnte nicht sagen, von welchem Augenblick an sie von ihrer Hand geleitet wurde, doch als sie in einer Pfütze das Spiegelbild der Mutter sah, war sie keineswegs überrascht. Während Jax es anschaute, wandte sie ihr den Blick zu und lächelte. Dann war sie verschwunden.

Jax schaute auf. Sie stand vor dem Haus Nr. 738 in der Ashbury Street, ein zweigeschossiges Haus im viktorianischen Stil, das einmal in leuchtendem Blau getüncht gewesen war. Der Anstrich war verblichen und hatte Risse. Das Vordach über den Eingangsstufen hatte die Farbe um die Tür herum geschützt. Hier sah man goldgelbe Weizenfarben, die auf cremefarbenem Untergrund gemalt waren.

Das war das Haus ihrer Mutter. Jax wußte es, mit einer Sicherheit, die sie selbst verwirrte. Sie ging die Stufen hinauf und drehte den Türknopf. Die Tür war verschlossen.

Als sie umkehrte, schimpfte in einem Kampferbaum ein Eichhörnchen. Der Baum wuchs auf dem Gehweg, stand mitten in einem wüsten Durcheinander. Mit den Jahren hatte er alles um sich gesprengt; die Wurzeln hatten den Beton durchbrochen, die Äste breiteten sich gegen das Haus aus. Jax sah einen dicken Ast, der nicht weit von dem Vordach entfernt war. Von dort aus konnte sie die Fenster des oberen Stockwerks erreichen.

Die Äste des Kampferbaums lagen günstig zum Klettern. Der Sprung vom Ast auf das Vordach war nicht viel weiter als einen Meter.

Eine Jalousie aus weißem Reispapier verbarg den Blick ins Innere, aber Jax konnte erkennen, daß das Fenster nicht verriegelt war. Sie stieß gegen das Fenster, aber es öffnete sich nicht. Sie versuchte es wieder, diesmal heftiger. Der Rahmen bog sich, gab aber nicht nach. Cremefarbener Lack blätterte ab und rieselte auf das Dach hinunter. Sie holte Schwung und stieß mit der Schulter dagegen. Der Flügel sprang einen Spalt auf. Sie schob die Hand in die Lücke und stemmte den Flügel auf. Dann schob sie die Jalousie beiseite und zwängte sich durch die Öffnung.

Es roch nach Staub. Sie konnte schemenhaft einige Möbel sehen: Bücherregale, ein Klavier, ein Sofa, zwei Polsterstühle. Auf dem Klavier stand eine Vase mit einem vertrockneten Blumenstrauß.

Die Luft war stickig, angefüllt mit Vergangenheit. Sie hüllte sie ein, bedrückte sie. Sie ging im Zimmer hin und her, daß ihre Schritte auf dem Holzfußboden widerhallten. Sie probierte ein paar Töne auf dem Klavier, und sie schienen in der Luft zu schweben, wie eine Frage, die sie gar nicht gestellt hatte.

Vom Kaminsims nahm sie ein Foto. Es zeigte eine Familie, alle lächelten. In dem trüben Licht erkannte Jax eine dunkelhaarige Frau, einen Mann mit roten Locken und zwei kleine Jungen. Die Frau hatte sich zärtlich an den Mann gelehnt, den Arm um seine Hüfte. Ihre rechte Hand lag auf der Schulter eines der Jungen.

Jax ging mit dem Foto zum Fenster, wo es heller war. Die Frau sah ihrer Mutter sehr ähnlich, doch hatte sie ihre Mutter nie auf solche Weise lächeln sehen. Es war ein glückliches, zufriedenes Lächeln. Diese Frau war eins mit sich selbst und durch nichts zu erschüttern. Jax besah sich den Mann und die Jungen, vielleicht konnte sie so erkennen, woher dieses Lächeln kam.

Sie stellte das Bild zurück auf den Sims und schlich durch das Haus. Sie war an leere Häuser gewöhnt; es waren Zufluchtsorte mit festen Wänden, Dach und Boden. Dort hatten Menschen gelebt, dort waren sie gestorben. Zurück blieben einige Lebenszeichen. Durch viele Häuser war sie schon gestreift, hatte Fotos betrachtet, auch Bücher, Kinderzeichnungen, die mit Magneten in der Form von Früchten am Kühlschrank befestigt waren, Zierat aus Keramik.

Aber dieses Haus war anders. Die Dinge hier bedeuteten etwas. Sie hatte sechzehn Jahre mit ihrer Mutter zusammengelebt, doch auf irgendeine Weise war diese Mutter, mit der sie lebte, leblos gewesen. Eine leere, verlassene Hülle, ohne den geschlüpften Schmetterling. Und der Inhalt dieser Hülle befand sich immer noch in diesem Haus, in dieser Stadt. Er schwebte irgendwie zwischen diesen Dingen, die ihre Mutter zurückgelassen hatte.

Als Kind hatte sie manchmal die Mutter heimlich beobachtet. Einmal war sie auf einen Baum geklettert, der neben dem Garten wuchs. Den ganzen Tag hatte sie sich im dichten Laub versteckt. Während des heißen Nachmittags beobachtete sie die Mutter, die Unkraut jätete und Raupen von den Tomatenstöcken sammelte. Später, als die Mutter ins Haus gegangen war, war sie herabgeklettert und geräuschvoll ›zurückgekehrt‹. Sie sagte, daß die Jagd erfolglos gewesen sei an diesem Tag. Sie war sich nicht klar darüber, was sie eigentlich bezweckte, wenn sie die Mutter so belauschte, aber sie konnte es nicht lassen.

Eines Abends, als die Mutter sie nach draußen geschickt hatte, um Holz für das Feuer zu holen, hatte sie sich ans

Fenster gestellt und hineingeschaut. Die Mutter las beim Licht der Petroleumlampe in einem Buch. Jax erinnerte sich an das Gefühl, das sie damals hatte: als ob eine Riesenhand ihre Brust zusammendrückte – sie hatte kaum noch atmen können. Ihr Herz schlug, als wäre sie eine lange Strecke gerannt. Sie hatte sich vom Fenster davongeschlichen, das Holz geholt und nachgelegt, ohne ihrer Mutter etwas davon zu sagen. Sie hätte gar nicht gewußt, was sie sagen sollte. Und dieses Haus hier rief dasselbe Gefühl in ihr hervor wie damals, als sie verstohlen durch das Fenster die Mutter beobachtete.

In einem Schlafzimmer, dessen Wände über und über mit Fotos von Hunden beklebt waren, fand sie ihre Brüder, die beiden Jungen auf dem Foto vom Kamin. Sie lagen noch in ihren Betten. Das Fleisch war längst verwest, nur weißliche Knochen lagen da. Am Kopfende jedes Bettes war ihr Name auf einem Metallschildchen angebracht, das ein verkleinertes Autokennzeichen darstellte. Mark hieß der eine, er lag auf dem Rücken und hatte die Bettdecke bis zum Kinn hochgezogen. Sein Bruder John hatte sich auf der Seite zusammengerollt. Auf einem Tischchen zwischen den Betten lag noch Medizin: ein Becher mit hellblauen Kapseln, eine Flasche mit Hustensaft, der nun auskristallisiert war.

Jax saß lange in dem Schaukelstuhl zwischen den Kinderbetten. Hier hatte ihre Mutter gesessen, wenn sie den kleinen Jungen die Gutenachtgeschichte vorlas. Jax versuchte, das Bild vor ihren Augen entstehen zu lassen: ihre Mutter, die Mutter auf dem Foto, saß in diesem Stuhl und erzählte eine Geschichte mit sanfter, weicher Stimme. Jax schloß die Augen, doch das einzige, was sie hörte, war das Zwitschern eines Vogels vor dem Fenster.

Sie verließ das Kinderzimmer und ging zurück in den Flur. Neben dem Kinderzimmer lag ein kleines Arbeitszimmer. Hier fühlte Jax die Gegenwart ihrer Mutter am stärksten. Sie setzte sich auf den Eichenstuhl vor einem Schreibtisch, der mit allerlei Papier übersät war. An ein Merkbrett war ein Farbfoto geheftet: Ihre Mutter stand mit zwei anderen Frauen unter einem Spruchband mit der Aufschrift ›Frieden in unserer Zeit‹. Unter dem Foto sah man eine Karikatur – ein völlig zerzauster Affe stand zwischen zwei Männern, Uncle Sam und einem dicken Mann, der Hammer und Sichel trug ... Jeder hielt eine Pfote des Affen.

Jax durchstöberte den Papierberg auf dem Schreibtisch. In der Mitte lag ein Ordner, der von vergilbten Zeitungsausschnitten überquoll. Ein Gummiband war darumgewikkelt, damit er nicht aufgehen konnte – als hätte die Mutter vorgehabt, ihn mitzunehmen, dann aber ihre Meinung geändert. Das Gummi war hart geworden und zerfiel, als Jax es abstreifen wollte.

Jax wühlte in den Zeitungsausschnitten. Sie betrafen jene Friedensbewegung, von der Buch ihr erzählt hatte und die die Affen in die Stadt gebracht hatte. Sie blätterte etwas gelangweilt darin und fragte sich, warum ihre Mutter sich die Mühe gemacht hatte, sie auszuschneiden. ›Pfadfinderinnen sammeln 10000 Dollar für den Friedensaffen‹. ›Zoodirektor nimmt Affen in Empfang‹, ›Hunderttausend säumen die Straßen‹.

Nachdem sie die Hälfte umgeblättert hatte, fand sie einen Zeitungsartikel mit einem Bild ihrer Mutter; die Überschrift lautete: ›Buddhistische Aktivisten kämpfen um Friedensaffen für San Francisco‹.

In dem schwachen Licht, das durch das schmutzige Fenster fiel, las Jax die Geschichte. Der Journalist berichtete ungefähr das, was ihr Buch erzählt hatte. Der Artikel beschrieb die Arbeit der Friedensinitiative und ihre Bemühungen, die Affen von Nepal nach den Vereinigten Staaten zu bringen, und zitierte dabei ausführlich Jax' Mutter.

»Es heißt häufig, daß die Affen nur ein Symbol sind«, sagte Mrs. Laurenson, »damit stimme ich überein. Aber man darf die Macht von Symbolen nicht unterschätzen. Das Kreuz der Christen, der Davidsstern, Swastika – all das sind Symbole. Aber sie hatten große Macht über die Menschen. Wegen solcher Symbole sind Menschen in den Krieg gezogen. Da ist es eigentlich nur gerecht, daß wir ein Symbol benutzen, um den Frieden zu erlangen.

Sie dürfen mich nicht falsch verstehen – das soll nicht heißen, daß damit alle Konflikte für alle Zeit abgeschafft sind. Konflikte sind unvermeidbar – es wird immer verschiedene Meinungen geben, Ehekräche und Streit und dieses und jenes Territorium. Aber wogegen wir kämpfen, ist die bewaffnete Auseinandersetzung: Krieg ist die staatlich verordnete Entmenschlichung einer ganzen Gruppe von Menschen, die man zu Feinden erklärt. Die Bibel sagt: Du sollst nicht töten. Aber wenn wir im Krieg sind, dann betrachten wir die Angehörigen eines fremden Landes nicht mehr als Menschen. Sie sind einfach *der Feind,* und das ist der Grund, warum wir sie töten können!«

Jax rutschte unbehaglich in ihrem Stuhl hin und her. Was ihre Mutter da sagte, las sie gar nicht gern.

»Natürlich gibt es Dinge, für die ich jederzeit kämpfen würde: um meine Kinder zu beschützen und meine Heimat. Aber ich würde nicht auf diese Weise kämpfen, wie Sie das erwarten. Ich meine, daß wir im Lauf der Jahrhunderte immer wieder auf nur eine Art des Kämpfens verfallen sind, die darin besteht, zu töten und getötet zu werden. Und deshalb waren die Engländer auch so verwirrt und hilflos, als sie den Kampf mit Gandhi aufnehmen sollten: Er hatte eine völlig andere Art des Kämpfens entwickelt, und das Wesentliche seiner Methode war die Überzeugung, daß man im Gegner auch das menschliche Wesen achten müsse. Die Engländer wußten einfach nicht, was sie mit ihm anfangen sollten.

Behörden und Militär haben erkannt, daß die Friedensbewegung eine neue Waffe anwendet, die Friedensaffen. Und sie möchten herausfinden, wie sie mit uns fertig werden können. Sie haben versucht, uns zu ignorieren, dann uns zu verleumden, zuletzt versuchten sie es mit Unterdrückung. Aber alle die gewohnten Mittel waren nutzlos. Ich kann nur hoffen, daß sie auch die einzig richtige Taktik anwenden.« Mrs. Laurenson lächelte, daß ich neugierig nach der scherzhaften Pointe fragte, die in der einzig richtigen Taktik lag. »Es ist die, sich uns anzuschließen, was sonst!«

Jax legte den Artikel in den Ordner zurück und überflog, was sonst noch darin lag. Ganz zum Schluß fand sie die zusammengefaltete Titelseite einer Zeitung. Sie schlug sie vorsichtig auf, um das brüchige Papier nicht zu zerreißen. Die Lettern der Schlagzeile waren fast zehn Zentimeter groß: FRIEDENSAFFEN URSACHE DER SEUCHE.

Jax verzichtete darauf, den Artikel zu lesen. Sie schob das Papier zurück in den Ordner und legte ihn wieder auf den Schreibtisch. Sie lehnte sich zurück und betrachtete dieses Foto am Merkbrett. Ihre Mutter lächelte. Sie hatte sie hierhergeführt, damit sie diese Zeitungsausschnitte las und über Symbole, den Frieden und die menschliche Natur von Feinden nachdachte. Sie wollte keineswegs über alles das nachdenken.

Jax ging aus dem Arbeitszimmer und stand einen Augenblick im Flur. Die Tür am anderen Ende war geöffnet, und sie trat ein. An der weißgestrichenen Wand hinter dem Bett hing ein japanisches Landschaftsbild. Die Landschaft war mit Regen überzogen, die Staubschicht auf dem Bild hatte die Farben verändert. Bis auf den Staub und die toten Fliegen, die in den Ecken lagen, war das Zimmer ordentlich aufgeräumt, ohne ein Anzeichen eines hastigen Aufbruchs.

Jax setzte sich auf den Stuhl vor dem Schminktisch der Mutter. Auch die Gegenstände auf dem Tisch waren staubbedeckt. Eines nach dem anderen nahm Jax die Dinge in die Hand und betrachtete sie. Sie nahm eine Haarspange, auf der Blumen und Vögel dargestellt waren. Mit der anderen Hand wischte sie eine Ecke des Spiegels sauber, dann hielt sie die Spange an ihr Haar und betrachtete das Spiegelbild: ein schmales, schmutziges Gesicht, umrahmt von strähnigen Haaren, die seit dem Vortag nicht gekämmt worden waren. Behutsam legte sie die Spange wieder auf den Tisch zurück.

In der Haarbürste fanden sich noch ein paar wenige dunkle Haare. Ein Flakon aus geschliffenem Glas enthielt noch einen winzigen Rest von Parfüm. Sie hob den Stopfen, und in dem Zimmer roch es nach frischen Wildkräutern oder wie Frühlingsblumen nach dem Regen.

Von jedem Ding in diesem Raum ging eine merkwürdige Kraft aus – von dem Handspiegel im Silberrahmen, dem straßbesetzten Armband, der Kristalldose mit einem ganzen Bündel von Ohrringen, dem von der einfallenden Sonne gebleichten Seidenschal, dem silbernen Anhänger an der Kette aus Silber.

Jax nahm den Anhänger, um ihn genauer zu betrachten. Auf eine silberne Mondscheibe war die Gestalt eines Mannes graviert; er saß da, die Beine überkreuzt. Eine Hand hielt er in die Höhe, beschwörend oder segnend. Die andere Hand deutete auf die Erde unter ihm. Sein Gesicht strahlte Ruhe und Frieden aus. Ja, ein Mann des Friedens. Dannyboy würde ihn sicher mögen.

Etwas entfernt hörte sie undeutliche Laute: das Lachen von Kindern, das durch Wände gedämpft war, dann den Tritt von Füßen, die leise durch den Flur kamen. Sie umklammerte den Anhänger und schloß die Augen – sie fürchtete, den Zauber zu zerstören, wenn sie sah.

Die Schritte kamen näher. Das Zimmer roch nach dem Parfüm ihrer Mutter. Sie spürte einen leichten Luftzug am Nacken, einen Hauch frischer Luft. Jemand griff über ihre Schulter und nahm ihr den Anhänger aus der Hand. Noch immer rührte Jax sich nicht. Sie fühlte das kalte Metall der Kette um ihren Hals, die leichte Berührung, als Finger den Verschluß zu fassen suchten. Der Anhänger lag als kalte Scheibe unter ihrer Kehle.

Jax versuchte, jene Hände zu ertasten. »Warte noch«, flüsterte sie. Die Mutter strich ihr leicht über den Handrükken, zärtlich, aber beschwörend. »Ich kann nicht. Ich kenne nur diese Art, zu kämpfen. Warte doch.« Die Schritte entfernten sich.

Jax öffnete die Augen; sie war allein im Zimmer. Sie betrachtete sich im Spiegel, während sie den silbernen Buddha betastete. »Ich kann nicht«, sagte sie. Sie sagte es vor einem leeren Zimmer. Niemand antwortete.

Hastig wie ein Dieb floh sie durch das offene Fenster.

Dannyboy fand Jax vor dem Hotel, zusammengekauert in dem Sessel. Sie sah den Affen zu, die in den Autowracks herumtobten. Als er kam und sich neben sie auf den Bordstein setzte, sagte sie nichts.

»Ich habe dich gesucht«, sagte er.

Sie blickte ihn an, aber er konnte den Ausdruck ihrer dunklen Augen nicht deuten. »Ich habe das Haus meiner Mutter gefunden.« Ihre Stimme war rauh, als müßte sie sich mühsam beherrschen. »Meine Mutter wäre mit deiner Idee einverstanden.«

Er bemerkte den Anhänger um ihren Hals.

»Bei mir ist es anders«, sagte sie, »ich kann nicht sagen, daß ich einverstanden bin. Aber ich werde dir helfen, diesen dummen Krieg auf deine Weise zu führen. Ich werde tun, was ich kann.«

Ihre Stimme brach, und er breitete die Arme nach ihr aus. »Das geht schon in Ordnung, beruhige dich.«

Sie schüttelte den Kopf und wandte sich ab. Mit dem Ärmel der Bluse fuhr sie sich über die Augen. »Es ist nicht in Ordnung. Wir brauchen uns nichts vorzumachen.« Sie sah ihn unverwandt an. »Aber wir werden es schon zu Ende bringen. Ich werde bei euch bleiben und mit euch sterben.«

»Ich glaube nicht, daß wir sterben werden.«

Sie zuckte die Achseln, als hätte sie sich längst ins Unvermeidliche gefügt. »Vielleicht werden wir nicht sterben. Aber ich würde sagen, wir haben die denkbar besten Aussichten, nicht wahr?«

Dritter Teil

Kunst und Krieg

›Im Krieg ist nichts unmöglich, vorausgesetzt, man ist kühn genug.‹

General George Smith Patton, 1944

20

»Du solltest sie die ersten Tage besser an der Leine lassen«, sagte Jax und reichte Tommy Jezebels Leine, »sonst wird sie dir weglaufen.«

Die Hündin wedelte zögernd mit dem Schwanz, schaute zu Jax, dann zu Tommy und wieder zu Jax. Jax vermied es, Jezebel und Tommy anzusehen. Sie blickte über Duffs Hof. Heute war der große Platz, auf dem es sonst von Händlern und Farmern wimmelte, fast verlassen. Es hatte sich herumgesprochen, was im Anzug war. Die Leute von außerhalb mieden die Stadt und warteten friedlichere Zeiten ab.

Auf der anderen Seite des Platzes lud ein Farmer Rubys Koffer auf seinen Pferdewagen. Ruby, Tommy und seine Schwester sollten nach Marin gebracht werden, wie alle anderen in der Stadt, die sich am Kampf nicht beteiligen konnten. Einige freundliche Farmer wollten sie einige Zeit aufnehmen, damit sie in Sicherheit waren.

»Ich verstehe nicht, warum Jezebel und ich nicht bleiben dürfen«, sagte Tommy.

»Stell dir vor, was Jezebel machen würde, wenn wir auf der Lauer liegen«, sagte Jax. »Sie würde herauskommen, um Vierstern mit wedelndem Schwanz zu begrüßen. Und sie würden ihr den Kopf wegpusten.«

Als Jezebel ihren Namen hörte, drang ein leises Jaulen aus ihrer Kehle, und sie tapste mit der Pfote nach Jax' Bein. Widerwillig ging Jax in die Knie und rieb ihr die Ohren. Sie verstand jetzt, warum Dannyboy unbedingt ein letztes Mal die Barrikaden überprüfen mußte und sie gebeten hatte, Jezebel zu Tommy zu bringen. Der Abschied war viel schmerzlicher, als sie sich vorgestellt hatte.

»Warum darf ich denn nicht bleiben?« fragte Tommy. »Meine Schwester könnte doch auf Jezebel aufpassen.«

Jax schüttelte den Kopf, aber er ließ nicht locker.

»Ich kann mich sehr gut anschleichen und auf die Lauer legen«, sagte er, »frag, wen du willst. Niemand kann mich finden. Und ich kann sehr gut Leuten nachspionieren.«

Jax erhob sich. »Verdammt, das ist kein Versteckspiel. Es ist überhaupt kein Spiel. Das müßtest du endlich begreifen. Es ist ein Krieg. Niemand scheint es zu begreifen.«

Tommy blickte zu Boden und fingerte an der Hundeleine herum.

Jax biß sich auf die Lippen. Sie schämte sich. Sie hatte ihn nicht kränken wollen; es war doch nicht *sein* Fehler, daß niemand diesen Krieg ernst nehmen wollte. Zwar hatten die Leute Barrikaden errichtet, Waffen besorgt und sogar ein paar Kampfübungen gemacht, aber sie taten das alles so spielerisch, daß man meinen konnte, es wäre nichts anderes als eine Aktion an der Golden-Gate-Brücke.

»Tut mir leid«, sagte sie zu Tommy, »ich mache mir einfach zu viel Sorgen. Ich wollte dich nicht ...« Sie brachte den Satz nicht zu Ende. »Wenn du wieder zurück bist, zeige ich dir, wie man mit der Armbrust schießt. Was hältst du davon? Das ist doch eine Idee?«

Der Junge sagte nichts.

»Bitte verzeih mir«, sagte sie behutsam. »Ich weiß doch, wie gut du dich anschleichen kannst. Aber willst du nicht zur Abwechslung etwas anderes machen? Für Dannyboy und mich auf Jezebel aufpassen? Wir verlassen uns doch ganz auf dich!«

Der Junge blickte auf und sah ihr schließlich wieder in die Augen. »Okay«, murmelte er.

»Du gehst jetzt besser«, sagte Jax, »und paß auf deine Mutter und deine Schwester auf. Sie brauchen dich.«

Tommy lief einen Schritt in Richtung Wagen, dann kam er zurück und umarmte Jax hastig. »Bye«, murmelte er, dann rannte er hinüber zu dem Wagen, wo Zatch zum Abschied Ruby an sich drückte. Jezebel wandte noch einmal den Kopf, als wunderte sie sich, warum Jax nicht mitkam. Jax ging rasch davon. Sie wollte nicht sehen, wie sie davonfuhren.

Dannyboy betrachtete die Barrikade, die die Van Ness Avenue versperrte, und war höchst zufrieden. Es war eine gelungene Konstruktion aus Autowracks, riesigen Hinweisschildern und Stacheldraht. Sie hatten die Schilder von den Autobahnauffahrten genommen; auf allen war zu lesen: KEINE DURCHFAHRT oder FALSCHE FAHRTRICHTUNG. An den Häusern ringsumher hatten sie Einbahnstraßenschilder angebracht, die alle zurück zur Oaklandbrücke zeigten.

Unmittelbar hinter der Barrikade machte ein Graben die Straße für Jeeps und Fuhrwerke unpassierbar. Mit einem Bagger, den er auf einer Baustelle gefunden hatte, hatte Maschine um das Civic Center einen Kreis von Gräben gezogen. Sie wollten erreichen, daß Vierstern sich nicht frei bewegen konnte.

Dannyboy trat durch die offene Tür eines Wohnhauses neben der Barrikade. Er stieg die Treppe hinauf und schlüpfte oben durch ein Loch in der Mauer, das Maschine gesprengt hatte, in das benachbarte Bürohaus. Er schlenderte durch den Korridor und stieg noch drei Stockwerke weiter hinauf. Wieder ein Loch in der Wand, und er konnte das angrenzende Dach überqueren. Einige Wochen schon hatten sie Schleichwege durch die Stadt geplant und die nötigen Arbeiten ausgeführt. Sie hatten Leitern installiert und Löcher in Verbindungsmauern gesprengt, Abwässerkanäle durchforscht und Zugänge durch die unterirdischen Tunnels der U-Bahn ausgemacht. Nun verfügten sie über ein Wegenetz unter der Erde, auf dem man die ganze Stadt durchqueren konnte, ohne an die Oberfläche zurückzukehren.

Vom Dach des Hauses sah Dannyboy hinunter auf die Polk Street. Da unten stand Rose; sie goß die Pflanzen, die eine Barrikade aus schmiedeeisernen Teilen schmückten. Sie trug Gummihandschuhe und hielt Abstand von den wildwuchernden Sträuchern, so gut sie nur konnte. Die Blätter glänzten wundervoll rot in der Sonne und verrieten den Giftsumach. Ein Soldat, der die roten Blätter nur streifte, würde für Wochen einen brennenden Ausschlag bekommen.

Dannyboy ging über einige Dächer und stieg über eine Feuerleiter hinunter in eine Gasse. Eine Kreuzung weiter traf er auf die heilige Familie, die die Larkin Street bewachte. Zatch hatte jede Menge Statuen aus Beton aus verschiedenen Friedhöfen zusammengetragen: Jesus, Maria und Josef. Ein halbes dutzendmal stand da Jesus, links von ihm ein Dutzend Madonnen, rechts ein Spalier von Josefs. Die Statuen standen Schulter an Schulter und versperrten den Durchgang. Mit Stacheldraht hatte Zatch die Dornenkrone jedes einzelnen Erlösers geschmückt und ihn in Schleifen um die Statuen herumgewickelt, daß auch alle Lücken ausgefüllt waren.

Als Dannyboy sich wieder von den Statuen abwenden wollte, spürte er eine Hand auf der Schulter, und ein Arm hatte sich fest um seinen Hals gelegt. »Wo hast du dein Gewehr?« zischte ihm Jax ins Ohr.

Dannyboy drehte den Kopf, um den Druck auf seinen Hals etwas zu mildern. »Ich dachte, ich bräuchte es nicht«, sagte er.

»Hat dir noch keiner gesagt, daß es hier Krieg gibt?« Sie lockerte den Griff, so daß er sich ihr zuwenden konnte. »Sieh mal, ich habe nicht einige Wochen Schießen mit dir geübt, damit du dein Gewehr zu Hause läßt. Ich bin einverstanden, diesen Krieg auf deine Weise zu führen, aber du mußt auf alles vorbereitet sein.«

Sie schwieg und musterte ihn, die Hände in die Hüften gestemmt. Sie trug über der Schulter die Uzi-Maschinenpistole, die sie seit zwei Wochen nicht aus der Hand gelegt hatte. Über ihrer Brust kreuzten sich Munitionsgurte.

»Ich sehe gerade nach den Barrikaden«, sagte er. »Ich denke, sie sehen nicht übel aus.« Er konnte ihre Augen hinter der Sonnenbrille nicht erkennen.

»Das wär' nicht das Schlechteste. Vielleicht brauchen wir sie bald.«

Er nahm ihr die Spiegelbrille von den Augen, klappte sie zusammen und steckte sie in ihre Jackentasche. Sie runzelte die Stirn. »Die Sonne ist fast schon untergegangen«, sagte er. »Du brauchst sie nicht mehr. Außerdem seh' ich gerne deine Augen.«

»Also gut«, sagte sie, »du kannst sie sehen.« Sie steckte die Hände in die Taschen. Sie schlenderte neben ihm her, und sie gingen hinüber zur Hyde Street, wo sich die nächste Barrikade befand. »Tiger hat übrigens wieder eine Ladung Rauchgranaten fertig. Er wüßte gern, wo sie gelagert werden sollen.«

Dannyboy dachte einen Moment nach. Sie hatten an einer Reihe strategischer Punkte der Stadt versteckte Lager mit Waffen und Nachschub angelegt. »Ich glaube in der St.-Patrick-Kirche, hinter dem Altar. Aber frag Buch, daß er sicherheitshalber in der Karte nachschaut.«

Sie gingen an einer Barrikade vorbei, die aus menschlichem Gebein und zerbrochenen Spiegeln errichtet worden war; es war eine Gemeinschaftsarbeit von Lily und Frank. Eine Reihe Totenschädel starrte von den Stufen einer Feuertreppe daneben herab. Auf die weiße Wand neben den Schädeln hatte jemand in schwarzen Buchstaben gemalt: ›ARRÊTEZ! C'EST ICI L'EMPIRE DE LA MORT.‹

Dannyboy runzelte die Stirn. »Was heißt das?«

»Ich hab' Lily gefragt. Sie sagte: ›Halt! Hier beginnt das Reich der Toten.‹ Sie sagt, das stände am Eingang der Pariser Katakomben.«

»Wo ist das?«

Jax zuckte die Achseln. »Ich weiß nicht. Irgendwo weit weg.« Jax war stehengeblieben und starrte auf die Barrikade. Dannyboy sah in den verstreuten Glasscherben das Spiegelbild ihres Gesichts. »Das gefällt mir gar nicht. Ich habe ein ungutes Gefühl dabei«, sagte sie.

Er legte den Arm um sie. »Wenn wir Glück haben, geht es den Soldaten genauso.«

»Eben«, sagte sie, »mit etwas Glück.« Ihre Stimme klang ganz gelassen, aber er spürte die Anspannung in ihrem Körper. »Ich habe Angst. Mich bedrückt, was alles passieren könnte. Ich möchte losschlagen, bevor sie *uns* etwas tun können.«

»Ich habe auch Angst«, gab er zu.

Sie schüttelte den Kopf. »Nicht so viel, wie du haben solltest. Und nicht so viel, wie ich habe.«

»Möchtest du gehen?« sagte er. »Du kannst immer noch nach Marin, jetzt geht das noch.« Es tat ihm weh, es zu sagen, aber es mußte sein.

Sie schüttelte den Kopf. »Ich werde nirgendwo hingehen. Ich kann euch Dummköpfe nicht euch selbst überlassen. Einer wenigstens muß realistisch sein.«

»Du bist hier, weil du hierher gehörst«, sagte er.

»Würdest du bitte dein Gewehr mit dir tragen?« bat sie unvermittelt. »Ich weiß, daß du es nicht benutzen würdest, aber trag es wenigstens bei dir. Ich fühle mich wohler, wenn du das machst.«

»Gut«, sagte er. »Ich werde es tun.«

»Du weißt«, sagte sie nachdenklich, »wir können noch immer die Brücke sprengen, bevor sie kommen. Oder noch besser, wir sprengen sie, wenn Vierstern sie überquert.«

»Das können wir nicht. Wenn wir das tun, sind wir nicht besser als sie.«

»Ich bin nicht besser«, sagte sie. Dann zuckte sie mit den Schultern. »Ich wußte, was du antworten würdest. Aber fragen mußte ich.«

21

Es war unangenehm kalt in der Frühe. Durch das Fernglas konnte Jax die Vorhut von Viersterns Armee sehen. Sie saß mit Dannyboy auf dem Union-76-Turm, von wo man einen hervorragenden Blick auf die Oaklandbrücke hatte. Sie sah, wie das Pferd an der Spitze sich aufbäumte, zwei andere schlugen aus. Gleichzeitig ertönte aus dem Funkgerät neben ihr ein fremdartiges Kreischen.

»Das müssen die Grillen sein«, murmelte Dannyboy. In unregelmäßigen Abständen hatte Gambit auf der Brücke Stolperdrähte ausgespannt, die Sirenen, Alarmglocken und Lautsprecheranlagen mit aufgezeichneten Geräuschen auslösten. Gambits Lieblingsgeräusch war die Aufzeichnung eines werbenden Grillenmännchens. Wurde es bei voller Lautstärke abgespielt, klang es nach einem Zugunglück.

Die Reiter konnten ihre Pferde unter Kontrolle bringen. Im Fernglas sah Jax, daß das erste Pferd nervös tänzelte. Sie erkannte den Mann, der darauf saß. Major Rodriguez sah kaum glücklicher aus als sein Pferd.

Jax musterte die Kolonne, die Rodriguez folgte. Zehn alte Jeeps, voll mit Männern und Ausrüstung, dann vielleicht vierzig Soldaten zu Pferd, ein langsamer Lastwagen und ein Panzer. Die Sonne glitzerte auf den Gewehrläufen, aber Jax konnte das Fabrikat auf diese Entfernung nicht erkennen. Sie hoffte, daß sie auf dem Lastwagen Munition finden würden, die die Maler benutzen konnten.

»Vielleicht hundertfünfzig Mann, meinst du nicht auch?« bemerkte Dannyboy. »Gar nicht so übel.«

»Wir sind nur fünfzig.«

»Ja, aber wir stehen in unserer Stadt.«

Jax machte sich nicht die Mühe, zu antworten. Sie hatte keine Lust, eine weitere Lektion über Guerillakrieg zu hören und den Vorteil der Verteidiger auf dem eigenen Terrain. »Sie kommen gleich zum Botschafter«, sagte sie.

Der Botschafter war eine Schaufensterpuppe, die Maschine mit einem Funkgerät ausgerüstet hatte. Über ihr eigenes Funkgerät konnten Jax und Dannyboy so mit den Leuten auf der Brücke Kontakt aufnehmen.

Der Botschafter war gegen Ende der Brücke, wo die Autobahn wieder zur Stadt abfiel, an einem Hinweisschild über der Fahrbahn montiert. Lily hatte die Puppe mit einer schwarzen Lederjacke, einem Minirock und Netzstrümpfen ausgestattet. Diamantohrringe funkelten im Licht des Morgens, und an den Händen trug sie kostbare weiße Spitzenhandschuhe.

»Ich glaube kaum, daß sie uns viel zu sagen haben werden«, sagte Jax.

»Man kann nie wissen.«

»*Ich* weiß es«, sagte sie bestimmt.

Die Jeeps rollten langsam über den rissigen Asphalt, an dem vordersten flatterte eine amerikanische Flagge.

»Das ist Vierstern«, sagte Jax. »Der Mann, der unter dieser häßlichen Fahne steht.«

»Tatsächlich? Scheint sich nicht allzusehr zu amüsieren.«

Jax zuckte mit den Schultern. »Vielleicht mag er keine lauten Geräusche.«

Einer der Reiter hatte die Puppe entdeckt und winkte Rodriguez herbei. Der Zug stoppte. Rodriguez machte kehrt, um sich mit Vierstern zu besprechen, dann ritt er allein voraus.

Jax hielt das Fernglas mit einer Hand und nahm das Mikrofon in die andere. Sie hatte darauf bestanden, daß sie als erste mit Vierstern sprach. Dannyboy hatte zögernd zugestimmt. »Aber ganz locker«, sagte er. Sie hörte nicht hin.

»Hallo, Major Rodriguez«, sagte sie.

Rodriguez starrte zu der Schaufensterpuppe. »Woher wissen Sie meinen Namen?«

»Wir haben uns getroffen, als Sie letztes Mal hier waren. Ich bin Jax, erinnern Sie sich noch? Ich wollte Sie und Ihre Leute warnen. Die Stadt liebt ungebetene Besucher nicht. Und Sie sind nicht eingeladen.«

Durch das Glas sah sie, wie er stirnrunzelnd die Stützpfeiler der Schilderbrücke musterte; er suchte einen Weg, wie man hinaufklettern konnte. »Es wäre ziemlich dumm, mich hier herunterholen zu wollen«, sagte Jax. »Sagen Sie doch einfach Vierstern, daß ich allein und unbewaffnet bin. Ich möchte ihn auf ein Wort sprechen.«

»Meinen Sie General Miles?«

»Wir nennen ihn Vierstern«, sagte sie, »und Sie sind jetzt auf unserem Gebiet.«

Rodriguez ließ sein Pferd kehrtmachen und trabte zu dem Jeep hinüber; sie redeten eine Weile. Dann machte der Jeep einen Satz nach vorn und kam über den löcherigen Asphalt heran.

Vierstern starrte nicht die Puppe an, wie Rodriguez das getan hatte. Er prüfte, überlegte und kam zu einem ablehnenden Urteil. »Ich rede nicht mit Maschinen«, sagte er.

»Was mich betrifft, brauchen wir überhaupt nicht zu reden«, sagte sie. »Und ich habe auch nur einen Satz zu sagen: Kehren Sie um. Sie sind hier nicht willkommen.«

Der General sah die Puppe ruhig an. »Und was werden Sie unternehmen, wenn wir nicht umkehren?«

»Wir werden den Krieg erklären«, sagte sie. Es fiel ihr schwer, ihn anzusehen, sogar durch das Fernglas. Sie mußte sich zwingen, daß ihre Stimme sicher und selbstbewußt klang. »Und zwar unsere Art des Krieges, nicht Ihre.«

»Und was ist Ihre Art des Krieges?« Er schaute die Puppe mit herablassender Freundlichkeit an.

»Wir werden Sie töten.« Ihre Stimme drohte zu kippen. Sie spürte Dannyboys Hand ermutigend auf ihrer Schulter. »Einen nach dem andern werden wir Sie töten, Sie alle.«

Vierstern lächelte, daß die wie aus Stein gemeißelten Züge sich tatsächlich veränderten. »Das glaube ich nicht«, sagte er. »Wenn Sie uns töten wollten, dann hätten Sie das schon längst tun können. Einige Heckenschützen am Anfang der Brücke, eine Mine irgendwo in der Mitte.« Vierstern schüttelte den Kopf. »Was ich von Rodriguez gehört habe, beweist mir, daß Sie nicht vorhaben, uns zu töten. Das sind nichts als leere Drohungen.«

»Ich habe Sie gewarnt.« Jax legte das Mikrofon aus der Hand und schaute Dannyboy an. »Sieht so aus, als müßten wir kämpfen.«

»Wir sind darauf vorbereitet«, sagte er.

»Ich hoffe, du hast recht.«

Sie beobachtete die Soldaten durch ihr Glas. Zwei Mann waren auf die Schilderbrücke geklettert und holten den Botschafter herunter. Während Jax zusah, rutschte das rechte Bein aus seinem Gelenk, es fiel, bis die Netzstrumpfhose es elastisch federnd auffing. Das Bein baumelte in bizarrem Winkel an der Puppe, während der Soldat sie dem Fahrer von Viersterns Jeep hinunterreichte. Der Fahrer verstaute sie hinter den Sitzen. Durch das Funkgerät hörte Jax, daß Vierstern irgendeinen Befehl gab, doch war nichts zu verstehen. Sie zogen weiter.

»He, Vierstern«, sagte sie in das Mikrofon, »ich würde an deiner Stelle nicht weiterfahren.«

Es kam keine Antwort. Nur der Motor war zu hören, und die Räder polterten über die unebene Fahrbahn. Sie schaltete ab.

»Da kommt Maschine«, sagte Dannyboy. Jax sah auf und konnte im letzten Moment noch den Tragschrauber vorbeiziehen sehen. Das Summen des Motors war in der Ferne kaum zu hören. Maschine ging über den Soldaten tief herunter und warf drei Rauchbomben ab. Sie zogen bunte Rauchwolken hinter sich her: rot, weiß und blau.

Die Pferde scheuten, als sie die Explosionen hörten, und verschwanden dann in der Rauchwolke. Maschine stieg wieder in die Höhe, entfernte sich von dem knatternden Gewehrfeuer. Jax schaute zu, wie sich der Rauch verzog und die Streitmacht sich neu formierte. Sie folgten der Hochstraße und nahmen schließlich die Ausfahrt zum Civic Center. Man konnte sie nicht länger sehen.

»Er hat auf mich kein bißchen ängstlich gewirkt«, sagte Jax und senkte das Fernglas, »und nicht im geringsten verunsichert.«

»Das Spiel hat ja erst angefangen«, sagte Dannyboy. »Warte ab.«

Sie schüttelte den Kopf. »Das ist es doch, was ich euch klar machen will – es ist kein Spiel!« Sie horchte nach dem weit entfernten Gewehrfeuer und fragte sich, worauf die Soldaten wohl schossen.

Lily und Zatch lagen bäuchlings auf dem Dach eines Kaufhauses und preßten sich gegen den Boden aus Kies und Teerpappe. Unten auf der Straße kämpfte die feindliche Armee; sie kämpfte verbissen und mit allen Mitteln gegen ein Kunstwerk.

In einem Kaufhaus im Süden von Mission hatte Zatch einige Dutzend lebensgroße Plastikpferde entdeckt, die für die Schaufenster von Sattlereien gedacht waren. Er hatte in der Stadt Sattelzeug und Geschirr aufgestöbert und sie in der Neunten Straße mit Blick auf die Brücke aufgestellt. Sorgfältig befestigte er ein menschliches Skelett auf jedem Pferd. Mit Draht brachte er die Knochen in Position, daß jedes von ihnen wie lebendig auf dem Pferd zu reiten schien.

Die krönende Idee war von Lily gekommen. Zusammen tauschten sie die menschlichen Schädel gegen Tierköpfe aus, die sie aus den Lagerräumen von Tierpräparatoren und in den Schaukästen der Kalifornischen Akademie der

Wissenschaften geholt hatten. Mit leeren Augenhöhlen starrten die Tierschädel die Straße entlang: Krokodil, Wolf, Säbelzahntiger, Gorilla, verschiedene Hunderassen, ein Zebra und ein Hirsch mit einem vollständigen Geweih. Wenn der Wind blies, dann nickten die Köpfe feierlich. Wie die Tempelwächter einer langvergessenen Religion begrüßten die reitenden Skelette die feindliche Streitmacht. Die Soldaten begrüßten sie mit Gewehrfeuer.

»Jeder hat das Recht auf Kritik«, murmelte Lily, während die Gewehre knatterten.

»Ich will nur hoffen, daß dem Säbelzahntiger nichts passiert ist«, murmelte Zatch zurück. »Ich habe ein schlechtes Gewissen, daß ich ihn genommen habe.«

»Es war für einen guten Zweck.« Ganz vorsichtig spähte Lily über den Rand des Daches. Unten feuerten die Soldaten noch immer auf die Skulptur. Der Krokodilmann war zu Boden gegangen, ein scheuendes Pferd hatte ihn umgeworfen. Während sie zuschaute, schoß ein Soldat auf den Wolfmann; anscheinend reagierte er auf die Bewegung des Schädels im Wind. »Großer Gott«, sagte sie und duckte sich. »Diese Kerle schießen auf alles, was sich bewegt.«

»Dann bleib ruhig liegen«, meinte Zatch trocken. Er hielt sich ebenso an diesen Rat und lag reglos auf dem Dach, bis das Gewehrfeuer sich in der Ferne verlor.

Von einem Penthouse am Opernplatz beobachtete Frank durch ein starkes Teleskop, wie die Armee vor dem Rathaus eintraf. Gambit saß in einem Sessel neben ihm.

»Sie kommen jetzt zu Lilys Skulpturen«, sagte Frank.

Lily hatte einen lebensgroßen Tyrannosaurus Rex gebaut; er bestand aus Dingen, die sie zufällig gefunden hatte: Modeschmuck, hochhackigen Schuhen, Aluminiumfolie, Holzlöffeln, Kupferrohren, Plastikspielzeug. Ein zurechtgebogenes Straßenschild bildete das Rückgrat, und Türknöpfe glitzerten bösartig in seinen Augenhöhlen. Eine andere Skulptur war auf einem Laternenpfahl nicht weit davon befestigt: ein Pterodactylus aus Lederresten und alten Nylonstrümpfen, die von Menschenknochen gehalten wurden.

»Ach du meine Güte«, sagte Frank, »so ein Jammer!«

»Was ist denn passiert?«

»Einer hat dem Pterodactylus den Kopf weggeschossen«, sagte Frank. »Was wird sich Lily wieder aufregen!«

»Wohin gehen sie?«

»Sie halten jetzt vor diesem scheußlichen Betonklotz an der Golden Gate Avenue. Von Architektur scheinen sie keine Ahnung zu haben.« Frank beobachtete weiter. »Ich wüßte gerne, wo die Affen sind«, sagte er dann. »Gewöhnlich lungern immer ein paar bei der Bibliothek herum.«

»Sie verstecken sich wie alle schlauen Tiere«, sagte Gambit. »Es hat doch keinen Sinn, Leuten über den Weg zu laufen, die schießen.«

»Sie hissen die amerikanische Flagge an dem Fahnenmast auf der Plaza«, berichtete Frank. »Stell dir vor, mir ist noch nie aufgefallen, was für ein häßliches Ding das ist.«

»Das machen vielleicht die Umstände«, sagte Gambit. »In den Händen eines Schlägertrupps sieht jede Flagge häßlich aus.«

Frank nickte, ließ jedoch die Soldaten nicht aus den Augen. »Da hast du sicher recht. Trotzdem, sie *ist* häßlich.«

In der Nacht kam der Nebel über die Stadt, umarmte sie wie eine Geliebte. Der Dunst kroch von der Bucht herüber und schob sich durch Straßen und Gassen der Stadt. Er vermischte sich mit dem gefärbten Rauch aus den Bomben, die Maschine abgeworfen hatte, und nahm eine unnatürliche Farbe an. Er roch stechend.

Auf der Civic Center Plaza kauerten sich die Soldaten um die Lagerfeuer. Der Nebel hatte sie fest im Griff; er ließ die Kleidung naß und schwer werden, und er legte sich auch aufs Gemüt. Er zischte in den Feuern, als ob Kinder flüsterten. Es war ein scheußliches und beunruhigendes Wetter.

Mit Stacheldrahtverhauen hatten sie die umliegenden Straßen blockiert. Grellweiße Scheinwerfer bestrahlten die Barrieren. Im Lager brummte laut der Generator, der den Strom lieferte – ein häßliches, immer gleichbleibendes Geräusch. Der Nebel schob sich durch die Scheinwerferkegel und ließ die scharfen Dornen des Stacheldrahts glitzern.

Die Wache an der Ecke Golden Gate Avenue und Larkin Street zog den Mantel fester um sich. Der Mann gähnte. Er stand auf der Innenseite des Verhaus und starrte hinaus in die dunkle Stadt.

Jax kauerte im Schatten hinter ihm. Sie war durch die Kanalisation gekommen und hatte so leicht ins Lager eindringen können. Sie war allein. Ohne Dannyboys Proteste zu beachten, hatte sie darauf bestanden, es allein zu machen. Sie wußte, daß Dannyboys Anwesenheit sie ablenken würde. In seiner Nähe konnte sie sich nicht auf das konzentrieren, was zu tun war. Nach einigem Zögern hatte Dannyboy sie für die erste Nacht des Krieges mit Schlange zusammengetan.

Der Soldat legte das Gewehr auf die andere Schulter; er schien sich zu langweilen. Dann klemmte er das Gewehr unter einen Arm und suchte etwas in seiner Tasche. Jax sah, daß er eine Zigarette drehte und sie anzündete. Als die Flamme kurz sein Gesicht erleuchtete, konnte sie sehen, daß er kaum älter war als Dannyboy.

Jax schob einen Pfeil in ihr Blasrohr und zielte auf seinen Nacken. Sie hatte einige Wochen damit geübt, aber die Aufregung ließ sie ihr Ziel verfehlen. Der erste Pfeil ging völlig daneben. Sie fluchte lautlos, blieb aber im Schatten. Der Soldat hob den Kopf und lauschte – vielleicht hatte er das leise Klicken gehört, als der Pfeil auf die Straße fiel. Nach einer Weile entspannte er sich wieder.

Der zweite Pfeil traf seinen Nacken, genau über dem

Hemdkragen. Er schlug mit der Hand nach dem Pfeil, wie man nach einem Insekt schlägt. Dann fiel der Pfeil zu Boden. Jax duckte sich in den Schatten und wartete, daß das Schlafmittel, das Tiger sich ausgedacht hatte, zu wirken begann. Der Mann wollte sein Gewehr in beide Hände nehmen, doch es fiel zu Boden. Langsam beugte er ein Knie, dann brach er zusammen.

Jax rannte in das Licht, packte ihn an den Schultern und schleifte den schlaffen Körper in den Schatten. Sie spürte, wie das Adrenalin in ihr Blut geschossen war. Ihre Sinne waren geschärft, sie nahm jede Einzelheit ihrer Umgebung wahr. Der Nebel ließ kunstvolle Muster im Scheinwerferlicht entstehen; die zu Boden gefallene Zigarette leuchtete wie ein Glühwürmchen;

Jax erledigte alles sehr schnell; sie legte den jungen Soldaten auf den Rücken, kreuzte seine Arme ordentlich über der Brust und ließ die Tasche mit den wasserfesten Markierungsstiften aufschnappen, die sie am Gürtel trug. Sie tat alles sehr sorgfältig, benutzte nur rote und schwarze Farbe. Einfachheit, dachte sie, war hier das beste.

Schwarz und mit großen Buchstaben schrieb sie auf die Stirn des Soldaten: TOT. Auf die rechte Wange schrieb sie in Rot: durch Jax. Und zwischen die gefalteten Hände steckte sie einen der Totenscheine, die Mrs. Migsdale auf der Druckerpresse vervielfältigt hatte, mit der sie sonst ihre Zeitung druckte. Auf dem Blatt stand:

TOTENSCHEIN

Betrachten Sie sich als aus dem Kampf ausgeschieden.
Wir hätten Sie genausogut töten können – vergessen
Sie das nicht.
Wenn Sie weiterkämpfen, werden wir es tun.
Die Bürger von San Francisco.

Dannyboy, Mrs. Migsdale und Buch hatten einige Wochen über den richtigen Wortlaut diskutiert. Jax gefiel diese Version, aber die fünf vorhergehenden waren ihrer Meinung nach nicht schlechter gewesen.

Sie nahm das Gewehr des Soldaten und seinen Munitionsvorrat, dann hob sie den Gitterrost eines Abflußrohrs und schlüpfte durch die Öffnung. Schon Wochen zuvor hatten sie an strategisch wichtigen Stellen Gitter und Kanaldeckel gelockert, die Zugang zu ihrem Wegesystem unter den Straßen boten. Von unten rückte sie das Gitter wieder an seinen Platz und kletterte die rostige Leiter des Schachts hinunter. Vorsichtig setzte sie Fuß an Fuß, denn die Tritte waren von Algen überwachsen und glitschig. Nun kam sie in einen Tunnel, der etwas höher als die meisten war; sie konnte gebückt gehen, anstatt auf dem Bauch zu kriechen.

Jax liebte die unterirdischen Kanäle. Es war so beruhigend, daß man sich so einfach vor jedem Blick schützen konnte und daß die Stadt selbst einen verbarg. Die Luft war kalt und roch manchmal faul, aber sie nahm den Geruch nach Fäulnis für das Gefühl der Sicherheit gern in Kauf. In der undurchdringlichen Schwärze hörte sie nichts als das Pochen ihres Herzens. Sie knipste die Taschenlampe an und leuchtete ein Stück weit den Tunnel aus. Der ursprünglich graue Beton war mit einem Muster aus Flecken und Streifen überzogen, undefinierbare Farben und wuchernder Bewuchs. Blaugrüner Schimmel hatte sich in bizarren Linien ausgebreitet; es sah wie Kritzeleien in einer fremdartigen Schrift aus.

Sie folgte diesem Tunnel bis an jene Stelle, wo das alte Kanalsystem begann. Sie fand ein trockenes Plätzchen in einer Röhre, wo sie Gewehr und Patronen ablegen konnte. Dann kroch sie weiter in einen anderen Kanal, um sich ein neues Opfer zu suchen.

Der zweite Wachtposten unterschied sich kaum von dem ersten: ein gelangweilter Soldat auf vorgeschobenem Posten. Sie konnte ihn leicht überwältigen, und es begann Spaß zu machen: eine Befriedigung, die ein wenig nach

Rauch, Angst und Schmerz schmeckte. Als sie ihre Signatur auf seine Wange gemalt hatte, hörte sie Schritte in einiger Entfernung und schlüpfte in den Kanalschacht. Während sie hinunterstieg, ertönte ein Schrei, dann eine Trillerpfeife. Sie hielt sich nicht damit auf, die Szene weiter zu verfolgen.

In der Market Street tauchte sie wieder aus dem Labyrinth auf und atmete die frische Nachtluft. Sie horchte in die Nacht hinaus: In der Ferne heulte eine Sirene. Eine ganze Meute von Hunden stimmte kläffend in das Geheul ein, doch klang es recht nahe. Ein anderer Laut schloß sich an: ein seltsam urtümliches Heulen, daß sich die Haare an ihrem Nacken sträubten. Sie fragte sich, wie es wohl auf die Soldaten wirkte.

Ein zweites Heulen kam aus einer nahen Gasse. Sie starrte in die Dunkelheit und sah ein leuchtendes Augenpaar. »War die Jagd erfolgreich?« fragte sie.

»Die Jagd war erfolgreich«, sagte Randall und trat aus dem Schatten. Trotz der Kälte trug er nichts als ein rotes Tuch um seinen Hals geknotet. »Mercedes und ihre Freunde haben die Pferde der Soldaten befreit, wir haben sie in Panik versetzt und davongejagt. Das übrige Rudel jagt sie hinüber zum Golden Gate-Park.« Er grinste. »Eine gute Jagd.«

»Ich gehe zum Hauptquartier, um Dannyboy zu treffen«, sagte sie. »Kommst du mit?«

Er schüttelte den Kopf. »Die Nacht hat erst begonnen. Es ist noch Zeit zum Jagen.« Er verschwand im Schatten. Sie war wieder allein. Entfernt knatterte Gewehrfeuer.

»Viel Glück«, sagte sie in die Dunkelheit hinein. Sie hängte die erbeuteten Gewehre über die Schulter und lief in Richtung North Beach, wo die Maler das erste Hauptquartier in einer Bar namens ›Chi-Chi-Club‹ aufgeschlagen hatten.

Maschine sah sie vom Dach des Chi-Chi-Clubs aus kommen. Er beobachtete, wie sie auf der anderen Straßenseite den Gehweg entlanglief, in Hauseingänge schlüpfte und wieder herausschlich, bereit, auf jedes Geräusch in der Dunkelheit ringsumher zu reagieren.

»Jax«, rief er gedämpft. Er winkte, als sie nach oben blickte. »Nimm die Feuerleiter!«

Sie verschwand aus seinem Blickfeld, dann hörte er ihre Schritte auf den Eisenstufen. Sie stieg über die Dachkante und legte die Gewehre auf den Boden aus Teerpappe und Kies. »Ich hab' mir zwei Wachposten geschnappt«, sagte sie, die Stimme leise und aufgeregt. »Und Randall sagte mir, daß sie die Pferde davongescheucht haben.«

»Dannyboy hat mir dasselbe gesagt.«

»Dannyboy ist zurück?«

»Er ist unten bei den anderen.«

»Was machst du hier oben?«

»Ich habe die erste Wache. Alle anderen sind unten. Rose kocht einen Eintopf mit Rehfleisch. Du solltest auch nach unten gehen.«

Sie schüttelte den Kopf. »Ich bin jetzt nicht hungrig«, sagte sie, »ich werd' dir ein Weilchen Gesellschaft leisten.« Sie setzte sich neben ihn; ihre Beine baumelten über den Rand des Daches. Nervös trommelten ihre Füße gegen die Mauer.

In den letzten Wochen hatte sich Maschine daran gewöhnt, sie um sich zu haben. Während der Vorbereitungen für den Kampf war sie oft in seine Werkstatt gekommen.

»Ich möchte wissen, was du denkst!« sagte sie unvermittelt. »Glaubst du, daß wir eine Chance haben?« Sie saß mit eingezogenen Schultern da, als wäre ihr kalt. Ihre rechte Hand spielte mit dem Silberanhänger an ihrem Hals.

Maschine musterte sie eine ganze Weile. Er vermutete, daß sie gar keine Antwort erwartete. »Was denkst denn du?« fragte er.

»Wir waren recht erfolgreich heute nacht, aber das lag

größtenteils am Überraschungseffekt. Ich habe keine Ahnung, wie es morgen funktionieren wird.« Sie rieb die Hände unruhig an den Hosenbeinen. »Aber weißt du, was wirklich verrückt ist? Zum ersten Mal bin ich froh, daß wir den Krieg so führen, wie Dannyboy es wollte. Ich bin richtig froh, daß ich diese Soldaten nicht töten mußte. Verstehst du?«

Er nickte langsam. »Aber ja.« In letzter Zeit, als er oft mit Dannyboy und Jax zusammenarbeitete, hatte er öfter das Gefühl gehabt, daß die Menschen vielleicht doch nicht so schlecht waren, wie er geglaubt hatte. Er war sich noch nicht ganz sicher, aber er schloß die Möglichkeit nicht mehr aus.

Jax lächelte ihn plötzlich an und nahm seine Hand. Er ließ sie gewähren. Sie drückte sie, und für einen Moment fühlte er sich glücklich.

—

In der ersten Nacht des Kriegs töteten die Maler auf dieselbe Weise fünfzehn Soldaten – jeder erhielt die Inschrift ›TOT‹ auf die Stirn, eine Signatur auf die Wange und einen Totenschein zwischen die gefalteten Hände. Außerdem erbeuteten sie fünfzehn Gewehre und einen hübschen Vorrat an Munition. Die Künstler hatten nur ein Opfer zu beklagen: Ein Dichter verstauchte sich den Knöchel, als er über die Stufen des Chi-Chi-Clubs stolperte.

22

Am Morgen sprach Jax über den Botschafter mit Vierstern. »He«, sagte sie in das Mikrofon, »ist da jemand? Könnt ihr mich hören?«

»Ja, Madam.« Die Stimme aus dem Funkgerät klang zögernd. »Ich kann Sie hören.«

»Wer spricht da?« fragte sie.

»Obergefreiter Johnson«, sagte die Stimme.

»Freut mich, mit dir zu sprechen, Johnson. Glaubst du, daß du mir General Miles ans Mikrofon holen kannst? Ich möchte mit ihm sprechen.«

Sie wartete. Sie saß gemütlich auf dem roten Samtsofa im Büro des Chi-Chi-Clubs. Sie und Dannyboy hatten dort ein paar Stunden geschlafen, und Maschine hatte einige Mühe, sie zu wecken. Es war an der Zeit, mit Vierstern zu sprechen. Jax hatte sich aufgesetzt, Dannyboy lag noch ausgestreckt, den Kopf auf Jax' Schoß.

Aus dem Funkgerät drang das Geräusch einer sich öffnenden Tür, dann schloß sie sich wieder. »Ich hab's dem Sergeant gesagt«, sagte Johnson. »General Miles wird sofort benachrichtigt.«

»Das ist gut so«, sagte Jax. »Wie hast du die Nacht überstanden? Bist du noch am Leben?«

»Ja, Madam. Danke, mir geht es gut.«

»Nun sei nicht so förmlich, Johnson. Du kannst ruhig Jax zu mir sagen.«

»Ihr habt heute nacht einen Freund von mir geschnappt«, sagte Johnson zögernd. »Er sagte, man würde euch nicht kommen sehen.«

»Natürlich nicht, Johnson. Das ist genau das, was mir Spaß macht. Du würdest mich auch nicht kommen sehen, glaube mir.«

Eine lange Pause folgte. »Warum habt ihr sie nicht getötet?« fragte Johnson schließlich. »Das kapiere ich nicht.«

»Wär's dir lieber, wir würden es tun?« fragte Jax. »Wir können es ja machen, wenn dir das besser gefällt.«

Wieder öffnete sich die Tür, und Johnson wagte nicht mehr zu antworten. »Bist du das, Vierstern?« fragte sie.

»Was wollen Sie?« Am Ton seiner Stimme erkannte sie, daß er äußerst unzufrieden war. Ein Stuhl knarrte.

»Ich will, daß ihr die Stadt verlaßt.«

»Warum sollten wir gehen? Weil Sie einigen Leuten den

Kopf angepinselt haben?« Vierstern lachte auf, ein kurzes und gezwungenes Lachen.

»Wir haben fünfzehn deiner Leute in einer Nacht getötet. Wenn wir so weitermachen, seid ihr in einer Woche alle tot.«

»Was reden Sie da! Sie haben niemanden getötet. Ein bißchen Farbe verbraucht, nichts weiter. Was für ein Unsinn!«

»Ich bin ganz deiner Meinung«, sagte sie ruhig. »Mit uns kämpfen zu wollen ist wirklich unsinnig. Ihr habt keine Chance. In einer Nacht habt ihr zehn Prozent eurer Männer verloren. Nur ein Verrückter würde sich nicht zurückziehen, wenn er so deutlich unterlegen ist.«

»Euer Krieg ist albern«, murmelte Vierstern.

»Wir haben noch nie zuvor Krieg geführt«, gab Jax zu, »wir improvisieren.« Sie streichelte Dannyboys Haar, er lächelte sie an. »Wenn dir unser Krieg nicht gefällt, dann geh doch und suche dir einen anderen! Wir haben nichts dagegen.«

»Meine Leute haben richtige Gewehre, Mädchen«, sagte Vierstern. »Wenn wir schießen, dann ist wirklich jemand tot.«

»Soll das ein Vorschlag sein, daß wir dasselbe tun?« Sie sprach lauter. »Johnson, was meinst du dazu? Sollen wir töten? Wenn wir dazu entschlossen wären, dann wäre dein Freund jetzt tot.«

Johnson schwieg.

»Wollen Sie antworten, Gefreiter?« sagte Vierstern.

»Nein, Sir.«

»Haben Sie Befehle über den Umgang mit diesem Gerät erhalten?«

»Nein, Sir.«

»Das war ein Versehen, Gefreiter. Sie werden auf keinen Fall Gespräche über diesen Apparat führen. Ist das klar?«

»Ja, Sir.«

Vierstern wandte sich wieder an Jax, seine Stimme war gefährlich ruhig. »Ihre Versuche, meine Leute einzuschüchtern, sind lächerlich«, sagte er, »und noch lächerlicher ist Ihr Krieg.«

»Zu sterben ist nicht lächerlich, General.«

Sie hörte das Scharren seines Stuhls auf dem Fußboden, als er aufstand. »Ich denke, das genügt für heute«, sagte er.

»Ganz meiner Meinung. Und der Krieg geht weiter.« Sie hörte, wie die Tür geschlossen wurde. »He, Johnson«, rief sie dem Posten zu. »Bist du auch der Meinung, daß wir euch töten sollten?«

Es kam keine Antwort, aber wenn sie das Ohr an den Lautsprecher legte, glaubte sie ein Atmen zu hören.

»Denk darüber nach«, sagte sie, »wir sprechen uns noch.« Sie schaltete das Gerät aus. »Sieht so aus, als müßten wir weitermachen«, sagte sie.

Dannyboy öffnete die Augen und lächelte sie an. »Mir soll's recht sein. Wär' doch schade, wenn all unsere Vorbereitungen umsonst gewesen wären.«

An diesem ersten Morgen des Krieges tat sich Jax mit Schlange und Alter Mann zusammen.

»Wir brauchen einen Helfer, um etwas nach Mission hinüber zu schaffen«, sagte Alter Mann zu Jax. Sie nahm den Rucksack, den er ihr reichte. Über die Träger spürte sie, wie etwas darin leicht vibrierte.

»Summt da nicht etwas?« fragte sie. Der Rotschopf grinste. »Er ist voll mit Schraubgläsern, und in jedem Glas sind Wespen. Die können ganz übel stechen. Ich habe sie gestern gefangen, und sicher haben sie jetzt genau die richtige Laune.« Er zupfte an dem Fahrradschlauch, den er über die Schulter gestreift hatte. »Du spannst dieses Ding über zwei Holzstäbe, dann hast du eine Riesenschleuder. Und unsere gelbgestreiften Freunde sind die Munition. Ich denke, das wird die Soldaten ganz schön ablenken, und du und Schlange könnt sie euch schnappen.«

In ihrem Rucksack summte es gefährlich, während sie

Schlange folgte. Sie fühlte auch, wie in unregelmäßigen Abständen die armen Insekten gegen ihre gläsernen Gefängnisse prallten.

Auf dem Dach eines Kaufhauses in der Harrison Street spannte Alter Mann den Schlauch um zwei Entlüftungsrohre. Jax half Schlange unten auf der Mitte der Straße ein Feuer zu machen. Als es richtig brannte, warf er noch einige Autoreifen darauf, die er von den Autowracks ringsherum geholt hatte. Eine stinkende Rauchsäule stieg auf.

»Das wird sie sicher interessieren«, sagte Schlange.

Sie warteten auf dem Dach eines Möbelgeschäfts, gegenüber von dem Dach, auf dem Alter Mann lauerte. Die Mauer zur Straße hin überragte das Dach einen guten Meter und gab ihnen Deckung.

Der frische Morgenwind hatte den Nebel weggefegt, und die wärmende Sonne machte Jax schläfrig. Die Aufregungen und Anstrengungen der Nacht lagen weit zurück. Maschine flog über sie hinweg, in Richtung Innenstadt. Jax winkte, aber er gab kein Zeichen, daß er sie gesehen hatte. Durch ein Abflußloch in der Mauer behielt Jax die Straße im Auge.

»Wenn du dir deinen Mann geschnappt hast, dann mach dich aus dem Staub«, sagte Schlange. »Wir dürfen nicht aufeinander warten, das ist zu gefährlich.«

Sie nickte. »Du glaubst wirklich, daß sie kommen?«

»Sicher. Sie müssen herausfinden, was los ist. Dieser Wahnsinnsqualm – Vierstern wird denken, wir hätten die Stadt angezündet.« Seine Augen waren halb geschlossen. »Sei ganz ruhig, entspann dich – du wirst nur eine Chance haben, wenn es erst losgeht.«

»*Wenn* es losgeht«, sagte sie. Dann mußte sie gähnen.

»Man muß geduldig sein«, murmelte Schlange, »das ist ein Geduldsspiel. Warte erst einmal ab.«

Als sie etwas sagen wollte, hob er die Hand, damit sie schwieg. Man hörte die Soldaten kommen – polternde Stiefel im Laufschritt, das Klirren und Klappern irgendwelcher Geräte. Einer war vorausgelaufen und kam um die Ecke, dann schlüpfte er in einen Hauseingang. Er winkte den anderen, ihm zu folgen. Langsam rückten sie voran, vorsichtig behielten sie die Häuser und Dächer ringsherum im Auge.

Sie wartete; schließlich wagte sich einer nach vorn. Er trat einen Reifen aus dem heruntergebrannten Feuer. »Zeitverschwendung«, hörte sie ihn sagen. »Nicht der Rede wert.« Die anderen traten zu ihm.

Alter Mann warf drei Rauchbomben, damit sie ihn nicht sehen konnten, und begann die Wespengläser zu verschießen. Sie hörte, wie die Gläser auf dem Asphalt zerplatzten. Eine Gewehrsalve knatterte los, einer glaubte ein Ziel zu haben. Doch irgendwer schrie: »Feuer einstellen!« Eine andere Stimme fluchte.

»Fang an«, sagte Schlange. Von der Feuerleiter aus traf sie einen Soldaten mit dem Pfeil. Obwohl er die Wespen längst hinter sich gelassen hatte, schlug er verzweifelt mit den Händen um sich. Er lief noch ein paar Schritte, dann stolperte er und fiel.

Sie markierte ihn und schrieb so gut es ging um die Wespenstiche herum. Sie nahm sein Gewehr, dann floh sie vor dem Qualm über die nächste Feuerleiter. Der Rauch brannte in ihrem Hals. Die Straße unten lag noch immer unter einem Rauchschleier. Sie winkte zu Alter Mann hinüber, zeigte ihm die erhobenen Daumen, dann zog sie los, um auf eigene Faust zu jagen.

Die Soldaten waren gewohnt, gegen ganz normale Feinde zu kämpfen. Feinde, die man sehen konnte. Dannyboy und seine Freunde hielten nichts von normalen Kriegen; ihre Art zu kämpfen war dafür um so eleganter und kam vor allem so unerwartet, daß es schon abscheulich war.

In einer Gasse versteckt beobachtete Jax, wie einer der Soldaten in eine von Tigers Fallen geriet. Er war der letzte einer Patrouille und etwas zurückgefallen; er hatte sich von den glitzernden Schmuckstücken in einem Juwelierladen ablenken lassen. Als er in den Laden trat, löste er einen Stolperdraht aus. Ein Plastiktopf oben auf dem Türrahmen öffnete sich und kippte um, so daß sich sein Inhalt über den Kopf des Mannes ergoß: Er war gefüllt mit Kakerlaken. Die Insekten schwärmten aus und krabbelten in den Helm des Mannes, in seine Hosenbeine, seine Hemdsärmel; in jeder Ritze, wo es nur dunkel war, versuchten sie sich zu verkriechen, wie es ihre Art war. Jax lächelte, als er seine Waffe fallen ließ, wie ein kleines Mädchen aufkreischte und um sich schlug. Er hüpfte und schrie. Während er so beschäftigt war, erwischte sie ihn von hinten, markierte ihn und ließ ihn in der Tür liegen, wo die Kakerlaken neugierig seinen Körper untersuchten.

Sie schlich hinter einer anderen Patrouille her und wartete auf eine Gelegenheit. Die Stadt schien die Soldaten zu verunsichern. Sie schossen auf ihr eigenes Spiegelbild in den Schaufensterscheiben, auf Tauben und streunende Katzen, auf Schatten. Sie folgte ihnen, lautlos von Deckung zu Deckung schlüpfend, immer im gleichen Abstand. Manchmal glaubte sie, daß die Stadt ihr half. Brauchte sie ein Versteck, schon zeigte sich ein Hauseingang, warf irgend etwas Schatten über sie.

Erst spät an diesem Tag kehrte sie ins Hauptquartier zurück, das inzwischen in ein Wohnhaus in Haight verlegt worden war. Sie traf Lily und Gambit in einer Wohnung im Erdgeschoß. Sie räkelten sich auf einem schäbigen Sofa und besprachen die Schlachten des Tages.

»Ich habe gehört, daß Mercedes sie nach dem Markieren nackt ausgezogen hat«, sagte Gambit, »jetzt hat sie schon drei Uniformen zusammen. Sie möchte sie mit Zeitungspapier ausstopfen und in der Innenstadt an die Laternenpfähle hängen.«

Lily nickte. »Und Maschine soll ein paar Patrouillen mit Luftballons bombardiert haben, die mit billigem Parfüm gefüllt waren. Sagt, daß er einige Volltreffer hatte. Wenn dir plötzlich eine Wolke Maiglöckchenduft entgegenschlägt, geh in Deckung. Das muß ein gut parfümierter Soldat sein.«

»Und wie viele haben wir erwischt?« fragte Jax. »Wie viele sind tot?«

Lily zuckte die Achseln. »Da mußt du Buch fragen, wenn du's genau wissen willst. Es müßten so dreißig sein. Ich würde sagen, wir sind auf der Siegerstraße.«

Jax nickte langsam. »Vielleicht«, sagte sie. »Aber ich würde es nicht unterschreiben. Ich denke, Vierstern hat noch gar nicht richtig angefangen.«

Am nächsten Nachmittag war Jax in einem U-Bahn-Tunnel unter der Market Street unterwegs, als sie die erste Explosion hörte, ein dumpfer Schlag in der Ferne. Die ganze Stadt schien zu erbeben. Bevor das Rumpeln ganz verklungen war, erschütterte der nächste Schlag den Tunnel. Die dritte Explosion hatte sie fast schon erwartet, ein weiterer Paukenschlag in der Melodie der Zerstörung.

Sie floh aus dem Untergrund, lief zur Haltestelle Embarcadero und ging nach oben. Dann eilte sie zum neuen Hauptquartier, das nun in einem Kaufhaus südlich der Market Street lag.

Sie kam gerade, als Maschine Dannyboy erzählte, was beim Civic Center passiert war. »Ich flog so tief ich nur konnte«, sagte Maschine. »Sie schießen mit Granaten auf die Häuser um das Rathaus. Sieht so aus, als wollten sie freies Gelände schaffen. Bis jetzt haben sie einige Ladenzeilen flachgelegt, aber ich glaube nicht, daß sie schon damit aufhören.«

Dannyboy schüttelte den Kopf. Er saß auf einer leeren Holzkiste. »Ich verstehe das nicht. Warum tun sie das?«

»Um dafür zu sorgen, daß wir uns nicht mehr verstecken können«, sagte Jax. »Anscheinend mag Vierstern es nicht, daß wir uns an seine Leute heranschleichen.«

»Ich werde mit ihm reden«, sagte Dannyboy, »es muß sein.«

Jax folgte Dannyboy in ein Büro, das einmal dem Geschäftsführer des Kaufhauses gehört haben mußte. Von dort meldete sich Dannyboy über den Botschafter bei Vierstern. »Ah«, sagte Vierstern, »einmal eine andere Stimme.« Er schien guter Laune zu sein. Im Hintergrund waren die dumpfen Schläge von Artilleriefeuer zu hören. »Wer sind Sie?«

»Ich bin Dannyboy. Ich möchte wissen, warum Sie die Stadt zerstören wollen.«

»Sehr angenehm, Dannyboy«, sagte Vierstern freundlich, »aber sicher überrascht es Sie nicht, was ich tue. Wenn Sie darauf bestehen, sich weiter zu verstecken, dann muß ich doch die Verstecke beseitigen, nicht wahr? Ich habe gar keine andere Wahl. Mir gefällt das überhaupt nicht – es schmerzt mich wirklich, so viele schöne Häuser zu zerstören.«

»Wenn Sie uns finden wollen, müssen Sie die ganze Stadt zerstören.«

»Wenn das nötig ist, dann werden wir es auch tun.«

Dannyboy schüttelte den Kopf, er konnte nicht glauben, was Vierstern da sagte. »Ich weiß nicht, was Sie sich davon versprechen. Wenn Sie die Stadt zerstören, um sie zu erobern, was haben Sie dann am Ende davon? Ein Ruinenfeld, mit dem niemand etwas anfangen kann.«

»Daß du aber auch gar nichts verstehst, Dannyboy«, sagte Vierstern im Ton eines Lehrers, der über das Unvermögen eines Schülers enttäuscht ist. »Wenn San Francisco nur noch eine Ruine ist, dann hat es immer noch einen Wert. Es wird ein Exempel sein, dem andere nicht nacheifern werden. Die Bürger anderer Städte werden zweimal überlegen, bevor sie unser Angebot, sich uns anzuschließen, abschlagen werden.«

»Sie würden eine ganze Stadt in Schutt legen, um ein Exempel zu statuieren?«

»Wenn es um das ganze Land geht, dann ja«, sagte Vierstern. »Wenn es um mehr geht als nur eine Stadt. Diese Stadt wäre ein kleines Opfer. Einige Häuser, einige Menschenleben – was bedeutet das schon. Leute wie ihr können eben nicht begreifen, daß es auch höhere Ziele gibt. Ihr könnt nicht weiter blicken als bis zum nächsten Kirchturm. Hättet ihr die Weitsicht, die ich habe, dann würdet ihr verstehen, worum es geht.«

»Sie zerstören also die Stadt, um das Land zu retten.«

»Genau. Es sei denn, wir können zu einer Übereinkunft kommen. Warum sollen wir keinen Kompromiß finden ...«

»Nein«, sagte Dannyboy.

»Kein Kompromiß«, sagte Vierstern, »wie schade.« Es klang nicht, als ob er es bedauerte. »Sie lassen mir keine Wahl.«

Jax hörte wieder eine Explosion im Hintergrund. Dannyboy schaltete das Funkgerät aus, er wollte nicht noch mehr hören. »Ich kann das nicht glauben«, sagte er.

»Glaub es«, sagte Jax, »das ist Krieg.«

Er ging einige Schritte zur Seite, kopfschüttelnd. Eine Weile stand er am Fenster und schaute hinaus. Jax saß neben der Schaufensterpuppe und wußte nicht, was sie tun sollte. Sie wollte ihm gern helfen, aber es fiel ihr nichts ein, was sie hätte sagen können.

»Das ist doch unglaublich«, sagte Dannyboy wieder, aber seine Stimme klang ganz anders. Er lachte. »Das gibt es doch nicht.«

Draußen vor dem Fenster fielen Schneeflocken: große, wäßrige, unglaubliche Schneeflocken. Die Straßen wurden schwarz vor Nässe, als die Flocken tauten. Das Fenster klapperte im Wind, er trieb den fallenden Schnee dagegen. Der Himmel war grau, doch waren die Wolken nirgendwo so schwarz wie über dem Civic Center. Jax stellte sich vor, wie der nasse Schnee an den Stiefeln der Soldaten klebte, ihre Uniformen durchnäßte und sich um die Ketten des Panzers häufte.

»Die Stadt schlägt zurück«, sagte Dannyboy. Er grinste ihr zu. »Ich möchte mal sehen, was sie mit ihrem Panzer im Schnee anfangen werden.«

23

Der Krieg ging weiter. Der Motor des Panzers sprang in der Kälte nicht an, trotz aller Bemühungen der Mechaniker. Wind und Schnee taten sich zusammen und häuften immer neue Schneeberge darüber, bis die Soldaten es schließlich aufgaben, ihn auszugraben.

Die Soldaten ergänzten ihre Uniformen durch Jacken, die sie in den umliegenden Läden fanden, und so wurde aus der Armee ein kunterbunter Haufen in Daunenparkas, Lodenmänteln und Skianoraks.

Soldaten patrouillierten in kleinen Gruppen die Straße entlang, äußerst nervös, die Waffen immer bereit. Sie sprachen unnötig laut und erschraken beim kleinsten Laut.

Jax verbrachte die meiste Zeit auf der Straße; immerzu folgte sie den Trupps und wartete auf die Gelegenheit, einen unvorsichtigen Soldaten zu überwältigen. Die Stadt war groß, und hin und wieder mußte jeder einmal allein sein. Ein Mann, der hinter seinen Kameraden zurückblieb, um in eine Ecke zu pinkeln oder in einem Laden nach Beute zu suchen, war ein Ziel, das man nicht verachten durfte.

Wenn sie schlief, war es kein fester Schlaf, denn selbst im Traum war sie wachsam. Manchmal kauerte sie sich in einer Ecke des jeweiligen Hauptquartiers zusammen. Öfter aber schlief sie ein, wo es sich gerade ergab: auf einem abgelegenen Dach im Schutz eines Schornsteins, im Golden-Gate-Park in einer Baumkrone oder in den Tunnels unter der Erde.

Sie machte gerade ein Nickerchen in einem Kanalschacht, als eine Patrouille über ihr für eine Zigarettenpause hielt. Durch den Gitterrost konnte sie sie reden hören, die Worte echoten in dem Schacht. Ein Mann mit tiefer Stimme verspottete einen Soldaten, der in der Nacht zuvor die Nerven verloren und die Fenster eines leeren Gebäudes zerschossen hatte. »Ranger, mein Baby, du hast das Haus ruiniert«, sagte die tiefe Stimme. »Kein einziges Fenster hast du übrig gelassen. Und du weißt genau, wie der General über die Verschwendung von Munition denkt.«

»Ich habe sie dort gesehen«, sagte eine junge Stimme mürrisch. »Sie kamen auf mich zu.« Jax konnte die Angst in seiner Stimme hören. »Verfluchte Geister, sie sind hier überall.«

»Geister kann man nicht erschießen, Ranger«, sagte eine andere Stimme. »Wenn du auf sie schießt, tauchen sie gleich wieder auf.«

»Verfluchte Stadt«, murmelte Ranger. »Diese verdammten Schatten überall.« Jax schloß die Augen und stellte sich vor, wie er aussah: mager, jung – kaum älter als sie selbst. Sein Haar war sicher so kurz geschnitten, daß man die Haut zwischen den Stoppeln sah. Wenn er sprach, zog er sicher die Schultern hoch, als wollte er sich schützen. Und die Augen waren erschreckt und wild. Er tat ihr leid.

»Hast du von den Hunden gehört?« sagte der Mann, der gesagt hatte, daß man Geister nicht erschießen könne. »Wilson hat sie drüben am Meer gesehen. Ungeheuer mit leuchtenden Augen, die den Strand entlangrannten.«

Tiger hatte sich erboten, Randalls Rudel mit Leuchtfarbe zu bemalen. Anscheinend hatte er es auch getan.

»Hat er auf sie geschossen?« fragte Ranger.

»Geister kann man nicht erschießen, Ranger«, wiederholte die Stimme, »das habe ich dir schon mal gesagt.«

»Irgendwas muß man doch tun«, murmelte Ranger.

»Habt ihr schon mal die Affen gesehen?« fragte der erste Mann. »Ich habe gehört, hier laufen noch immer die Affen rum, die die Seuche übertragen haben. So habe ich es jedenfalls gehört. Aber vielleicht sind das auch Geister.«

»Ihr seid doch nicht bei Trost«, sagte die tiefe Stimme. »Geister.« Er legte seine ganze Verachtung in das eine Wort. »Es gibt keine Geister. Ein paar Schatten, nichts weiter.«

»Ach ja«, sagte Ranger mit hoffnungsloser Stimme. »Und das ist auch der Grund, warum keiner je Jax oder Dannyboy gesehen hat oder sonst einen von ihnen.«

»He, Kleiner, du hast doch bloß Angst, daß Jax schon dabei ist, auf dein Gesicht zu zielen.«

»Es ist nicht mein Gesicht, um das ich mir Sorgen mache.«

Jax stellte sich vor, daß der Soldat jetzt seinen Hals rieb. Sie war dazu übergegangen, eine dicke rote Linie über die Kehle jedes Opfers zu ziehen – von einem Ohr bis zum andern. Es mußte recht beeindruckende Assoziationen hervorrufen.

»Man wird nicht mehr als eine Patrone brauchen, um Jax wegzupusten, genau wie bei allen anderen«, sagte die tiefe Stimme.

Jax lag auf dem Rücken, ein Arm unter dem Kopf, und hörte zu, wie der Mann von ihrem Tod sprach.

»Mensch, du bist wirklich ein toller Kerl, Marcos. Ein harter Bursche. Dabei hast du schon die Markierung gekriegt. Warum reißt du das Maul so weit auf? Geh doch auf die Suche nach Jax! Such sie und warte ab, was passiert!«

»Genau«, sagte Marcos, »das würde euch so passen. Laßt mich doch in Ruhe mit eurem Unfug.«

Jax hörte, wie sich Schritte entfernten.

»Mistkerl«, murmelte jemand. »Dabei ist er *tot*, und uns kommt er mit seinen beschissenen Sprüchen. Wir sollten den ganzen Mist hier in die Luft jagen. Alles anzünden.«

»Es ist so verflucht kalt hier. Das ist doch nicht normal.« Jax stellte sich vor, wie Ranger sich in seiner Jacke verkroch, sie noch enger um sich wickelte. In seiner Stimme war ein Anflug von Hysterie. »Wir sollten hier verschwinden, das ist es. Verschwinden, so lange wir noch können.«

»Paß auf, was du sagst, Ranger«, sagte der andere Mann ruhig. »So was hört der General gar nicht gern.«

»Ich meine ja nur«, brummte Ranger. »Ich will doch nach Hause, das ist alles. Wir haben hier nichts zu suchen.«

Am sechsten Tag (vielleicht war es auch der siebte, denn es war nicht so einfach, immer mitzuzählen) beteiligte sich Jax an einem Angriff, bei dem ein neuer Bombentyp benutzt wurde, den Tiger entwickelt hatte. Statt Rauch kam aus der Bombe Jasminduft, ein Parfüm, das Tiger mit einer speziellen Form von LSD gemischt hatte. Am späten Nachmittag warf Maschine die Bomben über einer Patrouille im Stadtteil Western Additio. Jax und ihre Mitstreiter waren mit Gasmasken ausgerüstet, die Soldaten nicht. Jax blieb in Deckung, bis die Männer ihre Munition auf Schatten und Halluzinationen verschossen hatten. Dann sammelte sie mit Schlange, Zatch und Gambit die Soldaten auf, die schon auf dem Trip waren. Sie markierten sie, einen nach dem anderen.

Den letzten fand Jax, als die Sonne schon unterging. Er war nach dem Überfall noch eine ganze Strecke gegangen. Jax traf ihn, wie er auf der Mitte der Haight Street lief und fröhlich vor sich hin sang. Ab und an stolperte er ein wenig, aber daß die Beine nicht so ganz gehorchen wollten, schien ihm eher Spaß zu machen, als daß es ihn beunruhigte. Er trug keine Waffe mehr. Als sie nähertrat, lachte er sie an wie ein glückliches Kind.

»Alles in Ordnung, Soldat?« fragte sie.

»Ganz prima«, sagte er. »Stell dir vor, ich hab' einen Engel hier entlang fliegen sehen. Einen goldenen Engel, der über die Stadt flog.«

»Ich kenne den Engel«, sagte sie.

»Du mußt Jax sein.«

»Richtig.«

Er lachte gutgelaunt. »Du siehst fast wie meine Freundin

aus.« Er hatte dunkles Haar und braune Augen, und er schien wunschlos glücklich zu sein. »Du willst meine Stirn markieren?«

»Das sollte ich schon tun«, sagte sie.

»Na gut.«

Er lehnte sich an eine Mauer und drehte gehorsam den Kopf, daß die untergehende Sonne sein Gesicht beleuchten konnte. Weil Jax Zeit hatte, verzierte sie das Wort TOT mit einer blühenden Weinranke um die beiden Ts und einen grinsenden Totenkopf im Innern des O. Während sie malte, unterhielt sie sich mit dem Soldaten.

»Wie heißt du, Soldat?«

»Obergefreiter Davis«, sagte er. »Aber sag ruhig Dave zu mir.«

»Du darfst die Augenbrauen nicht bewegen, Dave«, sagte sie, »sonst verschmierst du die Farbe.«

Dave versuchte, die Augenbrauen ruhig zu halten, und fing an, zu kichern. Er war ein ungemein glücklicher Soldat.

»Wann wirst denn du aufhören mit diesem Krieg?« fragte sie. »Meinst du nicht, daß es an der Zeit ist?«

»Ach, ich würde jederzeit aufhören«, sagte er. »Mir liegt nichts daran. Es ist der General, der nicht aufhören will. Der General gibt niemals auf!«

»Woher willst du das wissen?«

»Ich weiß es.« Er nickte, ernst und feierlich. »Ich gehörte zu seiner Leibgarde, aber damit ist es jetzt aus. Der General vertraut keinem mehr, der markiert wurde.«

»Natürlich nicht«, sagte sie und malte noch ein Weinblatt dazu. »Aber wenn Vierstern nicht aufhören will, warum hörst du nicht auf, ihm zu gehorchen?«

Er biß sich auf die Lippen; er sah jetzt sehr jung und sehr ernst aus. »Der General läßt Deserteure erschießen«, sagte er.

»Wenn du weggelaufen bist, kann er dich nicht erschießen! Er muß dich erst einmal fangen.« Sie runzelte die

Stirn. »Du kannst ihm entkommen, er ist auch nur ein Mensch.«

»Das stimmt nicht«, sagte der Soldat. Seine Augen waren weit und voller Angst. »Er ist mehr als nur ein Mensch. Er wird mich finden, genau wie du!«

»Was soll das heißen: genau wie ich?«

Er antwortete nicht. Er betrachtete seine Hände und schien mit einemmal fasziniert von den Mustern seiner Hautlinien. Sie hörte Gewehrfeuer und die dumpfen Detonationen von Rauchbomben. Sie schrieb den letzten Buchstaben ihrer Signatur. Es wurde Zeit. Sie gab ihm einen Klaps auf die Hand und sagte: »Bye, paß auf dich auf.« Dann lief sie davon durch die Straßen.

24

Während der zweiten Woche des Krieges begann Gambit, seine automatischen Glocken einzusetzen. Vor dem Krieg hatte er unermüdlich nach Gebäuden gesucht, die die besten Resonanzeigenschaften hatten und ebenso nach Glocken mit dem schönsten Klang. Sein gelungenstes Werk bestand aus einem Gong, den er in einem buddhistischen Tempel gefunden hatte, und der Kathedrale St. Mary. Alle fünfzehn Minuten schlug ein Vorschlaghammer gegen den Gong und ließ so ein eingestrichenes C ertönen, das lange nachhallte und meilenweit zu hören war. Der Vorschlaghammer wurde betätigt durch einen mit Sandsäcken gefüllten Safe, der in kleinen Schritten sich abwärts bewegte und durch ein kompliziertes System von Flaschenzügen mit ihm verbunden war. Gambit hatte einundzwanzig ähnliche automatische Glocken in der ganzen Stadt verteilt. Sie ertönten in einem genau kalkulierten Rhythmus in festen Zeitabständen.

Auch im Hochhaus der Pacific Telephone Company konnte Dannyboy die Glocken hören, sogar in der Abgeschiedenheit eines fensterlosen Büros im Kern des Gebäudes, das inzwischen als Hauptquartier diente. Der Lärm ging durch Mark und Bein und störte beim Denken. In den kurzen Pausen, in denen keine der Glocken zu hören war, brachte man nicht mehr zustande, als sich für den nächsten Gongschlag zu wappnen. Er fragte sich, wie laut der Lärm wohl in Viersterns Quartier zu hören war, und er hoffte, daß der General nicht weniger Kopfschmerzen hatte als er selbst.

Dannyboy versuchte, den Lärm zu ignorieren und mit Buch die nächsten militärischen Schritte zu planen, als Jax hereinstürzte. »Du mußt sofort mit Frank reden«, sagte sie, »komm schnell.«

»Warum? Was ist denn los?«

»Du wirst schon sehen.«

Sie wollte sich nicht lange mit seinen Fragen aufhalten; sie nahm ihn bei der Hand und zog ihn die Tür hinaus. Ohne die schützenden Mauern durchdrang der Lärm den ganzen Körper und ließ die Knochen vibrieren. Er gab es auf, Jax zu fragen, und lief einfach hinterher, durch Gassen und über Dächer. Sie führte ihn zum Garten des Lichts. Oder vielmehr zu dem, was davon übrig war.

Die Wände des Spiegellabyrinths standen noch, man konnte jetzt die aufwendige Konstruktion aus gekreuzten Metallstreben erkennen. Denn es waren nur wenige Spiegel unzerstört geblieben. Zerbrochenes Glas – zerschossen, mit Stiefeln zertreten, mit Gewehrkolben zerschmettert. Jax ging voran. Die Glasscherben knirschten unter ihren Schuhen. Dannyboy folgte; der Anblick dieses Chaos erschütterte ihn.

»Er war nicht zu bewegen, wegzugehen«, sagte Jax über die Schulter. »Ich habe es versucht.«

Frank saß neben den Überresten des bunten Glasfensters. Der Boden um ihn herum war von Scherben übersät, farbiges Glas, Splitter von Spiegeln. Jemand hatte das Fenster als Zielscheibe benutzt, die obere Hälfte war abgesplittert, die untere von Einschüssen durchsiebt. Frank blickte nicht auf, als sie kamen.

Dannyboy hockte sich neben Frank und legte dem alten Mann die Hand auf die Schulter. Jax streifte um das Labyrinth herum und hielt Ausschau, ob sich irgendwo Viersterns Leute zeigten.

»Frank!« Dannyboy mußte schreien, um die Glocken zu übertönen. »Wir müssen verschwinden, es ist zu gefährlich hier.«

Der alte Mann blickte auf, und Dannyboy sah, was er in der Hand hielt. Das Antlitz der heiligen Jungfrau lächelte ihm entgegen. Es war unglaublicherweise unversehrt.

Frank sagte etwas, aber Dannyboy verstand nur ein paar Worte zwischen zwei Glockenschlägen. »Ich verstehe es einfach nicht ...«

Dannyboy war benommen, die Glocken hämmerten in seinem Kopf. Frank hatte Jahre an dem Garten des Lichts gearbeitet, und Vierstern hatte ihn an einem Tag zerstört. »Du hast recht«, sagte er. Er hörte seine Stimme, ganz fremd, als spräche jemand anders. »Das kann man nicht verstehen.« Mehr wußte er auch nicht.

Man erwartete von ihm, daß er etwas wußte. Seit sie den Plan ausgearbeitet hatten, wie sie diesen Krieg führen würden, hatten alle auf sein Wort gehört. Aber nun waren ihm die Wörter ausgegangen. Er suchte nach einem brauchbaren Gedanken und fand nichts als Leere in seinem Kopf. Er sah zu Boden, er hatte Angst, Franks Augen zu begegnen. Nicht weniger fürchtete er den Blick Jax', und auch seinen eigenen Augen in einer der Spiegelscherben wollte er nicht begegnen.

»Rede mit ihm«, sagte Jax. »Du mußt etwas sagen.«

Dannyboy schüttelte den Kopf. Die Glockenschläge meldeten sich zu Wort, während er schwieg.

»Es ist kaputt«, sagte Jax plötzlich. Ihre Stimme übertönte die Glocken. »Ganz schön kaputt. Aber du kannst es wieder aufbauen, wenn alles vorbei ist. Es ist nichts weiter als Glas, Frank. Das weißt du. Es war wundervoll, aber es war eben nur Glas, eine Menge Glas. Du kannst es noch einmal bauen, vielleicht sogar noch schöner.«

Sie packte seine Schulter und rüttelte ihn leicht. Die Glocken schwiegen wieder; es war eine der unerwarteten Pausen, die zu ihrem Rhythmus gehörten. »Stell dir vor, du hättest die Wahl gehabt. Hätten wir Vierstern die Stadt überlassen, dann wäre dem Garten des Lichts nichts geschehen. Aber Vierstern hätte dich niemals etwas Neues bauen lassen. Was hättest du gewählt – den Garten, den du hattest, oder alle die Gärten, die du noch bauen kannst?«

Frank schaute sie an. »Das ist nicht fair«, sagte er leise.

»Ich habe keine Zeit, fair zu sein«, sagte sie. »Wenn jemand kommt, sind wir erledigt.« Sie sah zu Dannyboy. »Man hat mir einmal gesagt, daß man sich verändert, wenn man etwas Schönes schafft. Auch wenn es nur für einen Tag besteht, ist man danach nicht mehr dieselbe Person. Als du den Garten erbaut hast, hast du dich verändert – und *das* konnten sie nicht zerstören.« Sie schüttelte den Kopf und sah Dannyboy an. »Ich sage das ganz falsch, mir fehlen die richtigen Worte.«

Frank blickte auf das Gesicht in seinen Händen und dann zu Jax. »Natürlich würde ich die zukünftigen Gärten wählen, da gibt es nichts zu überlegen. Ich wünschte nur, es wäre etwas anders gekommen.«

»Komm jetzt«, sagte Jax. Sie reichte ihm die Hand und half ihm aufzustehen. »Du auch«, sagte sie zu Dannyboy. Ihre Stimme war ganz ungewohnt weich. »Wir gehen besser zurück zum Hauptquartier.«

Eine einzelne Glocke schlug, mit einem tiefen Ton, ein einziges Mal, dann fielen andere ein, und wie eine Lawine wälzte sich die Klangmasse durch die Straßen. Am Hochhaus der Pacific Telephone übergaben sie Frank an Tiger. Er protestierte, er sei jetzt wieder in Ordnung, nur ein kleiner Schock.

»Danke«, sagte Dannyboy zu Jax. »Mir fiel nichts ein, was ich hätte sagen können. Es ist meine Schuld, es liegt an meinem Plan, daß die Soldaten den Garten des Lichts zerstört haben. Wenn ich nicht …«

»Red keinen Unsinn«, unterbrach sie ihn. »Das ist Viersterns Schuld, nicht deine. Und ich habe nichts gesagt, was ich nicht schon von dir gehört habe.« Sie sah ihn prüfend an. »Wie lange hast du jetzt nichts gegessen?« fragte sie.

Er zuckte die Achseln. »Ich weiß nicht. Eine ganze Weile vermutlich.«

Sie schüttelte den Kopf. »Dann komm.«

Rose hatte ihre Feldküche in der Kantine der Telefongesellschaft aufgebaut. Jax brachte ihm eine Tasse heiße Suppe, und er nahm sie, obwohl er eigentlich nicht hungrig war. Er wußte tatsächlich nicht mehr, wann er zuletzt gegessen hatte. Vielleicht beim Frühstück – an eine Scheibe Toast konnte er sich vage erinnern. Aber das konnte auch am Vortag gewesen sein. Die Tage begannen zu verschwimmen. Sein ganzer Körper schmerzte, aber müde fühlte er sich nicht. Er durfte ja auch nicht müde sein, sie mußte weiterkämpfen. Er war für den Krieg verantwortlich, wie sollte er da ausruhen können.

Nur spärlich fielen ein paar Sonnenstrahlen durch die schmutzigen Fensterscheiben. Menschen kamen und gingen, redeten in dem Dämmerlicht gedämpft miteinander. Er saß mit Jax und einigen anderen an einem Tisch. Sie lächelte und berührte seine Hand. Sie konnte genausogut ein Geist sein, vielleicht waren sie alle Geister – nichts als Traumgebilde der Stadt.

»Die Geister sind heute ganz schön in Fahrt«, sagte Zatch, als hätte er seine Gedanken gelesen. »Ich bin heute morgen auf der Market Street dem Chinesischen Neujahrsumzug begegnet. Die Tänzer mit den Löwenmasken haben eine ganze Militärpatrouille förmlich überrannt. Und als die anfingen, mit Kanonenschlägen um sich zu werfen, sind die Soldaten fast durchgedreht.

»Die Stadt tut, was sie kann«, murmelte ein anderer. »Ich habe eine Büffelherde gesehen, die in wilder Flucht in Richtung Rathaus stürmte. Es müssen ein paar hundert gewesen sein, als sie die Fulton Street entlangrasten.«

»Die waren aber echt«, sagte Jax. »Randalls Rudel hat sie aus dem Park gejagt und blieb ihnen die ganze Zeit auf den Fersen.«

»Einige Soldaten sollen versucht haben, sich in den Weg zu stellen, und wurden fast zertrampelt.« Dannyboy erkannte die Stimme von Schlange, obwohl in dem schwachen Licht sein Gesicht nicht zu erkennen war. »Das ist das, was mir am meisten gefällt: Sie meinen, daß es sich um Geister handelt, und es stellt sich heraus, daß etwas aus Fleisch und Blut ist.«

»Die meisten schießen jetzt auf alles. Wenn sich etwas nur bewegt, dann schießen sie schon«, sagte Jax. »Paßt bloß auf euren Hintern auf.«

»Kann man wohl sagen. Aber das ist nicht unbedingt das Schlechteste – dann werden sie oft genug auf ihresgleichen schießen.« Die Stimme von Schlange klang belustigt.

»Gibt es schon Opfer?«

»Noch nicht. Dummerweise sind sie erbärmliche Schützen.«

»Ein Jammer«, sagte Dannyboy. Er bemerkte selbst, wie gezwungen seine Stimme klang.

Jax sah ihn an und hob die Brauen. »Alles in Ordnung?« fragte sie zärtlich.

Er zuckte die Achseln. »Bestimmt, nur ein wenig müde.«

»Dann solltest du etwas schlafen.«

Er schüttelte den Kopf. »Ich kann nicht schlafen, wenn die Glocken Krach machen.«

»Aber sicher kannst du. Komm!« Sie nahm ihn an der Hand und führte ihn aus der Kantine und über mehrere Treppen ganz hinunter ins untere Kellergeschoß. Dort lagen eine Matratze und Decken auf dem Boden. Hier konnte er immer noch die Glocken hören, aber es klang nun weit entfernt. Er legte sich neben sie und umfaßte sie mit den Armen. Er glaubte zuerst, daß sie zitterte, doch dann bemerkte er, daß es seine Arme waren, die vor Müdigkeit zuckten.

»Was ist los?« fragte sie. »Was ist mit dir?«

»Ich bin nur müde«, sagte er, »entsetzlich müde.«

Sie küßte ihn liebevoll. »Jetzt schlaf. Hier ist es sicher.« Sie hielt ihn in den Armen, bis er eingeschlafen war.

25

Der Krieg ging weiter.

Maschine flog noch immer über die Soldaten hinweg, außerhalb der Reichweite ihrer Gewehre; er schleppte jetzt ein Spruchband hinter sich her: ›ERGEBT EUCH‹. Mrs. Migsdale versuchte es mit psychologischer Kriegsführung; über eine Lautsprecheranlage, die Maschine vor dem Krieg rings um die Civic Center Plaza installiert hatte, wurden die Soldaten zur Desertation aufgefordert. Sie spielte ein Tonband, das Ruby mit ihrer süßen Stimme, der sie einen leicht tadelnden Ton gab, besprochen hatte: »Soldaten«, kam es aus den Lautsprechern, »warum wollt ihr noch kämpfen? Es gibt doch keinen Grund dazu. Legt eure Waffen nieder und schließt euch uns an. Wir nehmen euch gerne auf. Wißt ihr nicht, daß ihr freie Menschen seid?« Gegen Ende des zweiten Tages der Lautsprecherpropaganda hatten die Soldaten alle Lautsprecher ausgemacht und sie zerstört.

Merkwürdige Dinge geschahen. Hunderte von Ratten schwärmten aus, liefen unter dem Stacheldraht hindurch in das feindliche Lager. Die Wachen schossen auf die Tiere, konnten aber nur eines von zehn töten. Die Nager überrannten die Feldküche, verdarben die Vorräte und versetzten die Köche in Panik. Die Soldaten schossen, sie zertrampelten die Tiere, erschlugen sie mit Beilen. Im Gras neben der Küche lagen haufenweise tote Ratten. Die Köche schrubbten ihre Töpfe wieder und wieder, aber sie wollten nichts daraus essen.

Es regnete Frösche auf die Plaza. Winzig kleine Laubfrösche, kaum größer als ein Daumennagel. Sie hingen an den Bäumen, den Zelten, klammerten sich an die Helme der Soldaten und quakten, dünn und hoch. Wo immer die Sodaten gingen, traten sie knirschend auf die kleinen Tiere.

Die Luft roch nach Rauch, und der Nebel wich nicht mehr. Manchmal, spät abends oder in den ersten Morgenstunden, wenn der Nebel in der Dämmerung schwach zu schimmern begann, glaubte Jax, vielleicht doch ein Geist zu sein. Wie sollte man an die Sonne glauben, wenn man sie so viele Tage nicht gesehen hatte. Und wenn die Sonne nur in der Erinnerung existierte, vielleicht war dann alles andere nur ein Traum. Vielleicht hatte der Engel sie damals schon gestreift, als sie in die Stadt gekommen war – und alles, was sie erlebt zu haben glaubte, waren nur Träume, die der seltsame Nebel herbeitrug.

Man verirrte sich leicht im Nebel. Jax fand sich zurecht, indem sie sich an Gerüchen und Geräuschen orientierte: der Pulverrauch der Gewehre, der Geruch nach Tang von der See, dem Gurren der Tauben und dem Geschrei der Möwen. Einmal hörte sie die Stimmen von Soldaten, die nur einige Meter entfernt vorbeizogen. »Hab' nen Engel gesehen«, sagte einer, »sein Gesicht war kaputt, aber die Flügel aus purem Gold.«

»Bist nicht ganz dicht«, sagte ein anderer. »Demnächst behauptest du noch, du hättest Jax höchstpersönlich gesehen.«

»Niemand kann Jax sehen«, sagte der erste.

Sie lief davon, sie mußte vertraute Gesichter um sich

haben. Das Hauptquartier war in den Palace of fine Arts verlegt worden, ein Museum, das vor langer Zeit für eine Ausstellung erbaut worden war. Jax nahm den Weg über die Divisadero Street und ging die Anhöhe hinauf. Zum ersten Mal seit Tagen ließ sie den Nebel hinter sich und sah die Sonne scheinen. Von der Anhöhe konnte sie die graue Kuppel des Museums sehen, die mitten in einem Dschungel lag, der einmal ein gewöhnlicher Stadtpark gewesen war. Sie ging langsam darauf zu; sie wollte die warme Sonne auf ihrem Gesicht genießen.

Als sie kurz davor war, konnte sie die romanischen Säulen und die kunstvollen Friese der Fassade sehen, an der sich nun Grün emporrankte. Sie nahm einen schmalen Pfad, der von Bäumen überschattet war, und trat durch die Tür, an der zu lesen war: ›Zutritt nur für Personal‹.

Sie fand Dannyboy vor einem Schreibtisch sitzen, in einem der früheren Büros. Er hob den Blick, als er ihre Schritte hörte. Um seine Augen lagen schwarze Ringe, und er sah wirklich erschöpft aus. Seine Hände waren leer, auch auf dem Schreibtisch lag nichts.

»Was machst du?« fragte sie.

»Ich denke nach.« Seine Stimme war heiser.

»Worüber denkst du nach?«

Er senkte den Blick auf seine Hände. »Warst du schon im Golden-Gate-Park? Dort verstecken sich einige Soldaten, die desertiert sind.«

»Ich habe davon gehört«, sagte sie. »Randall sprach davon.«

Er nickte bedächtig. »Hast du mit ihnen gesprochen?«

Sie schüttelte den Kopf.

»Aber ich«, sagte er. »Stell dir vor – sie haben vor Vierstern nicht weniger Angst als vor uns. Sie sagen, daß er Deserteure erschießen läßt. Sie sagen auch, daß er niemals aufgibt.«

»Ich weiß«, sagte sie.

»Wir müssen ihn kriegen«, sagte er. »Es geht nicht anders.«

»Wir müssen ihn töten«, sagte Jax.

Dannyboy nickte. » Ich glaube, du hast recht.«

»Bist du sicher?« sagte Jax. »Ich meine nicht, ihn zu markieren. Ich meine: töten.« Sie war nicht überrascht, daß er den Kopf schüttelte.

»Es genügt, wenn er weiß, daß er nicht vor uns sicher ist«, sagte Dannyboy.

»Du weißt es besser. Er hat keine Angst. Es wird nicht funktionieren, nicht bei Vierstern.«

Dannyboy schüttelte wieder den Kopf. »Wenn wir ihn markieren, werden seine Leute wissen, daß er auch nur ein Mensch ist. Dann werden sie desertieren, sie werden keine Angst mehr haben.«

»Es wird nicht gehen«, sagte Jax.

»Wieso bist du so sicher? Wir können es doch versuchen. Wir markieren ihn und warten ab, was passiert.«

»Und nichts ist leichter als das, nicht wahr?« fuhr sie ihn an, sie konnte ihren Ärger nicht unterdrücken. »Sie haben ja nichts als ihre Gewehre, und daß man mehrere Ketten von Wachposten passieren muß, stört dich auch nicht.«

»Ich weiß doch Bescheid«, sagte er. »Ich habe es doch gesehen.«

»Manchmal kommt es mir vor, als hättest du es vergessen. Oder vielleicht fängst du schon an zu glauben, was die Soldaten erzählen: daß du ein Geist bist und damit unverwundbar.«

»Das glaube ich keineswegs.«

»Du denkst, es wäre ein Spiel. Du irrst.«

»Ich weiß, daß es kein Spiel ist.«

»Was soll dann das alles? Warum sollen wir Vierstern nicht töten?«

Sie wußte, daß er ihren Blick meiden würde. »Du mußt lernen, daß Gewalt und Tod nicht die einzigen Mittel sind, mit denen man die Dinge ändern kann.«

Sie schüttelte den Kopf und wollte etwas sagen, dann schüttelte sie wieder den Kopf. »Ich muß nichts lernen.

Und vor allem muß ich nicht lernen, die Augen zu öffnen und die Welt richtig zu sehen, verstehst du? Wir kommen an Vierstern nicht vorbei.«

»Wir haben auf unsere Art angefangen, und dabei sollten wir bleiben, sonst war alles umsonst.« Seine Stimme klang nicht sehr sicher. »Wenn wir ihn töten, wird es noch nicht zu Ende sein. Wir müssen ihn zum Gehen zwingen. Wir müssen uns an die Regeln halten, die wir uns gesetzt haben. Wir müssen ihn warnen, und erst dann, wenn es nicht anders geht, dürfen wir ihn töten.« Er redete, als müßte er zuallererst sich selbst überzeugen. »Ich trage die Verantwortung. Deshalb werde ich zu ihm gehen.«

»Du würdest nicht mal am ersten Wachposten vorbeikommen«, sagte sie.

»Vielleicht bin ich besser, als du denkst.«

»Klar, dann schaffst du es bis zum zweiten Wachposten.«

Sie streckte den Arm über den Tisch und nahm seine Hand. Sie würde ihn davor bewahren, eine Dummheit zu begehen, ob er wollte oder nicht. »Du kannst nicht gehen. Du mußt uns anführen. *Ich* werde gehen. Ich werde mithelfen, diese verdammte Welt zu verändern.«

»Nein«, sagte er, »es ist mein Krieg.«

»Vergiß es, Dannyboy. Das ist nicht allein dein Krieg. Es ist auch meine Stadt und damit mein Krieg. Verstehst du?«

»Ich laß dich nicht gehen«, sagte er.

»Du hast keine Wahl«, sagte sie. »Ich bin der einzige Mensch, der eine Chance hat, durchzukommen.« Sie wandte sich und lief hinaus, bevor er protestieren konnte.

Sie ging durch einen langen Korridor, der früher ein Ausstellungsgang des Museums gewesen war. Das Sonnenlicht kam durch Fenster in der Decke und schuf so Inseln von Helligkeit in dem düsteren Gang. Bei einer dieser Inseln fand sie Maschine, der an seinem Tragschrauber die Ventile einstellte. Sie setzte sich neben ihn auf den Boden und sah ihm bei der Arbeit zu.

»Wie sieht der Krieg von da oben aus?« fragte sie ihn schließlich.

Er zuckte die Achseln. »Klein. Alles sieht klein aus von oben.«

»Ja, das denke ich auch.«

»Und wie sieht er hier unten aus?«

Sie blickte auf ihre Hände, die sich mit festem Griff in ihrem Schoß umklammerten. »Größer als mir lieb ist, würde ich sagen.« Sie hörte die Tauben gurren. Maschine wartete geduldig, daß sie fortfuhr. »Ich werde versuchen, Vierstern zu markieren«, sagte sie.

»Das wird nicht leicht sein.«

»Ich weiß.« Sie ertappte sich, wie sie den Silberanhänger betastete, der an ihrem Hals hing. Sie ließ ihn los und legte die Hände wieder in den Schoß.

»Glaubst du, daß der Krieg zu Ende ist, wenn du Vierstern markierst?« fragte Maschine.

»Nein. Aber ich muß es versuchen. Wenn nicht, dann wird es Dannyboy tun.« Sie schwieg.

»Und das möchtest du nicht.«

»Er hat doch keine Chance, durchzukommen. Sie würden ihn töten. Meine Aussichten sind besser.« Sie schüttelte den Kopf und sagte leise, wie zu sich selbst: »Ich muß es tun.«

Sie starrte auf ihre Hände. Sie hörte, wie Maschine sein Werkzeug auf den Boden legte, dann kam seine Hand und berührte die ihre. Das erste Mal, seit sie ihn kannte, wagte er es, sie zu berühren – ganz leicht und vorsichtig. »Ich werde dir helfen«, sagte er.

Ihre Mutter hätte es gebilligt, sagte Jax sich, als sie durch die Straßen der im Nebel begrabenen Stadt lief. Es war nicht schwer, das Lager der Deserteure zu finden. Man roch den Rauch ihres Lagerfeuers. Sie hatten sich bei einem früheren Grillplatz versteckt, der von dichtstehenden Bäumen abgeschirmt wurde. Aber ihre Stiefel hatten im Gras unübersehbar eine Fährte hinterlassen, die ins Lager führte. Sie kletterte auf eine Eiche unweit davon und ruhte sich aus, an einen dicken Ast gelehnt. Von oben beobachtete sie die Männer, die ein und aus gingen, um Feuerholz zu sammeln, Wasser zu holen, oder mit einem Kaninchen oder einer Wachtel von der Jagd zurückkehrten. Sie wartete, bis sie einen sah, den sie kannte.

Dave kam mit einem Arm voll Holz zum Lager zurück. Soweit sie sehen konnte, war er unbewaffnet. Sie ließ sich vom Baum gleiten und stand ihm unvermittelt im Weg.

»Hallo, Dave – hast du wieder einmal den Engel gesehen?« fragte sie.

Er starrte sie an und hielt krampfhaft das Bündel Holz im Arm. »Ich bin desertiert, wie du mir geraten hast«, sagte er hastig. »Ich möchte weg aus der Stadt, aber der General läßt die Brücke bewachen. Alle hier wollen weg.«

»Das wird schon werden, Dave. Nun entspann dich erst mal, komm hier rüber.« Sie wies mit dem Kopf zu einem Baumstamm gleich neben dem Trampelpfad. Sie setzte sich darauf und deutete neben sich. Er schaute sehnsüchtig in Richtung des Lagers. »Ich werde dich kriegen, wenn du wegläufst«, sagte sie. Er setzte sich zu ihr.

»Du warst das letzte Mal, als wir uns sahen, nicht so nervös«, sagte sie.

»Wenn man einen Engel gesehen hat, dann machen einem ein paar Geister nichts mehr aus«, murmelte er.

»Ich bin doch kein Geist.«

Er starrte hinunter auf den Pfad.

»Sieh mal – ich habe dir nichts getan neulich. Warum sollte ich dir diesmal etwas tun? Ich brauche nur einige Informationen. Ich will wissen, wie ich in Viersterns Quartier kommen kann. Und ich kann weder durch Wände gehen noch mich unsichtbar machen.«

»Du hast vor, ihn zu töten?«

»Meinst du, daß man das tun sollte?«

Er nickte. »Wenn er getötet wird, dann können wir weg von hier.«

»Ich werde ihn markieren, so wie ich dich markiert habe.«

Er schüttelte den Kopf. »Du mußt ihn töten. Wirklich töten, wenn du das schaffst.«

»Weißt du, wo die Wachen um sein Quartier stehen?« fragte sie. »Kannst du mir helfen, einen Weg hinein zu finden?«

Mit einem spitzen Stock zeichnete er auf dem Boden den Grundriß des Hauses, in dem Vierstern schlief. Wo Wachposten standen, machte er ein Kreuz. »Die Wachen wechseln sich morgens um drei ab. Um diese Zeit ist nicht viel los. Keiner paßt mehr richtig auf. Das dürfte die Gelegenheit für dich sein.«

Jax hörte gespannt zu und prägte sich die Zeichnung ein. Sie ließ ihn alle Fenster und Türen einzeichnen, fragte nach der Position von Feuerleitern und Notausgängen.

»Sieht nicht übel aus«, sagte sie schließlich. Sie nahm seine Hand. »Danke!«

»Also bist du wirklich kein Geist«, sagte er und schaute sie forschend an.

»Noch nicht«, sagte sie. »Aber wenn du mir etwas Falsches gesagt hast, dann werde ich bald einer sein.«

»Es stimmt alles«, sagte er. »Viel Glück!«

Dann lief sie davon, um Vierstern zu töten.

26

Maschine sah auf seine Uhr. Genau Mitternacht. Er kreiste einmal, dann ging er tiefer herunter, um seine Ladung Luftballons abzuwerfen. Diesmal waren es Stinkbomben. Tiger hatte in einem einzeln stehenden Haus am Rand der Stadt an dem Duftstoff gearbeitet: Seine Entwicklung roch überwältigend nach Skunk. Damit füllte er dann die Ballons.

Maschine stieg steil auf, um den Aufruhr und das Gewehrfeuer weit unter sich zu lassen. Es war Halbmond, der Himmel war klar. So hatte er genug Licht, um den Wolkenkratzern ausweichen zu können. Das Mondlicht, das von der Schneedecke auf der Plaza reflektiert wurde, ließ sie glitzern, als wären sie erleuchtet. Er sah, wie die Soldaten liefen, um den Wolken aus Gestank zu entkommen. Sie suchten Schutz im Rathaus und in der Bibliothek. Er lächelte. Er hoffte, daß sie dort lange genug bleiben würden, um Jax ihren Coup zu ermöglichen.

Er hatte seine Mission beendet und konnte nun zum Hauptquartier zurückkehren, aber er entschied sich anders. Es war eine wundervolle Nacht, um zu fliegen. Er kreiste und stieg immer höher auf. Wie er über dem Holiday Inn daherflog, erkannte er Dannyboy und Schlange, die ihm vom Dach aus zuwinkten.

Als er zurückblickte, sah er den Beginn des Feuerwerks, das Dannyboy und Schlange abbrannten, um die Aufmerksamkeit vom Civic Center abzulenken. Eine vielfarbige Feuergirlande wie eine Blume blitzte auf und erhellte den Nachthimmel.

Jax kam durch die Kanalisation. Sie kroch durch ein Abflußrohr und leuchtete mit der Taschenlampe auf die kostbare goldene Uhr an ihrem Handgelenk. Mrs. Migsdale hatte sie ihr für dieses Unternehmen geliehen. Wenige Minuten vor Mitternacht stieg Jax in einem schmalen Durchgang hinter dem Haus, in dem Vierstern schlief, aus der Röhre.

Von Dave wußte sie, daß hier keine Wache postiert war. Sie war erleichtert, als sie feststellte, daß er die Wahrheit gesagt hatte. Sie kletterte hinaus und kauerte im Schatten, um zu verschnaufen. In dem schmalen Streifen Himmel über ihr sah sie die Sterne; kalt wirkten sie und unerreichbar fern. Der beißende Geruch nach Skunk ließ ihre Augen tränen.

Sie hörte eine Explosion in einiger Entfernung und sah, wie ein Meer aus farbigem Licht sich über den Himmel ausbreitete: leuchtend rote Funken flogen pfeifend in wilden Spiralen in alle Richtungen. Dann drei weitere gedämpfte Explosionen, und ein Sprühregen aus Grün, Silber und Gold ergoß sich in die Nacht.

Während das Feuerwerk krachte, kletterte Jax die Feuerleiter zum vierten Stock hinauf. Die Wachen standen am anderen Ende des Flurs an einem offenen Fenster und besahen sich das Feuerwerk. »Hab' sowas noch nie gesehen«, sagte ein junger Soldat zu seinem Kameraden.

Jax schlüpfte unbemerkt in Viersterns Zimmer und schloß lautlos die Tür hinter sich. Sie stand bewegungslos in der Dunkelheit und lauschte dem gleichmäßigen Atmen Viersterns. Ohne ein Geräusch schlich sie näher und betrachtete den schlafenden Mann.

Aus der Nähe sah er viel älter aus. Das graue Haar war zerzaust, die Haut schlaff und faltig. Er hatte die Stirn im Schlaf gerunzelt. Sie fragte sich, was er wohl gerade träumte.

Sie holte tief Luft und nahm dann einen äthergetränkten Lappen aus einer Plastiktüte. Als er wieder ausgeatmet hatte, legte sie den Lappen vorsichtig über Mund und Nase, so daß sein nächster Atemzug mit dem Äther angereichert war. Er grunzte im Schlaf und bewegte unruhig den Kopf hin und her. Sie folgte seinen Bewegungen und hörte nicht auf, das Tuch gegen sein Gesicht zu pressen, bis seine Augenlider zuckten und er wieder still wurde. Sein Atem wurde wieder gleichmäßig, im Rhythmus eines Schlafenden. Das Gesicht war entspannt.

Als sie sicher war, daß er bewußtlos war, steckte sie den Lappen wieder in den Plastikbeutel und verschloß ihn. Sie öffnete das Fenster, um frische Luft hereinzulassen. Sie atmete tief und schüttelte den Kopf, um die leichte Benommenheit zu vertreiben. Dann trat sie wieder an das Bett, wo Vierstern schlief.

Sie strich ihm das Haar aus der Stirn, eine Bewegung, die ihr unangebracht vertraulich vorkam. Nun konnte man nicht mehr glauben, wie gefährlich dieser Mann war. Er war nichts weiter als ein unglücklicher alter Mann. Sie schaute sich um, was an persönlichen Gegenständen in dem Zimmer zu sehen war. Seine Uniform lag ordentlich über einem Stuhl, die Mütze hing über einer Ecke der Lehne. Auf dem Tisch stand eine Flasche Whisky, alter Whisky aus der Zeit vor der Seuche. Ein Taschenbuch lag aufgeschlagen auf dem Nachttisch. Es sah nach einem Spionageroman aus.

Mit roter Farbe, die zu ihrem Markenzeichen geworden war, schrieb sie säuberlich TOT auf seine Stirn und machte ihre Signatur ›durch Jax‹ auf seine Wange. Als er sich plötzlich regte, legte sie noch einmal das äthergetränkte Tuch auf sein Gesicht. Während ihrer Arbeit hörte sie die Detonationen des Feuerwerks. Hier und da antwortete auch eine Gewehrsalve. Sie ließ sich nicht ablenken und brachte ihre Arbeit zu Ende. Zum Schluß steckte sie den Totenschein zwischen Viersterns Hände.

Sie ging zum offenen Fenster und sah hinaus. So weit sie sehen konnte, war die Straße vor dem Haus leer. Das Federal Building stand dem Mond im Weg, so daß die Mauer unter dem Fenster im Dunkeln lag.

Jax band das Ende ihres Seils an das eiserne Bettgestell und ließ es aus dem Fenster gleiten. Dann hangelte sich sich, schnell und möglichst dicht an der Mauer entlang, zur Straße herab. Das Feuerwerk am Himmel dauerte an und überzog den Nachthimmel mit strahlendem bunten Licht.

Als sie festen Boden erreicht hatte, kam ein Soldat um die Ecke. Sie drückte sich hinter einen Fenstervorsprung, doch war sie sicher, daß er sie gesehen hatte. Er ging in Deckung, duckte sich hinter ein Autowrack.

Sie wartete, daß er schoß, aber nichts geschah. Nichts, nur sein Atmen nahm sie in der Dunkelheit ihres Verstecks wahr, so deutlich, daß sie sich fragte, ob sie ihn nicht auch denken hören müßte. Diese vielen Schatten, auf die er schon geschossen hatte – führte die Stadt ihn wieder einmal an der Nase herum, oder war da wirklich jemand?

Sie preßte sich noch enger an die Mauer: Es gab keine andere Deckung, und sie wußte, daß der Versuch, zu fliehen, ihn veranlassen würde zu schießen. Sie atmete ganz leise und kämpfte gegen die aufsteigende Panik, die sie zur Flucht drängte.

Sie bemerkte eine Bewegung auf der anderen Seite der Straße. Sie roch plötzlich den Duft von Marihuana-Zigaretten. Und mit einemmal war die Straße dicht bevölkert mit Menschen: Frauen und Männer, die Arm in Arm gingen. Ihre Gesichter schienen in der Dunkelheit zu leuchten. Einige trugen Schrifttafeln: ›USA raus aus Zentralamerika‹, ›keine Unterstützung für die Contras‹. Drei Frauen trugen ein langes Transparent: NIE MEHR KRIEG. Jax hörte das Murmeln einer riesigen Menschenmenge, die im Anmarsch war, ein unentwegtes Gemurmel und Summen aus der Ferne, das die Hintergrundmelodie zu den Sprechchören, die sie gerade passierten, bildete: »Nie mehr Krieg – nie mehr Krieg.«

Der Soldat hinter dem Auto feuerte eine Salve auf die Marschierenden, aber sie nahmen keine Notiz davon. Die Sprechchöre gingen weiter. Jax sah, wie der Mann sich umdrehte und floh.

Sie kam aus ihrer Deckung und ging mit der Menge bis zu dem Einstieg, aus dem sie gekommen war. Die Leute lächelten sie an, wie sie durch die Menge schlüpfte, und sie konnte die Wärme ihrer Körper spüren. Sie hob den Kanaldeckel und warf noch einen Blick auf die Gesichter. Eine Frau winkte ihr lächelnd zu, und Jax erkannte ihre Mutter, wie sie in glücklichen Zeiten ausgesehen hatte. Jax winkte zurück und schlüpfte in das Loch.

In der Dunkelheit unter der Stadt spürte sie eine Wärme auf ihrer Haut, als würde die Sonne jenes vergangenen Sommertags sie bescheinen. Eine Weile hörte man noch die

Sprechchöre in dem unterirdischen Labyrinth: »Nie wieder Krieg.« Sie eilte zurück zum Hauptquartier, sie war fast außer sich, war von einer fast hysterischen Freude. Noch immer hörte man die Schritte des Geistermarsches und schon recht entfernt ihre leiser werdenden Rufe.

Maschine war auf dem Rückweg zum Hauptquartier, als er einen goldenen Lichtstreifen in der Dunkelheit unter sich bemerkte. Zuerst dachte er an ein Feuer, das sich an den Funken des Feuerwerks entzündet hatte, und er ging tiefer, um nachzusehen. Für einen Moment verlor er es aus den Augen; er fand es nicht wieder, da war nichts auf dem Erdboden unter ihm. Er sah auf, und da flog der Engel über ihm.

Er konnte ihn nicht genau sehen – nicht mehr als ein Funkeln aus einem glühenden Auge und reflektiertes Mondlicht an den metallglänzenden Flügeln. Aber er spürte seine Gegenwart so scharf und deutlich wie einen elektrischen Schlag. Der Engel war seinetwegen gekommen.

Er folgte ihm, auch wenn er sehr tief flog, auf gewagtem Zickzackkurs durch die Straßen. Er konnte nicht anders; er hatte das Gefühl, das nun alles nur auf eine bestimmte Weise geschehen mußte – und daß das unbestreitbar richtig war. Und wie wundervoll dieser Engel war! Ein Muster an Perfektion und Funktionalität. Welche Befriedigung, wenn Kugellager ohne die mindeste Reibung in stetiger Bewegung sich drehten. Die erstaunliche Kompliziertheit, die am Ende sich zur größtmöglichen Einfachheit zusammenfügte, scheinbar überschaubar wie der Mechanismus eines tickenden Uhrwerks.

Auf der Spur des Engels tauchte er in die Straßenschluchten der Innenstadt. Die Spitzen der Rotorblätter verfehlten die Mauern nur um Zentimeter, aber er stieg nicht höher. Er konnte nicht aufsteigen, wollte er nicht diesen unvergleichlichen Schatz verlieren.

Unten knatterte eine Gewehrsalve. Einen Augenblick gehörte seine Aufmerksamkeit den Vorgängen auf der Straße unter ihm. Eine Gruppe von Soldaten beschoß ein Autowrack. Er sah Dannyboy und Schlange, die hinter dem Auto in Deckung gingen. Es war eine kurze Sekunde, die so klar und einprägsam war, daß sie ihm wie ein Stück abgesplitterter Ewigkeit erschien. Er sah, wie die Patrouille sich näherte.

Es ging alles sehr schnell oder sehr langsam. Er wußte es nicht. Das war auch unwichtig. Er sah alles: die Hand, mit der Schlange nach dem Gewehr griff, das Gesicht Dannyboys, pulververschmiert vom Feuerwerk, die Augen der Soldaten, weit und voller Furcht in der Dunkelheit.

Er wußte, wie es jetzt weitergehen mußte. Er wußte jetzt, warum der Engel ihn hierhergeführt hatte. Er schrie auf, und seine Stimme mischte sich mit dem Lärm des Motors, als er den Gashebel bis zum Anschlag schob.

Ja, es war eine phantastische Nacht. Noch nie hatte er so wunderbar kühle und reine Luft gespürt, wie jetzt, da sie ihn im Sturzflug liebkoste. Sie füllte seine Lunge und ließ das Herz schneller schlagen. *Sein* Herz – erstaunlich, er konnte es fühlen, er fühlte auch, wie es das Blut durch seine Adern trieb.

Er lachte laut auf und nahm Kurs auf die Soldaten.

Jax war die erste, die zum Hauptquartier zurückkehrte. Es lag jetzt in Pacific Heights, in einem Wohnhaus mit Blick auf das Zentrum. »Ich habe ihn erwischt«, sagte sie Lily, die an der Tür stand. »Ich habe ihn markiert und habe mich wieder davongemacht. War nicht schwer.« Ihre Hände zitterten, und sie konnte es nicht unterdrücken. »Wo sind die anderen? Sind sie noch nicht zurück?«

»Noch nicht.« Lilys Stimme klang besorgt. Ihr Gesicht konnte Jax in der Dunkelheit des Flurs nicht erkennen. »Das Feuerwerk dauerte bis vor einer halben Stunde, aber sie haben sich noch nicht gemeldet.« Sie legte eine Hand auf Jax' Schulter. »Du zitterst ja.«

»Ich bin in Ordnung.« Aber das Zittern hörte nicht auf, auch als Lily ihr eine Decke über die Schultern legte. Lily sagte, sie solle mit nach oben in das Penthouse gehen, wo einige der anderen warteten. Jax lehnte ab.

»Ich muß mit Vierstern reden«, sagte Jax. »Das muß ich jetzt unbedingt. Damit er merkt, daß ich bei ihm war. Er muß wissen, daß er nicht mehr sicher vor uns ist.«

Sie nahm das Funkgerät und setzte sich auf die Treppe neben Lily. »He, Johnson«, sagte sie in das Mikrofon. Weil die Wachposten nicht mit ihr sprechen, sagte sie immer nur ›Johnson‹ zu ihnen, wie zu dem ersten, mit dem sie sich unterhalten hatte. »Hol doch mal Vierstern, sei so nett. Ich muß mit ihm reden.«

Lily zog die Decke etwas fester um Jax' Schulter und legte den Arm um sie. Das Zittern hatte ein wenig nachgelassen. Jax fühlte sich besser, jetzt, da sie etwas zu tun hatte. Von der Treppe aus konnte sie die ganze Strecke bis zur Plaza übersehen, wo noch immer die Scheinwerfer brannten. Es dauerte eine Weile, bis Vierstern kam, und als er sich meldete, klang es ziemlich benommen.

»Bist du jetzt bereit, aufzugeben?« fragte Jax.

Aus dem Lautsprecher kam das Knarren des Stuhls, als er sich setzte. Sie stellte sich vor, wie er dasaß – das Jackett übergestreift und etwas nach vorn gebeugt. So fielen ihm die Haare über die Stirn, aber die Markierung auf der Wange war noch lesbar.

»Ich geb' nicht auf«, sagte er. »Ich weiß gar nicht, was Aufgeben bedeutet.«

»Du kannst nicht gewinnen. Diese Stadt gehört uns. Und wir gehören zur Stadt. Unmöglich, daß du gewinnst.«

Eine lange Pause. Sie hörte ihn atmen.

»Das war ein feiner Trick, mit dem Sie sich aus dem Staub gemacht haben«, sagte er ruhig.

»Das war kein Trick. Die Stadt hat mir geholfen. Es waren die Geister der Stadt. Das hier ist ihre Heimat.«

»Ich glaube nicht an Geister und auch nicht an unsterbliche Seelen. Ich glaube an Dinge, die man anfassen kann.« Es klang einen Augenblick lang, als müßte er sich selbst dessen versichern. Dann kehrte die alte Sicherheit zurück. »Wenn Sie uns in die Hände fallen, werde ich Sie töten lassen.«

»Warum?«

»Um zu beweisen, daß Sie auch nur ein Mensch sind, nichts anderes. Meine Leute glauben, daß sie es mit einem Geist zu tun haben. Einige meiner Männer fürchten Sie mehr als mich. Und deshalb muß ich Sie töten.« Sie hörte den Stuhl knarren, als er sich vorbeugte. »Ich denke, Sie können das nachvollziehen. Blut muß sein, Furcht muß sein.«

»Du wirst mich nicht kriegen.«

»Wie überzeugt das klingt!« Seine Sprache war durch die Wirkung des Betäubungsmittels noch etwas undeutlich, doch war er seiner sicher. »Vielleicht glauben Sie schon selbst an die Legenden, die meine Leute über Sie erzählen. Vielleicht glauben Sie schon, unverwundbar zu sein. Ist es nicht so?«

Jax schwieg.

»Das wäre ein großer Fehler.« Vierstern atmete schwer. »Meine Männer haben geglaubt, daß ich mehr als nur ein Mensch bin. Sie wissen es jetzt besser. Aber auch solange sie daran geglaubt haben, habe ich nie den Fehler gemacht, es selbst zu glauben. Ich habe nie vergessen, daß ich sterblich bin. Und Sie sollten das ebensowenig vergessen. Ich *kann* Sie töten!«

»Du wirst mich nicht kriegen.« Jax schaltete das Funkgerät aus.

»Hör mal, da kommt jemand«, sagte Lily plötzlich. Sie stand auf und starrte hügelabwärts die Straße entlang. Jax ließ die Decke von den Schultern gleiten und nahm ihr Gewehr. Dann hängte sie es über die Schulter, als sie sah, daß es Dannyboy und Schlange waren, die da herankamen.

Dannyboy blieb vor der Treppe stehen. Sie ging zu ihm und nahm ihn in die Arme, aber er erwiderte ihre Umarmung nicht, sondern stand da steif und abweisend, wie ein Stück Holz.

»Was ist los?« sagte sie. »Du bist wieder da, es ist dir nichts passiert. Was ist denn los?« Sie ließ ihn los, um ihn anzuschauen. Tränen hatten auf seinem Gesicht Spuren hinterlassen, hatten den Ruß mit hellen Linien durchzogen. »Was ist?«

Er schüttelte den Kopf, sagte aber nichts.

Sie legte ihm die Hände auf die Schultern und starrte in sein Gesicht. »Sag mir, was passiert ist!«

Er schwieg noch immer.

»Maschine ist tot«, sagte Schlange. »Eine Patrouille jagte hinter uns her. Er hat sich mit dem Tragschrauber auf sie gestürzt. Unmöglich, das zu überleben.«

»Tot?« sagte Jax. »Er ist tot?« Das Zittern kam wieder. Es kam von innen, und sie wußte, daß es diesmal nicht wieder aufhören würde. »Ich hätte Vierstern töten sollen. Dann hätte sein Tod wenigstens einen Sinn gehabt.« Sie wußte nicht, daß sie weinte, bis Dannyboy eine Träne von ihrer Wange strich. Sie trat ein paar Schritte zurück. Er sah sie an, die Hände in einer hilflosen Geste erhoben.

»Jax«, sagte er, doch sprach er nicht weiter, als wären ihm die Worte ausgegangen. Er streckte die Arme nach ihr aus, aber sie trat noch einen Schritt zurück. »Wo willst du hin? Bleib hier!«

Sie ging. Als sie die nächste Kreuzung erreichte, war sie überrascht, Dannyboy neben sich zu sehen. Er nahm ihre Hand. Sie ging einen Schritt zurück und zerrte auf und ab, um sie seinem Griff zu entwinden. Er hielt sie fest. »Geh mir aus dem Weg, Dannyboy«, sagte sie. »Du trauerst auf deine Art, ich auf meine. Geh aus dem Weg!« Sie drehte sich um und lief den Hügel hinab.

Nebel und Rauch lagen in den Straßen. Sie hörte, daß Dannyboy etwas rief, aber sie lief um so schneller. Von allen Seiten hörte sie Gewehrfeuer, wenn auch weit entfernt. Die Dunkelheit ringsumher war wie die Dunkelheit in einem Traum, wo man manche Dinge ganz klar sieht, andere aber nur verschwommen und verzerrt, als reichte die Phantasie dazu nicht aus. Sie sah eine Straßenlaterne mit dem Gesicht einer Frau, sie hörte das Heulen des Windes, der an einem Rohrende vorbeistrich, und sie kam an einem Schaufenster vorbei, das mit menschlichen Schädeln gefüllt war.

Sie wußte nicht, wohin sie lief. Sie wollte weg, das war alles. Irgendwo in der Dunkelheit würde sie finden, was sie suchte: einen Ort, an dem es keine Freunde gab und deshalb auch keinen Schmerz. Liebe verursachte Schmerzen – das wußte sie jetzt, und sie hatte genug davon. Sie war so müde, und die Schatten schienen sich zu bewegen und ihr zu folgen. Gesichter beobachteten sie aus den Fenstern der Häuser.

Über sich hörte sie das Geräusch von Flügeln. Durch den Nebel konnte sie ein goldenes Glitzern sehen, wie Sonne auf poliertem Metall. Sie hob das Gewehr und schoß auf den Engel. Der Nebel erschwerte das Zielen – es mußte am Nebel liegen, es konnten nicht Tränen sein. Sie folgte dem lauten Flügelschlag und lief durch Straßen und Gassen. Sie schoß, bis sie keine Patronen mehr hatte. Das nutzlose Gewehr warf sie weg.

Die Straßen führten in die Dunkelheit; immer mehr war Schwärze um sie her. Das war ihr recht. Wo es am dunkelsten war, würde sie den Engel finden.

Statt dessen traf sie einen Soldaten. Sie kam aus dem Nebel und sah sein Gesicht, ein bleiches Oval in der Dunkelheit. Sie wich ihm aus und rannte an ihm vorbei, sie suchte den Engel. Aber der Mann rief seine Kameraden, und sie konnten sie fangen. Ein junger Soldat brachte sie durch Beinstellen zu Fall und konnte sie greifen. Als das Flügelschlagen verklungen war, hörte sie auf, sich zu wehren.

Sie war nun völlig ruhig und musterte sie. Fünf junge

Männer, drei davon *tot*. Zwei hielten sie an den Armen, die anderen standen in respektvollem Abstand und hielten die Gewehre im Anschlag. Sie durchsuchten sie nach Waffen und nahmen das Messer, die Markierungsstifte und die Rauchgranaten an sich.

Als sie sich über die Stirn fuhr, wurde ihre Hand blutig. Die andere Hand schmerzte. Als sie sie öffnete, sah sie eine klaffende Wunde. Sie erinnerte sich undeutlich, daß sie gefallen war und versucht hatte, sich mit der Hand abzufangen, doch wußte sie nicht mehr wann oder wo. Sie fuhr mit den Fingern über den Schnitt, um das Blut abzuwischen, und wunderte sich, daß sie Schmerz fühlen konnte.

Die Soldaten führten sie durch die Straßen, sie kamen an den Stacheldrahtverhauen und Scheinwerfern vorbei.

»Wir haben eine Gefangene«, riefen sie den Wachposten zu. »Eine Gefangene!« Die Wachen starrten sie neugierig an. Die aufgehende Sonne warf blasses Licht über ihre Gesichter.

»Sie ist viel zu klein«, rief einer von ihnen. »Das kann niemand von den Künstlern sein.«

Ihre Begleiter hielten sich nicht damit auf, eine Antwort zu geben. Sie führten sie ohne Umwege zu dem Haus, in dem Vierstern sich aufhielt. Von den Bäumen auf der Plaza hörte sie die dünnen, hohen Stimmen der Laubfrösche. Sie schaute sich um; es war Wochen her, daß sie die Szenerie bei Tage gesehen hatte. Schmutziggrauer Schnee füllte die Rinnsteine. Die Luft war klar, und die Männer neben dem Küchenzelt sahen müde und heruntergekommen aus. »Eine Gefangene«, hörte sie sie sagen. »Eine von den Künstlern.«

Die Männer brachten sie gleich zu Vierstern. Während sie im Flur wartete, lief alles zusammen, um sie zu sehen. Doch ihre Bewacher hielten sie auf Distanz. Gesichter mit dem Wort TOT auf der Stirn starrten sie an. Sie sah an ihnen vorbei, mied jeden Blick. Sie wurde in einen anderen Raum gebracht, wo Vierstern wartete.

Sein graues Haar war ungekämmt, als hätte man ihn aus dem Schlaf gerissen. Sein Hemd war zerknittert, an einer Manschette war ein Kaffeefleck. Er sah müde aus.

»Du kannst sprechen?« fragte er.

»Ja.«

»Das heißt: Ja, Sir.«

Sie musterte ihn einen Augenblick und überlegte.

»Warum?«

Lächelnd holte er aus und schlug ihr ins Gesicht. Sie wich nicht weit genug aus, um dem Schlag zu entgehen.

»Stell dich nicht blöd an. Du bist unbewaffnet, und meine Soldaten stehen in jeder Ecke. Sag: Ja, Sir.«

Sie starrte ihn unverwandt an. »Ja, Sir.«

»Gut so«, sagte er. »Wie heißt du?«

Ihr fiel mit einemmal ein, daß sie lügen konnte. Sie konnte ihren Namen verleugnen, und er würde es nie erfahren. Sie zögerte und sah auf die Signatur auf seiner Wange. Er stand vor ihr, die Hände auf dem Rücken gefaltet. Es schien ihr wichtig, daß er wußte, wer sie war. Sie wollte, daß er Bescheid wußte.

»Ich heiße Jax«, sagte sie.

Er musterte sie eine Weile. Sie starrte zurück, das Gesicht völlig ausdruckslos. »Ach so«, sagte er. »Als ich sagte, daß wir dich kriegen werden, dachte ich nicht, daß es so schnell gehen würde.«

Sie zuckte gleichgültig die Achseln.

»Sie ist unbewaffnet?« fragte Vierstern seine Leute.

»Ja, Sir.«

»Gut. Dann laßt sie hier«, befahl er den Wachen. Sie schienen erleichtert, daß sie gehen konnten. »Stellt eine Wache an die Tür.«

»Ja, Sir.«

Die Soldaten gingen, und er musterte sie von neuem. »Setz dich«, sagte er und zeigte auf einen Stuhl. Sie setzte sich. Er nahm einen anderen Stuhl und schaute sie noch immer an. Seine Augen waren durchdringend und schlau.

»Mir ist natürlich klar, daß du mich heute nacht hättest töten können«, sagte er schließlich.

Sie nickte. »Genau.«

Er nickte und stützte das Kinn auf seine gefalteten Hände. »Du hättest es tun sollen. Weil es nämlich ein Irrtum ist, wenn du meinst, daß ich mich dafür dankbar erweisen werde.«

Sie sagte nichts. Sie hatte nichts von ihm erwartet.

»Wie kommst du hierher? Du warst immer so clever, daß ich nicht glauben kann, daß du versehentlich über eine Patrouille gestolpert bist.«

»Ich bin dem Engel gefolgt«, sagte sie.

»Ein Engel?«

»Der Engel. Ich habe seinen Flügelschlag gehört und bin ihm nachgelaufen.« Sie fühlte sich leer und tot. Ihre Worte schienen von weit her zu kommen, wie ein Echo in den Kanälen unter der Stadt.

»Also bist du einem Engel nachgelaufen und zu mir gekommen«, sagte er. »Vielleicht der Todesengel? Das wäre ganz passend.« Er beugte sich zum Tisch, wo eine Flasche stand, und goß zwei Gläser ein. Er gab ihr eines davon. Sie nippte daran; es war Whisky, und sie zuckte zusammen, als er eine kleine Wunde an ihrer Lippe benetzte. »Ich habe kaum weniger Erfahrung im Töten.«

Sie schwieg.

Er trank einen Schluck. »Ich habe mich lange gefragt, wann ich wieder eine Glückssträhne haben werde. Es scheint, daß es wieder soweit ist. Nun stellt sich die Frage: Was werde ich mit dir anfangen?«

»Ich dachte«, sagte sie langsam, »daß wir das schon längst diskutiert haben.«

Er nickte, er schien mit sich zufrieden zu sein. »Das stimmt. Aber das war unter ganz anderen Umständen, nicht wahr? Damals hast du nicht ›Ja, Sir‹ gesagt.«

»Richtig.«

»Es heißt: Ja, Sir.«

»Wir sind allein«, sagte sie. »Wozu das Theater?«

Sein Grinsen wurde immer breiter. »Vielleicht, weil es mir Spaß macht.«

Sein Grinsen riß sie aus ihrer Lethargie. »Wenn du vorhast, mich zu töten, was kümmert mich da dein Spaß?« Sie wußte, daß er die Soldaten rufen und sie dazu zwingen konnte, aber es war ihr gleichgültig.

Er lachte und schlug mit der Hand auf die Armlehne seines Stuhls. »Du gefällst mir, Jax. So wütend, so arrogant. Weißt du, es könnte sein, daß ich dich am Leben lasse.«

Sie hatte ihr Gesicht in der Gewalt und konnte ihre Überraschung verbergen. Wie merkwürdig, dachte sie. Auf diese verrückte Möglichkeit war sie nicht gekommen.

»Ich brauche einige Informationen«, sagte er. »Für den Anfang könntest du mir ja sagen, wo euer Hauptquartier liegt.«

Sie zuckte die Achseln. »Das Hauptquartier wird jeden Tag verlegt. Es ist jetzt nicht mehr da, wo ich es gestern verlassen habe.«

»Und wo war es gestern?« Er stand auf und kam näher. »Wo war es zuletzt?«

Als sie nicht antwortete, lächelte er und schlug ihr ohne jede Regung ins Gesicht. Sie fühlte den Schmerz, aber er war weit weg, als wäre es der Schmerz einer anderen Person. Sie schüttelte den Kopf, um die Benommenheit zu vertreiben. Sie verschüttete ihren Whisky; sie spürte, wie die kalte Flüssigkeit über ihr Bein lief.

»Ich dachte, wir hätten das schon hinter uns«, sagte sie.

»Nur zur Erinnerung«, sagte er. »Also, du sagst mir jetzt alles über euer Hauptquartier.«

»Da gibt es nichts von Interesse«, sagte sie. »Ich kann dir nichts sagen, was von Bedeutung wäre. Das Hauptquartier kann überall sein. Unsere Waffen tragen wir immer bei uns. Wenn ich dir alles sagen würde, was ich wüßte, würdest du nichts erfahren, was dir nützen würde.«

Er setzte sich wieder und lehnte sich zurück. »Unglücklicherweise glaube ich dir. Ich könnte dich dazu bringen, mir alles zu sagen. Aber die Informationen wären schon in dem Augenblick wertlos, wenn ich sie hören würde. Ob ich dich als Geisel benutzen kann? Ich wüßte es gern. Was du ihnen wohl wert wärst?« Er rieb nachdenklich sein Kinn. »Oder vielleicht könnte ich dich überreden, mit mir zusammenzuarbeiten. Stell dir vor, daß ich sentimental genug wäre, dein Leben zu schonen. Du könntest dich öffentlich von deinen Freunden lossagen und mir einen Treueeid schwören, was hältst du davon?«

Sie leckte an ihren Lippen und schmeckte Blut. Sie sah ihm ins Gesicht. Sie hatte keine Angst mehr vor ihm. Er wollte mit ihr handeln, wie ein Krämer auf dem Markt. »Und was ist, wenn ich einverstanden bin?«

»Du sagst mir alles, was du weißt. Und anschließend werde ich alle meine Leute antreten lassen, und du wirst öffentlich den Eid ablegen.«

»Und wenn ich nein sage?«

»In diesem Fall wird es eine öffentliche Hinrichtung geben. An einem Galgen auf der Treppe des Rathauses.«

Sie wollte nicht sterben. Sie trank einen Schluck Whisky, er schmeckte gut. Sie konnte eine von Gambits Glocken hören, es klang weit entfernt. Und es störte nicht die Stille in diesem Zimmer. Was machte es für einen Unterschied, ob sie Vierstern die Treue schwor oder nicht? Es war ohne Bedeutung. Das waren Wörter, nichts sonst. Sie wollte weiterleben. Sie ließ das Glas kreisen, daß die Flüssigkeit schwappte. Dannyboy würde sagen, daß Wörter nichts weiter als Symbole seien. Und sie kämpften einen Krieg um Symbole. Dannyboy redete Unsinn. Er war im Irrtum. Sie wollte weiterleben.

»Eine Hinrichtung am Galgen dürfte wohl die dramatischste Art sein, einen Gefangenen zu töten. Wirklich ideal. Man denke an die erwartungsvolle Spannung, während die Bühne für das Drama vorbereitet wird – auf der Mitte eines Platzes wird ein Gerüst errichtet, und jeder sieht, wie es allmählich Form annimmt. Dann die Hinrichtung selbst – der Augenblick der Stille, wenn der Gefangene nach vorne gebracht wird, die bewegende Szene, wenn man ihm die Augenbinde anbietet. Es dauert ein bißchen, bis man ihm die Schlinge um den Hals gelegt hat. Plötzlich der dumpfe Schlag, wenn die Falltür sich öffnet, und wer hält nicht den Atem an, wenn der Gefangene am Strick hin und her schwingt, mit dem Tode ringt und schließlich erschlafft. Und wenn es vorüber ist, bleibt es in jedermanns Gedächtnis eingebrannt. Der Schatten des Galgens fällt über den Platz, der Tote baumelt leicht im Wind, eine unübersehbare Mahnung für die Lebenden. In deinem Fall würde ich die Leiche hängen lassen, bis der Krieg vorbei ist.«

Sie sah ihn noch immer an, ohne auf seine Worte zu achten.

Er lächelte und nickte ihr zu. »Höchst dramatisch«, sagte er, »und sehr wirksam. Ihr könntet etwas lernen daraus, wie man Dinge in Szene setzt.«

»Ich hätte dich töten sollen«, sagte Jax leidenschaftslos. »Dannyboy hat sich geirrt.«

Er zuckte ganz leicht mit den Achseln, beugte sich zu ihr und füllte ihr Glas auf. »Ja, das hättest du tun sollen. Irgendwie bin ich von euch enttäuscht. Ihr nennt euch Künstler, aber ihr bleibt mit eurer Kunst auf halbem Weg stehen.« Er nahm einen Schluck und nickte nachdenklich. »Ihr macht es euch zu leicht. Ihr wollt nichts riskieren.«

»Was, zum Teufel, verstehst du davon?«

»Ich weiß, was für läppische Unterscheidungen euch einfallen. Ihr seid bereit, für eure Kunst zu sterben, aber ihr seid nicht bereit, für sie zu töten.« Er beugte sich vor und stützte die Ellbogen auf seine Knie. »Ein guter Tod kann ein Kunstwerk sein. Dasselbe gilt für eine gekonnte Hinrichtung. Ihr werdet noch einiges von mir lernen.«

»Ich glaube nicht, daß ich noch irgendeine Gelegenheit dazu habe«, sagte sie kalt.

Er nickte. Als er lächelte, legte sich die Signatur auf seiner Wange in Falten. »Wie wahr. Morgen wirst du sterben.«

27

In dieser Nacht träumte sie von Dächern und Straßen. Die Dächer waren schwarz in der Nacht und die Straßen leer. Sie ritt durch die Stadt, und auf dem Pferd neben ihr ritt Vierstern. Irgendwie, weil es ein Traum war, wußte sie nicht, ob sie auf Viersterns Seite kämpfte oder gegen ihn. Während sie dahinritten, hielt Vierstern ihr lange Vorträge über Kunst und den Tod.

Sie träumte von Dunkelheit und dem Geruch nach Rauch. Dannyboy war bei ihr in ihrem fensterlosen Gefängnis. »Sieht so aus, als würde ich sterben«, sagte sie zu ihm. Er gab ihr eine rote Rose und lächelte. »Weißt du, woran man ein Kunstwerk erkennt?« fragte er ganz ruhig. »Ein wahres Kunstwerk verändert auch seinen Schöpfer. Der Künstler legt etwas in sein Werk hinein und ist so nicht mehr derselbe wie zuvor. Daran kann man es erkennen.« Er lächelte noch immer und verschwand im Dunst.

Sie erwachte durch ein rhythmisches Hämmern, das sie an die Huftritte eines galoppierenden Pferds erinnerte. Im ersten Morgenlicht errichteten die Soldaten das Gerüst des Galgens, an dem sie sterben sollte.

Man kümmerte sich erst gegen Mittag um sie. Der Wachposten brachte ihr eine Waschschüssel, ein Stück Seife und ein Handtuch, daß sie sich waschen konnte. Er war groß und jung, mit rotem Haar, und auf seiner Wange war die Signatur von Schlange zu sehen.

Sie hatte sich gewaschen, als er wieder klopfte; er brachte eine Schale mit Obst aus einer Konservendose als Frühstück. Er stand unbehaglich in dem Raum, während sie aß. Aus seinem Gesichtsausdruck und der ängstlichen Aufmerksamkeit, mit der er den Korridor im Auge behielt, schloß sie, daß dieses Frühstück nicht von Vierstern angeordnet worden war.

»Wie heißt du, Soldat?« fragte sie.

»Dan.«

»Freut mich, dich kennenzulernen, Dan«, sagte sie. »Du solltest wissen, daß Schlange ein bedeutender Künstler ist. Es ist eine Ehre, seine Signatur zu tragen. Von ihm stammen die meisten Graffiti in Haight.«

Der Soldat nickte. Die Situation war ihm alles andere als angenehm, aber er wollte offensichtlich mit ihr reden.

»Wie denkst du eigentlich über das alles?« fragte sie. »Was hältst du von diesem Krieg?«

Er zuckte die Achseln. »Es tut mir leid, daß Sie sterben sollen, Madam.«

»Wirklich? Und warum?«

»Ihr habt keinen einzigen von uns getötet. Ich meine, daß es einfach nicht fair ist.« Er zögerte, und sie wußte, daß er noch nicht zu Ende war.

»Und was noch?«

»Ich hoffe, daß Ihre Freunde Sie befreien werden. Viel Glück!«

Sie lächelte und reichte ihm die leere Schale. »Ich würde mich nicht zu sehr darauf verlassen. Mir jedenfalls fällt es schwer, es zu glauben.«

Fünf Männer kamen, um sie zu holen. Alle waren sie *tot*. Sie banden ihr die Hände auf dem Rücken zusammen, doch taten sie es sehr behutsam. Dan stand daneben, das Gesicht völlig ausdruckslos. Sie lächelte ihm zu, als sie vorbeigingen. Sie ging bereitwillig mit den Soldaten. Sie sah keinen Sinn darin, Widerstand zu leisten. Jetzt nicht.

Auf der Plaza war Stille, bis auf das leise Quieken der Frösche in den Bäumen. Die Soldaten waren in Reih und Glied vor dem Galgen angetreten, und ihre Bewacher führten sie durch eine Gasse in der Formation hindurch. Die Soldaten hatten Haltung angenommen. Sie durften den Kopf nicht bewegen, während sie vorbeiging, doch sie bemerkte, wie ihre Augen ihr folgten. Sie fühlte sich sehr alt, und die Soldaten waren so jung. Sie war froh, daß sie keinen von ihnen getötet hatte.

Die Sonne schien nur schwach durch einen Schleier aus

Rauch und Nebel. Sie fühlte eine leichte Brise auf ihrem Gesicht. Der Wind ließ die bunten Fahnen über der Plaza knattern. Sie hatte geholfen, sie aufzuziehen, damals, bevor der Krieg begonnen hatte. Jetzt waren sie rauchgeschwärzt und etwas zerfleddert. Aber noch immer war es ein schönes Bild. Die Stadt war schön, dachte sie. Ein wirklich schöner Ort.

Die Wachen blieben unten stehen, als sie die groben Stufen zu der hölzernen Plattform hinaufstieg. Vierstern postierte sich neben ihr. Es war seltsam, aber sie haßte ihn nicht. Er wirkte jetzt so klein. Sie hatte ihn gesehen mit einem Kaffeefleck auf der Manschette, hatte sein Gesicht im Schlaf gesehen. Sie konnte ihn nicht hassen.

Vierstern hielt eine Rede, doch Jax hörte nicht zu. Er sprach von ihren Verbrechen und von der ruhmvollen Zukunft Amerikas. Währenddessen bewunderte sie das Laub der Bäume, wie es das Licht der Sonne in immer neuen Variationen brach. Sie genoß es, wie der Wind über ihr Gesicht strich.

Viel zu früh beendete Vierstern seine Rede. Er bot ihr die Augenbinde an. Sie lehnte ab. Sie wollte die Fahnen über den versammelten Soldaten flattern sehen. Sie sah, wie sich einer der Männer bekreuzigte.

Vierstern legte die Schlinge um ihren Hals und zog den Knoten zu. Er hob die Hand, bereit, dem Mann am Hebel der Falltür das Signal zu geben und sie zu töten.

Sie bemerkte eine Bewegung auf einem Dach eines der Häuser. Sie hörte einen Schuß. Sie sah einen runden Blutfleck, wie eine Blume, auf Viersterns Stirn. Er schwankte, dann fiel er. Während er fiel, wich die starre Haltung aus seinem Körper, er wurde schlaff, krümmte sich, knickte zusammen. Er schlug auf die Stufen und rollte hinunter. Mehr wie ein Sack mit Lumpen, nicht wie ein menschlicher Körper.

Jax sah nach oben, um den Schützen zu sehen. Dannyboy stand über der Menge auf dem Rand des Dachs. In der

Sonne glitzerte der Lauf seines Gewehrs. Er war zu weit entfernt, sie konnte den Ausdruck seines Gesichts nicht erkennen. Einen Augenblick lang stand die Zeit still. Die bunten Fahnen bewegten sich nicht. Die Luft roch nach Rauch.

Ein Soldat hatte sich schnell gefaßt und schoß. Dannyboy bäumte sich auf. Er fiel, klammerte sich kurz an einen Vorsprung der verzierten Fassade und stürzte. Sie sah es, sie war so weit weg und konnte sich nicht bewegen. Nun erwachten die Soldaten zum Leben – einige liefen zu Vierstern, andere umringten das Gerüst, andere suchten Dekkung.

»Meine Herren«, dröhnte Mrs. Migsdales Stimme aus einem Lautsprecher, der irgendwo auf der Plaza versteckt war, »der Boden, auf dem Sie stehen, ist vermint. Wir haben die Ladungen lange vor Ihrer Ankunft plaziert. Die Zündschnüre enden hier bei mir. Auf Knopfdruck werden Sie in die Luft fliegen. Aber vielleicht läßt sich das vermeiden.«

Es war natürlich eine Lüge. Aber Mrs. Migsdale log hervorragend, und die Soldaten waren bereit, jeder Lüge zu glauben, wenn sie nur das Ende des Kriegs bedeutete. Sie wollten weg von hier, sie waren des Kämpfens müde.

»Wenn Sie Ihre Waffen niederlegen, wird Ihnen nichts geschehen. Wir werden jeden, der bei uns bleiben möchte, willkommen heißen und jene, die gehen möchten, über die Brücke begleiten. Legen Sie Ihre Waffen nieder! JETZT!« Das letzte Wort kam mit einem Nachdruck, den man von ihr nicht kannte.

Der Soldat, der auf Dannyboy geschossen hatte, war der erste, der sein Gewehr aus der Hand legte. Es war still auf der Plaza. Dannyboy lag noch immer, wo er gefallen war. Der große Fleck auf seiner Brust war blutrot.

Vierstern lag zusammengekrümmt am Fuß der Treppe. Das Loch in seiner Stirn war von demselben Rot.

Jax blieb auf dem Gerüst stehen. Die Soldaten legten die

Gewehre nieder, dann wichen sie zurück, als hätten sie Angst vor ihr. Sie stand da, schwankte ein wenig. Ihre Hände waren noch immer gefesselt. Sie spürte auf einmal, wie ihre Handgelenke schmerzten. »Also«, rief sie den Soldaten zu, »wer hat gewonnen?« Sie blickte auf Dannyboy, dann auf Vierstern. »Sie sind beide tot – also wer hat gewonnen?« Sie unterbrach sich und starrte über die Plaza. »Ein guter Tod«, sagte sie ins Leere, »ist ein Kunstwerk.« Sie wollte lachen, doch blieb es in ihrer Kehle stecken.

Die Fahnen flatterten und knatterten noch immer in der Nachmittagsbrise. Die Sonne brach nun ganz durch den Nebel und schien wärmend auf ihr Gesicht. Hufen auf Asphalt echoten über die Plaza. Schlange lief durch die Gasse zwischen den Soldaten. Er hielt an, und sie starrte ihn an. Sie fragte sich, ob er noch zu dem langen Traum gehörte, aus dem sie nun zu erwachen schien.

Er schwang sich vom Pferd und kam zu ihr herauf. Als er ihre Fesseln löste, lächelte sie, so freundlich, wie fast nie zuvor. »Es ist vorbei«, sagte sie. Dann gaben ihre Knie nach. Er fing sie auf und stützte sie, daß sie zum Rand der Plattform gehen konnte. Sie nahm seine Hand und hielt sie fest.

Zatch, Lily, Frank, Tiger und alle anderen waren gekommen; sie gingen durch die Reihen der Soldaten und teilten sie in zwei Gruppen: solche, die bleiben wollten, und jene, die nach Hause gingen. Jax zitterte, und Schlange legte seine Jacke über ihre Schultern. »Wir haben die ganze Nacht darüber geredet«, sagte Schlange. »Dannyboy bestand darauf, daß er es tun mußte.«

Sie schaute zu den Fahnen, sah das Pferd an. Das Zaumzeug klirrte, als es den Kopf bewegte, auf der Suche nach ein paar Grashalmen. Das meiste Gras war zertrampelt, kaum etwas war übrig. Sie sah hinüber zu Vierstern. Durch das Blut auf Stirn und Wange konnte sie noch immer lesen: ›Durch Jax‹.

28

In einem abgelegenen Tal im Himalaja stand eine Stupa, eine große, verwaschen graue Kuppel mit einem vergoldeten Türmchen. Von jeder Seite des Türmchens starrte ein Augenpaar hinaus auf die schneebedeckten Berge; auf ewig bewachten sie die Jünger Buddhas. An Seilen, die von der Spitze des Türmchens zur Basis der Kuppel liefen, flatterten prächtig gefärbte Gebetsfahnen im Wind.

Der Rimpotsché, das Oberhaupt des Klosters, das für die Stupa sorgte, blickte aus dem Fenster seines Studierzimmers. Aus dem Tempel unten hörte er die Gebete der Mönche, sie mischten sich mit dem Klingen der Glöckchen, die am Rand des Daches hingen. Es war später Nachmittag, und die meisten Mönche waren von den Feldern zurückgekehrt, um ihr Gebet zu verrichten.

Während der Rimpotsché aus dem Fenster sah, lief ein junger Mönch eilends über den Hof, daß sein rotes Gewand um ihn flatterte. Er trug eine Schale Reis und eine Handvoll Blumen. Dicht hinter ihm folgten drei der heiligen Affen, die auf dem Gelände der Stupa lebten.

Der junge Mönch trug seine Opfergabe zum Schrein der Adschima, der Göttin der Gesundheit. Als er sich ehrerbietig zu Boden warf, schnappte sich der kühnste der Affen eine Handvoll Reis und sprang auf das unterste Dach von Adschimas Pagode, um zu fressen. Bevor der junge Mann seine Gebete beendet hatte, war die Schale leer. Die Affen kauerten auf dem Pagodendach und bewarfen den Mönch mit den gestohlenen Opferblumen, die, wie sie festgestellt hatten, ungenießbar waren.

Es gab wieder genausoviel Affen wie früher. Der Rimpotsché bedauerte, daß keine Amerikaner mehr kommen würden, um einige der Tiere zu holen. Er lächelte und strich über seinen kahlen Kopf. Die Amerikaner hatten ihm ungemein gefallen – sie waren so ernsthaft, so ungeduldig und so überzeugt von ihrer Wichtigkeit. Wie Kinder. Der Rimpotsché liebte Kinder.

Die Amerikaner waren zu ihm gekommen, um mehr über eine Legende zu erfahren, die sie gehört hatten. Eine Legende über die heiligen Affen. Mit der Hilfe eines Helfers der Friedenskorps konnte er ihnen die Geschichte erzählen. Ja, dies war der ›Berg des Friedens‹, auf dem das Kloster lag. Jahrhunderte zuvor war ein mächtiger Feldherr mit seiner Armee bis zu dem Kloster gezogen. Der Feldherr hatte schon viele Länder erobert, aber er war der Kämpfe müde und wünschte sein Reich in Frieden zu bewahren. Er hatte verlangt, daß der Rimpotsché ihm das Geheimnis des Friedens eröffnete.

»Ich verbeugte mich respektvoll und weigerte mich«, berichtete der Rimpotsché den Amerikanern. »Frieden kann man nicht durch Gewalt erzwingen.«

Die Amerikaner hatten genickt und sich dabei Blicke zugeworfen, verwundert und ungläubig. Der Rimpotsché wußte, daß sie ihm nicht glauben würden, daß er die Reinkarnation jenes Rimpotsché war, aber sie sprachen es nicht aus.

»Der Feldherr versprach Silber und Gold als Preis für das Geheimnis des Friedens, aber ich lehnte ab. Frieden kann man nicht für Geld kaufen. Und endlich zog er sein Schwert und drohte mich zu töten, wenn ich es ihm nicht verriet. Ich bat um sieben Tage Aufschub, um darüber nachzudenken, und er stimmte zu.« Der Rimpotsché blickte die ernsten jungen Gesichter an, während der Dolmetscher seine Worte übersetzte. »Am siebten Tag erschien der Feldherr, und ich sagte ihm, daß mich nichts zwingen könne, ihm das Geheimnis zu offenbaren. Er hob sein Schwert, um meinen Kopf abzuschlagen, aber etwas ungemein Seltsames ereignete sich. Als er die Waffe erhob, taumelte er und schloß die Augen. An Ort und Stelle fiel er in Schlaf und sank zu meinen Füßen zusammen. Und um uns herum fielen seine Soldaten in Schlaf, keiner konnte sein

Schwert auch nur erheben. So kam der Friede über sie, ob sie wollten oder nicht.«

Die Amerikaner nickten eifrig, als sie die Worte des Dolmetschers hörten.

»Die Affen kicherten und schnatterten von den Tempeldächern, aber die Soldaten kämpften nicht. Die Affen sind die Bewahrer des Friedens. Wenn sie das Kloster verließen, um über die Welt sich auszubreiten, würde auch der Frieden über die Welt kommen. Wenn es vielleicht auch nicht der Frieden ist, den ihr erwartet.«

Die Amerikaner waren höchst zufrieden, diese Legende zu hören. Sie lächelten sich zu und sprachen aufgeregt miteinander. Der Rimpotsché lächelte, wenn er an ihre Begeisterung dachte. Sie hatten ihn um Erlaubnis gebeten, einige Affen einfangen zu dürfen.

»Ihr wollt eurem Land Frieden bringen?« hatte er sie gefragt, und sie hatten bejaht. Sie sagten ihm, was die Affen für die Welt bedeuten, vielleicht bedeuten könnten, was für ein eindrucksvolles Symbol sie darstellten.

»Die Affen werden euer Land verändern«, hatte er gesagt, »sie werden die ganze Welt verändern.«

Sie hatten gelächelt und genickt. »Ja, es wird eine große Sache werden.«

Am Ende hatte er ihnen seine Einwilligung gegeben. Bewahrer des Friedens oder nicht, die Affen waren muntere, aufdringliche Tiere; es tummelten sich mehr als genug von ihnen um die Stupa. Wenn die Amerikaner ihrem Land den Frieden bringen wollten, dann sollten sie sie haben.

Zoologen mit Netzen und Käfigen waren gekommen. Sie hatten Dutzende Affen gefangen und sie mitgenommen. Nachdem sie gegangen waren, hatte er nie wieder von ihnen gehört. Ein Reisender, der von Katmandu heraufgekommen war, hatte ihm von der Seuche erzählt. Sie war in San Francisco, Moskau, Washington, Tokio und London ausgebrochen und überall sonst, wo man Affen hingebracht hatte.

Die Seuche hatte das Kloster verschont. Die Mönche bauten noch immer Gerste und Mais auf ihren Feldern an. Eine Hochzeit im nächsten Dorf bedeutete ihnen mehr als Tausende von Toten in Amerika.

Manchmal dachte der Rimpotsché über die Amerikaner nach. War ihnen klar, was sie taten, als sie die Affen mitnahmen? Die Legende war doch ganz unmißverständlich. Er hatte ihnen gesagt, daß die Welt sich ändern würde, und so war es auch geschehen.

Er wandte sich vom Fenster ab. Die goldene Statue Buddhas auf dem Altar blickte würdevoll über ihn hinweg. Aus der Schale auf dem Tisch nahm er eine Orange und legte sie auf den Altar. Ein Opfer für die Amerikaner, sagte er sich, als er sie neben die Blumen und anderen Gaben legte, welche die anderen Mönche hinterlassen hatten. Er wünschte, daß alles mit ihnen in Ordnung war.

Epilog

›Vergangen. Vergangen. Alles vergangen.
Mehr als vergangen. Erleuchtung. So möge es sein.‹

Prajapramita Hridaya Sutra
(Die Sutra ›Das Herz der vollkommenen Weisheit‹)

Vierstern, Dannyboy und Maschine wurden auf der Civic Center Plaza begraben, und um ihre Gräber entstand eine Denkstätte.

Zatch und Lily errichteten mit Hilfe der Soldaten, die in der Stadt geblieben waren, das Friedenstor – eine Gewölbekonstruktion aus den Waffen, die der Armee gehört hatten. Das Tor war so breit, daß vier Menschen Arm in Arm hindurchgehen konnten.

Mrs. Migsdale schrieb eine offizielle Chronik des Krieges, die in beschränkter Auflage gedruckt wurde. Auf die weißen Mauern des Hauses, in dem Vierstern gewohnt hatte, malte Buch die Geschichte des Krieges in ägyptischen Hieroglyphen. Dannyboy wurde verkörpert durch Ra, den Sonnengott; Jax wurde zu Isis und Vierstern zu Anubis, dem schakalköpfigen Gott des Todes.

Rose Maloney grub die Jeeps und den Panzer zur Hälfte auf dem Rasen ein, dann benutzte sie sie als Pflanztröge für blütentragende Rankengewächse. Der Tarnanstrich wurde langsam von Blättern überwuchert. Finken kamen, um dort ihre Nester zu bauen. Man hörte sie singen.

Gambit wühlte sich durch die Überreste im Lager der Soldaten und baute aus seinen Fundstücken einen tönenden Brunnen. Wie Perlen auf einer Kette reihte er Tausende von Patronenhülsen in mehreren Strängen auf. Wenn das Wasser darüberlief, begannen sie gegeneinanderzuschlagen, daß es sich wie Zähneklappern anhörte.

An einen Baum in der Nähe der Gräber hängte Frank einen durchscheinenden Spiegel, den er Jahre zuvor in einem Warenhaus entdeckt hatte. Das Bild im Spiegel veränderte sich je nach Lichteinfall. Manchmal wirkte der Spiegel wie ein Fenster und zeigte nichts anderes als das, was auf der anderen Seite zu sehen war. Manchmal war er nur ein Spiegel und warf das Bild des Betrachters zurück. Und manchmal war er Fenster und Spiegel zugleich: Wenn zwei Menschen auf beiden Seiten zugleich standen, konnte es bei günstigem Licht sein, daß jeder sein Spiegelbild vermischt mit dem Bild des anderen sah. Zwei neue Menschen entstanden, jeder enthielt zugleich Züge des anderen.

Jax beteiligte sich nicht an diesen Arbeiten. Sie war ruhelos, ständig unzufrieden und unglücklich. Sie wohnte noch in den Zimmern, die sie mit Dannyboy geteilt hatte, aber sie schlief nicht gut. Oft wachte sie während der Nacht auf und starrte ins Dunkel, wartete darauf, das Flügelschlagen des Engels zu hören. Tag für Tag wanderte sie durch die Stadt, suchend, ohne zu wissen, was sie suchte. Die anderen versuchten, sich um sie zu kümmern: Schlange wollte sie für Graffiti begeistern. Randall zeigte ihr heimliche Winkel im Park, wo weiße Hirsche sich paarten. Tiger bot an, ihren Rücken zu tätowieren. Ruby backte Kuchen für sie und wollte sie trösten. Jax beachtete ihre Aufmerksamkeiten nicht.

Mrs. Migsdale bestand darauf, daß Jax zum Abendessen zu ihr kam. Sie aßen in Mrs. Migsdales kleiner Küche, aber Jax konnte nicht ruhig sitzen. Immer wieder ging sie ans Fenster und starrte hinaus. »Es sieht jetzt so friedlich aus«, sagte sie.

»Es ist schwer, sich daran zu gewöhnen, daß Dannyboy nicht mehr unter uns ist«, sagte Mrs. Migsdale, um das Thema ohne Umschweife zur Sprache zu bringen. »Wir alle vermissen ihn.«

»Ich wünsche mir so sehr, daß ich ihm sagen könnte, daß er recht hatte, was den Krieg betraf«, murmelte Jax und starrte in die Dunkelheit hinaus. »Glauben Sie, daß er das spürt? Ich frage mich immer wieder, warum er nach dem Schuß auf Vierstein nicht in Deckung ging. Er hätte doch Zeit gehabt. Ich glaube, daß er sterben wollte. Ich glaube, daß er vielleicht dachte, es müßte sein.«

Mrs. Migsdale sah sie an; sie wußte nicht, was sie sagen sollte. »Ich weiß es nicht. Ich denke, daß er froh darüber wäre, wie es ausgegangen ist.«

»Aber ja«, sagte Jax ungeduldig. »Ich wünschte nur, daß ich zu ihm sprechen könnte. Wir haben darüber gestritten, und ich hatte nie Gelegenheit, es ihm zu sagen.« Sie ging zurück zu ihrem Stuhl neben dem Feuer. »Manchmal habe ich das Gefühl, daß er gleich hinter der nächsten Ecke stehen muß. Er und Maschine – sie sind noch irgendwo in der Stadt. Aber ich kann nicht herausfinden, wo.« Sie schüttelte den Kopf. »Es ist nicht alles einfach vorbei. Das weiß ich ganz sicher. Ich muß nur den richtigen Ort finden.«

Tommy hatte mehr Glück bei Jax. Er wollte lernen, mit der Armbrust zu schießen, wie sie es ihm versprochen hatte, und sie verbrachten einen Nachmittag auf dem Union Square damit, auf eine Zielscheibe anzulegen, die sie an einen Leitungsmast gehängt hatte. Jezebel war mit ihnen gekommen. Die Hündin lief zwischen Tommy und Jax hin und her. Manchmal lag sie Tommy zu Füßen, dann wieder Jax.

»Wenn ich einmal wegginge«, sagte Jax, »dann würdest du doch sicher für Jezebel sorgen, nicht wahr?«

»Du gehst weg?« fragte Tommy. »Wo willst du denn hin?«

Jax schüttelte den Kopf. »Nirgends. Es war nur eine Frage. Warum nimmst du sie nicht zu dir? Sie mag dich, und du brauchst einen Hund.«

»Ja. Aber du wirst nicht weggehen, oder?«

Jax zuckte die Achseln. Sie gab ihm einen neuen Bolzen für die Armbrust. »Hier, versuch's noch mal.« Er legte den Bolzen ein, zielte und schoß. Er traf nicht die Zielscheibe, aber den Mast.

»Nicht übel«, sagte sie. »Du darfst die Schultern nicht so verkrampfen. Du mußt einfach lockerer sein.«

Er versuchte es wieder.

»Du brauchst nur ein bißchen Übung, du wirst es bald heraus haben.«

Am Ende ihrer Übungen gab er ihr die Armbrust. »Wirst du mir helfen, meine eigene Armbrust zu bauen?« fragte er. »Dann kann ich für mich selber üben.«

Sie zögerte, die Armbrust in der Hand, dann reichte sie sie ihm: »Nimm diese, ich brauche sie nicht mehr.«

Er schüttelte den Kopf. »Was soll das heißen? Es ist deine Armbrust, und natürlich brauchst du sie.«

»Nimm sie.« Sie legte sie in seine Hände. »Ich werde sie nicht mehr benutzen.«

Bevor er antworten konnte, wandte sie sich um und ging. Er lief ihr nach, aber nach einigen Biegungen und Ecken im Straßengewirr hatte sie ihn abgeschüttelt.

Jax erforschte die Hügel und Anhöhen der Stadt. Sie wanderte hinauf zum Telegraph Hill, zum Mount Sutro und dem Mount Davidson. Im Stadtteil Sunset fand sie einen so steilen Hügel, daß man dort niemals Häuser gebaut hatte. Die Erde war trocken und sandig; nur ein paar verkrümmte Kiefern klammerten sich an die Böschung.

Es war noch drei Tage bis Vollmond, als sie den Hügel entdeckte. Mit bloßen Händen grub sie sich eine flache Kuhle in den lockeren Boden, und dort wartete sie. Sie aß nicht, sie trank nur das klare Wasser, das sie mitgebracht hatte. In der Nacht versammelten sich die Sterne am Himmel, um sie zu sehen; der Mond zog gelassen seine Bahn über ihr. In der Luft lag der durchdringende Duft nach Kiefern, und die Tiere, die den Hügel bewohnten, lebten ihr gewohntes Leben. Der Fuchs, der seinen Bau im Wurzelwerk der größten Kiefer hatte, starrte sie neugierig an und machte sich dann auf die Jagd. Eine Eule strich lautlos vorbei. Drei der Affen waren ihr bis hierher gefolgt und kauerten an einem Baum. Ihre gelben Augen starrten sie nicht weniger neugierig an.

In der dritten Nacht war Vollmond. Sie hatte nicht mehr geschlafen, nicht mehr gegessen, und ihre Sinne waren geschärft. Sie roch den Rauch eines Holzfeuers, mit dem weit entfernt jemand sein Essen kochte; sie hörte das leise Knacken der Äste, als der Fuchs den Hügel hinunterschlich. Sie hörte das ruhige Atmen ihrer Mutter und spürte ihre Wärme aus nächster Nähe.

»Du hast mich gesucht«, sagte ihre Mutter.

»Manchmal.«

»Der Friede kommt nicht ohne Schmerzen«, sagte die Mutter. »Ich hätte dich warnen sollen.«

Jax sah der Mutter ins Gesicht. Ihre Mutter war eine junge Frau, nur wenig älter als Jax. Ihr Kopf war zurückgelehnt, und das blasse Mondlicht beschien ihr Gesicht.

»Der Frieden hat einen Preis«, sagte die Mutter. »Das ist immer so. Am Anfang weiß man nicht, welches der Preis sein wird.«

»Ich verstehe«, sagte Jax. Sie sah an der Mutter vorbei und erkannte Dannyboy und Maschine, die nebeneinander im Mondlicht standen.

Dann kam der Engel zu ihr, seine Flügel rauschten nur leise. Jax lächelte ihn an. Das verwüstete Gesicht war nicht mehr so schrecklich.

»Ich glaube, ich gehöre hierher«, sagte Jax und legte ihre Hand in die Hand aus Metall.

In langen Nächten, in denen die Leute sich Geschichten erzählen, erzählen die Künstler, die in San Francisco leben, vom Krieg. Ein alter Mann, der Tommy heißt, erinnert sich noch an jene Zeit und erzählt von Dannyboy, Maschine, Mrs. Migsdale, Buch und Schlange – und vor allem, von Jax. Er erzählt, wer sie war: eine Fremde, die gekommen war, die Stadt zu retten. Ein Mädchen, scheu und wild wie ein ungezähmtes Tier, mit dunklen Augen und hitzigem Temperament. Einige junge Leute wissen aus eigener

Erfahrung von Jax – sie haben sie schon im Dunst des frühen Morgens gesehen, eine flüchtige Erscheinung, die rasch wieder im Nebel verschwand.

Die Künstler erzählen, daß, sollte der Stadt jemals wieder Gefahr drohen, Jax zurückkehren würde. Zusammen mit Dannyboy und Maschine würde sie die Stadt verteidigen. Aber zum Glück war das bisher nicht nötig. Es ist eine Stadt des Friedens. Die Affen schlafen in den Bäumen der Plaza, und die Tauben nisten zu Füßen der Statuen an der Fassade der Bibliothek. An Markttagen kommen die Farmer aus Marin über die strahlend blaue Brücke, um bei Duffs Handelsstation ihre Waren feilzubieten. Das Blau ist überhaupt nicht blasser geworden nach all der Zeit. Und manchmal – wenn auch nicht mehr so oft – regnet es Blumen.

ENDE

Band 23 114

Robert Asprin

Die Chaos-Kompanie

Deutsche Erstveröffentlichung

Sie sind die verrücktesten Soldaten des Universums, und sie bekommen den Commander, den sie verdient haben: Willard Narrisch, seines Zeichens Multimillionär und Abenteurer, wurde auf den abgelegenen Planeten Haskin versetzt, weil seine Querschläger so manchen Auftrag vermasselt haben. Zusammen mit seinem seltsamen Butler soll er die mißliebige Kompanie auf Vordermann bringen – und sich aus allen Angelegenheiten der Space Legion heraushalten. Doch leider haben sich ein paar Aliens gerade seinen Planeten als Ziel ihrer Invasion ausgesucht – und die Chaos-Kompanie wird zur letzten Hoffnung der Menschheit.

BASTEI LÜBBE

Sie erhalten diesen Band im Buchhandel, bei Ihrem Zeitschriftenhändler sowie im Bahnhofsbuchhandel.

Band 24 142

Jack Williamson
Frederik Pohl

Land's End

Deutsche Erstveröffentlichung

Als der Komet Sicara die Erde bedroht, bricht unter den Menschen Panik aus. Zwar gelingt es Wissenschaftlern, den Kometen zu sprengen, doch seine Trümmer zerstören die lebenswichtige Ozonschicht des Planeten. Nur in den Unterwasserstädten des Atlantiks überstehen die Menschen die Katastrophe – und sehen sich einer Gefahr gegenüber, wie sie die Welt noch nicht erlebt hat: Durch das kosmische Desaster erwacht ein fremdes, feindliches Wesen zum Leben, das seit Jahrtausenden auf dem Meeresgrund schlief. Keine Waffen können es aufhalten in seinem kalten Vernichtungsdrang. Doch da stellen sich ihm zwei einzelne Menschen entgegen . . .

BASTEI LÜBBE

Sie erhalten diesen Band im Buchhandel, bei Ihrem Zeitschriftenhändler sowie im Bahnhofsbuchhandel.

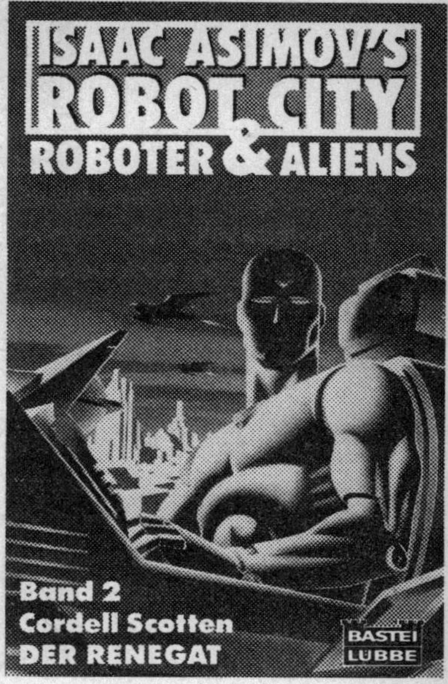

Band 23 113

Isaac Asimov

Robot City

Deutsche Erstveröffentlichung

Er ist Derec, der Sohn des verrückten Erfinders von Robot City. Als ihn die Roboter eines fernen Planeten zu Hilfe rufen, sieht er sich Fremdwesen gegenüber, die mit einer bizarren, organischen Technologie den Bau einer neuen Robotstadt verhindern. Nach den drei Gesetzen der Robotik sind sie keine Menschen, können also vernichtet werden. Derec muß handeln. Er und seine Gefährtin Ariel müssen das Rätsel dieser sonderbaren Wesen lösen – oder ein gnadenloser Krieg gegen eine fremde Intelligenz beginnt.

Zum erstenmal öffnet ISAAC ASIMOV die Grenzen seiner Welt, für die er die berühmten Robotergesetze erfand. Nach seinen Vorgaben schreiben herausragende junge Science-Fiction-Autoren außergewöhnliche Geschichten um Roboter und Aliens.

BASTEI LÜBBE

Sie erhalten diesen Band im Buchhandel, bei Ihrem Zeitschriftenhändler sowie im Bahnhofsbuchhandel.

Band 13 348
Michael Blake
Der mit dem Wolf tanzt

AUF SICH ALLEIN GESTELLT
IN EINEM FEINDLICHEN LAND
FAND ER LIEBE,
ZUFRIEDENHEIT UND SELBSTACHTUNG

Alles war großartig. Der weite, wolkenlose Himmel. Die wogende See aus Gras. Der Anblick des bunten Indianerlagers. Und der grimmigen Krieger, die ihm entgegenstarrten, als er mit der verwundeten Frau auf den Armen auf sie zutrat. Würden sie ihm für die Rettung der Frau danken? Oder würden sie den einsamen weißen Soldaten aus dem verlassenen Fort töten?
Lieutenant John Dunbar blieb am Leben. Er verliebte sich in das großartige Land der endlosen Prärie und in das stolze Volk, das darin lebte. Er begann, ihre Gedanken zu denken, ihre Gefühle zu fühlen und ihre Träume zu träumen, und aus John Dunbar wurde DER-MIT-DEM-WOLF-TANZT.

BASTEI LÜBBE

Sie erhalten diesen Band im Buchhandel, bei Ihrem Zeitschriftenhändler sowie im Bahnhofsbuchhandel.